学术月刊 丛书
Academic Monthly
金福林◎主编

“文学的国语”怎样炼成

中国现代文学语言研究

张曦◎选编

上海人民出版社

序

《学术月刊》创于1957年1月，作为当时国内屈指可数的几家综合性人文社科期刊之一，其于我国学术思想文化界的影响一直延续至20世纪八九十年代。时过境迁，今天的同类期刊多以数千计，《学术月刊》依然能够保持其原有的办刊传统并在同类学术期刊中居于领先地位，这既得益于学术界的长期支持，也是编辑部同仁长期坚守的结果。

毋庸置疑，传统纸质学术期刊出版事业正面临移动互联技术革命带来的诸多影响，内容生产、制作、传播的数字化正在消解和改变学术传统生产和出版的样式乃至生态，信息获取的即时化和阅读的碎片化、娱乐化，更是直接分流了固有偏好严肃内容阅读的大量读者，人们似乎不再像印刷传播时代那样渴求深邃的思想和系统的知识，而诸如原创乏力、考评重量轻质等学术生产本身存在的问题也大大削弱了学术期刊应有的影响力。

近几年来学术期刊发行或订阅数的萎缩与停滞已成无法反转的趋势，同时一些商业或公益性数字化平台正式发挥其数字化传播的优势，以替代传统的纸质阅读和检索，这大大便利了数字化时代的学术传播与阅读。但这种趋势提醒我们，必须充分认识学术期刊出版的公益化趋势，即对学术期刊出版的评价不能再囿于发行数等经营指标，而应在内容的阅读和影响等方面建立起新的评价体系。

如此，如何放大、提升学术期刊优秀内容的传播力和影响力，就成了学术期刊在今天与未来要有价值地生存下去所必然要去破解的或着力去做的重要工作方向。

“学术月刊丛书”的编辑出版，即旨在精选历年所刊优秀论文，以专题的形式呈现，弥补刊发时序的零星，俾使不掩当代学人的经年累积，以利于人文社会科学相关学科的专业教学和研究者参阅，收其优秀学术成果嘉惠后学的应有功德。

是为序。

《学术月刊》总编辑　金福林

选编说明

中国现代文学的开端伴随着语言的变化。甚至可以说，晚清以来的语言新变，内在地刺激着、推动着文学的转型。从民国政府统一读音、制订注音字母到共和国政府推广普通话、制定《汉语拼音方案》，在国家层面上确定了统一的说话声音。随着晚清时期科举制度的废除、报刊媒介的勃兴、翻译的发达以及开通民智和表达自我的强烈需要，文言开始式微，白话开始崛起，在文学的层面上追求着新的语言形式。这诸多方面有时独立成线，有时互相推动，有时也冲突碰撞。中国现当代文学发展与语言的种种变化互相激荡的状态，成为了文学史上的独特风景。

本刊对这一语言问题关注甚早。而自 2014 年起，通过与北京大学、复旦大学、华东师范大学、四川大学、南京师范大学、浙江师范大学等合办文学语言系列会议，更集中凸显了这一话题，使之成为许多学术刊物的持续关注点。本刊不定期刊载学人的最新文章，渐渐有了一定积累。现择其中较著者，编为文集，是一种回顾，也是期待着未来有更多宝贵的思考与收获。

发表时并无出书的计划，一篇篇零星地散落于十多年的刊物，正如人文学者的写作常常是“一个人的战争”。现撮录为集，姑且分为上下辑，也是大致的区划。“上”主要集中于发生期一些基本问题，而“下”多选择发展期有特色的个案研究。无论“上”“下”，作者都是活跃于现当代研究界的实力派中青年学者，而书名《“文学的国语”怎样炼成》，直接“挪用”了郜元宝教授论文的题目。应该说，郜元宝、高玉和文贵良等教授以他们持续对语言问题的研究，也使我对此问题有了深入的了解和重视，以及持续的关注。这本书的出版也可以说是学者和刊物互相成就的一个见证吧。

中国现当代文学的语言问题，美而复杂。这仅仅是一个开头，希望更多的学者更有意识地关注和研究，不断有成果源源不断地供给。一个话题如果能越谈越深入，越谈越有意思，越谈越吸引更多人参与，那它一定意义非凡。

《学术月刊》编辑　张　曦

目录

下　编

附　录

上编

现代文学史的语言问题

陈思和*

我想现代文学的语言问题是非常有吸引力的。这个话题将来会成为显学，越来越被大家关注。文学语言本来是不分家的，但是随着现代学科的发展，语言归语言，文学归文学，各自都有很多研究，现在把这两者重新放在一起来讨论，是一个很有意思的现象。

在80年以前，老校长陈望道先生就在复旦大学开设了中国修辞学的课，后来形成了他最重要的著作《修辞学发凡》。修辞在西方是有悠久传统的，从古希腊伊索克拉特（Isokrates，公元前436年—前338年）时代就开始，但在中国，能够在高校里开设修辞学，讨论语言问题，是与新文学运动有关。陈望道先生就是新文学运动的一个骨干，他在开设修辞课程的时候，就把语言和文学两个学科结合起来了。我们现在虽然语言文学一级学科是把语言和文学放在一起，其实这是两个有各自特点的学科，把语言、文学放在一起来研究讨论，这在复旦大学是一个很好的传统。复旦大学有很多老师是从人文的立场上关心语言学，包括后来的张世禄教授、申小龙教授，现在到郜元宝教授，他们都关心文学和语言之间的关系，也就是从人文的立场，从文学的立场来考察语言的规律，我认为是一个很好的传统，在复旦有这么一线传统，点点滴滴的积累，语言研究中的人文立场和人文精神，这是非常可贵的。

---

* 作者为复旦大学中文系教授。

我自己对这个问题研究不多，但我是这样想的：明年是 2017 年，新文化运动已经一百年了，1917 年，胡适发表《文学改良刍议》，开始推动新文学运动，最初新文学运动是白话文运动，推广白话文，后来慢慢地变成新文学运动了。在五四时期白话文运动和新文学运动这两个名词是可以互相取代的，这说明什么问题？就是说，“五四”这么大的一场思想革命和文学革命，起源是在语言，是从语言开始爆发的革命，然后逐渐推动了这样一个影响了整个国民、影响了中国未来走向的大思潮，语言运动借助了文学，反过来又深刻地影响了文学，就是这样一种关系。那么这样一种关系就不仅仅是修辞的问题了，我觉得这和胡适在哥伦比亚大学学哲学是有关系的，他是在哲学背景下推动语言的改革，这样一种改革，过去没有过，未来应该也会很难出现。就在“五四”时候，在一百年以前中国就是突然出现了语言和文学高度结合又推动了中国思想文化转型和发展的这样一个运动，所以，我们今天研究新文学运动，如果不从语言开始，总是失去了它最精彩或者说最核心的问题。我主编的《中国现代文学史教程》最近正在杀青，元宝教授帮我写了其中最重要的几章，就是讨论新文学运动的语言，我们一起设计了有关章节，从章太炎的古文，到章士钊的逻辑文，再到吴稚晖的那种纯粹的西化白话，这样多种尝试、发展演变到最后就形成了五四新的白话文运动，这一章郜元宝教授写得非常精彩。

所以说，讨论新文学，先讨论语言革命，语言隐含一种思维形态，反映了民族的思维形态，不是个人的，而是民族的思维形态。所以，胡适陈独秀们斩钉截铁地要从语言改革着手来发起新文学运动，就是因为我们所从事的这样一个运动——启蒙运动也好，现代化进程也好——都不是个别的问题，也不是单纯的语言问题，也不是单纯的审美问题，而是一个国民改造问题，他们是要推动整个国民性的批判和改造，就是民族再造这样一个重大使命，而要达到这样一个目标，只有一样东西是能把全民都联系起来，那就是语言。语言是一个能够把整个民族拢起来的东西，要推动一个民族的改变，语言的改变是最重要的。所以，我觉得今天怎么来高评这一百年来的白话文都是不过分的。没有白话文就是没有后来那么丰富的现代汉语，白话文越彻底，就越能掌握中华民族的话语权。这是我的第一个想法。

第二个想法是关于文学运动与语言的关系。五四新文化运动是从语言革命开始发起的，获得了成功。从思维形态的发展来说，白话文代表了两种不同的思维倾向：一种就是胡适提倡的“话怎么说就怎么写”，也是黄遵宪所谓的“我手写我口”，就是把这个“言”和“文”完全一致化，胡适在这一点上是有所坚持的，他做得非常彻底，他一直到死了，我记得台湾“中央研究院”边上的胡适墓碑上，还刻着“胡适之先生的墓”，我们一般都是“某某之墓”，胡适墓没有用“之”，而是用“的”，是非常彻底的贯彻言文一致。这样一种彻底的具有现代意识的白话文形态，我认为是一种文化的普及，是一种旨在消灭社会等级的文化普及运动，语言是没有阶级的，但是使用语言的人是有阶级的，当知识分子使用高雅的文言文表达自己意愿的时候，他就与所谓的下等人（劳动大众）区别开来，那么胡适宁可放弃这些高雅的语言形态，采用所谓“引车卖浆者流”都能听懂的语言来推广他的思想。我们后来的文化（包括文学）的发展，整个思路是在朝平民化发展，后来左翼文艺讨论什么大众语，一直到延安整风时毛泽东说文艺要为工农兵服务，等等，这一路下来，是20世纪中国文学一个基本走向。这条路线对文化的普及是很有价值、很有作用的，但是对文学自身的发展未必就好。文言文是积累了两千年实践传统的中国人情感美学的载体，这个载体在完全被破坏和抛弃以后，它必须要转换为另外一种现代汉语的、现代语言的美感的形态，来满足现代人更加复杂的感情因素的表达。这是五四新文学必须解决的问题，虽然没有解决好，但是新文学作家们是在努力解决，这就是我们长期缺乏认识的语言欧化的问题。当真正五四新文学兴起，它的标志性的作品，不是晚清小说，不是晚清白话，也不是传教士翻译《圣经》的白话，而是鲁迅的小说。现在我们学术界很多人都在研究晚清传教士的翻译，也有人研究晚清小说的白话，似乎得出一个结论，白话文不是从“五四”开始的，而是在晚清或者更早的时候就产生了，所以五四新文学运动提倡白话文没有什么了不起。我在很多年以前指导过一位博士生写论文，她研究 1921 年以前的《小说月报》，在论文中提出了一个问题，就是新文学白话文其实不用搞，不搞，民国初年的小说也是写白话文的，而且那么通畅，那么纯粹。新文学运动恰恰使文学创作受了大量西方文化影响，写出来的白话文都拗里拗口，反而不通俗了，因为原来《小说月报》上的语言都是非常通俗的。当时那位博士生与我讨论了很久，这个问题给我带来了很大的挑战，我必须要解决这个问题。

后来我就慢慢意识到，恰恰不是晚清以来的白话文，恰恰不是从《红楼梦》和《水浒传》开始的那种传统白话文学改变了中国人的命运，而是来自欧洲的翻译语言，就是我们一直诟病的欧化的语言，这种语言进来，成为我们新文学的主流语言，才是一种具有美感的、能更准确描述现代人审美心理的语言。鲁迅说得很清楚，人家都批评他，说他硬译直译都不好，读起来不顺，鲁迅就说，我根本就是不要你们舒服么，就不要你们读得很顺么，为什么？就是因为我要你们改变自己的脑子，改变你们的思维。中国人的原来的文言文是一种模糊结构，意义比较笼统，比较朦胧，不利于中国人接受现代的先进思想，中国人缺少的是一种更加严密、精确表达自己思想的语言结构，也就是思维形态。所以他用西方人的语言结构来翻译小说，就是要你知道西方人是怎么理解一句话、怎么表述内心世界的，这样一种语言结构可以导致一个人对内心世界的理解更加清晰，更加深刻，更有利于把现代人的丰富感受表达出来。古代人写文章常常带有一种抒情性，但很少做到清晰、准确，但是现代白话是可以做到的。我一直引用鲁迅《狂人日记》里的语言描写：“不能想了。四千年来时时吃人的地方，今天才明白，我也在其中混了多年；大哥正管着家务，妹子恰恰死了，他未必不和在饭菜里，暗暗给我们吃。我未必无意之中，不吃了我妹子的几片肉，现在也轮到我自己，……有了四千年吃人履历的我，当初虽然不知道，现在明白，难见真的人！”这个段落里这两句是非常经典的欧化语言：“……他未必不和在饭菜里，暗暗给我们吃。我未必无意之中，不吃了我妹子的几片肉……”这种重叠的双重否定，在中国古代是不可能出现的，而且这句话不用这种双重否定来表达也是可以的。就这么写：“大哥就把妹子的肉和在饭菜里给我们吃，我就无意中吃了妹子的几片肉。”这么写完全可以，而且更清楚、顺口。但是鲁迅作为文学家他要表达一种更加深邃的心理活动，他就用这样一种双重否定的方法，表达一个狂人根本不想承认自己吃过人但又不得不承认的内心挣扎，他根本不想承认，他是在拒绝，不断在用否定来拒绝，但到最后还是没有拒绝，因为他用了几个否定导致了最后的意思还是吃了人。这样一种痛苦的、不得不承认的内心世界，如果用一个很通俗的话来表达是表达不出来的，他只有用一种很拗口的、很复杂的欧化语言结构才能表达出来。所以我觉得当鲁迅吸收了西方语言的时候，他不是只学了一个西方的语法结构，他是把西方人的思维，把西方人看待世界的眼光都接受过来了。

这种欧化思维形态，在五四时期发表的茅盾小说、巴金小说，甚至叶圣陶的小说里面都有，但我们今天看不到，我们今天看到的都是解放以后作家出版文集修改过的文本，作家们都认为自己当初的欧化语言是不纯粹的，不通顺的，都把自己的文字改过来，改成我们今天最通俗、给工农兵看的一种语言，所以，我们今天读巴金的小说，读叶圣陶的小说都觉得他们的语言好啊，语言大师啊，但是在最初那个时代，他们的语言都是不规范的，都是用那种拗里拗口的、我们今天说有很多语法毛病的这样一种语言来表现的，但是恰恰是这种不规范的可能有很多毛病的、也可能是生搬硬套的语言，打乱了中国人一直以为唯美、纯粹、传统的审美习惯，欧化白话把一种让我们感到不习惯的，感到陌生的、惊讶的甚至感到要拒绝的语言结构，或者说是思维形态，慢慢地引进中国，让新文学作家成为具有现代思维能力的人，成为一个现代的作家。鲁迅是掌握了这种新的思维表达能力的作家，他在小说里嘲笑了说着“多乎哉不多也”的孔乙己的语言，鲁迅也怜悯像中年闰土那样，连一句完整的话都说不清楚。所以，在这个意义上说，我们今天对欧化语言缺乏历史的、公正的评价，因为我们后来要强调为大众服务，为工农兵服务，似乎是越通俗越好，都写到诗歌里去就觉得是大众化了，所以文学语言不断改变，欧化的因素都慢慢改变掉了，慢慢就改成我们现在都能说的口语。但是我还是认为，五四时期欧化语言的引进，是白话文取得实质性胜利的根本性原因。可惜这个影响在今天只有部分理论研究中还有所坚持，从鲁迅到胡风，从胡风到阿垅、路翎，再到20世纪80年代刘再复提倡方法论以后，大量的西方文论传入中国，直接影响了许多理论工作者的文风。虽然这种种文风常常被人诟病，但是我还是想说句平心而论的话，文章写得拗里拗口不通顺当然不足取，但如果作者自己确实是那么感受和思考问题的，也未必就是坏事。我不认为写得非常流畅的文章就是达意了，非常流畅的文章也可能是作者的思想本来就很浅，一杯白开水，什么都一览无余，自然是很简单，或者就是有了深刻思想却表达不出来，词不达意。我觉得一个理论家如果思想很复杂，思维形态很丰富，他思考到某种精微处、复杂处，他自己也表达不清楚的时候，一定会产生混乱的，这个混乱在语言表达上可能是败笔，但是在思想上，可能是他更加深刻了。这个对我们通过现代汉语来探索美学高度、探讨现代汉语精深博大的美学形态，是非常重要的环节。所以，我非常希望我们这个今天的研讨会能够取得成果，就是从哲学意义上，从思想意义上，来讨论新文学所获得的语言的成果。

原刊《学术月刊》2016年第7期

文学汉语实践与
中国现代文学的发生

文贵良[*]

1917年胡适、陈独秀等人在《新青年》上提倡白话和白话文，反对文言和文言文。这一事件被看作中国文学从古代向现代转型的标志性事件。1920年，“教育部令行各省，自本年秋季起国民学（疑漏一“校”字——引者）一二年级，先改国文为语体文”[①]。规定语体文进入小学语文课本，白话文被教育体制认可，标志着白话和白话文获得国家权威的合法性肯定，这常常被认为是现代白话文学的胜利，尽管算不上彻底胜利，但确实可视为决定性胜利。中国现代文学的产生和发展与文言、古代白话向现代白话的转变有着极为密切的关系。中国现代文学的现代性离不开文学汉语的现代性，而文学汉语的现代性是以现代白话这一形式呈现的。中国现代文学与文学汉语之间这种相互缠绕的关系，常常成为研究的焦点。这种缠绕关系可以表述为如下问题：文学汉语的现代转换如何呈现出中国现代文学的发生？本文以晚清至五四时期轴心作家群[②]的文学汉语实践为中心，回归语言本位，植根于文学汉语实践，通过描述文学汉语实践与中国现代文学发生之间的通

---

* 作者为华东师范大学中文系教授。

① 《国民学校一二年级改授国语令》，载朱麟公编辑：《国语问题讨论集》第七编附录，中国书局1921年版，第3页。

② 本文借用了德国思想家雅斯贝尔斯“轴心时代”的概念，称晚清至五四新文学时期对中国文学的转型发生过重要影响的作家为轴心作家，包括黄遵宪、梁启超、林纾、严复、王国维、章太炎、吴稚晖、胡适、鲁迅和周作人，是为“轴心作家群”。

道，试图对上述问题进行回答。

笔者所说的文学汉语指的是晚清以来文学作品中的汉语，是“有理”“有情”“有文”三者统一的“三位一体”的文学汉语。“有理”指向汉语的知识体系，包括汉语从古代汉语向现代汉语发生转化的知识转型；“有情”指向汉语主体的情感维度，包括个人情感和国家意识；“有文”指向汉语的文学维度，包括文言文向白话文的转变以及文学形式的变化。

马克思指出：“语言是一种实践的、既为别人存在并仅仅因此也为我自己存在的、现实的意识。语言也和意识一样，只是由于需要，由于和他人交往的迫切需要才产生的。”① 语言产生于人们的迫切交往，是一种实践的、现实的意识。文学汉语的实践只能是作家的实践，是作家主体的实践。以色列学者博纳德·斯波斯基从社会学的角度对语言实践给了一个简明的界说：“语言实践就是每位个体说话者对语音、词汇和语法所做出的选择之总和。”② 但对于从晚清到五四时期的作家来说，这个界说有点狭隘。作家们的语言实践，至少包括三个方面。第一，作家在写作时对语音、词汇和语法所做出的选择。这点与博纳德·斯波斯基所说相同。第二，作家写作时对“语”（文言 / 白话）和“文”的试用、锻炼、改造和确立。第三，作家通过语言实践而催生对汉语、汉字与西语、西字、世界语的价值区分。这三个方面统一的语言实践，才是完整的语言实践。

发生源于实践，发生必在实践中发生。新的文学之所以能发生必须得在语言实践中发生。文学的发生源于文学语言的实践，中国现代文学的发生源于晚清民初文学汉语的实践。文学汉语实践沿着文学汉语的汉语造型、主体意识和文学形式这三个维度展开。汉语造型指向文学汉语的“理”，实践主体指向文学汉语的“情”，文学形式指向文学汉语的“文”。晚清民初的文学汉语实践，一方面向外扩张，向现代西方汲取合理因素；一方面回望古典，坚守中国传统根基；一方

① ［德］马克思、恩格斯：《德意志意识形态》，中共中央马克思、恩格斯、列宁、斯大林著作编译局译，人民出版社 1961 年版，第 24 页。

② ［以］博纳德·斯波斯基：《语言政策——社会语言学中的重要论题》，张治国译，北京：商务印书馆 2011 年版，第 11 页。

面转向民间，吸取有生力量；这三方面有时冲突，有时交融。因此，汉语造型在文言与白话、汉语与欧化、标准语与方言之间改变着“理”的结构；实践主体在中国传统价值与西方现代价值以及国家、国民与个体的关系中激荡着“情”的发展；文学形式在西方文类与中国传统文类、旧体诗与新白话诗、文言文与白话文、文言小说与白话小说、晚清白话小说与新白话小说等关系中推动着“文”的演变。当“理”为现代之“理”，“情”为现代之“情”，“文”为现代之“文”，并且三者统一于文学汉语时，则实现了某种文类的新生。当不同类型的文类在同一时代均获得新生时，则可说新的文学在这个时代发生了。

一、“有理”的文学汉语与汉语造型

文学汉语的“理”指的是文学汉语在语言上的知识结构。文学汉语的“理”包括语音、词语、句法、标点符号以及修辞等因素。晚清民初的文学汉语因为处在中西语言碰撞与交融中，它的“理”主要包含两个方面的内容：在汉语与西语（包括日语）的关系中，指汉语对新词语、新句法、新标点的吸收；在汉语自身内部，指的是文言与白话之间的选择、白话文学汉语对文言与方言的吸收等等。尤其是前者，成了文学汉语之“理”的重要内核。新的因素进入汉语造型，改变着传统的汉语造型，成为新文学发生的重要一翼。轴心作家群的语言实践显示了晚清至五四时期中西文化碰撞中汉语造型不断更新的激流，勾画出中国现代文学发生的内部风暴。①

（一）新词语与汉语造型

晚清民初，汉语对新名词的吸收，改变着汉语词汇的意义系统，成为汉语造型变化的重要内容。比如黄遵宪的《日本杂事诗》在表达新事物（新名词）时，采用加注释的形式。以此种方式打开一个新词语的意义空间，却不妨看作汉语现代转型时的汉语雏形。但这种结构为解释一个新名词要消耗太多的语言能量，因

---

① 在此侧重对文学汉语之“理”的新因素的阐释，因为文学汉语的新生主要是吸收新的语言因子。因此对汉语自身内部之“理”不多论。

此随着晚清报刊的兴起和出版业的发达，“词语—注释”的节约型结构便成为打开新名词意义空间的主要形式。“词语—注释”型的汉语构造毕竟还有注释的形式，还没有彻底融入文章正文而成为其自然部分。王国维、梁启超等人因积极提倡采用日译汉词新名词，其翻译和论说多用双音节词或多音节词构成“叠床架屋”的汉语造型，从语句结构内部爆破文言以单音节词语为组织细胞的语句结构的束缚。五四新文学中，叙事和抒情的白话因有明清白话小说的白话以及口头的官话做底子，相对比较容易形成。而新的述学文章必须使用晚清以来的新名词，因而“叠床架屋”的汉语造型就成为五四白话述学文章的基本材料，从而为文体的现代发生和现代白话文的出现准备了语言造型。

同时，汉语词汇的意义图景也在汉语实践中不断刷新。严复“六书乃治群学之秘笈”的语言策略以及语言实践，与其说是对西学的引进，不如说是在西学的视野下重新激活汉语词语意义能量的尝试。他对“市肆—market”“直—right”“小己—individual”“计学—economics”等词语的格义，通过英语词源考古与汉字造型考古的方式贯通中西字义，从而确定汉语译词的意义图景。周氏兄弟在章太炎语言观影响下，把不常用的古体汉字用于《域外小说集》直译的语言中以对接西方表达，也不妨看作是对汉字沉睡的词语意义的唤醒。严复的译文、梁启超的“新民体”散文，大量采用夹注的形式，林译小说的译文也时不时出现夹注，为打开新词语的意义作出了巨大贡献。这样，新的语言造型，因其组成因子——新名词——的意义空间已经被适度打开，而顺理成章地成为五四白话文的语言造型。

汉语造型的变化过程，在语言的层面上，呈现为双重的冲突与融合，即文言和白话之间的冲突与融合，以及汉语和西语（包括日语）之间的冲突与融合。文言和白话的冲突与融合，一方面表现为汉语不同书写语体之间的矛盾，另一方面表现为白话取代文言过程中对文言成分的吸收。汉语和西语的冲突与融合，一方面表现为不同语言种类之间的矛盾，另一方面也表现为汉语在对译西方语言之时对异域语言成分的吸收以及对汉语自身的激活。这两种冲突与融合性质不同，看似不能放在一起论述，但是汉语遭遇西语冲击不得不进行欧化，文言汉语和白话汉语都需要应对欧化，在应对西语而不得不欧化的过程中，汉语文言与汉语白话之间的冲突与融合同时得以呈现。这样，两种性质不同的冲突与融合就统一到了同一层面。

晚清民初的汉语实践中，有时汉语采用西方语言的原词原句，夹杂在汉语句子中，形成中西语言的汇聚。署名“曼殊室主人度曲”的《班定远平西域》第三幕《平虏》中匈奴钦差与随从的对话就很有特点：

> 我个种名叫做 Turkey。我个国名叫做 Hungary。天上玉皇系我 Family。地下国王都系我嘅 Baby。今日来到呢个 Country。（作竖一指状）堂堂钦差实在 Proudly。可笑老班 Clazy（疑为 Crazy 之误写——引者）。想在老虎头上 To play。（作怒状）叫我听来好生 Angry。呸、难道我怕你 Chinese。难道我怕你 Chinse（疑为 Chinese 之误写——引者）。（随员唱杂句）オレ系匈奴嘅副钦差。（作以手指钦差状）除了アノ就到我エライ。（作顿足昂头状）哈哈好笑シナ也闹是讲出ヘタイ。叫老班个嘅ヤッツ来ウルサイ。佢都唔闻得オレ嘅声名咁タッカイ。真系オーバカ咯オマヘ。你莫估话你会カンガイ。谁知我カンガイ重比你ハヤイ。等我来收拾你个点ヨクフカイ。睇吓你コワイ唔コワイ。今日锦节皇华几咁リッパイ。（作以手指鼻状）你话ハナタッカイ。唔タッカイ。你话ハナタッカイ唔タッカイ。（钦差白）I am 匈奴国钦差乌哩单都呀。（随员白）ワタシハ。匈奴国随员モモターロウ呀。（钦差白）未士打摩摩。（Mr モモ）你满口吼吼咕噜。呷的乜野家伙呀喂。（随员白）未士打乌。我讲的系 Jabanese Lanqnage（疑为 Japanese Language 之误写——引者）咧唏。你唔知道咯。近日日本话都唔知几时兴。唔会讲几句唔算阔佬。好彩我做横滨领事个阵。就学晓了。只怕将来中国皇太后都要请我去传话哩。[①]

① 曼殊室主人度曲：《班定远平西域》（第三幕 平虏），载《新小说》第二年第八号（原第二十号），清光绪三十一年（1905年）九月。

这段话中，汉语中吸收大量的英语原词和日语原词，而且汉语以广东白话为主，辅之以明清书面白话。这种语体带有洋泾浜语言特质，很有拼凑的“后现代”语言风格，强烈讽刺了匈奴钦差与随员的自我张狂。日语、英语、德语、法语以及罗马字母等以“原装”的形式进入汉语，在五四新文学中更加普遍，如鲁迅喜欢采用罗马字母作为地名、人名；郭沫若、李金发、刘呐鸥、穆时英、梁遇春等人的文学汉语中，外语词汇比比皆是。

到了 1917 年胡适和陈独秀提倡白话文学时，胡适、鲁迅和周作人之前的多重汉语实践活动，已经把新名词在各自的语言构造中煎熬煮炒。新名词很顺当地进入了他们的白话构造中，成为新的文学汉语的重要的有机部分。

（二）欧化语法与汉语造型

欧化语法，有广狭二义。狭义的欧化语法仅仅指那些汉语中没有而从印欧语言中移植过来的语法形式。广义的欧化语法指汉语在印欧语的影响下产生的语法现象，既包括汉语原本没有、完全是由对印欧语法结构的模仿而出现的新兴语法形式，也包括汉语原本虽有、但只是在印欧语言的影响下才得到充分发展的语法形式。这里采用的是广义的欧化语法的概念。上文所说的新名词的吸收、罗马字母和其他语言原词的采用也都可算欧化语法现象。

汉语采用西方标点符号是最为明显的汉语欧化现象，西方标点符号进入汉语后成为汉语造型变化的重要内容。经过张德彝、王炳耀、严复、章士钊、胡适等人的介绍，西方标点符号被中国人所认识。晚清民初的报刊和书籍中不时会出现西方标点符号的身影。这个时期梁启超、鲁迅、周作人、吴稚晖等人在汉语中自觉运用西方标点符号以构造新的汉语表达。但这个时期对西方标点符号的采用并不系统，也不规范，因此对汉语造型的影响还不大。民国成立后，《科学》杂志采用横排版，《新青年》提倡白话文学，促使汉语更为系统地采用西方标点符号。西方标点符号系统进入汉语，伴随着白话文学的发生发展，成为白话汉语造型的重要因素之一。西方标点符号让书面的五四白话变成“有声”的语言，变成“鲜活”的语言，在语气上趋近言文一致。西方标点符号可以让五四白话变得“深沉”，把作者本意引向深入，从而改变口头白话的浅白。西方标点符号使五四白话的语句结构变得“丰满繁复”，变得复杂而繁多。

复杂的修饰语是汉语欧化的特征之一。文言或因书写条件的限制（比如书写在竹简或帛书上），或因文体形式的要求（比如五言诗、七言诗），或因语言伦理的规范（比如巧言令色），或因其他缘故，文言整体上崇尚简洁，中心语前的修饰语不会太复杂。印欧语言可以通过关系词而造出从句，如果直译就会使得汉语的句子延长。复杂的修饰语能让语意指向更为明确，能表达更为丰富的情感以及复杂的思想。

吸收新名词、采用西方标点符号、人称代词作主语时前加比较复杂的修饰语等，属于汉语欧化中典型的语法现象。除此之外，还有多种欧化现象，比如“是”词功能的拓展、“一+量词+名词性结构”形式的使用、“化”“性”“力”“品”“家”“者”等进行大量的构词。多种欧化因子进入汉语句子，改变着汉语的造型。五四时期的白话文因其所用白话宽广的自由而能灵活地吸收各种欧化因子，从而实现古代汉语向现代汉语的转变。

（三）“说理”的文学汉语

“说理”的文学汉语的第一层意思是运用汉语语法理论解剖文言表达的不当，从而为提倡白话张目。胡适曾运用语法知识批评林纾《论古文之不当废》中“方姚卒不之踣”一句的不通，从而给予古文致命一击。胡适的批判成为运用西方语法解读古文的经典个案，也成为新文学提倡时期的解构古文合理性的第一刀。鲁迅批评《学衡》杂志反对文言文的价值取向时也借用了语法武器。在鲁迅看来，《学衡·弁言》中“杂志迩例弁以宣言”，以“弁”与“杂志迩例”并列，是为混乱。萧纯锦《中国提倡社会主义之商榷》为了实现文言文前后对称的语言美学，不惜生造“造乌托之邦。作无病之呻者也”之类的语句。冯承堃《国学摭谭》中“三皇”搭配“寥廓”是为不当；“五帝搢绅先生难言之”中“难言”的主语和宾语不清楚，是为含混掺杂。邵祖平《渔丈人行》“楚王无道杀伍奢。覆巢之下无完家”，“完家”一语有语病。胡先骕《浙江采集植物游记》混用“游”与“记”两种体裁，即云“采集植物”，又云“游”，前后矛盾。胡适和鲁迅运用语法对文言的解剖，揭示出文言容易发生语法错误，告知人们文言表达之难，因而白话才是最合理的选择。

“说理”的文学汉语的第二层意思在于汉语因受印欧语言影响而作出合理的调整。这种调整是多方面的，这里主要讲民初时期“的”“地”“底”的区分以及“他”“她”“伊”的区分。

“底”作为助词在汉语的演变历史上一段漫长的过程。唐宋时期“底”已经具有了“的”的所有功能，综合了古文中“之”“者”“所”“地”等词作为结构助词的功能，“底”对这些功能的获取，除了语言的沾染、类化、语法化等因素外，口语向文言的挑战也是很重要的。在元代，“底”开始向“的”转化。[①]在晚清的白话小说中，就很难见到作为助词的“底”。晚清民初，翻译盛行。西方语法中形容词词尾和副词词尾的区分，给汉语中一统天下的“的”带来了挑战，比如如何翻译“the study of science”“scientific research”“to study scientifically”这三个短语？如果以“的”为助词，则全部成了“科学的研究”，这显然会造成语义误读。因此它们被依次译成“科学底研究”“科学的研究”“科学地研究”。名词领格和代名词领格后用“底”，形容词和定语后用“的”，副词和状语后用“地”。这是分化了近代汉语中“的”的功能。

在五四新文学的表达中，“的”的用法并没有统一的标准。鲁迅的《呐喊》“的”“地”和“底”不分，全用“的”。《新潮》第一卷第二期（1919 年 2 月 1 日），刊有胡适的《十二月一日到家》、叶绍钧的《春雨》、罗家伦的《雪》、顾诚吾的《悼亡妻》、俞平伯的《冬夜的公园》、傅斯年的《深秋永定门城上晚景》六首诗，这些诗在形容词和动词之间也全用“的”。《小说月报》第十二卷第一号（1921 年 1 月 10 日）是茅盾主编的改革号，冰心的《笑》[②]“的”和“地”不分。同期叶绍

① 王力:《汉语史稿》，中华书局 2001 年版，第 320 页。
② 冰心:《笑》，载《小说月报》第 12 卷第 1 号，1921 年 1 月。

钧的《母》[1]把“的”和“地”分得十分清楚，但是“的”和“底”不区分。俞平伯写于1921年9月30日的《凄然》严格区分了“的”和“底”。[2]可见五四时代“的”“地”“底”的区分不太清楚且不统一。

印欧语言中，第三人称单数代词常分阴性和阳性，比如英语中，第三人称单数主格代词分he和she，宾格代词分him和her。汉语无阴性和阳性之分，无主格宾格之别，全部都用一个“他”字。翻译汉语如果全部用“他”，就无法与英语中的“he”“she”“him”“her”一一对接，很容易造成歧义。因此，刘半农提出造“她”字来表示女性第三人称单数。“她”字在汉语中早已经存在，并非刘半农创造的。马礼逊在他的《英华字典》中就收有“她”字，不过“她”的释义中没有指代第三人称单数女性的义项。[3]如果从意义创新的角度看，也可认为现代汉语中的“她”字是刘半农首创的。刘半农从语言文字发展的角度，认为可以造汉字，可以改变汉字的意义，可以改变汉字的读音。这就为创造女性第三人称单数的代词奠定了合理性。他不同意周作人用“伊”而不用“她”的建议，列出三条理由：“伊”字使用地域很小，难求普通；“伊”表显女性没有“她”字明白；“伊”偏近文言，于白话中，不甚调匀。[4]第二条理由符合汉字的构造规律，“女”旁可以显示意义。第一条与第三条非常符合五四时期白话文学提倡者们对国语的想象要求。周作人后来有造一个汉字“他女”表示女性第三人称单数代词。白话文学提倡初期，“她”“伊”“他女”都被使用，后来“她”最终成为女性第三人称单数代词。

二、“有情”的文学汉语与文学主体

“有情”的文学汉语有两个基本的意义指向。第一，文学视野中的汉语与语言

---

① 叶绍钧：《母》，载《小说月报》第12卷第1号，1921年1月。

② 《俞平伯全集》（第1卷），花山文艺出版社1997年版，第116—118页。

③ 马礼逊《英华字典》对“她”字的释义：“她 Tseay. An ancient form of Tseay 姐 an elder sister. 见 Robert Morrison: Dictionary of the Chinese Language, part the first. Macao: Printed at the Honorable East India Company's Press, 1815.”引自［英］马礼逊：《华英字典》（1）．大象出版社2008年版，第605页。

④ 刘复：《“她”字问题》，《时事新报·学灯》1920年8月9日。

学视野中的汉语不同，后者基于一种普遍原则性的探讨，前者则基于文学汉语使用者的情感。第二，"有情"既然指向文学汉语使用者的情感，就与使用者的主体性捆绑在一起。那么，"情"与"主体性"是什么关系呢?

对于晚清民初的轴心作家而言，主体可分传统主体和现代主体。传统主体有其自身独立的主体性，这种主体性可视为传统主体性；现代主体也有其自身独立的主体性，这种主体性可视为现代主体性。当传统主体性被现代主体性取代后，传统主体才能转化为现代主体。就作家而言，即意味着现代作家的诞生。

"情"在汉语的语境中，与"性""欲""礼""理"等词语的概念纠缠一起。在此不必对这些概念纠缠做逐一辨析，而重点在明确"情"的内涵维度。王德威把抒情看作中国现代主体在革命、启蒙之外的又一面相。① "抒情""革命""启蒙"均为中国现代主体的行为方式。但如果就"情"而言，"革命"或"进行革命"，"启蒙"或"进行启蒙"，均可视为"情"的维度。晚清民初中国主体的"情"的内涵维度包括：民族主义取向、政治态度、革命姿态、启蒙意识、男女平权观念、个人价值观念、婚姻自由等。

晚清民初十位轴心作家都从旧式教育体制中走出来，接受过系统的传统教育。黄遵宪、梁启超、林纾、吴稚晖都曾中过举人；章太炎和王国维两人虽然没有中举，但也接受过系统的旧式教育；严复四次参加乡试无功而返，毕竟也是在科举考试的道路上滚爬过；鲁迅和周作人都曾参加过科举考试，因受到新式教育的影响而放弃；只有胡适没有参加过科举考试，但是也接受过基础的传统教育。他们的家庭境况、人生道路情形各异（鲁迅和周作人有很高相似性），出国道路不同。因而他们的中国传统知识和西方现代知识的储备有厚薄参差之分，价值观有中西新旧之别，面对中国急剧变化的现实作出的反应也有激进保守中庸之异。

当然，更为重要的一点，这些实践主体大多开始了"域外"体验，黄遵宪、严复、梁启超、章太炎、王国维、吴稚晖、胡适、鲁迅和周作人这九人或作为官

① 王德威:《现代抒情传统四论》，台大出版中心 2011 年版，第 2 页。

员出使，或被迫流亡，或官费留学，或私人访学，都曾经迈出国门，赴近代化程度很高的国家体验异域文化。唯有林纾没有踏出国门，但是他通过与懂外语的不同合作者的交流对其他国家的情形也有一些了解。

黄遵宪作为“东西南北人”的自我形象，骨子里还是中国传统士大夫。他关注的焦点在于晚清政府这个封建王朝的出路。从这个意义上而言，黄遵宪的主体仍然还是传统主体。不过，他已经从中国传统士大夫的圈子迈出了非常重要的一步，以一种相对开放的眼光放眼世界。

严复的译著为中国知识界引入以“群学”为核心的西方知识谱系，进化论、自由观、逻辑学、经济学、政治学、社会学等无不与中国传统知识迥异。从这个意义上，严复最有可能成为主体意识现代化的人物。不过，知识谱系的更新并未能更新主体意识。他猛烈抨击科举制度、介绍西方知识体、精心翻译西方著作，都是在为中国寻找富强之道，不过这个中国仍然还是清政府封建王朝的中国。政治上的保守、知识系统上的西化以及文学上的守成，决定了严复只是开眼看世界的中国传统读书人，他的主体性仍然以中国传统的主体性为支柱。

林纾是晚清民初文学界非常独特的存在。他虽然中举，但不为官，以教书、译书、绘画谋生。他关心时政、抨击社会弊端，其思想有启蒙色彩。他虽然曾对辛亥革命持有好感，但又忠心耿耿地祭拜光绪陵墓，其政治思想矛盾可见一斑。林译小说式古文一方面服从桐城派古文的各种规则，一方面又在“侵入”域外小说时不断突破这些规则，从而形成其“抵制—开放”的话语结构。林译小说式古文的“抵制—开放”话语结构恰好应和着他生命意识中“畏—狂”的人格结构。“畏”之超我的道德守成与“狂”之自我的抗拒时俗相互冲击，相互交织，从而外发为林纾在晚清到五四时期独特生命形态，即以古文翻译域外小说。

“笔锋常带感情”是梁启超自己对“新文体”概括的特征之一。这种情感的根基在于他以“群学”为核心的人学思想，主要表现在两个方面：第一，服从国家理性和忠于封建王朝的矛盾性结合。第二，借用西方文明之力以新民。梁启超办报纸、介绍西方各种学说、主张西方教育和翻译西方著作等，无不表明他要借西方文明之力来新民。有学者指出，希望、热诚、智慧和胆力这四个要素是梁启超“西方文化力本论”的主要内容。[①] 梁启超这种丰富情感的西方维度似乎预示着一个现代主体的必然降临，然而，他以“群学”为基础的人学思想，无法抵达现代独立主体性的深处。

章太炎以汉语为根基夯实着他的学术“自心”。许寿裳对章太炎有个较为全面的评论：“以朴学立根基，以玄学致广大，批判文化，独具慧眼，凡古今政俗的消息，社会文野的情状，中、印圣哲的义谛，东西学人的所说，莫不察其利病，识其流变，观其会通，穷其指归。”所以称为国学大师。[②] 章太炎在维护汉语汉字的正当性、汉文文体的合理性、中国国性的独立性等方面四面迎敌，毫不畏惧。但“章的危机意识使得他反复地回归言语文字这一最后的方舟”[③]，使得其“自心”不断向传统内缩，反而限制主体的开放性生长。

王国维虽然早年接受过传统教育，但他学术的真正起步是在学习日文和英文后阅读康德、叔本华等人的著作开始的。他接受叔本华的悲剧观所形成的审美现代性以及所进行的旧体诗词创作，已经初步具备现代个体的自主性。但是他中途放弃了哲学思考和文学创作，从而使得那个稚嫩的现代个体的自主性无法生长了。当他叹息清王朝的权力移交以及甘心在溥仪身边做事的时候，他早期阅读康德和叔本华而产生的以美学自由观为核心的现代意识已经被压入传统主体意识的阴影中。

吴稚晖虽中过举，但以教书、办报为主，因《苏报》案而流亡欧洲。吴稚晖于 1895 年前后创制豆芽字母，在家庭内部传播。1907 年至 1910 年，他流亡欧洲，激进地提倡万国新语、废弃汉字；在政治上接受无政府主义思想，以反抗清政府。他常常把自己的写作称为“游戏”之作，“游戏”观强调的是一种自由精神与主体精神的张扬，这种主体性表现为自嘲人格结构与科学理性精神的结合。实际上，

① [美] 张灏：《梁启超与中国思想的过渡（1890—1907）》，崔志海、葛夫平译，江苏人民出版社 1995 年版，第 133 页。

② 许寿裳：《章太炎传》，百花文艺出版社 2004 年版，第 4 页。

③ [日] 木山英雄：《文学复古与文学革命》，赵京华编译，北京大学出版社 2004 年版，第 222 页。

吴稚晖的主体性已经具备现代个体主体性的部分内涵，比如科学理性精神。只是因为其自嘲人格与五四时期所想象的“新青年”的主体性不一致而被放置一边。

胡适曾经以“狂”自诩[①]，“狂”往往意味着对现实不满以及寻找新的可能性。美国留学时期，他的“狂”被自由主义精神以及杜威的实验主义所锻造，形成他主体性的内涵。他通过赫胥黎对达尔文进化论的改造，一方面修正了自然界森林原则的进化论思想与人类社会的参差，一方面又把赫胥黎的怀疑精神与胡适所接受的中国考据学派的考据精神相应和，通过杜威的实验主义而形成一个比较完整的思想脉络。他于1916年4月13日写的《沁园春·誓诗》[②]，上片强调事在人为，融合了西方进化思想以及中国传统的人定胜天的观念；下片明确而坚决地提出“造新文学”的主张。因此，胡适新文学革命的主张线条为造新文学—造人—重造故国。这样的主张落实到《文学改良刍议》里就是要用现代的语言来表达现代人的思想情感，凸显的是一个以中国式杜威实验主义精神为支柱的自由主体。

鲁迅在日本留学时期，把对国民性的改造建立在对个人的想象上。鲁迅对“个人”的想象一开始就把个人放置在国家/个人以及国民（群）/个人的对立关系中思考。他认为首先需要改造的是中国个人的心灵与精神，热烈呼唤“作至诚之声”的“精神界之战士”的出场。[③]既然呼唤真的心声，诚的心声，就必须反对“伪”的话语。“心声者，离伪诈者也。”[④]“诚—伪”对立的精神结构成为鲁迅留学时期对个人想象的内核。《狂人日记》中狂人治愈的结果虽是必然的，但他发狂的意义却是革命性的。绝望虽然注定，但反抗绝望却是确定自身的方式；等待的终点虽然是坟，但走向坟的过程却是确定自身的方式。因而在鲁迅身上催生了一个以对抗的方式与现实共生的自我。由语言的“诚—谩”二元对立结构而来的语言否定主义，由精神的“真—伪”二元对立而来的个性张扬，两者结合在那个以对抗的方式与现实共生的自我中，从而形成鲁迅独特的怀疑而抵抗的主体。

---

① 如“多谢殷勤我友，能容我傲骨狂思”（《满庭芳》），“春申江上，两个狂奴”（《沁园春·别杨杏佛》）。

② 胡适：《胡适留学日记》（下），安徽教育出版社1999年版，第303页。

③《摩罗诗力说》，载《鲁迅全集》第1卷，人民文学出版社1981年版，第100页。

④《破恶声论》，载《鲁迅全集》第8卷，人民文学出版社1981年版，第23页。

周作人对现实与政治的态度时冷时热。辛亥革命后，绍兴光复，他确实热情了一把。他的《庆贺独立》热烈赞颂绍兴光复，高呼昨日之绍兴“犹为奴隶之绍兴”，而今日之绍兴“已为自由之绍兴”①。而《望越篇》(1912)则表明周作人在辛亥革命兴奋期过后的冷静思考，他转向对文明传统的批判。周作人由辛亥革命后对社会以及国民的批判，引出他对“个人”“个性”的思考。“个人我见，代之以兴。”②周作人通过对儿童的发现做了“辟人荒”的事业，有两重意义。第一，形成了他对人的现代理解。③在《人的文学》中，他定义人为“从动物进化的人类”，包含两个方面：“从动物”进化的和从动物“进化”的。第二，周作人对儿童的发现，对人的现代理解，以理想的国民为目的。他认为儿童是“未来之国民”④。周作人以儿童的发现为中心的人的解放，一方面重视人的灵肉二重性的合理性，一方面又在现实层面把儿童想象为未来的国民。经过1920年前后对文学汉语实践的调适，周作人把人的解放返归自身时，把它落实在知言型文学汉语的塑造上，于是形成他的智性主体。

晚清民初十位轴心作家的以“情”为核心的主体性内涵各不一样，如果把他们对“国家”(清政府/中华民国)—“国民”(群)—“人”(个体)三者关系的处理稍作梳理，则有一条较为明晰的线索。大体而言，黄遵宪、严复、林纾和王国维的主体处在君臣关系中，可谓传统的君臣性主体；在清末民初王纲解纽的时代里，梁启超、吴稚晖和章太炎处在国家与国民关系中，可谓国民性主体。鲁迅、周作人和胡适三人与前七位轴心作家非常不同，前七位作家对“国家”(清政府/中华民国)—“国民”(群)—“人”(个体)做一种顺向想象，而且到“人”(个体)

① 周作人(署名顽石)：《庆贺独立》，载钟叔河编：《周作人散文全集》第1卷，广西师范大学出版社2009年版，第222页。

② 周作人(署名启明)：《民族之解散》，载钟叔河编：《周作人散文全集》第1卷，广西师范大学出版社2009年版，第238页。

③ 可以参看张福贵、靳丛林：《中日近现代文学关系比较研究》中第五章“周作人与日本白桦派”，其中论及周作人的“人”的观念与武者小路实笃的“自我”之间的关联。吉林大学出版社1999年版，第129—167页。

④ 周作人(署名启明)：《儿童问题之初解》，载钟叔河编：《周作人散文全集》第1卷，广西师范大学出版社2009年版，第246页。

这个环节往往已经无力施展。而鲁迅、周作人和胡适对“国家”（清政府/中华民国）—“国民”（群）—“人”（个体）做一种逆向实践，切实着手进行“人”（个体）的建设，由“人”（个体）的解放而启蒙“国民”，由“国民”的觉醒而建立现代的“国家”。胡适的自由主体、鲁迅的怀疑而抵抗的主体以及周作人的智性主体，属于五四时期的个人性主体。

三、“有文”的文学汉语与文学形式

文学汉语的“有文”之“文”指的是文学形式。文学汉语总是文学中的汉语，不是指那些毫无体式的菜单和账簿。因此，文学汉语的“有文”就有了内在根据。晚清民初，中国传统的文类依旧存在，但西方以及日本的文学形式开始进来，中西文类的碰撞以及融汇孕育了文学形式的生机。

中国传统文类的体系庞大，等级秩序鲜明，其中“诗”“文”为尊，“小说”“戏剧”为卑。黄遵宪“新世界诗”中的《日本杂事诗》表现新事物时不得不加注，表明传统的旧体诗形式表达新事物的捉襟见肘。钱锺书所评的“棱胜于珠”显示了一种新的可能性：打破旧体诗形式的壁垒，采用更为散体的形式。梁启超、谭嗣同、夏曾佑、蒋智由等人提倡“诗界革命”，主张旧体诗吸纳新名词以表达新意境。他们进行了大胆的尝试，如梁启超《壮别二十六首》、谭嗣同的《赠梁卓如诗四首》《金陵听说法诗》①、夏曾佑的《无题》②、蒋智由的《卢骚》③。但是他们的旧体诗采用新名词遭遇了困难。旧体诗尤其是近体诗的格律规范依靠着汉字一音一字一词相统一的语言特征。“新名词”因翻译而来，有单音节的，以一个汉字来表

① 兹举一首：“虚空以太显诸仁，络定阎浮脑气筋。何者众生非佛性，但牵一发动全身。机铃地轴言微纬，吸力星林主有神。希卜梯西无著处，智悲香海返吾真。”谭嗣同：《赠梁卓如诗四首》，载何执编：《谭嗣同集》，岳麓书社2012年版，第263页。

② 兹举两首：“冰期世界太清凉，洪水茫茫下土方。巴别塔前一挥手，人天从此感参商。”“帝子采云归净土，麦加文石镇欧东。两家悬识昭千祀，一样低头待六龙。”夏曾佑：《无题》，载杨琥编：《夏曾佑集》（上），上海古籍出版社2011年版，第426页。

③ 蒋观云《卢骚》：“世人皆欲杀，法国一卢骚。民约昌新义，君威扫旧骄。力填平等路，血灌自由苗。文字收功日，全球革命潮。”《新民丛报》第三号，光绪二十八年二月一日。

达，比如严复的许多译名；有双音节以及多音节的，以两个汉字或多个汉字表达。大多“新名词”属于后一类，进入旧体诗的诗句会给押韵和节奏带来极大的挑战。梁启超的诗歌《赠别郑秋蕃兼谢惠画》不得不以括号形式对“士蔑”“颇离”“梳会”“欧”“科葛米讷”“芦丝”① 作出解释。“诗界革命”的创作实践表明旧体诗对“新名词”的吸收非常有限，如果文学形式不突破自身就无法吸纳更多的“新名词”，也就无法表达新意境。

与“诗界革命”者的道路不同，王国维因读叔本华和康德的著作而进入旧体诗词的创作。他的旧体诗词并无多少新名词，但是也能表现新意境。他后来曾高度评价元杂剧语言成就是“实于新文体中自由使用新言语”②。对于元杂剧而言，“新文体”即元杂剧，“新言语”即元杂剧所用的经过艺术加工过的口语。如果以“于新文体中自由使用新言语”的特征反观王国维自身的创作实践，则会是怎样一种风景呢？这个命题在王国维的诗词创作中要转化为：在旧文体中如何尽量使用新言语。这里的“新言语”并非与传统的诗词语言截然不同，而是指不用典而雅洁的语言。观《人间词》，凡是那些多用“厩马”“霜华”“邮亭”“绣衾”“银釭”等陈词的篇章或语句，多不出色。凡是那些不用陈词、不用典故的篇章或语句倒有可能意境深远、精彩绝伦。王国维确实已经具备成为五四新文学阵营中一员的基本条件。他如果用“自然语言”来写戏剧，有可能成为现代戏剧的开路者；如果用“自然语言”来写旧体诗，也许会走向改变旧体诗的道路。

“诗界革命”的实践已经不能为诗歌革命找到合理的出路，王国维诗词创作采用“自然”语言，倒显示了表达新意境的可能，但是他没有继续实践。胡适在晚

---

① 梁启超《赠别郑秋蕃兼谢惠画》：“我闻西方学艺盛希腊，实以绘事为本支。尔来蔚起成大国，方家如鲫来施施。君持何术得有此？方驾士蔑凌颇离。（英人阿利华·士蔑 Oliver Smith，近世最著名画师也。希腊人颇离奴特 Polygnotus，上古最著名画师也。）一缣脱稿列梳会，（君尝以所画寄陈博览会评尝，列第一云。博览会，西名曰益士彼纯 Exhibition，又名曰梳 Show。）万欧（谓欧罗巴人也）啧啧惊且咍。乃信支那人士智力不让白晰种，一事如此他可知。我不识画却嗜画，悉索无纳良贪痴。五日一水十日石，君之惠我无乃私。棱棱神鹰兮，历历港屿……缭以科葛米讷兮，藉以芦丝（西人有一种花，名曰科葛米讷，Forget me not，意言勿忘我也。吾译之为长毋相芦花，芦丝 Rose 即玫瑰花。君所赠画，杂花烘缭，浓艳独绝。）（辛丑三月澳洲作）”，《饮冰室文集点校》第 6 册，云南教育出版社 2001 年版，第 3731—3732 页。

② 《宋元戏曲考》，载《王国维遗书》第 9 册，上海书店出版社 1996 年版，第 647 页。

清民初的诗歌实践方式更为丰富，包括创作旧体诗词、翻译英语诗歌以及创作英语诗歌。另外，在与朋友们关于文学的论争中，开始尝试创作比较自由的诗体进行回应。这些汉语实践活动增添了对诗歌体式的考量与琢磨。其中，翻译英语诗歌让他深刻体味了选择汉语诗歌体式的艰难。翻译拜伦的《哀希腊歌》时，他深感“译诗之难。首在择体”①。苏曼殊所译的五言体《哀希腊》和马君武的七言体《哀希腊》都不能让他感到满意。他觉得骚体才是最合适的诗体，因为骚体“不独恣肆自如。达意较易。而于原文精神气象皆能委曲保存之。盖说理述怀。莫善于骚”②。胡适考虑诗体主要有两个因素：是否能够达意和“精神气象”是否比较契合。“达意”即能比较准确地表达原诗意思。“精神气象”即诗的语言造型以及抒情结构所呈现的诗体特征。胡适对译诗所采用的诗体的考量与琢磨，转化为所创作诗歌诗体的要求，即如何表达自身的体验，如何塑造合适的汉语造型以及抒情结构来表达自身的体验。他经过多种关于诗歌的实践之后，得出“作诗如作文”的诗歌主张，意在打破对诗歌表达的种种束缚。并把这种诗歌主张返回到诗歌实践中，于是《尝试集》得以问世。

如果按照中国传统的“文”“笔”之分而言，“文”大体指现代“文学”（literature）一词所包含的“散文”一类。晚清民初，中国传统“文”类的遭遇以及变化呈现多种面貌。

科举制度的废除，报刊文章的兴起，新的文学主张的出现，使得八股文失去了昔日的辉煌。但是晚清民初一大批著名学者都是从科举考试出身的，他们如何解构八股文的书写规范成为晚清民初“文”类变化的表征之一。其中最有代表性的人物是梁启超。梁启超对八股文的解构主要从两个方面进行：第一，改变八股文代圣人立言的主题规范；第二，改变八股文结构体式的起承转合和股比特征。民国后，章士钊、黄远庸、高一涵、陈独秀等人的政论文，尤其是章士钊的逻辑文，延续了解构八股文的脉络。

①② 《英国诗人裴伦哀希腊歌》，载《胡适遗稿及秘藏书信》第 11 册，黄山书社 1994 年版，第 183 页。

晚清民初，“文”的另一重要支脉是桐城派式的古文，其整体倾向是走向衰落。严复和林纾这两位著名“译才”都被视为桐城派古文的代表。两人译作的巨大成功显示古文在不同的领域开辟了新的殖民地，但同时也因不时突破古文的藩篱而打开了古文新变的向度。严复虽然追求“信达雅”的翻译标准，而《天演论》译稿采用“译文正文＋严复案语”的双重文本结构。《天演论》译稿对原文第一人称叙事的改变、译文中添加中国典故等改变了原文的叙事特征。严复特别喜欢选用单音节词对译西方的学理名词，造成他译著语言的难度。文言虚词的多用造成语句的丛绕，颠倒西方语句造成语义的模糊。这些都表明严复译著对语言新机的压制因而无法突破古文的藩篱。林译小说用古文翻译长篇叙事故事，对中国现代小说的发生贡献巨大，对古文自身却是一把双刃剑。一方面林译小说展示了古文前所未有的叙事功能；另一方面也给古文自身凿出了许多裂缝。林译小说所用古文的“含蓄”的美学原则无法对接西方小说中大胆直接的抒情方式，尤其是男女异性之间爱情的抒情方式。林译小说所用古文的语法原则也很难表现西方小说幽默等特质。林纾自己所建造的古文意境说的美学原则不仅很难适应晚清民初那种现代个体表达自我的内在要求，相反构成一种压制性因素。可以说，不但没有拯救古文，而且严重遏制着古文的发展。严复和林纾，还有桐城派作家姚永概、姚永朴等人的古文，都因无法开放自身而逐步衰落。

晚清民初，“文”的第三支脉是章太炎的古文。章太炎的古文特征在于文字古雅和文类纯正的完美结合，并以此发现魏晋“文学”中个性自由的闪光。他以此为据，毫不留情地批判梁启超的“新民体”和林纾、严复的“古文”的弱点。章太炎的古文具有强大的“吸新”大法，即新名词、新句法、新学理等无论多新的要素，都被他那牢固而纯正的文类大厦所整合。他作为“有学问的革命家”，晚清民初所做的众多演讲使得他的演讲语言不得不趋向一点点的口语化，但是这并不能松动他古文的纯正性。章太炎的古文，不论同时代人还是学生弟子辈人物均无人能及。到五四新文学时期，鲁迅、胡适和周作人等人的白话散文展露现代性文学曙光的时候，章太炎古文只能孤独落幕。

晚清民初，“文”的第四支脉是吴稚晖的游戏文。吴稚晖的游戏文类似弗洛伊德所说的“自由的胡说”，他自称为“瞎三话四”的文体。这种文体首先打破了文言与白话的界限，塑造了一种文白融合、以白为主的语体形态；其次，这种文体具有极大的开放度，科学理性的严肃表达与闲言碎语的插科打诨相结合，枝叶相扶而主干逻辑清晰。最后，这种文体张扬的是一种个体自由的精神。晚清民初的文坛上游戏文大量涌现，是一个值得研究的文学现象。但是没有人的游戏文能像吴稚晖的文章那样具有极大的开放度。吴稚晖的游戏文出自一种自嘲人格型的主体，而这种主体不可能成为五四时期的理想类型，因而吴稚晖的游戏文只能独自游戏了。

周作人在晚清民初的文坛上，以翻译小说走上文坛，而以创作美文著称。他对梁启超的“新民体”文、严复译著和林纾译著所采用的桐城派古文、章太炎所维护的纯正的文类，都有较为深入的吸收，但又不是步其后尘。他的语言实践的多样性推着他走上塑造“文”的另一条道路。周作人在文言翻译、文言创作、白话翻译与白话创作的多重实践中，逐渐形成了他独特的知言型文学汉语以及独特的美文文类。这种美文的特征在于：语言结构上表现为对各种“言语”的合理裁融；平等趋同的虚拟读者与中庸的叙述机制的结合；植根于人生体验的博识体会；追求“涩”的美学趣味。与周作人美文发生的方式类似，胡适浅白通俗而逻辑清晰的白话文和鲁迅的“杂感”文，都可以在他们多样的汉语实践的过程中找到明显的轨迹。

随着作为小说现代载体的报纸杂志的迅速发展，小说经过康有为、梁启超、夏曾佑、严复和梁启超等人的大力提倡后，开启了它从中国传统文类的边缘向现代文类中心进入的步履。晚清民初小说可分翻译与创作两类。根据语体的不同，翻译小说可分文言翻译小说和白话翻译小说；创作可分文言创作小说和白话创作小说。十位轴心作家在 1918 年前的汉语实践中，文言翻译小说有林纾与他人合译的大量林译小说，梁启超的《世界末日记》、周氏兄弟的《域外小说集》、周作人的《侠女奴》《匈奴骑士录》《黄蔷薇》、胡适的《柏林之围》《百愁门》《梅吕哀》

等；文言创作小说有林纾的文言短篇小说集《技击余闻》《践卓翁小说》一、二、三辑、长篇小说《剑腥录》《金陵秋》《冤海灵光》《巾帼阳秋》《劫外昙花》以及鲁迅的短篇《怀旧》等；白话翻译小说有梁启超的《佳人奇遇》《十五小豪杰》、鲁迅的《月界旅行》《地底旅行》、胡适的《最后一课》等[①]；白话创作小说有梁启超的《新中国未来记》，吴稚晖的《上下古今谈》《风水先生》等。单从十位轴心作家的汉语实践来看，他们文言小说（包括翻译和创作）要多于白话小说（包括翻译与创作），因为林译小说量大。不过也有学者通过对晚清小说的整体把握，认为晚清白话小说与文言小说处于“相对平衡的状态”[②]。翻译小说中，虽然林译小说量大而且影响大，但伍光建所译的《侠隐记》《续侠隐记》以及《法宫秘史》的前、后编全用白话，稍微改变了文言翻译小说一统天下的局面。[③]创作小说中，白话小说自韩邦庆的《海上花列传》出版后，李伯元、吴趼人、刘鹗等人的白话小说影响较大，而民国以后骈文小说徐枕亚的《玉梨魂》、吴双热的《孽冤镜》、李定夷的《伉俪福》等骈文小说[④]却又风行一时，苏曼殊的文言小说《断鸿零雁记》《绛纱记》《焚剑记》《碎簪记》等在民初颇受时人欢迎。

如何打破这种“相对平衡的状态”？如果不单纯从量的多少来衡量这种平衡，而是从小说内质的变化来考虑的话，吴稚晖的白话小说已经预示了打破这种平衡的可能，鲁迅的白话小说则彻底完成了这种打破。吴稚晖的《风水先生》（1909）以荒村为人物活动场所的环境，风水先生与工人群体的矛盾、文言白话的夸张离奇，显示了人类的某种荒诞性，具有比较鲜明的“准现代”色彩。鲁迅晚清民初的汉语实践，就小说而言，既有《月界旅行》《地底旅行》这样的准白话译述，也有《域外小说集》中《谩》《默》《四日》这样的文言翻译；既有《斯巴达之魂》这样“翻译”兼“创作”的文言译述，也有他自己创作的《怀旧》这样的文言短篇。

① 梁启超的《佳人奇遇》和鲁迅的《月界旅行》《地底旅行》都参用文言。

②③ 陈大康：《晚清小说与白话地位的提升》，《文学评论》2011年第4期。

④ 陈平原在《中国现代小说的起点——清末民初小说研究》（北京大学出版社2005年版）一书中采用“骈文小说”这一说法；也有学者使用“骈体小说”这一说法，见郭战涛：《民国初年骈体小说研究》，广西师范大学出版社2010年版，第85—90页。

他的小说已经在准白话译述、文言翻译以及文言创作三重汉语实践中煮熬一番。就差最后一步，创作属于他自己的白话小说。鲁迅在这三重汉语实践中，操练书面白话、吸收西方标点符号、怀疑语言的可信度、合理设置对话与场面、揭示隐秘的心理活动，这些都为创作现代的白话小说准备了条件。终于，他的《狂人日记》完成了他小说创作的飞跃。语言否定性成为创作《狂人日记》的发生机制；狂人白话与书面文言、日常白话之间的包孕与搏杀，显示了狂人、“余”、隐含作者与鲁迅之间复杂纠结的关系，由此发生了对启蒙者启蒙合理性的批判性思考；汉语欧化的创造性运用使得现代主体得以出场。《狂人日记》因而完成了现代小说的诞生。

综上所述，“诗”“文”“小说”这三种文类形式被晚清民初的汉语实践催生了各自新的形式。从传统的“诗”“文”“小说”文类形式中催生出新的“诗”“文”“小说”文类形式过程中，如下因素对文学形式的发生起着重要的作用：翻译实践促使中国传统文类在中西文类碰撞中不得不解放自身，使得新的文类的发生成为可能；晚清民初多样性的汉语实践，林译小说、周氏兄弟的《域外小说集》、骈文小说、五言体 / 七言体 / 骚体所译域外诗歌等文言翻译与文言创作将文言的叙事与抒情功能推到极致，而中西文明碰撞中的中国作家主体需要表达更为复杂、更为个性的体验时不得不诉求于趋向言文一致的白话语体，从而推动了新的文类的发生；第一人称代词“我”对“余”“予”“吾”的收编，西方标点符号的采纳，以及新名词的吸收，欧化句式的创作，为书面白话语体注入新的活力，从而使得现代所需的白话语体成为可能；随着现代报刊媒体的兴起，作者与读者之间的关系向更为平等的方向滑动。

四、结语

黄遵宪、严复、梁启超、林纾、章太炎和王国维这六位轴心作家的语言实践显示，翻译新名词的引入、固有词语意义空间的打开、西语精密表达方式的吸纳、汉语自身规范的形成（如“吾”“我”“余”等人称的统一）、西式标点符号的采用，与带有某些现代意识的君臣性主体或国民性主体，结合在各自具有一定开放度的文学形式中：黄遵宪的“新世界诗”、严复的翻译体古文、林译小说体翻译古文、章太炎雅驯的古文、王国维的古文书写以及梁启超的新民体。但是这些轴心作家们各自的“有理”“有情”“有文”三位一体的文学汉语实践显示，一方面这些轴心作家内部的文学汉语之间相互挤压，一方面遭遇到更为年轻一代的文学汉语的挑战。吴稚晖“自由的胡说”把脏话、雅语、文言、白话、新名词与方言等融为一体，塑造出丛林型或者说万花筒式的语言造型，形成“瞎三话四”的文体，成为新文学时期白话文的奇葩，这种语言造型诚有个性，但无法成为五四时期所想象的“国语”，他那种自嘲人格结构与科学理性精神相结合的主体诚可视为一种现代主体，但不可能成为国民效仿的主体。

通过多样的文学汉语实践，胡适、鲁迅和周作人把握到了语言表达的某种根源性。他们对上述七位轴心作家中某些人的文学汉语曾非常着迷，甚至模仿。他们在各自多种汉语实践中体悟轴心作家们文学汉语的开放与自由、紧闭与压迫，从而萌发寻找新的文学汉语的发展方式。罗兰·巴特说：“写作本身乃是一种悟（satori）。”[①] 此处的“写作”对于胡适、鲁迅和周作人而言，就是文学汉语实践。尽管罗兰·巴特所说的“悟”也许带有东方禅宗里摈弃语言的顿悟色彩，但我觉得把这种“悟”理解为对语言的深层捕捉更为恰当。写作是一种悟，乃是一种语言之悟。正如罗兰·巴特所言：“通过一种新的语言（这种语言能直接反映出我们自身的情况）去认识我们的语言之不足；要知悉那些难以设想的事物的底蕴；想通过其他规范、其他句法的作用，以扬弃我们对事物既定的成见；在言谈中，流露出主体中某些意想不到的内涵，把主体从一种自缚的情况下解救出来；一句话，想进入那种不可转译的境地，去经历而不是掩抑那种震撼，直到我们这里每一件西方的事物都摇摇欲坠，父系语言的那些权利和地位统统摇晃不已。”[②] 那么，他们何以可能产生“悟”？首先是文学翻译这种语言实践让胡适、鲁迅和周作人“悟”

① [法] 罗兰·巴尔特：《符号帝国》，孙乃修译，商务印书馆 1996 年版，第 5 页。

② 同上书，第 7—8 页。

到文言汉语在表达形式上的不足和在文化上的压制。胡适和鲁迅在汉语实践中甚至“悟”到晚清白话小说那类白话汉语的不顺。鲁迅《月界旅行》和《地底旅行》的准白话译述并不直通《狂人日记》的否定性白话，胡适《真如岛》等文的白话并不直通《尝试集》的白话。可见晚清白话实践中的白话并不直通五四新文学的白话。晚清进行白话实践的轴心作家，同时也都在进行文言实践（文言翻译或文言创作），因此都要经过从文言实践向白话实践的转换，有时还经历过文言实践内部自我否定的创痛。只有这样，才有可能通向现代的文学汉语的实践。在胡适身上，“实验性白话”（“理”）塑造的白话韵文（“文”）让胡适的自由主体（“情”）得以出场，于是《尝试集》得以完成，白话新诗得以发生。在鲁迅身上，鲁迅那个怀疑而抵抗的主体（“情”）在语言的否定性场域（“理”）中，以白话小说的方式（“文”）把自己委托给绝望，于是《狂人日记》得以产生，于是新的白话小说得以发生。在周作人身上，知言型文学汉语（“理”）塑造的美文（“文”）得以让周作人那个智性主体（“情”）显露，于是现代美文得以发生。

由此观之，文学汉语实践的现实性表现为晚清到五四新文学时期的历史客观状态。文学汉语实践的能动性表现为中国士人 / 现代知识分子们（比如轴心作家）主动吸纳或抵制西方语言价值观、西方词语语法叙事方式的意志。文学汉语实践的自由性表现为从晚清到五四新文学时期的中国士人 / 现代知识分子们能充分自主地写作。最突出的是文学汉语实践的自由性。这个时期是王纲解纽的时代，是“无名”时代，是中国历史上最为激烈的转型时代，而一切的文学汉语实践却是在一种相当宽松的环境中进行（虽然晚清政府也有禁止报刊的发行，但是像《新民丛报》《民报》《新世纪》等得以在海外自由刊行）。文学汉语实践的自由性保证了文学汉语实践能动性的发挥。晚清民初汉语实践的自由探索和精彩纷呈，终于在胡适、鲁迅和周作人的文学汉语实践中得以提升与裂变。胡适的白话新诗、鲁迅的现代白话小说和周作人的现代美文得以发生，意味着中国现代文学的发生。中国现代文学的“发生”，不同于中国现代文学的“转型”。“转型”是“新”的代替“旧”的，“旧”的被“新”的取代。“发生”意味着“新”的已经出现，但“旧”

的也许依然存在。晚清民初十位轴心作家的汉语实践表明，中国现代文学确从中国传统文学与西方文学的碰撞交汇中发生发展，但它“发生”之时周围却仍然是中国传统文学。当然，中国现代文学既然已经“发生”，就具有独立生长的能力，能为自己开辟出发展的道路。

原刊《学术月刊》2021 年第 12 期

为“文言”一辩

——语言辩证运动与中国现代文学的源起

陈建华*

一、前言：探索文学动力学

自20世纪80年代中后期以来，中国现代文学研究在“20世纪中国文学”的观念主导下，“重写文学史”的理论与实践千姿百态，无数被压抑的作家与社团浮出地表，文学地图愈益复杂，如“双翼齐飞”①“民国文学”②“多元一体的文学结构”③或“多元共生体系”④等论述呈现话语繁盛、学派纷呈的态势。这样的成就来之不易，体现了新时期以来改写“革命”正典、回归文学与尊重历史的结果。尽管如此，迄今在有关现代文学“起源”方面，相对于“20世纪中国文学”的观念似有一种“过犹不及”的有趣现象。所谓“过”即把“起源”追溯到晚清，具代表性的如严家炎先生提出现代文学应当起始于1880年代黄遵宪在《日本国志》中“言文合一”的主张。⑤另一种“不及”基本上则属于主流书写，作为高校教材的《中国现代文学三十年》与数部《中国现代文学史》，一律标明把1917年

---

* 作者为上海交通大学致远讲席教授。

① 参见范伯群主编：《中国近现代通俗文学史》，江苏教育出版社2010年版，第1—27页。

② 参见张中良：《民国文学概念与民国文学》，花城出版社2014年版。与此密切相关的是有关“民国机制”的论述，参见李怡：《民国机制——中国现代文学的一种诠释框架》，《广东社会科学》2010年第6期。

③ 参见朱德发、魏建主编：《中国现代文学通鉴（1900—2010）》，人民出版社2012年版。

④ 参见陈思和、王德威主编：《建构中国现代文学多元共生体系的新思考》，复旦大学出版社2012年版。

⑤ 严家炎：《中国现代文学的“起点”问题》，《文学评论》2014年第2期。

作为中国现代文学“发生”的起点。[①]其实这两者并无不同，都以白话的迷思为基础。

由1917年所标示的“五四”，照今天理解是个多元杂糅的文学复合体，而对白话的强调也是一种较为中性的语言立场，却仍然是个“迷思”，它延续了现代与传统、白话与文言、新与旧之间二元对立的思维缺陷，而且排除了从20世纪初近二十年的文学，由是不可思议地错失了两个至关重要的节点：一是在世纪初，空前的民族危机见证了一场辉煌的文学动员与理论建构；另一是在民国初，东亚第一个共和国的开创给文学带来了深刻转型。这两个节点对于中国文学现代性相当于危机与复兴的寓言，这不光是政治上，更是文学上的，其历史意义在很多方面并非“五四”思想所能涵盖或比侔，而它们遭到排斥，主要因为发生于白话文运动之前，或者说是出自对文言的心理障碍。

众所周知，1899年梁启超在《夏威夷游记》中呼唤“支那非有诗界革命，则诗运殆将绝”，文学被召唤到救亡变革的前台，此“诗运”与“国运”密切相关。嗣后短短数年间王国维、章太炎、刘师培、周氏兄弟、黄人、徐念慈等一一亮相，他们的论述在语言改革、文学的情感与审美功能、小说的现代身份、以文化本位融合外来文化以及文学传统内在的创新转化等方面为中国现代文学创发了一个精彩的开端，而这一令人瞩目的理论景观是通过文言得以呈现的。虽然现代文学史在叙述晚清这一段时，一般都会论及王国维的《红楼梦评论》，却不会与他的“古雅”主张相联系；或高度评价鲁迅的《摩罗诗力说》等早期作品，然而很少关注他的古奥文言与“复古”思潮之间的关系。对于民国初年这一节点笔者最近有所论述[②]，因此本文仅对于20世纪初的文学理论建构作一种历史脉络化的描述，在

① 钱理群、温儒敏、吴福辉：《中国现代文学三十年》，北京大学出版社1998年版；朱栋霖、丁帆、朱晓进：《中国现代文学史，1917—1997》，高等教育出版社1999年版；朱栋霖、朱晓进、龙泉明：《中国现代文学史，1917—2000》，北京大学出版社2007年版；程光炜、刘勇、吴晓东、孔庆东、郜元宝：《中国现代文学史》（第二版），中国人民大学出版社2007年版。

② 陈建华：《“共和”的遗产——民国初年文学与文化的非激进主义转型》《共和主体与私密文学——再论民国初年文学与文化的非激进主义转型》，《二十一世纪》2015年第10期、第12期。

知识社群与报纸杂志所形成的竞争场域中考察各种文学话语，而在各种文学观念的碰撞与融通过程中显示出各自对于国族想象、学术谱系与美学趣味的不同取向。富于启示的是，由于国族危机的逼迫，在临危受命之际，中国文学跨入了现代，但是文学的根本使命不仅在于应付危机，而在建设和谐社会与美善人性方面被赋予更高更富远见的使命。

新时期以来文学发展所汲取的历史资源是什么？是否有其内在的发展逻辑？就改革开放的精神而言，这与其说拜赐于"五四"，毋宁在接受和消化20世纪初所奠定的理论遗产。首先从语言上看，20世纪中国有两次语言转向，一次是五四时期由"国语运动"与"白话文运动"所造成的语言转向，80年代以来出现又一次以"汉语"为中心的语言转向，如申小龙对《马氏文通》以及中国现代语言学唯西化是从的反思①、柯灵的白话"后遗症"批判和周汝昌的文言"决非'洪水猛兽'"的呼吁②、郑敏对于五四白话运动的语言暴力特征及其"二元思维"定式的揭示③，由是从语言学、文学创作与理论等方面形成了以逆袭白话为特征的又一次语言转向。比起某些情绪化批判，更为硬性的标志是官方放弃了语言改革最终目标的汉字罗马化方案，同时民间出现以"汉语"为中心的强势论述，在创作上破除"普通话"典律，迎来了语言实验的千姿百态，这些看似与国际"后学"遥相呼应，实际上也出自接续断裂已久的文化传统的自觉要求，通过强化汉语意识来汲取本土语言资源、重新动员与凝聚民族感情，藉以对应全球化带来的新的压力。④与语言有关的民族尊严、纯文学及传统美学等议程不断被激活，这种文学与文化的新方向固然受到多元竞争的全球文化潮流的影响，其实也是"20世纪中国文学"自身的复杂性及其内在调适功能的体现，在新的历史条件下却与世纪

① 申小龙：《中国文化语言学》，吉林教育出版社1990年版，第54—106页。

② 周汝昌：《白话与文言》，《文汇报》1998年6月11日。

③ 郑敏：《世纪末的回顾：汉语语言变革与中国新诗创作》，《文学评论》1993年第3期。

④ 关于1990年代文学语言问题的讨论，参见陈建华：《九十年代中国"语言转向"和全球化》，载《古今与跨界——中国文学文化研究》，复旦大学出版社2013年版，第340—358页。关于20世纪中国文学与语言问题的综述，参见陈建华："The Linguistic Turns and Literary Fields in Twentieth—Century China", in Zhang Yingjin, ed., *A Companion to Modern Chinese Literature*, New York: Wiley Blackwell, 2015, pp.295—311。

初的文学与文化趋向接上了血脉，这就有必要重新认识“国粹”“复古”及语言张力。

白话创造了“新文学”，也造就了现代生活，这毫无疑问，至今我们身在其中，但是长期以来“文言”和“白话”成为人为对立的标签，被深深印刻在集体无意识之中。虽然“重写文学史”不再以“革命”为“正典”而走向多元和世界，但把白话简单地等同于“现代”仍是个普遍现象，结果文言仍被视作“旧传统”或“保守”而被遮蔽、被排斥。某种意义上本文旨在确认中国现代文学研究中文言的合法性，同时针对至今在现代文学研究中或多或少存在的白话迷思。所谓“源起”不在于追溯某个“起点”，而在于建立一种文言与白话的辩证关系，即文言与白话处于同一文化传统里，贯穿于中国现代文学的历史开展中，由于受到不同时期的政治、经济、思想等方面条件的制约，两者之间呈现或张或弛的协商、转换的态势，却始终是造成文学发展的内在动力。因此确立20世纪初为中国文学现代性所奠定的“理论基础”，对于“五四”之后文学语言的辩证运动会有一种新的认识，也有助于文学史书写更为全面与深入。

这不是新问题，事实上始于钱理群、黄子平和陈平原“三人谈”的“20世纪中国文学”这一概念在东西文化撞击的格局里把中国现代文学从“政治”切换到“文化”面向，前瞻地建构了具世界眼光的“现代”视域，且有意跨越近代、现代和当代的学科分期，时时关注文学发展的“整体性”。① 这个整体视域极其重要，其中谈得很多的语言中介问题，在“三人谈”之后发生了很多戏剧，至今仍在上演，如果单从某一文学分期就很难讲得清。

章培恒在1999年发表的《关于中国文学史的宏观与微观研究》一文中以王国维的《宋元戏曲史》和《人间词话》作为宏观与微观研究的典范探讨一种新的“文学观念”，归结为四点：文学的审美本质、感情功能、历史发展中的人性和文学形式，然后说：“它与大陆自本世纪五十年代以来用以研究中国文学史的观念颇

① 参见钱理群、黄子平、陈平原：《二十世纪中国文学三人谈》，北京大学出版社2004年版。

有不同之处，而与王国维、鲁迅在本世纪初所持的文学观念则在基本点上是相通的。”① 稍后他在《关于中国现代文学的开端》中也把20世纪初确定为现代文学的“分期”，在具体论证时指出，在鲁迅的《摩罗诗力说》《文化偏至论》等文中已凸显“人性的解放”的思想根源。另外对梁启超的《论小说与群治之关系》和徐枕亚的《玉梨魂》都作了高度评价。② 章先生以马克思的“人性”论述作为他的“文学观念”的出发点，在中国语境里由王国维、鲁迅等人为中国现代文学建树了一个足具范式的“开端”，这番阐述相对于50年代以来的中国现代文学研究有拨乱反正的意味。从语言角度看，这些晚清文本都用文言写成，无论王国维的“古雅”与鲁迅“佶屈聱牙”的古文，还是梁启超的“报章新文体”和徐枕亚的“骈体小说”，处于中西文化交通前沿的文言呈现多种样式，已是在现代激荡之下求新求变的产物。

近年生长起来的“清末民初”研究似游离于“近代”或“现代”的价值指向而直接进入历史现场，却在文言与白话的断裂中发现了历史连续性。正是基于大量经验分析，王德威提出的“没有晚清，何来五四”在学界不胫而走，而“被压抑的现代性”仍须发掘。他在《现代中国文学理念的多重缘起》一文中指出，清末民初梁启超、王国维、黄人、章太炎、周氏兄弟的文学理念呈现多样性，“基本上都已经对于西学有所呼应，无论是正是反，企图在这个时代为文学的定义重新开出一个新的局面”，并建议“我们今天看待文学史的论证理念的发展，不必只集中在一个点上”。③ 现代文学开端不止一个点，但各个点辏辐交汇，显出新时代来临的势不可挡，该文最后讨论到“旧体诗宋诗派的代言人”陈衍及其后续的钱锺书，提出“传统的诗词在现代文学里，应该是占有一席之地的”。如何把“宋诗派”纳入文学整体，须克服与“旧”有关的成见。针对研究

① 章培恒：《关于中国文学史的宏观和微观研究》，载《不京不海集》，复旦大学出版社2012年版，第574页。

② 章培恒：《关于中国现代文学的开端——兼及“近代文学”问题》，载章培恒、陈思和主编：《开端与终结——现代文学史分期论集》，复旦大学出版社2002年版，第11—36页。

③ 王德威：《现代中国文学理念的多重缘起》，台湾《政大中文学报》2010年第13期。

盲点，学者强调尊重历史，如陈思和为《民国初年骈体小说研究》一书所作的序文，也是有感而发：“作为科学，第一步就是要尊重历史尊重存在，对于曾经存在过，并且产生过一定影响但是被人为因素所遮蔽的文学现象，都应该以充分的尊重的态度来重新发掘和重新解读，恢复这一百年来中国现代文学的真正面貌。”①

二、国粹与复古：文学观念与政治、学术分野

20世纪初数年间，思想领域里派别林立，精粹云集，由革命、光复、立宪、共和、无政府主义、女权、暗杀等关键词所引领的话语实践交相错综，与之扣联的文学场域也众声喧哗，竞相争胜。流亡日本的梁启超在《新民丛报》上笔带感情饥不择食地介绍各种代表“欧洲真精神”的人文学理时，动辄诉诸“四万万”目标读者，正是由于小说、报纸杂志的现代传播功能激发其对新中国的未来想象。这也是当时公共话语的普遍特征。在民族救亡的危机时刻，文学被召唤到前台，但是对于什么是文学、未来中国视域中文学的角色定位众说纷纭。自梁启超继“诗界革命”“文界革命”之后又在《论小说与群治之关系》中倡导“小说界革命”，一时间风起云涌，其“小说为文学之最上乘”之语对于颠覆传统文学秩序而确定小说在现代文学中的龙头地位仿佛一锤定音。他在“诗界革命”期间已显出提倡“俗语”倾向，而随着小说创作与报刊传媒的扩展，其“言文合一”的语言改革主张也愈益展示活力。几乎同时，从事反清革命的章太炎一派在文化上以“复古”“国粹”为号召，以恢复“汉家威仪”为出发点，首先肯定汉字传承历史文化的本体地位，而对中国古代轴心文明的推尊阐发含有传统自身的内在创造转换而与现代普世人文价值接轨的意涵，同时在文学上强调感情功能，崇尚汉魏风骨与六朝抒情美文传统。在他们看来，梁启超捡拾欧日学术皮毛，急功近利，哗众取宠。因此文学立场不仅取决于政治立场，也与语言、学术等要素相关；在章、

① 郭战涛：《民国初年骈体小说研究》，陈思和“序论”，广西师范大学出版社2010年版，第II页。

梁之间存在古文学与今文学的不同学术谱系，语言方面章氏极力反对汉字拉丁化。另如王国维对于革命派与改良派都表不满，政治上取体制内改革姿态，其文化本位渗透着欧洲文艺复兴以来的政教分离的观念，他重视文学的美育功能，具有现代专业主义倾向，无怪他的许多重要论述发表在以"业务救国"为宗旨的《教育世界》杂志上。

"纯文学"这一概念最初由王国维在1905年《论哲学家与美术家之天职》一文中提出[①]，根据德国美学理论，王氏指出文学属于感情、审美的领域，应当不带政治或功利的目的，而成为一门独立研究的学科。这一观点贯穿于《红楼梦评论》《古雅之在美学上之位置》《论近年之学术界》等文中。这不是一个孤立现象。如已故米列娜（Milena Doležalová-Velingerová）指出，清末民初时期不光是王国维，还包括鲁迅、周作人、黄人、徐念慈等人，皆一时才俊之士；在涵泳贯通欧美文学理论的基础上，他们摆脱了中国"文以载道"的传统文论的羁绊，十分重视文学的自主性，强调作家感情的自我表现与作品的美学价值。然而稍加观察，这些作者的文学理论都发表在1904—1908年的短短几年间。再把镜头拉近，那时周氏兄弟不同程度地披上章太炎的"文学复古"的色彩，也牵涉到1905年邓实、黄节创办的《国粹学报》，实即章太炎、刘师培等"国粹派"的大本营。《国粹学报》也是酝酿"南社"的基地[②]，黄人、包天笑、王蕴章等皆属南社前辈，分别是《小说林》《小说月报》和《小说时报》杂志的主编，在清末民初文坛皆属上乘。

木山英雄对于章太炎、周氏兄弟与五四"文学革命"之间的关系作了富于卓见的讨论，并指出，"与排满宗族革命运动相结合的晚清'文学复古'潮流，可说

---

① 有关中国现代文学的"纯文学"问题，参见陈思和：《启蒙与纯美——中国新文学的两种文学观念》，载《笔走龙蛇》，业强出版社1991年版，第23、30页；陈平原提出："文学史书写的内在理路，其中一个关键点，便是所谓'大文学史'与'纯文学史'之争"，参见《博览群书》2005年第9期。

② 孙之梅：《南社研究》，人民文学出版社2003年版，第1—4页。关于章太炎与《国粹学报》及南社的关系，最为详尽的参见林少阳：《章炳麟と清末における"南"言説》，《華南研究》（日本華南学会會刊）第1号（2014年4月）。关于南社原始与清末革命派的关系，参见栾梅健：《民间的文人雅集——南社研究》，东方出版中心2006年版，第9—40页。

是‘文学革命’前史的一个侧面”，“这一现象至今依然使人兴味盎然”。[①] 事实上近年来关于章太炎、国粹派及其文学方面的研究纷至沓来，但尚未被纳入中国现代文学史研究的整体视野，如果与梁启超等人的“文学革命”相映照，那就不仅仅是“前史的一个侧面”了。无论是王国维的“美术”和“古雅”论述或以章太炎、刘师培等人所掀起的“国粹”“复古”思潮，都对晚清“文学革命”作了不同程度的响应，不仅是文学上的更是文化上的，其核心是语言问题。章太炎等革命派自不消说，即使是对清王朝有所眷恋的王国维，也觉得传统的纲常制度无可挽救，而在殚精竭虑集中世界文明之经验来为未来中国设计完美的制度与秩序。这班出类拔萃之辈却在争论一些看似与“救亡图存”不那么紧迫实用的问题：汉语是否阻碍中国的现代化？要不要保存？到底有何价值？怎样翻译？怎样对待日益侵入的外来“新名词”？怎样对待外来文化？用什么方法？“言文合一”会产生什么问题？什么是文学？在对待这些问题时，他们无疑站在“文言”的精英立场上，政治上倾向于共和或立宪，热望中国走向现代和民主。在应对现实危机、接受和融汇外来文化时，文言象征着汉语精粹、个人尊严、民族主体、历史与文化的传承。在语言本体与文化主体等方面，他们的思想话语很多地方比康梁等人的显得更为深刻、细密，且更为系统、周详；尤其对于物质主义、进化观念及盲从欧化、日化等思想时尚痛下针砭，对于民族文化的未来前景看得更远、想得更多，在今天仍光景弥鲜，足资启迪。

如近时一些研究所示，章太炎对于清末民初政治、思想及文学等领域所起的中坚作用殆无可疑。1903 年《驳康有为论革命书》和 1908 年《驳中国用万国新语说》两文可说是标志性的。前者表明排满革命的目的在于结束专制而朝向“民主共和”政体的方向，后者驳斥吴稚晖等人认为“史传”“文辞”都属于无用之物而“悉弃捐可”、并以世界语取代汉字的论调，说明一国语言与民族历史文化、生活习俗血肉相连，要中国人把世界语作为自己的语言，必然格格不入。而且汉字中

① [日] 木山英雄：《文学复古与文学革命》，赵京华编译，北京大学出版社 2004 年版，第 210—211 页。

储存着延绵悠久灿烂的历史与文化，因此坚持汉语对于民族认同及其在未来的角色担当更为重要。这些主张体现了章氏在中外文化冲撞交汇中对于中国文化前途、对于当时崇拜西方和进化论的风气所作的深一层思考。

1905年邓实等人创办《国粹学报》，标榜"学亡则国亡，国亡则族亡"①，在"种族革命"声中展开了未来社会的新文化秩序的想象。一面发扬明末遗民的爱国精神，一面回溯先秦诸子的学术成就，立足于本土传统、首先在"文言"基础上重建文化主体。②该刊主要撰者刘师培在《论文杂记》中认为像16世纪欧洲一样，近代中国俗语进入文学，合乎"文字之进化之公理"，中国急需"文言合一"来推广教育，开启民智，另一方面崇扬国粹发挥了阮元的"文笔"说，所谓"魏晋六朝，崇尚排偶，而文与笔分。偶文韵语者谓之文，无韵单行者谓之笔"，突出文学的审美特性，甚而宣称"骈文一体，实为文体之正宗"。因此他主张雅俗分途，既要遵循文学进化，"然古代文词，岂宜骤废？故近日文词，宜区二派。一修俗语以启瀹齐民，一用古文以保存国学，庶前贤矩范，赖以仅存。若夫矜夸奇博，取法扶桑，吾未见其为文也"③。所谓"矜夸奇博，取法扶桑"，多半针对梁启超一派热衷输入西学，尤其以日本为榜样而把本土文化普世化的路数。

学者纷纷指出在王国维、黄人、徐念慈、周氏兄弟等人那里，多少分享了关于文学或小说的"审美"特性或"纯文学"的共识④，看似涓涓细流，在世纪回眸

---

① 《国粹学报叙》，《国粹学报》1905年2月第1期。

② 关于清末民初的"国粹"思潮，学者多有论述，如郑师渠认为晚清国粹派不仅不是"封建""保守"，是"资产阶级民主革命思潮在传统的学术文化领域的延伸"。参见：《晚清国粹派——文化思想研究》，北京师范大学出版社1997年版，第2页；林香伶：《历史记忆的现代性意涵——论〈国粹学报〉的史传书写》，《反思、追索与新脉：南社研究外编》，里仁书局2013年版，第171—226页；TzekiHon, *Revolutionas Restoration: Guocui Xuebao and China's Path to Modernity, 1905—1911*, Leiden: Brill, 2013.

③ 刘光汉：《文章原始论文杂记》，《国粹学报》1905年2月第1期。

④ 王永健：《"苏州奇人"黄摩西评传》，苏州大学出版社2000年版，第165—168页；Milena Dolezelová-Velingerová and M. Henry Day, "Huang Moxi 黄 摩 西（1866—1913）：His Discovery of British Aesthetics and His Concept of Chinese Fiction as Aesthetic System", in *A Passion in China: Essays in Honour of Paolo Santagelo for His 60th Birthday*, eds. Chiu Ling-yeong with Donatella Guida, Leiden: Brill, 2006, p.93；陈雪虎：《"文"的再认：章太炎文论初探》，第66—67页。李贵生：《纯驳互见——王国维与中国纯文学观念的开展》，《中国文哲研究集刊》2009年第34期。另不详举。

里却十分抢眼。其中具持续影响的，当推王国维。1904 年他在《汗德之哲学说》一文中介绍了康德的“理性之批评”，包含“理论的（论知力）、实践的（论意志）、审美的（论感情）”的范畴。[①] 根据这一分类，王国维把文学归入“美术”[②]，属于感情、审美的领域，并强调其非功利性。同年以叔本华哲学诠释《红楼梦》的悲剧性，提出“美术中以诗歌、戏曲、小说为其顶点”，而《红楼梦》“自足为我国美术上之唯一大著述”，因其最能体现“美术之目的”，给痛苦的人生带来“解脱”与“慰藉”，所谓“使吾人超然于利害之外，而忘我与物之关系”。[③] 在《论哲学家与美术家之天职》中说：“甚至戏曲、小说之纯文学，亦往往以惩劝为恉，其有纯粹美术上之目的者，世非惟不知贵，且加贬焉。”[④] 所谓“惩劝”不免伦理的成分，但这说法对于中国传统文论来说具有划时代意义。

王国维在《古雅之在美学上之位置》一文里把真正的美术作品称为“天才之制作”，且那种完美的形式只能用“古雅”一词来加以形容。[⑤] 这种崇古倾向与国粹派的“复古”有重合之处。有趣的是不同报纸杂志为话语的流通造成对话的平台，常闪现思想交锋的火花。1907 年刘师培在《国粹学报》上由“文笔”等问题与章太炎明争暗辩时，在《论美术与征实之学不同》中说：“盖美术以性灵为主，而实学则以考核为凭。若与美术之微，而必欲于征实，则于美术之学，反去之远矣。”在这里刘师培少有地借用了当时流行的“美术”这一新名词，把文学之文与学术之文区分开来，这种“纯文学”倾向是章太炎反对的。[⑥] 而章的《文学论略》在力斥“学说在开人之思想，文辞在动人之感情”时，突然插入“或云壮美，或云优美，学究点文之法，村妇评曲之辞，庸陋鄙俚，无足挂齿。而以是为论文之

① 王国维：《汗德之哲学说》，《教育世界》第 74 号（1904 年 5 月）。

② “美术”属来自日本的新名词，关于其在清末的使用，参见王风：《刘师培文学观的学术资源与论争背景》，载陈平原主编：《中国文学研究现代化进程二编》，北京大学出版社 2002 年版，第 21 页。

③ 王国维：《红楼梦评论》，《教育世界》第 76、77、78、80、81 号（1904 年 6—8 月）。

④ 王国维：《论哲学家与美术家之天职》，《教育世界》第 99 号（1905 年 5 月）。

⑤ 王国维：《古雅之在美学上至位置》，《教育世界》第 144 号（1907 年 3 月）。

⑥《论美术与征实之学之不同》，《国粹学报》第 3 年，第 8 号（1907 年 9 月）。参见王风：《刘师培文学观的学术资源与论争背景》，载陈平原主编：《中国文学研究现代化进程二编》，北京大学出版社 2002 年版，第 23—24 页。

轨，不亦过乎"，好像在恶骂王国维[①]，由此可见同属文言趋古一路，在语言观念与实践上却殊途。王国维趋古而顺今，在《论新学语之输入》中认为从日本引进的大量"新名词"并非尽善尽美，但"处今日而讲学，已有不能不增新语之势，而人既造之，我沿用之，其势无便于此者"。由是他批评严复所翻译的《名学》，"古则古矣，其如意义之不能了然"[②]，这批评对于章太炎的文言书写大约也说得过去。

在《论近年之学术界》一文里，王国维主张"哲学"和"文学"都是"无用"的学问时，严厉批评了康有为的《孔子改制考》把孔子学说当作宗教，"大有泛神论之臭味"，而谭嗣同的《仁学》则"半唯物论、半神秘论"。两者都谈不上学术，都具政治目的。又说："又观近数年之文学，亦不重文学自己之价值，而惟视为政治教育之手段，与哲学无异。"[③]这指梁启超发动的文学革命，同样是为了政治。"如此者，其亵渎哲学与文学之神圣之罪，固不可逭，欲求其学说之有价值，安可得也！"和改良派、国粹派相比，王国维更科学、更现代，也透露出他维护当局体制内改革的政治立场。说到"庚辛以还，各种杂志接踵而起，其执笔者，非喜事之学生，即亡命之逋臣也"，对于当时热火朝天的政治话语，他是一概排斥的。

一般我们把王氏的"纯文学"作为文学观念来讨论，而在更大的语境里，他不仅受了德国哲学的影响，也接受了欧洲启蒙时代以来世俗化了的人文传统，包括独立自主的大学教育，由各门学科构成整体的知识系统发挥其社会功能。有学者指出清末民初除了"革政、革命、国粹、虚无"四大思潮外，许多"业务救国"的"专业化报刊"也是一大思潮景观[④]，王国维即属这方面代表。文学属于感情、美学，其作品产生解脱、慰藉功能，同时文学也是作为一门独立的学科，作为一种知识具有教育功能，在《叔本华之哲学及其教育学说》中说："教育者，非徒以书籍教之之谓，即非徒与以抽象的知识之谓，苟时时与以直观之机会，使之于美

---

① 《红楼梦评论》中"壮美""优美"这一对概念属于王国维独家发明，也确实被当作"论文之轨"，因此章太炎这段话所针对的非王氏莫属。

② 王国维：《论新学语之输入》，《教育世界》第96号（1905年4月）。

③ 王国维：《论近年之学术界》，《教育世界》第93号（1905年2月）。

④ 马光仁主编：《上海新闻史》，复旦大学出版社1996年版，第321—325页。

术人生上得完全之知识，此亦属于教育之范围者也。”① 自然的，这一认识也付诸实践。1904 年由张之洞等人拟定的《京师大学堂章程》得到清廷的批准而加以实施，王国维作《奏定经学科大学文学科大学章程之后》一文②，主要是批评该《章程》中不设“哲学”科目，关于文学方面他所建议设立的科目要比《章程》系统、现代得多。③ 这一点对于我们认识 20 世纪初“纯文学”观念在中国的接受及其对于中国现代文学史的意义至关重要，它不是少数人的主观接受，而是被机制化并付之实践的，如黄人于 1904—1907 年间在东吴大学教授的中国文学史课程，在“保存国粹教育”的思想指导下，体现了学科分类，与科学、哲学、政法学伦理学相对，“文学则属美之一部分”④。1907 年他在主编《小说林》杂志时贯彻了同样的文学主张。

由《奏定经学科大学文学科大学章程之后》一文可见，王国维要求增设“哲学”的科目仅是全盘教育体制改革方案的冰山一角，该文说：“今日之时代，已入研究自由之时代，而非教权专政之时代。”这么声称时，他心目中的大学制度似乎与立宪政体、教育系统、科学自由等观念联系在一起，蕴含着将欧洲数世纪里形成的社会制度作为整体移植到中国，这种愿景是相当激进的。⑤ 对王氏而言，文学应起情感的调适功能，在大学中则是自由研究的学科，这也是伴随欧洲工业革命按照资产阶级愿景而形成的社会秩序，如他在 1906 年的《去毒篇》里说：“美术者，上游社会之宗教也。感情上之疾病，非以感情治之不可。……不寄以高尚之嗜好，则卑劣之嗜好所不能免矣。而雕刻、绘画、音乐、文学等，彼等果有解之之能力，则所以慰藉彼者，世固无以过之。”⑥ 他不喜欢“革命”，即使像梁启超他们

① 王国维：《论叔本华之哲学及其教育学说》，《教育世界》第 75、77 号（1904 年 5—6 月）。

② 王国维：《奏定经学科大学文学科大学章程书后》，《教育世界》第 118、119 号（1906 年 2 月）。

③ 陈国球：《文学史书写形态与文化政治》，北京大学出版社 2004 年版，第 12—30 页。书中认为王国维对于大学学科设置所含的思想理念“对于以‘致用’为立学急务的传统士大夫而言，可能太过前卫”。

④ 王永健：《“苏州奇人”黄摩西评传》，苏州大学出版社 2000 年版，第 204—211、468 页。

⑤ 罗岗认为王国维的“哲学”和“文学”观念含有整套人文学术的制度性设计，“其实背后蕴含着相当激进的态度”，涉及王氏对于中国文化转型的整体性想象。参见罗岗：《危机时刻的文学想象——文学·文学史·文学教育》，江西教育出版社 2005 年版，第 177 页。

⑥ 王国维：《去毒篇》，《教育世界》第 129 号（1906 年 7 月）。

鼓吹"文学革命"，把文学当作政治手段，也引起他的反感。同样"纯文学"观念的移植也具激进性，不仅王国维、徐念慈从德国哲学引进文学审美的观念，在周氏兄弟的文章里来自欧美文学的论述可说是琳琅满目、洋洋大观。在黄人那里也是如此，据米列娜的研究，其文学审美理念来自英国的理论资源。有趣的是，他们不约而同的表述犹如博览会展示出关于人类感情与审美的精神结晶，具有某种历史性的象征意义，蕴含着天真和理想主义。事实上"纯文学"观念与中国文学传统存在巨大的落差，在后来的文学理论与实践中历尽沧桑，就像大学的文学史教育，如1904年起林传甲在京师大学堂教授的《中国文学史》，仍紧守儒家"文以载道"的思想①，与黄人的教法有新旧之别。

三、小说与纯文学

关于"小说界革命"所带来小说观念的转变及其文学理论建树方面，研究成果汗牛充栋。一个有趣现象是，对于小说观念作出突出贡献的是把"古雅"作为理想文学风格的王国维。他在《红楼梦评论》中把小说和戏曲提到"纯文学"的高度。1902年梁启超在《论小说与群治之关系》中把《红楼梦》斥为"诲淫"，在改良派内部引起争论，但谁也比不上王国维的前卫性。另如以章太炎、刘师培为首的"国粹派"，以"文学复古"为号召，在世界格局中以汉语本位重新界定文学观念，借助外来文学理论来加强本土主体，与民族精神、文学传统、教育机制与语言改革相关，且涉及知识转型与学科分类的问题。尽管往往针对梁启超一派的文学功利倾向，但不无吊诡地，在他们的文学理论中小说扮演了关键角色，其结果却是引导小说向上一路发展，确立了它在现代文类中的龙头地位。

与"同光体""桐城派"等晚清诗文团派有所不同的是②，"复古"话语紧密切

① 陈国球：《文学史书写形态与文化政治》，北京大学出版社2004年版，第45—66页。

② 关于甲午之后"古文""文选派""新文体"、包括章太炎、刘师培、王国维等围绕"文学"观念的论述与争论，参见 Theodore Huters, *Bringing the World Home: Appropriating the West in Late Qing and Early Republican China*, Honolulu: University of Hawai 'i Press, 2005, pp. 74—99。

入当代文学文化的走向，在促使“小说”成为现代文类方面贡献甚大。在梁启超提出“小说为文学之最上乘”之后，“新小说”创作繁盛，成就卓著，但小说要成为文学之冠还得取决于文学共同体的集体认同。因此王国维的“纯文学”与章太炎的“齐雅俗”观念无异于在“大传统”里从小说自身的思想与艺术特征赋予其作为现代文类的合法性，具有非同凡响的意义。对于小说语言，他们不认为“言文合一”是唯一选择，按照章太炎称《阅微草堂》为“雅”的小说，古文小说也可表现现代生活与感情。周氏兄弟以古奥文字翻译的《域外小说集》也可从这一语境来理解。鲁迅的《怀旧》发表于1913年《小说月报》，是一篇古文小说，普实克评论：“一种新型文学的兴起的根本条件，并不像胡适所认为的那样取决于语言。”① 这也是章太炎所说的以“法则”而不是以语言来决定雅俗的意思。这一时期与“复古”风气有关的小说写作，林纾的翻译厥功甚伟，1899年以《巴黎茶花女遗事》开启了翻译之风，以史迁般优美雅致的古文翻译了百余部外国小说，对于国人所起的启蒙作用难以道里计，反过来大大提高了小说的地位。《茶花女遗事》不仅唤醒青年们对爱情自由的渴求，而且大量林译尤其在“言情”类型上对于古文小说的创作产生深刻影响，最明显的是在民国初年大量出现而遭到梁启超怒斥的“艳情”小说，其中不少诉诸骈体的形式，这令人想起刘师培以“六朝骈体为文学正宗”的看法，确实也是其“国粹”的渊源所在。但刘师培虽然主张文言与俗语分道扬镳，其实“正宗”不必排斥小说，如《燕山外史》之类的“骈体小说”古已有之。

以“提倡国粹”著称的章太炎是《国粹学报》的精神支柱之一，在该刊发表了大量文章，如《论文字语言之学》《文学论略》等文阐述了以小学为根底、以文字为中心的文学理论。他反对“以口说为文辞”的说法被认为“文学复古”，其实是误解。所谓“工拙者系乎才调，雅俗者存乎轨则”，即不以文体高下、以“才调”和“轨则”作为衡量标准，因此诗词未必一定高雅。他也“师法魏晋”，因魏

---

① 《普实克中国现代文学论文集》，第118页。参见张丽华：《中国现代“短篇小说”的兴起》，北京大学出版社2011年版，第266—267页。

晋文章兼具风骨与文采，但不像刘师培那样视之为“文体之正宗”。另一方面小说也未必低俗，认为“近世小说，其为街谈巷语，若《水浒传》《儒林外史》，其为神怪幽秘，若《阅微草堂》五种，此皆无害为雅者”[1]。章太炎以“文”总括一切文本，是与他的借汉字载传历史与文化的革命立场相一致的，所谓“论其法式，谓之文学”，以“法式”——包含“才调”和“轨则”——来评判“文”，是着眼于书写实践与文化整体的关系，旨在破除概念的言筌、直达文的实质，而成为发扬民族精神的载体，其实是很深刻的。章氏根植于“国粹”的文学理论激起反思中国文学乃至文化历史的热潮，而且摆正了与外来资源之间的关系，然而在清末学界重建文化秩序的潮流中，有一种把文学纳入现代学科分类的倾向，与教育体制扣联，因此他的“文”的观念并未被普遍接受，而刘师培的“文笔”说则引起更多的响应。

周氏兄弟翻译《域外小说集》，是从文学“复古”立场对“小说界革命”的一种回应。鲁迅用“佶屈聱牙”的古文与“直译”方法，都属章太炎的“小学”家法，如拥护“共和”而反对“专制”，甚至反对清廷新政的“代议制”，这些地方可见政治上他是紧跟章太炎的[2]，尤其他的《文化偏至论》《摩罗诗力说》《破恶声论》等文，显然来自章的思想激励，鲁迅已自居于当代思想潮流中，以个人或人性为基点寻找中国文化精粹的源头，并反对儒道传统、欧化、进化论及物质主义等，对于《新民丛报》、严复、林纾等都持自我反省的批判态度。这里想强调两点，一是他在《域外小说集》中声称“异域文术新宗，自此始入华土”，对于后来具某种范式的意义。从复古立场实行“拿来主义”，即《摩罗诗力说》说的“别求新声于异邦”，或《文化偏至论》中，“此所为明哲之士，必洞达世界之大势，权衡校量，去其偏颇，得其神明，施之国中，翕合无间。外之既不后于世界之思潮，内之责弗失固有之血脉，取今复古，别立新宗”。这合乎章太炎《国学讲习会

① 陈平原：《章太炎的白话述学文体》，载夏晓虹、王风等：《文学语言与文章体式》，安徽教育出版社2006年版，第187—229页。关于章太炎的文学思想，参见陈雪虎：《“文”的再认：章太炎文论初探》，北京大学出版社2008年版，第35—81、138—160页。

② 卢毅：《章门弟子与近代文化》，广西师范大学出版社2009年版，第34—35页。

序》中的说法:“今之言国学者，不可不兼求新识。……真新学者，未有不能与国学相契合者也。”另一点是确认文学是民族精神的表现,《摩罗诗力说》所呼唤的“诗人”是“能宣彼妙音，传其灵觉，以美善吾人之性情，崇大吾人之思理者”的“精神界之战士”，大致合乎章太炎的宽泛的“文”的观念，也确定了鲁迅自己以文学拯救“国民性”的使命。针对改良派在文学上的功利倾向，鲁迅说:“由纯文学上言之，则以一切美术之本质，皆在使观听之人，为之兴感怡悦。文章为美术之一，质亦当然，与个人暨邦国之存，无所系属，实利离尽，究理弗存。故其为效，益智不如史乘，诫人不如格言，致富不如工商，弋功名不如卒业之券。特世有文章，而人乃以几于具足。”所谓“兴感怡悦”着重“文章”的审美功能，与章太炎的“论文学者，不得以感情为主”的论断不合。如果把“纯文学”“美术”等词和王国维 1904 年的《红楼梦评论》、1905 年《论哲学家与美术家之天职》相参照[①]，可发现某种“互文性”。事实上以域外资源来界定文学，突出其审美特性，在清末成为某种时尚，涉及知识谱系与学科分类的现代转型,《摩罗诗力说》大量援引 19 世纪欧洲浪漫主义的例子，已属于这方面的努力。

周作人《论文章之意义暨其使命因及中国近时论文之失》一文在《摩罗诗力说》稍后发表，在宣称“文章者，国民精神之所寄也”、批判儒家的“束缚人心”以及“实利之祸”等方面与鲁迅如出一辙。总结“文章使命”在于“裁铸高义鸿思”“阐释时代精神”“阐释人情以示世”“发扬神思”等方面，并没有把情感与思想分家，同时也倾向于强调文学的审美特性，如“迨文明渐进，养生既全，而神明之地歆然觉不足，则美术兴矣。凡自土木金石绘画音乐以及文章，虽耳目之治不同，而感人则一”[②]。周作人用拉丁文 literatura 来翻译“文章”，广征博引欧美文论，却饶有意味地具体落实在小说上。他声称:“小说者，文章也，亦艺术也”，以此为标准，批评当时林纾等人翻译中的种种谬误。

---

① 木山英雄已约略提到这一点，参见《文学复古与文学革命》，北京大学出版社 2004 年版，第 224 页。

② 独应:《论文章之意义暨使命因及中国近时论文之失》,《河南》1908 年第 4、5 期，参见王运熙主编:《中国文论选》，江苏文艺出版社 1996 年版，第 689—714 页。

章太炎不以形式上“雅俗”之分来评判小说，不啻给小说上升为“雅”开了方便之门，当然会引起如何是及何以为“雅”的问题。周氏兄弟正遵循这个方向，其《域外小说集》不仅使用古雅的语言，且以学术考据的方式来介绍西洋小说，一反当时小说便于大众启蒙的观念，结果营销上一败涂地，显然那时的鲁迅既没有考虑小说的受众，也不谙市场的运作，这也是文言立场所决定的。其实周作人通过对世界“文学”观念的梳理来为“小说”正名，他认为文章应当含有三要素：“具神思（ideal）、能感兴（impassioned）、有美致（artistic）也”，再联系到“文章使命”，那就把小说的思想和审美的要求抬得很高。他对于当时流行小说的种种批评，意味着小说是思想家、学问家的高尚事业。

另一方面，在“新小说”运动中，同样在刊物与社团之间存在不同的政治与学术分野，对于“小说”争论不断，而文言也为小说“纯文学”身份的形塑发挥作用。这里举两例。1904 年创刊的《时报》属于江浙立宪派的喉舌，在革命派与改良派之间开辟某种“中间地带”的政治话语[①]，次年 6、7 月该报主笔陈冷发表了《论小说与社会之关系》一文[②]，显然与梁启超《论小说与群治之关系》抬杠，一面主张小说的娱乐性，一面鼓吹以“复仇之风”来改造“国民性”，正当邹容因“苏报案”死于狱中不久，显然与仇满思潮互通声气。同时他强调小说应当“有益”“有味”，对于“放纵之事”“委靡之事”“残酷之事”“淫荡之事”的描写都合乎现实生活的需要，所谓“提倡小说者之善察社会情形而已”，如果以道德立场“矫枉过正”，也会产生“流弊”。事实上陈冷发表了大量小说翻译与创作，他与包天笑为《时报》开辟了“余兴”副刊，都注重小说趣味，商业导向中不乏小说形式方面的实验，对于现代文学有另开风气的意义。1907 年见世的《小说林》杂志，其核心人物黄人为小说潮流注入“国粹”精神，批评“昔之视小说也太轻，今之视小说又太重”，针对“出一小说，必自尸国民进化之功；评一小说，必大倡谣俗

---

① 陈建华：《陈冷：民国时期新闻职业与自由独立之精神》，载李金铨主编：《报人报国》，香港中文大学出版社 2013 年版，第 219—248 页。

② 冷：《论小说与社会之关系》，《时报》1905 年 6 月 29 日、7 月 10 日。同年 8 月《东方杂志》（第 2 卷第 8 期）在“社说”栏目中转载此文，不著作者名。

改良之旨”的高调倾向，声称“小说者，文学之倾向于美的方面之一种也”①，即反对把文学当作政治宣传的附庸，而要求文学回归情感与审美特征，与这要求相一致，这篇《发刊词》文采斐然，带骈文风格，也是一种美文实践。对小说语言美的要求也见诸次年3月徐念慈的《余之小说观》一文中，在专论“文言小说与白话小说”时说：“就今日实际上观之，则文言小说之销行，较之白话小说为优。”他称道林纾“遣词缀句，胎息史汉，其笔墨古朴顽艳，足占文学界一席而无愧色”②，说明由于语言质量体现的文学价值，就能获得读者的青睐。

四、语言批评的新世纪展望

谁也不会否定汉语现代化所带来的巨大成就，它至今仍处在“全球现代性”的复杂演进之中。本文所说的辩证语言视角并非怀旧，更无“开倒车”之意，为的是开拓视域、繁荣学术、看清走过的脚步，更好地规划将来。这数十年来在文学回归自身与尊重历史的学术共识指导下，基本祛除了现代文学源起于“五四”的迷思，然而对于文言现代性还缺乏一种历史辩证的思维，还伴有心理障碍，没有完全摆脱“革命”“进化”之类观念的阴影。因此以语言辩证的观点来看待中国文学现代性的起源，不仅有助于透过这一灿烂丰富的开端更能看清20世纪中国现代文学的进程，也有助于使文学史书写更为全面、复杂、客观，更合乎文学的历史真实。具体来说有这么几点：

首先，20世纪初以文言为核心的文学话语具系统性，与晚清“文学革命”并驾齐驱，提供了为后者所缺乏的诸如语言本位、个人、纯文学、感情审美等观念，通过当时一流的中西文学与人文资源之间的协商和验证，成为重建民族精神的永恒价值指针。对于中国现代文学不乏如詹明信关于“民族寓言”或夏志清“情迷中国”的论说，固然富于卓见，却也都是以五四新文学为依据而作出的不完整评估，如果充分认识这个现代文学的源起以及20世纪文学中语言的辩证运动，可见

① 摩西：《小说林发刊词》，《小说林》第1期（1907年6月再版），第2—3页。

② 觉我：《余之小说观》，《小说林》第10期（1908年3月），第9—10页。

政治、美学与完善自我的文学表现是多元共生、千姿百态的。

其次，确立语言辩证的观点能使文学史叙事更具科学性与历史性，结构上更具整体感与动态感。近年来对于中国文学史研究，如贺麦晓提出"平行阅读"的方法，把"文学场域"中不同期刊杂志所呈现的竞争的话语形态及其不同"风格"的意涵进行解读。① 事实上这一解读方法已被运用到文学史研究中。在 1905 年《教育世界》上发表的《论近年之学术界》中，王国维批评《新民丛报》《浙江潮》等杂志，"此等杂志，本不知学问为何物，而但有政治上之目的，遂时有学术上之议论，不但剽窃灭裂而已"。这对于我们理解王氏学术与政治立场以及当时期刊文化形态都很重要。同时它有助于进入历史脉络重现文学现场，对文学现象浓描细写，也能摆脱二元思维而分辨复杂的关系，深入到不同文学话语、社团、人脉、传播、象征资本与权力关系等层面，免于陷入笼统概念的先入之见。

其三，近来"抒情传统"论述在学界形成一种不可忽视的呼声，促使我们重新审视文学史与文学批评史②；同时把 20 世纪旧体诗文纳入现代文学史的呼声愈益急切。在诗歌方面不光是"同光体"等诗派，出自许多新文学、左翼文人的旧体诗写作见证了革命与文学的吊诡，也更能满足一己抒情的需要。③ 正确对待文言能打开照亮文学史的一些死角和块面，使文学史叙事更具张力与连贯性，对于文言的评价更具"正能量"。如南社的诗歌创作在保存国粹的前提下形塑了某种现代性主体，同时展示了"抒情传统"在调动、构筑民族的"情感结构"的潜力与极限，如苏曼殊获得一致推崇，乃因其体现了革命与浪漫、国粹与西化的人格典范。又如在国粹与南社的脉络里方能更客观地看待 1910 年代的文言小说与《礼拜六》等

① 贺麦晓：《文学史断代与知识生产——以"五四文学"为例》，载童庆炳主编：《文化与诗学》，北京大学出版社 2008 年版，第 118 页。

② 吕正惠：《抒情传统与政治现实》，大安出版社 1989 年版；王德威：《现代抒情传统四论》，台大出版中心 2011 年版；柯庆明、萧驰主编：《中国抒情传统的再发现——一个现代学术思潮的论文选集》，台大出版中心 2011 年版；陈国球：《抒情中国论》，香港三联书店 2013 年版。

③ 这方面夏中义的研究具代表性，如《当代旧诗与文学史正义——以洪子诚〈中国当代文学史〉为研讨平台》一文以陈寅恪、聂绀弩、王辛笛的旧诗创作为例，力申旧诗应当被纳入文学史书写的视域，参见《安徽师范大学学报》2013 年第 5 期；《"文化神州"的心灵史记——对〈陈寅恪诗集〉作学术思想史新解》，《文学评论》2013 年第 4 期。

都市大众文学所实践“共和”文化政治以及文言与白话“新旧兼备”的文学方针及其演变与转向。

其四，近年来20世纪中国文学语言问题的研究成为热点，如陈思和指出局限之一是“论证白话文的合法性”①。这方面注重白话与文言的关系而超乎“局限”的研究，如对于晚清至现代由文言转向白话的种种争论，胡志德运用罗兰·巴特的“可读性”和“可写性”概念提出两者转换的“代价”问题，且作了精辟而具启发性的分析。②另如郜元宝对于白话与工具理性的关系的探讨以及对于现当代作家的语言表现及其张力作了大量解读与研究，并提出语言学与文学研究相结合的可能性。③他们的研究堪称典范。的确，突破白话的迷思才能真实揭示现代文学的语言辩证运动，如鲁迅和周作人关于语言问题的诸多表述可见文学语言在现代化过程中的复杂性。白话与文言各有演变线路，也互为交错，常常是边界模糊。“旧派”作家包天笑、周瘦鹃、徐卓呆的白话不同于新文学的白话，他们之间的白话也各有不同。关于“大众语”和“通俗化”的讨论并未限于“左翼”阵营，而引起广泛的社会关注。就文言方面而言，从民国时期文学教育到文学经典的出版，从来没被打倒，某种意义上从京派、新感觉派到钱锺书、张爱玲在文学语言中的表现，更多得益于古典文学传统。

“汉字不死，中国必亡！”这句话常挂在钱玄同、鲁迅等人嘴边。他们相信中国文字拉丁化是“救救孩子”的根本之道，能使他们免受旧文化污染而进入民主、科学的大同之域，但半个世纪之后，这一梦想突然化为乌有，具象征意义的是20世纪80年代中期中国政府的文字改革机构已放弃拉丁化目标。④面临全球价值流

① 陈思和：《20世纪文学史理论创新探索丛书总序》，载郜元宝：《汉语别史——现代中国的语言体验》，山东教育出版社2010年版，第21页。

② 胡志德：《重新思考中国近代“文”的简单化》，载《区域：亚洲研究论丛》，清华大学出版社2012年版，第2辑。

③ 郜元宝：《汉语别史——现代中国的语言体验》，山东教育出版社2010年版，第256—264页。

④ 可视作最近官方语言立场表述的，如2014年6月5—6日在苏州召开的世界语言大会上，在主张全球境遇中各民族语言的多元沟通和交流时，也强调加强对于汉语的语言文字的教育。参见《语言能力：沟通世界的桥梁和纽带》，《中国社会科学报》2014年6月9日。

通的挑战，一种新的“汉语”神话被唤醒，一面追求开放多元，一面要保持本土语言纯洁性，充满张力和活力。语言渐渐松绑，文学界、批评界与语言学界对于文学语言的历史与现状的反思，久遭压抑的文言似王者归来，挟持着全球经济的憧憬与焦虑，在新一轮民族文化重建和调适过程中，扮演着动员传统资源、凝聚民族共识的角色。在今天的大陆，诗社林立，年轻人写旧体诗增多，要求现代文学史容纳旧体诗的呼声愈高，而扬州瘦西湖畔世界诗人聚集一堂，模仿传统文人“修禊”的雅事，即便这离不开全球经济与文化资本的运作。

对五四白话运动提出质疑，无论是柯灵慨然指出“五四”为了使白话立足，不惜将文言斩尽杀绝以致“后遗症”严重，或是郑敏痛斥胡适和陈独秀专横地宣布古文是“死文字”、白话是“活文字”，其中蕴含的“二元思维”和“斗争哲学”严重戕害了中国文化的躯体，这些慷慨陈词无非指出一个基本事实：正视 20 世纪中国所遭遇的文学与文化传统的断裂及其文化浩劫与心灵创伤，而近几十年来我们正是在致力于自身文学与文化传统的修复及其内在转换，重建个体尊严与民族信心，作为迎受全球化挑战的必要前提。

原刊《学术月刊》2016 年第 4 期

清末汉字汉语变革方案及其对国语建设的影响

高　玉*

现代汉语的形成经历了一个漫长的过程，是由很多力量合力而成，涉及方方面面，其中清末语言学领域兴起的汉字和汉语改革或改良运动就是人们经常谈论的话题，那么，清末汉字和汉语改革的各种方案和主张，其理论背景是什么？其内涵和本质是什么？它在晚清白话文运动中处于什么位置？与五四白话文运动有何关联？它对国语的形成有什么作用和意义？本文试图回答这些问题。

一

在中国古代，没有人说汉字不好，也没有人说汉语不好，相反，汉字被认为是神圣的。《淮南子·本训》说："昔者仓颉作书，而天雨粟，鬼夜哭。"汉字的发明是惊天动地的大事，所以中国古人一直非常尊崇汉字。魏晋以后，佛教传入中国，到了唐代被中国人广泛地接受，佛经大量被翻译成中文，这时也未见有人说汉字和汉语不好的。但到了晚清，伴随着西方的强大在战争的胜负中日益被认识到，伴随着中西方交流的日益深入，西方先进和中国落后成为当时的一种普遍观念，在这种大背景下，中国语言文字以及文学也被认为是落后的，需要改革或者改良。所以，清末语言学汉字汉语改革运动其实有着很深的西方背景，它是在西

* 作者为浙江师范大学文学院教授。

方语言包括现代日语及其背后强大的物质力量的突显中兴起的，倡导者和发起者多为有西语和日语背景的人。从 1872 年开始，中国开始有计划分批次派学生到西方学习西学，特别是甲午中日战争之后，中国学生大量赴日本和西方留学，留学首先要求过语言关，在学习各种语言的过程中，汉语的特点在比较中突显出来。与西方语言和现代日语相比，汉语被认为有两个明显的缺陷：一是汉字繁难，难识、难记、难写；二是汉语言文分裂。清末汉字汉语改革主要就是为了解决这两个问题。

一般认为，中国最早提出切音字方案的人是福建人卢戆章，1892 年，他的《一目了然初阶》在厦门出版，卢戆章之所以提倡切音字，原因就在于他认为汉字太难："中国字或者是当今普天之下之字之至难者，……平常诗赋文章所用者，不过五千余字而已，欲识此数千字，至聪明者非十余载之苦工不可。""欧美文明之国，虽穷乡僻壤之男女，十岁以上，无不读书。……何为其然也，以其以切音为字，字话一律，字画简易故也。"① 同时，卢戆章主张使用"土腔"和官话，并讨论了二者之间的矛盾和解决的方式问题，他说："若以切音字与汉字并列，各依其土腔乡谈，通行于十九省，各府州县城镇乡村之男女，编甲课实，……官话最通行者莫如南腔，若以南京话为通行之正字，为各省之正音，则十九省语言文字既从一律，文话皆相通，中国虽大，犹如一家。"② 这里实际上涉及语言统一特别是读音统一的问题，也涉及后来的白话文标准问题。卢戆章关于使用"土腔"和官话以及切音字方案明显是初步的，对于西方语言的认识也是明显有问题的，西方的文明以及教育的发达，其原因是多方面的，语言文字只是其中的一方面，显然不能简单地把西方教育普及归结为语言的绝对原因。但这些并不重要，重要的是卢戆章通过对比汉语和外语（主要是西语），发现了古代汉语存在的三个明显的缺陷：一是汉字太多，太复杂，识、读、写困难；二是汉语"字话"不一律，即言文不一致；三是方言口语不一，即汉字读音不统一。这三个问题，实际上是整个

①② 卢戆章：《中国第一快切音新字原序》，载《一目了然初阶（中国切音新字厦腔）》，文字改革出版社 1956 年版，第 2—6 页。

近代以来中国语言文字改革的基本问题，中国语言文字改革基本上是沿着这个路径向前走，并且延续到今天，其结果就是今天我们大家都身在其中的简体字、普通话和现代汉语拼音方案。规范汉字，简化汉字，实行现代汉语拼音方案，这是解决汉字难识难写难读的问题；废除文言，采用白话，确定现代汉语为汉民族共同语的国语地位，这是解决汉语言文不一致的问题，解决统一语言的问题；普通话确定以北京语音为标准语音、以北方方言为基础方言，这是解决汉语读音统一的问题。

在卢戆章之前，西人（主要是传教士）曾经尝试制订过一些汉语注音方案，最早是 16 世纪的意大利人罗明坚编写《葡汉辞典》，用拉丁字母对汉语进行注音。1605 年，意大利传教士利玛窦出版《西字奇迹》，被认为是“中国第一个拉丁字母的拼音方案”①。1626 年，法国人金尼阁编写的《西儒耳目资》三卷出版，“西儒耳目资者，泰西大儒四表金先生所作以资耳目者也。书分三谱，首译引，次音韵，次边正。盖未睹字之面貌，而先聆厥声音者，一稽音韵谱，则形象立现，是为耳资，既睹字之面貌，而弗辨其谁何者，一稽边正谱，则名姓昭然，是为目资，而译引首谱，则以图例问答，阐发音韵边正之所以然，以为耳目之先资者也”②。可以看出，《西儒耳目资》实际上是外国人编写的汉语辞典，对于汉语，它采用了字母注音。1867 年，英国人威妥玛在伦敦出版《语言自迩集》一书，其目的是帮助英国人学习汉语，创立了所谓“威氏汉语拼音方案”，对中国后世的汉语拼音设计影响巨大。但罗明坚、利玛窦等人的探索本质上属于汉语拼音方案，它实际上是给汉字注音，而不是发明新汉字，注音不是代替汉字，而是辅助汉字，它和清末卢戆章等人创造的和汉字并列的汉语切音字、简字或者“快字”以及 20 世纪 20 年代兴起的汉语拉丁化是有本质区别的。

在语言学领域，据倪海曙统计，从 1892 年到 1910 年，国内一共产生了 27 种

---

① 参见［意］利玛窦：《明末罗马字注音文章》，“内容说明”，文字改革出版社 1957 年版。

② 张緟芳：《刻西儒耳目资》，载金尼阁：《西儒耳目资 · 译引首谱》，文字改革出版社 1957 年版（影印明天启六年杭州刻本），第 1 页。

汉语简字（切音字）方案，这些方案主要有拉丁字母方案、速记方案和汉字笔画方案等，而所书写的汉语基本上是官话和各地方言，也即白话。在这一意义上，我们也可以把清末语言学汉字汉语改革活动纳入白话文运动的范围，但语言领域的白话文方案和文学传媒等领域的白话文实践在性质上是有根本区别的。

清末的各种切音字方案最初想要解决的主要是汉字的繁难问题，比如继卢戆章切音字方案之后提出另一种切音字方案的是蔡锡勇的“快字”方案，其《传音快字》于1896年在武昌出版，在“自序”中他说：“中国文字，最为美备，亦最繁难，仓史以降，孳乳日多，字典所收，四万余字，士人读书，毕生不能尽识。”[①]所以他借鉴西语中的速记方式，发明了一种记音的“快字”。同一年，江苏人沈学出于同样的理由也发明了一种速记式的切音字，他说：“中外相形，中国不啻羲皇上人，最绌者文字一学，太西切音，中国象形故也。……共计字体四万九百余字，士人常用者唯四五千字，非诚读十三经不得聪明，非十余年功夫不可。”[②]1900年，王照出版了著名的《官话合声字母》，在序中他说：“各国文字虽浅而同，国人人通晓，因文言一致，字母简便，虽极钝之童，能言之年即为通文之年，故凡有生之日，皆专于其文字所载之事理，日求精进。”[③]1901年，湖北人田廷俊出版《数目代字诀》一书，在序中说：“文字之繁难，中国冠天下矣，蒙童就傅三四年，不过照写依样之字画，难通训诂之意旨，试令其操觚作札，终日曳白，未知所措。”[④]不一一列举，可以说，所有提出改革汉字的方案都是出于这样一种原因。在这一意义上，清末民初白话文运动首先是从汉字改革开始的，尽管当时的许多白话报在其宣言中并没有这样表述，但原初原因却可以追溯到这里。也正是因为如此，所以我认为，如果不联系汉字改革问题，清末民初的白话文运动是不可能说清楚

① 蔡锡勇：《传音快字·自序》，载《传音快字》，文字改革出版社1956年版（影印1896年版），第2页。

② 沈学：《盛世元音·原序》，载《时务报》第4册（光绪二十二年八月初一日），中华书局1991年影印合印本第1册，第212—213页。文字改革出版社1956年出版的单行本据此本影印。

③ 王照：《官话合声字母原序》，载《官话合声字母》，文字改革出版社1956年版（影印1906年），第1页。

④ 田廷俊：《数目代字诀叙》，载《数目代字诀》，文字改革出版社1956年版（影印1901年），第1页。

的，其认识和理解也是不可能深刻的。

同时，清末各种简字方案又都是为了解决汉语言文不一致的问题。所谓言文不一致，即口语和书面语的不一致，当时又叫“文话不一致”或者“字话不一律”等。中国当时其实通行两套语言体系，一是文言文，即书面语，主要被官府和知识分子使用，属于正规语言，老百姓不会使用这种语言，也不能理解这种语言；二是各种口语组成的白话体系，主要是一种日用语言或者民间语言，用于日常交流，不仅被老百姓使用，知识分子和官场在日常交流中也广泛地使用。对于知识分子来说，他们既使用文言文，也会说文言文，可以做到言文一致。而所谓言文不一致，主要是指后一种情况，即老百姓包括知识分子的口语和正式通行的书面语不一致。解决言文不一致理论上存在两种路径，一是改中国人的口语，大家都说文言文从而达到言文一致，二是更改变书面语，或者增加书面语。有趣的是，清末语言学领域几乎是一边倒地选择了增加书面语的方案，试图根本性地解决问题，即不仅解决汉字难识难写难读的问题，而且也同时解决汉语言文不一致的问题。理论上讲，这是具有可行性的，这些方案都不废弃汉语，仅只是换一种文字而已，或者说都不改变中国人的说话，只是寻找一种文字符号把说话书写出来，在复杂的汉字之外，再增加一种简易的汉字，让大众识字，会书写，不仅自己会书写，而且能够认识别人的书写，从而提高国民素质，并从根本上改变中国愚昧落后的状况。但这需要两个条件，一是切音字方案完美无缺，二是强大的推动力，特别是教育部门的推动力，它涉及社会生活的方方面面，是一个更复杂的工程。但这两个条件当时的中国都不具备。

清末汉字汉语改革的根本原因是为了普及教育，提高国民素质，最终目标则是为了富国强兵，所以当时很多不是以研究语言问题见长的知识分子和名人都对中国未来的语言文字问题提出了自己的看法和设想，比如蔡元培 1904 年在《俄事警闻》上发表《新年梦》长文，其中关于语言的“中国梦”是：“语言又简，一国的语言统统画一了；那时候造了一种新字，又可拼音，又可会意，一学就会；又用着言文一致的文体著书印报，记的是顶新的学理，顶美的风俗，无论哪一国的人都欢喜看，又贪着文字的容易学，几乎没有一个人不学的。从文字上养成思想，又从思想上发到实事。”① 蔡元培这一段话里其实包含了很多理想或者说梦想，文字简便、语言简便、汉字字形字音统一、语言统一、汉字的音意识别方式、言文一致、语言在思想上的开放性现代性等，几乎涵盖了汉字汉语改革的所有问题。再比如康有为的“语言梦”是：“全地语言文字皆当同，不得有异言异文。考各地语言之法，当制一地球万音室。制百丈之室，为圆形，以像地球，悬之于空，每度十丈募地球原产人于其中。每度数人，有音异者则募置之，无所异者则一人可矣。既合全地之人，不论文野，使通音韵言语之哲学士合而考之，择其舌本最轻清圆转简易者制以为音，又择大地高下清浊最易通者制为字母。”② 康有为的梦想是，不仅中国语言统一，而且世界语言同一。

汉语不论文言文还是白话文都是非常复杂的。汉语本质上是象形文字，是字本位的语言，而不是字母的语言。汉字的语音是单纯的，也是非常简单的，不适合用字母来表达，汉字和汉字组合构成了汉语的根本。在汉语的意义上，经过几千年的文化生活积淀当然包括语言本身的作用，中国人已经形成了非常复杂的思想、非常细腻的情感以及相一致的表达；反过来说，为了表达复杂的汉语思想和中国人的情感，汉语需要一定数量的字，需要一定数量的词，就是说汉字不具有西语的那种结构，汉语用切音字来表达，将会有很多难以克服的困难，汉语可能简化了，但同时也简单了，变得日常化了，而越来越远离思想。相应地，假如这种简单的切音字能够推行并且最终改变汉语结构、书写方式和整个语言体系，那么，中国思想文化必然会走向退化，不但不会变得像西方一样先进，反过来会变成像一些原始部落民族一样落后，那么，中国将会思想萎缩，或者说将越来越没有思想，成为一种简单的只能满足物质生存的民族或国家。

清末汉语拼音化方案本质上是把汉语西语化，把象形文字改成拼音文字，或者说是用西语来改造汉语，作为一种尝试这当然是可以的，特别是在汉语读音学

---

①《新年梦》，载《蔡元培全集》第1卷，浙江教育出版社1997年版，第435页。

②《大同书》，载《康有为全集》第7集，中国人民大学出版社2007年版，第138页。

习上，在国音统一上，它的贡献巨大，但中西语言之间的嫁接绝没有这么简单。中西方语言是两种完全不同的语言体系，在语言的日常交际和工具的层面上，中西方语言具有共同性，可以通约或者翻译，但在思想文化方面中西方语言存在巨大的差异，汉字切音化，汉语简化实际上是把具有深厚的思想和文化的汉语日常化，切音字在日常生活中还有一定的可行性，而一旦进入思想和文化领域，可以说困难重重，寸步难行。所以我认为汉语拼音化和简化仅只看到了单纯的语言工具问题，而没有看到语言背后的思想文化问题。

二

在语言学领域，清末对于汉字汉语改革的态度其实也是各种各样的，大致可以划分为两种倾向，一种是保守的态度和方案，主张改良，不反对汉语，不反对文言文，只是主张发明一种简易符号记录汉语口语（白话），在汉语文言文体系之外，另外建立一种汉语白话体系，保留汉字，但在汉字之外创立一种简易的切音字，实行汉语两条腿走路：汉字文言文满足知识阶层的需要，切音字白话满足大众需要。根据倪海曙的考察，中国第一个提出汉语切音文字的是宋恕，时间是 1891 年，他主张“读本专用赤县之字”，但同时“江淮以南，须造切音文字多种，以便幼学”[①]。所谓“赤县之字”即汉字。卢戆章的方案也是这样，倪海曙说：“卢戆章没有提出废除汉字的口号，他的切音字是和汉字并列的，和汉字有同等地位，可以通过它学习汉字，也可以由它来代替汉字，但是并不意味着汉字的消灭。”[②]1907 年，潘籍郛发表《推行简字非废汉文说》一文，明确讲切音字不过是“于汉文之外增识简字一类”，“识汉文识简字可以各行其是，可以并行不悖，可以使简字与汉文相因相成而不相刺谬”；“不闻因有切音遂废汉文也，亦不闻有疑切音之足以废汉文者也”。[③] 刘师培也是这样一种观点，他主张两种语言并用：“以通俗之文，推行书报，凡世之稍识字者，皆可家置一编，以助觉民之用，此诚近今

①② 倪海曙：《清末汉语拼音运动编年史》，上海人民出版社 1959 年版，第 18、23 页。

③ 潘籍郛：《推行简字非废汉文说》，载《清末文字改革文集》，文字改革出版社 1958 年版，第 76 页。

中国之急务也。然古代文词，岂宜骤废？故近日文词，宜区二派：一修俗语，以启瀹齐民；一用古文，以保存国学，庶前贤矩范，赖以仅存。”① 也就是说，日常生活用白话，国学用文言。这当然是非常有道理的，白话有时无法表达文言的东西，同时，文言有时也无法表达新的思想，白话与文言并用在当时可以说是最好的选择，当然也是无可奈何的选择，今天的中国事实上仍然是两种语言体系并存，差异在于文言文是历史形态的，而白话是现实形态的。

另一种是激进的态度和方案，主张废除汉字和汉语，改用“万国新语”即世界语。1907 年，李石曾、吴稚晖等人在巴黎创办《新世纪》中文杂志，在这个杂志上，李石曾、吴稚晖等人提出废除汉字、汉语，制造暂时的“中国新语”，最后实现使用“万国新语”的目标或者说理想。李石曾认为，合声文字优于象形或表意文字，即西方的字母文字优于汉字，语言的进化如生物的进化一样，最终是合声文字取代象形或表意文字，并且“合世界之文字而为一”，他反对改良汉语，认为“中国字亦皆以西母合成”之方案不过是“存留语言，革命文字”，汉字作为一种劣字必须废除，主张“直以西文或万国语代中文”即“语言文字同革命”。② 系统地研究并表述这个问题的则是吴稚晖，他在《新世纪》杂志上发表了《编造中国新语凡例》《新语问题之杂答》《书驳中国用万国新语说后》《书神州日报东学西渐篇后》等文章，吴稚晖认同日本学者寂照氏的观点，认为“汉文”有“三短”：“一曰艰深，此言笔划制造之不善也。”“二曰文法不具，此与文字无相干。”“三曰空疏乏实理，此似牵混于学术。”③ 晚清学术用语中“汉文”一词一般指汉字，但吴稚晖这里所说的“汉文”却是包括汉字在内的汉语。与卢戆章等人的切音字汉字改良运动不一样，吴稚晖世界语运动本质上是语言革命，包括文字革命。日本学者的观点是比较正确的，汉语首先是汉字太复杂，难识难记难写，这几乎是当时

① 刘光汉（即刘师培）：《论文杂记》，载邓实、黄节主编：《国粹学报》第 4 册（1905 年），广陵书社 2006 年版，第 891、892 页。

② 《进化与革命》，载《李石曾先生文集》（上），中国国民党中央委员会党史委员会 1980 年编辑出版，第 68 页。

③ 《书神州日报东学西渐篇后》，载《吴稚晖全集》卷 4，九州出版社 2013 年版，第 52、56、54 页。

中国知识分子的共识，其次是不讲文法，最重要的是汉语在思想的层面上和西方思想相扞格，不能有效地表达西方的科学思想和文化思想。汉语的文法问题，虽然马建忠 1898 年就出版了《马氏文通》，但大多数语言学领域的知识分子并没有意识到这个问题，也缺乏深入的思考，其实，古代汉语也有文法，只是和西语的文法不同而已。而关于汉语的思想与西语思想性之间的差异，古代汉语与中国古代思想文化之间的深层联系，当时的知识分子几乎没有学理上的认识，虽然，一些反对汉字改革的学者把汉字和古代汉语称作国粹，把它和民族人种等联系在一起，比如邓实说：“故一国有一国之语言文字，其语文亡者，则其国亡；其语文存者，则其国存。语言文字者，国界种界之鸿沟，而保国保种之金城汤池也。”“文言者，吾国所以立国之精神而当宝之以为国粹者也。灭其国粹，是不啻自灭其国。”[①]章太炎也说：“语言文字亡，而性情节族灭，九服崩离，长为臧获，何远之有?”[②]但这种表述是很表面的，汉语与中国思想文化之间究竟是如何深层地联结在一起，晚清学术学术界缺乏准确的论述。很多人都发现了问题，特别是翻译领域，梁启超、林纾、严复等人都发现了西方思想文化不能找到准确的汉语词语来表达，吴稚晖也说：“文字为语言之代表，语言又为事理之代表；譬如日本古世之语言，止能代表彼人所发明之事理，不足以代表中国较文明之事理；故虽其后造有假名文字，止能代表其固有之语言，若出于中国较文明事理之语言，必兼取中国文字代表之。今日西洋尤较文明之事理，即西洋人自取其本国之文字为代表，尚再三斟酌而后定，通行甚久而后信。若欲强以中国文字相译，无人不以为绝难。故欲以中国文字，治世界文明之事理，可以用绝对之断语否定之。”[③]但他们都不能把中西方语言在思想层面上的差异性和翻译的困难二者之间联系起来。所以，吴稚晖主要在前两个“短”的层面上讨论废除汉语、改用“万国新语”的问题，也即在纯

① 转引自罗志田《国家与学术：清季民初关于“国学”的思想争论》，生活·读书·新知三联书店 2003 年版，第 145、146 页。

② 章太炎：《规新世纪（哲学及语言文字二事）》，载《民报》第 24 号（1908 年 10 月 10 日），中华书局影印合订本第 6 册，2006 年版，第 3783 页。

③《新语问题之杂答》，《吴稚晖全集》卷 1，九州出版社 2013 年版，第 278 页。

粹的工具层面上讨论问题。

对于汉字的看法，吴稚晖和当时大多数人的观点没有多大差别，一是认为汉字繁难，他说："中国现有文字笔划之繁难，枉费无数光阴，于文明进步，大有妨碍"，所以"中国现有文字之不适于用，迟早必废"。① 二是认为汉字不表音，导致汉语的言文不一致，他说："文字有二职：一为志别，一为记音，中国之文字志别之功用本完，所少者，记音之一事。"他认为汉字属于"不良"文字，"汉字不惟无音，而且不便于排印，不便于检字，为文明传布，庶事整理上之大梗"②；"中国人守其中国文，尤格格与世界不相入，为无穷周章之困难。于是所谓时机已熟，当废汉文，而用万国新语"③。可以看到，吴稚晖和汉语保守派从同样的问题出发，但解决的方案和路径却不同，卢戆章、王照、劳乃宣等人主张改良，而吴稚晖则是主张革命，既废除汉字，也废除汉语，走世界语言"大同"的道路。所以吴稚晖在文章中不仅批判国粹派的邓实、章太炎等人的语言观，也批判保守的卢戆章、王照等人的汉字改良方案，他说："汉字既不足以字母拼切，而其旧有之状，又可别不可名（不可名，犹云不识之字，无从就状而得其读音也）。将用何法以为改良？应之曰：汉字者，为早晚必行废斥之一物，若在短时之间，因大多数人方恃之为交通宣意之符号，而必苟且承用，则如不适用之废屋然，短时之间，不能不藉之以避风雨，惟有用最廉价之便法，稍事修缮，使风雨不侵而后止，万不值得费如何经营之苦心，花如何拆卸之高价，出重造之价值，仍得一不适用之建筑也。"吴稚晖认为，汉字有缺陷，不容易学习和掌握，不利于中国现代文化的发展，修缮即改良（比如"于初学之书册上，附加读音"）不过是暂且的办法，而根本办法则是废除汉语改用"万国新语"，他说："上策必径弃中国之语言文字，改习万国新语。其次则改用现在欧洲科学精进国之文字。其次则在中国文字上附加读音。"吴稚晖还驳斥了采用他国文字就是"服从"他国、就是丧失民

① 《编造中国新语凡例》，《吴稚晖全集》卷 4，九州出版社 2013 年版，第 38、35 页。

② 《书神州日报东学西渐篇后》，载《吴稚晖全集》卷 4，九州出版社 2013 年版，第 56、54 页。

③ 《书驳中国用万国新语说后》，《吴稚晖全集》卷 4，九州出版社 2013 年版，第 44 页。

族性的观点：“文字者不过器物之一，如其必守较不适用之文字，则武器用弓矢可矣，何必采用他人之快枪；航海用帆樯可矣，何必采用他人之汽舟；文字所以达意，与弓矢快枪帆樯汽舟之代力，非同物欤？何为不宝祖宗之弓矢与帆樯，而必保其呆滞朴僿之音，板方符咒之字哉？是真所谓以讹传讹，习焉不察者也。”[①]由此也可见吴稚晖其实是在语言工具的层面上提出了中国文字只宜废不宜改的观点。

但事实上这是不可能的，与世界语本身是否合理有关，与教育普及的程度和语言推广的难度有关，与中国人的生活习惯和语言习惯也有关，但最根本的原因则是语言的思想性和文化性决定了废除汉语之不可能，中国人的文明就是从汉语开始的，汉语绵延五千年，可以说和黄皮肤一样已经具有了中国人的身体性，汉语从根本上决定了中国的思维方式和思想方式，没有汉语中国人就不会开口说话，中国人就没有了思想。学习文言文，并且进行文言文书写，这对于中国普通民众来说，的确不是一件容易的事情，但要中国自弃汉语，改用万国新语或者欧洲的某种语言比如英语来表达和交流，这却是非常困难的事情，排除民族情绪上的因素不说，仅就技术和思维思想方面来说，也是做不到的。吴稚晖也意识到了废汉语改用万国新语的现实难度，“恐持论太高，而去实行尤远”，所以他提出作为过渡，“编造”一种具有中介性的、现实性的，具有中国性的“中国新语”，即“逐字译万国新语”“采用欧文名读法”等[②]，但这同样是不可能的，小说可以编造，但语言不能编造，人类自古以来还从来没有编造成功的语言。

正是因为如此，吴稚晖的汉语革命方案遭到了广泛的批判，不仅受到国粹派的批判，也受到同样接受新思想新文化的新派文化人的批判，胡适在美国留学时曾讽刺吴稚晖等人的主张：“吾国学生有狂妄者，乃至倡废汉文而用英文。”“吾国文字本可运用自如。今之后生小子，动辄毁谤祖国文字，以为木强，不能指挥自

① 《书神州日报东学西渐篇后》，载《吴稚晖全集》卷4，九州出版社2013年版，第55、63页。

② 《编造中国新语凡例》，载《吴稚晖全集》卷4，九州出版社2013年版，第35、40页。

如，徒见其不通文尔。”[①] 傅斯年说：“改用外国语当做国语，大多数的中国人登时变成哑子。”[②] 事实上，吴稚晖本人后来也认识到了这种激进方案的偏颇性，五四新文化运动在白话的基础上形成国语并通行之后，吴稚晖也改变了从前的偏激态度，承认汉语不可能废除，不是不想废除，不应该废除，而是不可能废除，他说：“日本事事瞧不起中国，事事崇拜西洋，如其能废汉文，早已废了汉文、造成西洋文了。汉文的废不了，非不欲也，是不能也。我们要废除汉文，也是废不了；也为了尽管想要废止，必不能废。”[③] 转而认同从前所说的“下策”即拼音方案，亦即赵元任等所提出的对国语加注音的方案，并积极推广。“注音符号”可以说是清末以来切音字运动在民国时期的最大成果，当今的汉语拼音方案就是建立在其基础上，它在解决汉字的读音问题上，在统一国音上可以说贡献巨大，而吴稚晖在其中也起了很重要的作用。

但清末语言文字改良运动不管是保守的还是激进的方案，其实都是理论上的，并且也是很粗浅的，很难实施。清末汉字改良者对西语的描述其实是想象的，和西语的实际并不相符合，比如蔡锡勇说：“泰西承用罗马字母，虽各国音读互殊，要皆以切音为主，寻常语言，加以配合贯串之法，即为文字，自上至下，由男及女，无事不有学，无人不有学，其一丁不识者，不数觏也，加以快字，一人可兼数人之力，一日可并数日之功。”[④] 劳乃宣说：“外国文字，专以声音为主，字母多者不过数十，识此数十字母，明其联合之法，而能事已毕，以教凡民，轻而易举。”[⑤] 西方的文明程度在当时的确高于中国，民众普遍具有较高的文化，能够读书看报，这主要是教育的结果，不能简单地归结于语言文字便捷易学，西方语言的确只用二三十个字母来组合，但西语其实是很复杂的，比如英语，如果达到很流

---

① 《胡适留学日记》，海南出版社、海南国际新闻出版中心 1994 年版，上卷第 224、下卷第 78 页。时间分别为 1914 年 9 月 13 日和 1915 年 6 月 6 日。

② 《汉语改用拼音文字的初步谈》，载《傅斯年全集》第 1 卷，湖南教育出版社 2003 年版，第 164 页。

③ 《三十五年之音符运动》，载《吴稚晖全集》卷 4，九州出版社 2013 年版，第 330—331 页。

④ 《传音快字・自序》，载《传音快字》，文字改革出版社 1956 年版，第 3—4 页。

⑤ 劳乃宣：《致唐尚书函》，载《清末文字改革文集》，文字改革出版社 1958 年版，第 113 页。

畅地读报的水平，至少需要掌握一万个单词。西语虽然是表音的文字，言文一致，但绝对不是很容易就能学会的，国人今天学英语用十年时间也不能读不能说不能写就是一例。仅就构成来说，汉字其实也是很简单的，不过是点横折竖撇捺弯勾 8 种笔划。从学会 26 个字母到掌握英语，这是一个漫长的过程，同样，从学会汉字书写的 8 种笔划到掌握汉字汉语，这也是一个漫长的过程。真正具有思想性、创造了丰富文化的语言不可能非常简单、一学就会。因此清末汉字改良者对切音字未来前景的描写是想象的、理想化的。

语言文字是人类发展到高级的产物，语言与思想以及文化密切联系在一起，非常复杂，尤其是汉语，中国古代文明也好，中国现代文明也好，都深深依赖于汉字汉语，发明一种十天半月就能学会的语言，不花多少时间和精力就能够表达与写作自如，这不啻天方夜谭。经过晚清漫长的探索与实践，这条路证明事实上走不通，只是理论上的，根本就不可能实际操作，所以，五四白话文通行之后，新的国语即现代汉语建立起来之后，人们普遍放弃了这种思路，今天只保留了一个汉语拼音。

三

清末语言学的探索为什么对白话文缺乏充分的关注和探讨？为什么会对当时广泛开展的白话文运动视而不见？为什么不探讨文言文的存废？这是笔者更关心的问题。

其实，清末语言学讨论汉字汉语变革问题，已经深入涉及白话文的问题，但遗憾的是并没有深入地讨论。清末兴起的汉字汉语改革，设计的各种方案首先就是解决汉语言文一致的问题，有各种方案，但主要的方案是不否定文言文，在文言文之外试图建立以白话文为中心的新的书面语，并且新的书面语不再用汉字进行书写，而是用切音字进行书写。这和五四改良白话在路向上是一致的，不同在于，五四时期的白话文运动、国语建设和清末民初汉字汉语改良运动所采取的具体措施不同。

五四白话文运动的发起者以及主要成员大都认为中国的未来必将废除汉字，鲁迅说："汉字也是中国劳苦大众身上的一个结核，病菌都潜伏在里面，倘不首先除去它，结果只有自己死。"①据说他还说过"汉字不灭，中国必亡"②的话。新文学发生一年多之后，《新青年》4卷4号的"通讯"栏曾讨论清末语言学领域提出的汉字存废问题，钱玄同给陈独秀写了一封长信，在信中，钱玄同提出："欲废孔学，不可不先废汉文；欲驱除一般人之幼稚的野蛮的顽固的思想，尤不可不先废汉文。"③陈独秀回信说："中国文字，既难传载新事新理，且为腐毒思想之巢窟，废之诚不足惜。"但汉字废除非常困难，阻力非常大，作为过渡，"先废汉文，且存汉语，而改用罗马字母书之"④。胡适的回答是："我以为中国将来应该有拼音的文字，但是文言中单音太多，决不能变成拼音文字，所以必须先用白话文字来代文言的文字，然后把白话的文字变成拼音的文字。"⑤由此可见，五四新文学运动的发起者和领导者们其实是认同清末民初语言学家提出的改革或改良汉字的观点的，但他们认为这种改革非常困难，更现实更具有操作性的是过渡性、妥协性的方案，即，保留汉字，但放弃文言文，改用白话并改造白话、发展白话，把白话建设成为一种具有包容性、规范性、现代性的新的国语（钱玄同称之为"新体国语"）即现代汉语，这种方案更能够被国人接受。

清末语言学领域的汉字汉语改革运动大多数的方案其实也是妥协性的，只不过妥协的方面不同。清末语言学方案主要是在文言文上妥协，而在文字上激进。中国人提出汉字汉语改革是从认识到汉字和书面语的繁难开始的，所有主张汉字汉语改革的人都是基于汉字和旧国语（即文言文）难以掌握这一事实，最早的卢

---

①《关于新文字——答问》，载《鲁迅全集》第6卷，人民文学出版社2005年版，第165页。

② 鲁迅：《病中答救亡情报访员》，载倪海曙编：《中国语文的新生——拉丁化中国字运动二十年论文集》，时代出版社1949年版，第119页。

③《中国今后之文字问题》，载《钱玄同文集》第1卷，中国人民大学出版社1999年版，第162页。

④《四答钱玄同（中国今后之文字问题）》，载《陈独秀著作选编》第1卷，上海人民出版社2009年版，第410页。

⑤ 胡适：《答钱玄同》，《新青年》第4卷第4号（1918年4月15日）。按：此文不见收于《胡适文集》和《胡适全集》等。

戆章、蔡锡勇、王照等提出汉字切音字等方案是出于这样的原因，稍晚的劳乃宣、田廷俊提出的简字和拼音代字等方案也是这样。五四新文化运动关于汉字汉语改革方案虽然明显不同于清末，但出发点却是相同的，比如钱玄同说：“中国文字论其字形，则非拼音而为象形文字之末流，不便于识，不便于写；论其字义，则意义含糊，文法极不精密；论其在今日学问上之应用，则新理新事物之名词，一无所有；论其过去之历史，则千分之九百九十九为记载孔门学说及道教妖言之记号。此种文字，断断不能适用于二十世纪之新时代。”[①]一句话，汉字太繁难了，文言文太复杂了，需要改良或者改革。

今天回头看清末诸如教育不普及、国民普遍不能阅读和书写等诸多问题，显然不能简单地把问题归结于汉字的繁难。国人不能阅读和书写，学人需要皓首才能熟练地掌握和运用汉语，汉字的难当然是重要的原因，但语言的复杂和语言与日常生活脱离关系可能是更重要的原因，不是说认识了汉字，汉语学习的问题就可以迎刃而解。在中国古代，认识1000个基本汉字就不是文盲，认识3000个常用汉字就可以进行基本的阅读和写作，认识6000个常用汉字就可以当专业学者了。事实上，借助反切和“六书”等方法，认识6000个汉字是很容易的，但从认识6000个汉字到能够阅读文言文进而能够用文言文写作，则是一个漫长的过程。其中根本原因就在于文言文虽然也起源于古人的口语，但它后来和汉语口语渐行渐远，经过不断累积和建构，形成一种非常复杂的语言体系，它不仅只是字形、词形、语音、语法的问题，更是思想方式、思维方式、话语方式、言说方式的问题，在后一意义上，文言文阅读和写作是高难度的事情，一生也不能穷尽其奥妙。同时，汉语口语也在发展，越来越远离书面语言。这两个方面决定了汉语书面语与口语存在着巨大的差异，造成中国语言上的言文不一致。与这种言文不一致相应，中国的思想文化也严重地分化，一方面是具有延续性和意识形态性的传统的主体思想，另一方面则是也有延续性的鲜活的民间思想，并且这两类思想以知识

---

① 《中国今后之文字问题》，载《钱玄同文集》第1卷，中国人民大学出版社1999年版，第166页。

的形态存在于不同的阶级和群体之中。

对于文字、语言与国民教育以及国民素质之间的关系，清末语言学领域把问题想得太简单了，他们简单地把语言问题、学习问题归结为文字问题，比如，端方说："吾国文字艰深，……坐是之故，以致识字少者，风气锢闭，朝有良法而不易推行，官有文告而不能晓谕，师儒有教育而不肯偏及。"①沈凤楼说："中国文字极烦，学亦甚艰，自束发受书，非十稔不能握管撰文，此而欲田夫野老妇人女子人人识字，无论资性不近，即人人聪哲，人人慧悟，亦无此十年之时间也。"②所以清末语言学汉字汉语改革主要是试图解决文字的问题，切音字也好，简字也好，速写符号也好，拉丁字母也好，数码字也好，各种方案都是为了简化汉语从而达到学习和掌握上的速成。袁世凯本人赞成官话字母，下令学校学习简字，当时各地还设立了很多简字学堂，但清末汉字汉语改革最后总体上是失败了。而五四新文化运动不改革汉字，而是改革汉语即弃用文言文，改用白话，从言文一致的角度解决问题，反而成功了。

文字简化或者更换并不能解决文言文的学习和掌握问题，也不能解决汉语的言文不一致的问题。清末语言学各种汉字汉语改革方案实际上主要是在"言"的层面上讨论问题，朱文熊第一个提出拼音文字无法应用于文言文的问题，他说："国文中虽同音异字者不少，以拼音为文，则有混淆莫辨之患。"③所以，清末语言学家所提出的各种汉字汉语改革方案都是应用于白话文的，当时语言学领域很少使用"白话"这个概念，多用"官话""俗语""方言""俚语""土腔"等，实际上就是"白话"。事实上，清末语言学领域已经使用白话，比如上述所引各种文章，很多都不是纯正的文言文，多是半文半白，而更接近白话，有些论述已经完全使

---

① 端方：《江宁简字学堂高等小说开学常说文》，载《清末文字改革文集》，文字改革出版社1958年版，第83页。

② 沈凤楼：《江宁简字半日学堂师范班开学演说文》，载《清末文字改革文集》，文字改革出版社1958年版，第53页。

③ 朱文熊：《江苏新字母·例言》，载《江苏新字母》，文字改革出版社1957年版（影印1906年版），第3—4页。

用白话，还夹杂方言，比如陈虬说：“字又着实难识得很，每字既有许多音哪，每音又有许多字呢，而且笔墨忒多，通扯起来每字总有八九笔，多者四五十笔不等，字共四万有余，紧要的也有四五千呢！还有许多音，统没有字，就是在学堂十年出来哪，旧字个个认得解得，唤他们写几句口头的言语，开一批手面的帐单，竟没有一个能一直写下去的。”① 这已经是很标准的白话文了，这和文学传媒领域的裘廷梁不一样，裘廷梁虽然提倡白话文，但他提倡白话文的文章却是用标准的文言文来写作的。

很难说当今的白话文就是最好最合理的选择，如果是，其实清末语言学领域对于汉字汉语改良的设计已经很接近这种选择，但这一改革总体上是失败的，它发现了汉字的问题，发现了文言文的问题，发现了汉语的言文不一致，也发现了白话并且试图往白话的方向走，他们很大胆地改革汉字，发明新字，但他们对汉字和汉语都有错误的认识，也许是时代环境的影响和束缚，他们不敢对延续了几千年的文言文进行质疑和否定，不敢废弃文言文，而试图在文言文以外，以汉语口语或者日常交流语言为基础再创造一种新的汉语书面语言，在文言文之外寻求一种新的言文一致。这种选择的错误在于，因为它不废除文言文，在不废除文言文的意义上它不废除汉字，所以总体上它不仅没有简化汉语的学习，反而加重了汉语的学习，也就是说，它在文言文和汉语的基础上又增加了一种白话文和简字或者切音字，如果这种简字和白话文得以通行，就意味着在中国要通行两套汉语，对于普通民众来说可以学习简字和白话文，但对于知识分子来说，必须同时学习两套语言，采用两种写作方式，这是巨大的负担。切音字和白话文看似简单，其实很复杂，还涉及经济、教育等一系列问题，因而得不到民众的支持，最后很难普及。而知识分子也不愿意学习两种语言，也不支持这种方案，所以，清末语言学领域汉字汉语变革其失败就在情理之中了。

从以上论述我们可以看到，清末语言学领域关于汉字汉语改革已经走到了现

---

① 陈虬：《新字瓯文学堂开学演说》，载《新字瓯文七音译》，文字改革出版社 1958 年版（影印 1903 年版），第 10—11 页。

代汉语方案的边缘，但就是差那么一小步，但这一小步却是关键的一步，五四新文化运动不过是往前迈进了一小步，但就是这一小步却改变了中国社会文化的面貌，中国历史在这里发生了翻天覆地的变化，中国从此进入了现代时代。在这一意义上，我对清末语言学领域关于汉字汉语改革的定位是：它为五四新文化运动废除文言文、建立现代白话文即国语或者说现代汉语作了充分的探索和准备，但它的各种方案和五四的方案还是具有本质区别的。经过近百年的反复探索和实践，清末关于汉字汉语改革的目标在当今都可以说实现了，汉字简化了，推行了汉语拼音方案，通行白话文，实现了汉语言文一致，但它们都和清末方案有很大的差异。

原刊《学术月刊》2015 年第 7 期

论清末民初期刊白话文的传承与新变

高　玉[*]

清末民初白话文运动中，白话报纸扮演了非常重要的作用，但白话报纸中的白话文更多是方言、口语，层次很低，通行局域，不具有统一性，它们对于五四白话即现代汉语的建构作用非常有限。相比较而言，期刊特别是小说期刊层次比较高，语言更规范，情感和思想表达更加丰富，更能够代表正统的白话汉语，也更能够代表书面化的白话，对五四白话更具有借鉴意义和建构意义。那么，清末民初的期刊白话文具有什么特点？普及的情况如何？对五四白话即现代汉语具有什么作用和意义？本文主要回答这些问题。

一

"报纸"和"刊物"在今天区别非常明显，前者是散页的形式，后者是书籍的形式。但在近代，二者的区别不是很明显，概念也比较模糊，大部分冠名为"报"的都是报纸，比如《强学报》《白话报》，但也有少数冠名为"报"的实则为期刊，比如《时务报》以"册"为计量单位，每册厚达60多页，装订成"书"。①《译书公会报》也是标"册"，装订成"书"，每期厚达80多页。②《民报》其实是标准

* 作者为浙江师范大学人文学院教授。

①《强学报》1896年1月12日创刊，共出版2期，标"号"。《时务报》1896年8月创刊，旬刊，共出版69册。中华书局1991年出版影印本，全5册。

② 光绪二十三年即1897年创刊，周刊，共出版20册。中华书局2007年出版影印本，全2册。

的期刊，每期厚达160多页，完全是按照书籍的方式装帧。[①]《清议报》也是期刊，每期厚60多页。[②] 本文所说的期刊是按照当今的标准区分的，即装订成书籍的定期或不定期的杂志。

但期刊与报纸更重要的区别则是内容上的，一般来说，报纸比较大众化，以新闻为主，语言上多口语，使用方言、俗语等，作者多为新闻记者或“报人”，以普通民众为读者对象。而期刊则相对高雅，以思想文化为主，语言上虽然也用白话，但这种白话多为古白话和官话，相对方言俚语来说是“雅言”，作者多为学者、作家，思想文化领域有一定的名气和影响，以文化人和文学爱好者为读者对象。所以，期刊白话文更具有书面性，对后来的现代白话即现代汉语的建构具有更大的影响和作用。

清末民初白话文运动中，从载体的角度来说，白话报纸是主体。白话报纸主要使用白话，很少使用文言。也有一些白话书籍，包括白话教科书、白话宣讲书、白话翻译书等，但白话书籍中的白话多为古白话，延续《三国演义》《水浒传》的传统，也即“半文半白”之白话。白话书籍也使用口语白话，现在看来，清末民初时期的口语白话在理路上非常符合现代白话精神，和现代白话也非常接近，理论上应该对五四白话有很大的影响，但实际上并不然，根本原因就在于它们流行范围非常有限，比如陈虬《新字瓯文七音译》这样的书仅在浙江温州流布，王照、劳乃宣的“简字书”虽然发行量比较大，但读者更关注的是“字”而不是“文”。而期刊中的白话则比较复杂。

总体上，清末民初没有纯粹的白话期刊，我们现在看到的最早的纯粹白话杂志是改版之后的《新青年》。清末民初期刊白话文有的比较纯粹，有的则只是因素，有的是白话文中有文言，或者文言中有白话。其使用的广度也不一样。

与报纸相反，清末民初的一般期刊都是用文言，或者比较浅的文言，但也出

① 1905年在日本东京创刊，初为月刊，后为不定期刊，标“号”，共出版26期，中华书局2006年出版影印本，全6册。

② 1898年创刊，标“册”，共出版100期。中华书局1991年出版影印本，全6册。

现了白话文章，比如《民报》“第1号”刊登《记戊戌庚子死事诸人纪念会中广东某君之演说》一文，开头是这样的：“诸君开追悼纪念会，兄弟今天是来迟了。刚才经理人告布纪念的意思，并还有那一位演说的主义，兄弟都不晓得，只听某君演说要完的时候，说要请广东人来讲这事情。”[①] 除了“告布”“主义”（字面意义，和今天的“主义”含义不同）几个文雅用语以外，其他都是大白话，并且通篇都是如此。“第2号”开始登载小说，包括陈天华的《狮子吼》和《崖山哀（亡国痛）》，《狮子吼》开头是这样的：“看官，小子是一个最不喜欢读书的，须知道小子不喜欢读书的原故，那诗书上每每讲些兴亡事件，小子自幼生就一种痴情，好替古人担忧，讲到兴亡上，便有数日的不舒快。”[②]“舒快”看起来比较文雅，其实是口语。《崖山哀》“导言”把剧本所用语言说得很清楚：“本剧说白，以中国通行语演之，以便阅者易明。”比如：“哦哦哦，有了，我们本是中国的秀才，肚子里有的是文章，最会吟诗作对，自从弃暗投明，他们蒙古人都闹我是个饱学老夫子，其势不得不凑两句恭维他，显显我的本事。”[③] 这是比较标准的近代白话，只是偶有文言句法如“其势”等。

再比如《清议报》上也有白话，第36期“政治小说”《经国美谈前编》开头是这样的：“却说昔日希腊国齐武都有个学堂，那学堂的教席须眉皓白，年约六十余岁，学生七八人，都不过十余龄。一日夕阳西倾，学课已完，那些学生一齐向先生道，今日功课既完，闲暇无事，请先生讲一二故事听听。时学堂塑有几个偶像，先生因指着内中一个道，这个名系格德，乃我邻阿善国的贤君，他那些事迹，脍炙人口，真可羡慕，今讲其大概与你们听听。这些学生齐声道好好。”[④] 这里除了

---

① 记者：《记戊戌庚子死事诸人纪念会中广东某君之演说》，《民报》第1期（1905年11月），载中华书局影印《民报》第1册，2006年，第86—87页。

② 过庭：《狮子吼》，《民报》第2期（1906年），载中华书局影印《民报》第1册，2006年，第285页。《狮子吼》最初署名“过庭”，从“第3号”开始署名“星如先生遗稿”。

③ 汉血、愁予合编：《崖山哀（亡国痛）》，《民报》第2期（1906年），载中华书局影印《民报》第1册，2006年，第298、301页。

④ 前出使清国大臣日本矢野文雄：《经国美谈前编》，《清议报》第36册（1900年），中华书局影印《清议报》第3册，1991年，第2369页。

"龄""倾""道""乃"等几个字以及"成语"比较文言化以外，其他都是白话，可以称之为具有文言味的白话。

但刊登白话文最多、白话程度最高的期刊还是文学杂志，特别是小说杂志。本文主要以小说期刊上的白话为例来说明清末民初白话文的特点，特别是其承传与新变及其对现代白话的作用与意义。

二

白话为什么在文学领域特别是小说领域大量使用？这与文学特别是小说这种文体有很大的关系。在思想文化领域，文学是最大众化的，而在各种文学中，小说又是最大众化的。

中国古代小说起源于神话传说和志怪，演变为传奇和话本小说、章回小说，小说由于其故事性，街谈巷语、稗官野史以及说书等特性，而具有民众性，所以大众性、通俗性可以说是"小说"的固有本性。宋代产生"话本小说"，其实就是白话小说，到了元末明初，文人也开始用白话进行小说创作，因而出现了《三国演义》《水浒传》《西游记》《金瓶梅》以及《红楼梦》。"四大名著"都称得上是白话小说，其使用的语言是半文半白，也即古白话。因此可以看到，白话是小说的传统，它和小说的民众性、通俗性是一致的，这是清末民初小说期刊大量使用白话的一个很重要的原因。

清末民初，文学领域没有"通俗文学"与"纯文学"的区分，也没有相应的概念，但有文学的"通俗"与"高雅"之意识，这种区分不是文学层次的，也即不是按照文学的品质来区分，而是文体的固有特性，"诗歌"和"古文"两种文体属于高雅的文体，而小说则是通俗文体。小说也有层次的差异，与文体无关，而与作者的文学素养和艺术追求有关，比如《红楼梦》《聊斋志异》相对比较"雅"，而《三言二拍》《三侠五义》则相对比较"俗"。在清末民初，小说的固有品性就是通俗，所有的小说都是通俗文学。梁启超是在通俗的意义上提倡小说，或者说是因为小说的"通俗"特性提倡小说，而不是个人的爱好以及文学革新等原因，也即是社会和政治的原因而不是文学的原因。假如诗歌和古文也能够为大众所接受并起到启蒙宣传的作用，理论上梁启超也会提倡诗歌和古文。他在著名的《论小说与群治之关系》一文中说：“欲新一国之民，不可不先新一国之小说。故欲新道德，必新小说；欲新宗教，必新小说；欲新政治，必新小说；欲新风俗，必新小说；欲新学艺，必新小说；乃至欲新人心、欲新人格，必新小说。何以故？小说有不可思议之力支配人道故。”①《论小说与群治之关系》是《新小说》的第一篇作品，也可以看作是发刊词，上述这段话则是这篇文章的开头语，在今天看来，这非常夸张，但清末的确是如此，小说在当时为什么有这么大的力量？就是因为“以其浅而易解故，以其乐而多趣故”②，也即它的通俗和趣味能够吸引普通读者从而在阅读中发挥其作用。康有为曾说：“仅识字之人，有不读经，无有不读小说者。故《六经》不能教，当以小说教之；正史不能入，当以小说入之；语录不能谕，当以小说谕之；律例不能治，当以小说治之。天下通人少，而愚人多，深于文学之人少，而粗识之无之人多。《六经》虽美，不通其义，不识其字，则如明珠夜投，按剑而怒矣。”③梁启超在《译印政治小说序》中引用了这一段话，可见它对梁启超的影响。康有为把小说的社会功效解释得很清楚，在时间顺序上，康有为的理由正是梁启超提倡小说的原因。通俗和普及是其最重要的理由，而通俗和普及的一个重要方面就是其语言上的白话性，也即一种民众可以接受的语言。所以梁启超创办《新小说》，其暗含的前提就是使用白话，也就是说，梁启超不是因为办了《新小说》杂志之后才提倡白话的，恰恰是因为白话的潜在作用才办《新小说》杂志的。

综合来看，清末民初期刊上的白话大致可以划分为两类：一是古白话，二是近代白话。关于“古白话”（或“古代白话”），至今学术界没有严格的界定，但却广泛使用这个概念，一般人所说的“古白话”就是“五四”之前的白话，也就是胡适在《白话文学史》中所讲的白话，就是白话诗词、白话讲学、白话小说、白

①② 梁启超：《论小说与群治之关系》，《新小说》第1号（1902年11月）。

③ 康有为：《日本书目志》，“小说门第14”，载《康有为全集》3，上海古籍出版社1992年版，第1212页。

话戏曲中的白话，就是《水浒传》《西游记》中的白话。现代白话即"五四"之后形成的新白话，胡适称之为"国语"①，即后来所说的现代汉语。胡适的这种区分法为大多数人所沿用，比如徐时仪对"古白话"就是这样定义的："古白话是与文言相对而并存的一个反映了汉魏至明清历代口语成分的汉语书面语系统，古白话词是汉语词汇史上汉魏至'五四'以前各个时期流行于社会各阶层的口语中新产生的词语和虽早已有之但意义已有变化的词语，实际上也就是书面记录下来的充满活力而欲替代旧有词语的口语词。"② 袁世硕也是这种区分，在他那里，"古白话"与五四"现代白话"相对应。③1924 年，商务印书馆曾出版《古白话文选》上下册和《近人白话文选》上下册，均为吴遁生、郑次川编辑，为"高级中学国文读本"，两书所谓"古白话"即新文学运动之前朱熹、白居易等人以及《水浒传》《三国演义》的白话，所谓"近人白话"即新文学运动之后的胡适、周作人以及蔡元培、梁启超等人的白话，这仍然是沿用胡适的二分法。

但我认为，在中国古代白话向现代白话转变的过程中，还有一个过渡形态的白话，就是"近代白话"，即鸦片战争之后兴起的不同于古代白话的新的白话。我们今天以现代汉语为语言背景，对古白话与近代白话的区别不敏感，但在近代，二者的区别还是明显的。徐珂《清稗类钞》第 4 册"讥讽类"有一篇《新名词入诗》条："自日本移译之新名词流入中土，年少自喜者辄以之相夸，开口便是，下笔即来，实文章之革命军也。某曾赋诗四首以嘲之。一云：'处处皆团体，人人有脑筋。保全真目的，思想好精神。势力圈诚大，中心点最深。出门呼以太，何处定方针。'"④ 其中的"团体""目的""思想""精神""势力圈""中心点""以太"（即

---

① 胡适最初拟的《国语文学史》即后来出版的《白话文学史》纲要为 10 部分，第 1 部分为"引论"，第 2—9 部分均为古代白话文学，第 10 部分为"国语文学"，也即五四新文学，可见其区别。参见《白话文学史・自序》，载《胡适文集》8，北京大学出版社 1998 年版，第 142—143 页。

② 徐时仪：《古白话词汇研究论稿》，上海教育出版社 2000 年版，第 325 页。

③ 袁世硕编：《中国小说传世之作・古白话卷》，山东文艺出版社 1997 年版，"前言"第 1 页。

④ 徐珂：《清稗类钞》4，中华书局 1983 年版，第 1724 页。按：有著作引此诗注为李宝嘉《新名词诗》，但查《李伯元全集》（江苏古籍出版社 1997 年版）第 4 卷《南亭四话》第 216 页，的确有《新名词诗》条，但内容完全不一样。

Ether 或 Aether 的翻译）和“方针”在当时都是新名词，这首诗把这些新名词堆积在一起，明显是在嘲讽新名词。作者的态度是很明显的，把这种用新名词写作的青年作者冠之以“革命军”具有险恶的用心，“革命”也是一个新词，今天它是褒义词，但在当时，在保守派那里，它实际上是贬义的，也是犯忌的。到了今天，这些词语已经成为汉语的基本词语，不用这些词语几乎就不能开口说话，对这首诗既感觉不出嘲讽的意味，也觉得嘲讽本身是无聊的。但这个充满新名词的白话和后来的五四白话也有很大的差别。刘坚编《古代白话文献选读》，其中的古代白话包括“近代汉语时期的白话文献”①，但从选文截至《水浒传》《西游记》为止来看，这里的“古代白话”也不包括近代白话，作者所用的“近代汉语”是语言学中的专业术语，指宋元明清时期以白话文献为主的汉语。日本学者小野四平著《中国近代白话短篇小说研究》一书，其中的“近代”也是语言学中所说的“近代”，所谓“近代白话”即明冯梦龙等人的白话②。

我认为，古白话与近代白话具有明显的区别，古白话是在汉语内部产生并演变发展的语言，主要来源于民间口语，包括方言、俚语以及通行的官话，不受西方语言的影响，也不能有效地表达西方的事物。汉语口语的起源就是汉语的起源，以口语为主的古白话也起源非常早，“比较保守地说，它是以东汉末年佛教的传入和汉译佛经的大量出现为契机而发展起来的”③，一千多年延绵不绝，近代时它和近代白话并行使用，甚至五四现代白话产生以后还在一定程度和范围内使用，对现代汉语的丰富和发展起了很重要的作用。古白话在日常交际层面上主要是民间口语，是大白话，但进入书面语之后就是民间口语与文言文的结合，所以即使最通俗的古白话作品也是半文半白的，因为古代民间口语主要限于日常生活交际，不具有独立的表达能力，一旦书面化表达中国古代文化和思想，必须借用文言词汇。

近代白话则是 19 世纪以来受西方语言影响而产生的白话，它当然有很多中国

① 刘坚编：《古代白话文献选读》，商务印书馆 1999 年版，“关于本教材的说明”，第 2 页。
② [日]小野四平：《中国近代白话短篇小说研究》，施小炜等译，上海古籍出版社 1997 年版。
③ 江蓝生：《古代白话说略》，语文出版社 2000 年版，第 5—6 页。

民间口语，但更多的则是西方词语以白话翻译形态的存在，西方词语在内容上有很多文化和思想层面上的，但更多的是物质层面的，所以近代白话主要表现为科学和技术层面的词语，即所谓“新名词”。而这种新名词白话化是通过“白话”翻译实现的，也即翻译不再用文言词语，而是用口语，不再用偏僻汉字单字，而是用多音词甚至词组。近代白话是受西方影响的知识分子所使用的语言，所以它除了西化的特征以外，同时还具有口语书面化的特征，书面化也即规范化、精炼化、公共化，所以近代白话不是民间语言，也很少用方言俚语，普通民众可以看得懂，但不是普通民众的语言，不是大白话，而是知识分子的语言，其表达的内容远远超出民众生活的范围。近代白话因为本质上是知识分子的语言，所以虽然一定程度上欧化，但句法上还是非常文言化。本质上，近代白话是近代受西方影响、一定程度接受西方文化的知识分子写给民众看的语言。与五四白话相比，近代白话不是独立的语言体系。近代正统的语言是文言文，古白话和近代白话是并行的，都是辅助性的语言，现代汉语的白话则是集大成者之白话，是容纳了文言文、古白话、近代白话以及大量吸收西方现代新词汇的新的语言体系，近代白话和五四白话不是一个层次的语言。

三

考察《新小说》《绣像小说》《月月小说》《新新小说》《小说林》等五种清末民初最有影响的小说杂志的语言使用情况，可以看到，清末民初期刊的语言是复杂的，既有文言，也有白话，文言中既有标准的文言，也有浅近的文言，还有掺杂了白话的文言即半文半白，白话中既有古白话，也有近代白话。但总体上，清末民初期刊所用语言介于“中等文言”与“文白话”之间。“中等文言”和“文白话”都是笔者新造的两个词，前者指不特别深奥的文言文，后者指具有文言文味道的白话文。清末民初期刊极少刊登那种很深奥的文言文文章，所谓“深奥”，指大量用典、用生僻的字和词，用古字古义。当时写深奥文言文的作者主要是一些学者和语言上趋于保守的文人，比如黄遵宪、章太炎、刘师培、吴汝纶、王国维、康有为、邓实、黄侃、林纾、严复等，很多人都是后来所说的“选学派”和“桐城派”，其源流可以追溯到“唐宋八大家”的传统，这些人很少在当时的“时新”期刊上发表文章。清末民初期刊也极少刊登“白话报”上的那种新闻和时事性的白话文，清末民初白话报纸其文章很多都是“大白话”，“白话报”中的白话非常接近口语，用了很多方言俚语，极少以“字”为“词”，从思想上来说，已经是“词思维”而不是传统的“字思维”，表现为：大量使用复音词特别是双音词，大量使用民间和生活化的词语，而少用文言词语；大量使用新词语，而尽量减少使用旧词语。所以，清末民初“白话报”上的白话文某种意义上可以说是“听”的语言、“说”的语言，而不是“看”的语言，“白话报纸”的对象主要是中下层人民，他们中的很多人甚至不识字，但却可以通过别人“读”报而“听报”。清末民初“白话报”上的“白话文”作者多是记者，本身文化水平也不是很高，很多白话文章甚至没有署名。而清末民初期刊白话文则是书面化的语言，是知识分子的白话，读者多是小知识分子和下层知识人。

清末民初的出版物中，刻印的传统图书是代表正统的也是标准化的、官方主流意识形态的读物，相对应的语言是文言文；白话报纸代表新兴的、通俗的、大众化的普通民众的读物，相对应的语言是白话；期刊的语言则介于二者之间，既有文言，又有白话，或者半文半白。其作者也是非常分明的，传统图书的作者多为旧式学者、文人和科举出身的官员；白话报纸文章的作者多为记者、报人、中下层知识分子，有的甚至是商人；期刊文章的作者很多都是受西方思想影响、主张改良中国社会、思想和文化、主张启蒙的中上层知识分子，有很多思想家。当然这只是就总体类型而言，事实上，每一种出版物的情况也是非常复杂的。就期刊的语言来说，从“中等文言”到“文白话”，又有很多种类型，大致构成一种从“文”到“白”的“链条”，包括文言、浅近文言、半文半白、文言化的白话、古代口语化的白话、近代西化的白话、近代口语化的白话。通过上述清理，我大概把清末明民初期刊的语言分为文言、古白话、近代白话三种类型，这是就总体而言，其实还可以更进一步细分，同时，这三者之间有时是很难截然分开的，有人的语言介于文言与古白话之间，有人的语言介于文言与近代白话之间，至于古白话与近代白话就不好严格区分了，很多人的白话就是介于二者之间，或者二者混合。就是同一个作者比如梁启超，其语言也不是同一的，其理论文章多是文言的，有时是浅近文言的，而创作和翻译则更多的是古白话或近代白话，有时是半文半白的。

其实，整个清末民初，中国的语言就是文言与白话并用和混用的状况。可以说，在整个中国三千年文明史上，清末民初这一段时间的汉语使用是最为丰富和复杂的，有的人用文言，有的人用白话，有的人则既用白话又用文言。比如刘师培，清末著名的学者，其学术文章是标准的文言文，古雅深奥，但另一方面，他提倡白话文，“白话报者，文明普及之本也。白话报推行既广，则中国文明之进步，固可推矣”[①]。刘师培同时身体力行写作白话文章，比如《论责任》，开头是这样的：“天下顶可恨的人，是个不做事。这不做事情的原故，都是因为不晓得自己的责任。中国的俗语道：‘天高皇帝远。’又道：‘各人自扫门前雪，不管他人瓦上霜。’又道：‘天吊下来有长子顶。’这等俗语，是顶害中国不过的。中国的人，做小孩子的时候，就把这等邪说听下去，所以，一点儿国民资格都没有，只晓得做自己的事情，不晓得做公众的事情。”[②]这不仅是白话，而且还是“大白话”，是非常口语化的白话。这种白话文章在刘师培的文集中还有很多。蔡元培的《新年梦》也是用白话文写的，文章开头是这样的：“公喜！公喜！新年了，到新世纪了，真可喜！真可喜！这两句话，是一个支那人自号‘中国一民’的，在甲辰年正月初一日午前六点钟，从床上跳起来对他的朋友说的。这几句话在这一日说的人不知多少，为何要记起来，这却有个缘故。”[③]民国初年，蔡元培的多数文章都是文言的，但也有很多白话文章。胡适和陈独秀民国初年也是使用两种语言，都是以文言写作为主，但同时也写作白话文。

① 刘师培：《论白话报与中国前途之关系》，载《刘申叔遗书补遗》上，广陵书社 2008 年版，第 164 页。

② 刘师培：《论责任——警语录之一》，载《刘申叔遗书补遗》上，广陵书社 2008 年版，第 175 页。

③《新年梦》，载《蔡元培全集》1，浙江教育出版社 1997 年版，第 422 页。

不仅上层文化人是文言与白话两种语言并用，下层知识分子也是如此。1895年，美国传教士、学者傅兰雅在上海发起“时新小说”征文活动，共收到作品162篇，这批手稿在新世纪被重新发现，现存150篇，其作者多是中下层知识分子。从语言上来说，这些作品大多数是文言文的，但也有部分是白话文的，或者是半文半白，或者是浅近的文言，比如陈其思的《童子摭谈》，文体为诗，其中《循理》四首，前两首是这样的：“侬家读的书，/都是讲道理，/既做读书人，/如何不循理？//读书学八股，/八股昧了心，/世事既不晓，/无益自家身。”① 这是白话诗，虽然还不是自由体的。再比如《论鸦片》一文，有这样的话：“吃鸦片的，浪费资财，是他得罪天父也。鸦片为皇上所禁戒，而食鸦片的，违背皇上。鸦片为父母所憎恶，而吃鸦片的，忤逆父母。违背皇上，就非忠，忤逆父母，就非孝，不忠就是奸臣，不孝就是贼子，奸臣贼子，人人可恨，不止得罪父母也。既得罪神，又得罪人，神人都怨，无地容身，罪莫大焉。”② 这是文言味的白话。时新小说的语言更能够反映出当时中国语言的普通状况。

四

但清末民初白话文和五四新文化运动兴起的白话文显然具有本质的区别。此期白话文有这样一些特点：

第一，文言化。

清末民初期刊白话文本质上是知识分子的白话，也可说是思想性的白话。期刊白话文作者是一批受西方思想影响的旧式文人，他们主张学习西方，主张社会改良，主张思想文化变革，和黄遵宪、章太炎、刘师培、吴汝纶、王国维、康有为等旧派文人相比，他们是“新式文人”，其代表性的作者有梁启超、黄人、包天笑、周桂笙、天虚我生、陈景韩、徐念慈、伍光建等，他们从小所接受的语言训

① 陈其思：《童子摭谈》，载周欣平主编《清末时新小说集》14，上海古籍出版社2011年版，第327页。

② 孙祖耀：《论鸦片》，载周欣平主编《清末时新小说集》14，上海古籍出版社2011年版，第490—491页。

练是文言文，在文言写作上，他们有深厚的功底和良好的训练，出于启蒙的目的，他们用白话来表达，但文言习惯很难改掉，所以写出来的白话仍然具有浓重的文言气息。他们虽然少用甚至不用“之”“乎”“者”“也”，而改用“的”“得”“底”等，但句法上仍然是文言性的，这不仅是“雅”的表现，更是习惯性表达。

在词语上，清末民初期刊白话文主要是使用白话新词，在白话新词的意义上是白话文。王力描述鸦片战争之后汉语词语的变化：“现代汉语新词的产生，比任何时期都要多得多。佛教词汇的输入中国，在历史上算是一件大事，但是，比起西洋词汇的输入，那就要差千百倍。”① 新词很大一部分是译词和借词，也即意译词与音译词，同时还有一部分因社会变化和发展而从汉语内部产生的新词。这些新词除了极少部分如“磅”“吨”等度量单位和化学名词如“铝”“镁”“钠”“氢”“氧”等为单音词以外，绝大多数都是双音词，或者说是汉字组合词，这些新词具有自我解释性，比如“政党”“改良”“解放”“意图”“名片”“食管”“世界观”等，这些词大多可以望文生义，可以从字面上进行理解，在通俗的意义上，我们可以说这些新词都是白话词语。新名词就是新事物，新事物一定意义上就是新知识；新名词就是新概念，新概念某种意义上就是新思想。在这一意义上，清末民初期刊白话文其背后反映了这一时期新的知识和新的思想，也是在这一意义上，清末民初期刊白话文对于五四白话建构具有先导作用。但它与这一时期的报纸白话文具有质的区别，报纸白话文主要是口语白话，也即日常交际语言，主要是对社会事件、日常生活的记录和描述，它的思想内涵有限。

第二，不具有独立性。

清末民初，正统的、官方的语言还是文言，文言是独立的完整的语言体系，白话文只是辅助性、附属性的语言，它不具有独立体系。语言是从口语开始的，最初，白话作为口语，很多词语都没有汉字表达，主要限于日常交流，也即用于吃饭、穿衣、劳动等日常生活范围，脱离了这一范围，它就无能为力。后来，它

① 《汉语史稿》，载《王力全集》1，中华书局2013年版，第501页。

才逐渐进入文言，作为文言文的补充，作为一种表达日常生活的语言而存在，并且书面化。正是因为如此，白话在文学的层面相对得到比较多的运用，而一旦进入文化和思想的层面，它的表达就非常有限。所以，中国古代，即使是在文学领域，白话也很难单独进行表达，我们今天看到的所谓古白话作品诸如“王羲之书信”“朱子语录”《西厢记》《西游记》《红楼梦》等，都不是纯粹的白话作品，基本上可以说是半文半白的，即使“元代白话碑”“孝经直解”这样的翻译白话，也不可能做到完全的白话，也必须借助文言词语才能进行完整有效的表达，在中国古代，脱离了文言，也许还可以开口说话，但却无法真正书写。

近代以后，随着中西交流日渐加深和广泛，也是随着中国社会的发展和变化，白话在中国文化中所占的比重越来越大，地位也越来越高，特别是在中下层文化领域，比如宗教、新闻传播、通俗文学如小说戏剧等方面得到长足的运用，在科学等新兴领域则得到空前的拓展，但它仍然构不成独立的语言，仍然是附属性的，文言文仍然是主体语言，是不可或缺的语言。期刊白话文只有在文学和日常层面上表达比较纯粹一些，一旦进入思想领域，表达思想，它就不够用，必须借助文言文，甚至只能回到文言文。检索清末民初小说期刊，我们可以看到，白话主要运用于小说翻译和小说创作，一旦涉及文学批评（如“批点”“评解”等），涉及理论表达，包括提倡白话文的理论文章，无一例外地都回到了文言文。根本原因就在于白话没有相应的术语、概念和话语方式，或者说，文言的思想在术语、概念和范畴的层面没有对应的白话。

第三，书面化。

“世界上的语言有 5651 种，……约有 70% 的语言没有文字，有文字的语言大约只有 1500 种。”① 一般来说，语言的先进性与其复杂性是相一致的，越复杂的语言其表现功能越强大，复杂的思想与文化是需要复杂的语言才能表达出来的。没有文字的语言基本上都是简单的语言，基本上都是口语化的语言，表现为词汇有

① 童之侠编著:《世界主要语言手册》，商务印书馆国际有限公司 2008 年版，“导言”，第 1 页。

限。简单的语言很难表达复杂的思想与情感。在中国古代，白话主要是口语，因为各地语音不同，所以，方言在使用上几乎等同于外语，只有书面化，用汉字表达出来之后，它们才成为民族共同语。但在中国古代，白话只是为了丰富表达才一定程度进入文言，只是为了民众理解才一定程度上使用白话，所以纯粹的白话作品几乎没有，也就是说，白话缺乏充分书面化，这其实是古代白话没有通行并取得和文言同等地位的一个重要原因。今天，有各种各样的所谓中国古代白话文学史，包括各种古代白话文学作品选，但其实，在这些所谓白话典籍中，绝大多数作品主体都是文言的，也就是说，我们所说的白话文学如《西游记》等其实都是不纯的白话作品，不过是有白话而已。

清末出于启蒙的需要，各种作品大量借用白话，差别只是程度上的，传统文章少量借用白话词语，白话报纸则大量使用白话，包括语法、句式和词语，只有白话不能表达的思想才用文言词语，而期刊白话则介于二者中间，语句是文言的，词语主体是文言的，但却大量使用白话词语。“白话词语”主要来源于两方面：一是新造的，包括西方词语的中译和对中国社会与文化发展所产生的新事物、新思想的命名，二者在本质上是一致的，西方新词语的背后也是新思想、新概念、新事物等。二是民间口语书面化，很多过去只在日常生活中使用的词语，现在则进入期刊，这些词语有些保留原意，但更多的则是增加意义或者改变意义而成为一种新的词语。过去，民间口语词语有的有文字，但更多只有声音而没有文字，现在则根据声音给予文字，有些字不在汉语四声范围之内，则就近赋予相应的汉语声音。方言口语书面化可以说大大增加了汉语的词汇量。之所以说这些新名词是白话，根本原因在于它们能够根据字面进行意义识别，而无需去查词典，或者特别的语言学习，也即这些词语具有自我解释性。“白话词语”的最重要特点是：汉字都是常用的，很少使用偏僻的汉字，不追求汉字的丰富性，更重视使用常用汉字进行组词，尽量避免用典表意。

白话，不管古代白话还是近代白话，要真正成为通行语言，要真正成为民族共同语，必须书面化。现在我们看到，最早的纯粹白话书面化的文本是外国传教士翻译的《圣经》，之后是科学翻译文本。然后是新闻，报纸，大量使用民间口语、方言俚语、官话等，也使用白话句式，对汉语白话书面化进行了有益的尝试，取得了很大的成就。最后才是期刊，特别是小说期刊。因为期刊的正统性、规范性，加之作者的严肃性、严谨性，其文章代表了那个时代的语文水平，所以期刊文章大量使用白话，这对于白话的正统化并且最后取代文言，具有重要作用，奠定了一定的基础。因此，清末民初期刊白话文就是白话规范化、正统化并走向通用语言的一种尝试，五四白话当然和清末民初的白话具有本质的不同，但清末民初期刊白话文可以说是通向五四白话的一个重要环节。中国近代是一个改良的时代，语言也是这样。

五

从以上叙述以及分析可以看出，清末民初期刊白话文具有二重性：一方面，清末民初期刊充分继承了中国古代白话包括晋人书札、《世说新语》、敦煌曲子词、敦煌变文、佛经、宋人语录、元杂剧、元人散曲、元代典章、《西游记》《水浒传》等作品的传统；另一方面，清末民初期刊又大量吸收民间口语和方言中的词语和句法，同时用传统白话、民间口语以及方言俚语翻译西方的词语，更重要的是用汉字组合的方式创造出大量的白话形式的新词语。也就是说，清末民初期刊白话文一方面充分继承古代白话，另一方面又有新变，发展出新的近代白话。

中国古代白话文本很少，选来选去也就是那么一些。这倒不是说中国古代汉语没有白话，或者说白话没有实际应用价值，实际上，大部分中国古人说的语言都是白话，白话是民众的基本语言或主体语言，知识分子的日常语言也主要是白话，官场上的“公文”是文言的，但口语交流却是“官话”也即白话的，使用非常广泛。利玛窦说：“这种国语的产生可能是由于这一事实，即所有的行政长官都不是他们所管辖的那个省份的人（我们下面就要解释），为了使他们不必需学会那个省份的方言，就使用了这种通用的语言来处理政府的事务。官话现在在受过教育的阶级当中很流行，并且在外省人和他们所要访问的那个省份的居民之间使用。……这种官方的国语用得很普遍，就连妇孺也都听得懂。”[①] 文言是一种书面语言，很难进行日常交流，所以知识分子的思想交流也是白话性的，或者半文半白，这从“朱子语录”可以看得很清楚。不仅知识分子使用白话，为了清楚明了，有时皇帝批奏章也用白话。在中国古代，白话被广泛使用，只是缺乏充分的书面化，中国近代在语言上最大的突破就是把作为口语、仅在日常交流中使用的白话书面化，使之广泛地进入文学作品，报纸、期刊以及书籍都不同程度地使用白话，白话在汉语中所占的比例越来越高。仅就书面语而言，中国古代以文言为主体，偶尔借用白话，主要限于情感和日常生活表达，所以，中国古代白话文主要集中在文学作品中，而到了清末民初，除了白话文学以外，还有大量的白话文章，这些白话文章只在白话无法表达时才借用文言。白话书面化以及在书面化过程中的变化，预示着汉语发展的白话方向，至少显示出白话在中国正统语言中的地位越来越高。也正是在这一意义上，晚清白话文活动的确构成了“思潮”或“运动”。

但是，清末民初期刊白话和“五四”时《新青年》《新潮》等期刊白话具有本质的区别。前者是借用白话，目的是“启蒙”；后者是语言变革，目的是思想革命。虽然五四新文学运动提倡白话直接目的也是为了知识和思想的宣传，也是为了语言“改良”，但事实上它是“革命”，它对传统的文言文具有颠覆性，事实上也最后取代了文言文。

而清末民初期刊之所以要使用白话，主要是为了客观上解决读者的阅读问题，也即解决普通读者由于语言水平有限而不懂文言文的问题，而不是写作者主观表达的需要。对晚清白话文作者而言，从表达的角度来说，不是白话写作更容易，恰恰相反，文言写作对他们来说更顺手、更习惯，也更容易。在今天的语境下，学者们容易想当然地认为任何时候白话写作都更容易一些，其实是误解，在清末民初，情况恰恰与今天相反，白话写作难，除了知识分子接受的文言教育以及长期的文言写作训练等原因以外，更重要的原因是，很多术语、概念和范畴，白话

---

① [意] 利马窦、[比] 金尼阁：《利马窦中国札记》，何高济等译，中华书局2010年版，第30页。

根本没有相应的词语，很多思想无法用白话进行有效的表达。谈到翻译问题时梁启超曾说：“纯用俗话”译书“甚为困难”，“参用文言，劳半功倍”，“贪省时日，只得文俗并用”。[①] 所以，从根本上，清末是用白话文表达文言思想，作者都是旧知识分子，但他们比较开明，希望通过白话开启民智。

白话之不畅和别扭一直到五四时期仍是新文学作家的困扰。鲁迅是新文学的大师，其白话文成为后来现代汉语的范文，但他也觉得用文言有时比用白话更顺畅和省力，“初拟译以俗语，稍逸读者之思索，然纯用俗语，复嫌冗繁，因参以文言，以省篇页”[②]。鲁迅（包括周作人）之所以在白话文章中参以文言，除了追求文风简洁及个人的语言习惯和审美尚好等因素之外，最根本的原因是有的“意义”白话无法表达或者说不能很好地表达，反而是文言文更容易表达，或者表达起来更简洁和省事。这同时也说明当时白话还构不成完整的语言体系，很多古代概念还缺乏白话词语。那么，为什么他们总体上还是选择了白话而非文言的表达？这就必须跳脱出单纯语词的范畴来看待白话问题了。如此，五四白话与清末白话的区别可概括为：清末白话是古白话的近代白话，一定程度上是文言的白话翻译，目的是让读者看得懂；五四白话是现代思想本体语言，一定程度上是西方语言的白话翻译，出于作者主观表达的需要，不用白话——欧化的句式和结构——很多思想感情就表达不出来。如此，鲁迅式的加入文言的白话表达和梁启超式的近代白话便就有了本质区别。

清末民初接受白话的对象是普通读者，而不是知识分子，由此也可见白话背后是近代的思想文化普及以及提高民众素质的实质，正如朱自清所说：“那时维新的士人急于开通民智，一方面创了报章文体，所谓‘新文体’，给受过教育的人说教，一方面用白话印书办报，给识得些字的人说教，再一方面推行官话字母等给没有受过教育的人说教。”“原来这种白话只是给那些识得些字的人预备的，士人们

---

① 梁启超：《十五小豪杰“译后语”》，《新民丛报》第 6 号（1902 年 4 月 22 日），《十五小豪杰》署“法国焦士威尔奴原著，少年中国之少年重译”，载中华书局影印《新民丛报》第 1 册，2008 年，第 745 页。

② 《月界旅行 · 辨言》，载《鲁迅全集》10，人民文学出版社 2005 年版，第 164 页。

自己是不屑用的。他们还在用他们的‘雅言’，就是古文。”[①] 也就是说，清末民初的白话文章本质上知识分子写给民众的读物，目的是传播知识和思想，也即启蒙。就文学来说，白话小说还具有商业性的因素，但这是一个非常小的因素，甚至可以忽略不计。

在这一意义上，我们承认“没有晚清何来五四”的合理性，但清末民初期刊白话文对五四白话文即后来的现代汉语究竟有多大作用，却是值得深入研究的。我认为，我们应该承认清末民初汉语的变化特别是白话在汉语书面上的广泛运用以及白话对汉语发展的巨大影响这一事实，但不能夸大它对五四白话即现代汉语的建构意义，它具有先锋性，为五四白话文运动作了群众接受的铺垫，也作了语言学理论准备特别是写作实践探索，积累了很多经验，可以称得上是五四白话文运动的先驱，但二者具有本质区别。清末民初的白话文运动是为白话争地位，是把作为民间口语和方言的白话书面化，是增加白话词语，语言主体还是文言文，白话不过是文言文的附属，不具有体系性，本质上仍然属于古代汉语体系，是语言改良运动。而五四白话文运动是语言“革命”运动，是用白话文取代文言文，是一种新的思想方式的语言体系的建立。五四新文化运动之后建立起来的现代汉语已经不是单纯的白话，而是整合了各种语言包括古代白话、近代白话、西方语言的白话，也包括文言文，它不再是附属性的语言，而是汉语主体语言，是完备的语言体系。

白话文在中国产生很早，后来为什么和文言文分道扬镳，并且一直被排除在文言文之外，成为边缘性的语言？为什么清末兴起了广泛的白话文运动且白话文得到充分的发展和广泛的运用但却没有取代文言文成为汉语主体语言？对第一个问题，实在不是本文能够探讨的。第二个问题，则根本原因有二：一是不可能，二是没有必要。之所以“不可能”，是因为清末在思想的层面上，文言仍为白话所不可替代，当时白话只是口语，是日常层面的语言，也是文学层面的语言，很多

① 《论通俗化》，载《朱自清全集》7，江苏教育出版社 1992 年版，第 142 页。

文言层面的思想没有相应的白话术语、概念和范畴，没法用白话表达或者用白话表达就不准确，取消文言就是取消文言思想，也即传统的主体思想，比如孔孟之道、忠孝思想等，这在当时是不可能的。之所以“没有必要”，是因为虽然晚清民间思想异军突起，西方新事物新思想输入导致白话的地位提高，白话词语大量增加，但白话除了宣传和介绍西方思想，在主流思想和文化领域还不能替代文言。只有到了西方社会文化思想大量输入中国，中国开始社会转型、传统思想遭到整体性的否定和批判时，白话替代文言才既有必要，又有可能。王国维说：“言语者，思想之代表也，故新思想之输入，即新言语输入之意味也。”① 正是在新思想输入的过程中，汉语发生了变化从而最终转型，中国语言体系从文言文形态的古代汉语变成了白话文形态的现代汉语。

原刊《学术月刊》2017 年第 9 期

①《论新学语之输入》，载《王国维文集》2，中国文史出版社 1997 年版，第 41 页。

语言与思想：胡适“白话文”主张的提出、受抑及转向

——以新文化阵营内部的分歧为参照

朱晓江*

在20世纪中国文学史的研究中，如何梳理“白话文”与“新文学”之间的关系，仍是一个有待深入的问题。以往我们讨论20世纪中国“新文学”，多从胡适白话文主张讲起，旋转入鲁迅《狂人日记》，并以之为白话文主张提出以后的创作实绩，从而将“白话文”与“新文学”作一体化处理。① 这一脉络颇为粗疏：胡适的“白话文”主张以语言为文明推介的工具，侧重中国明清以来俗文学的典范意义，与鲁迅《狂人日记》的象征性写作及欧化语言差别甚大，这中间的转折、关联，学界向来论说不清。本文着重描述1916—1919年间胡适“白话文”主张的提出、与新文化阵营内部的分歧，以及基于这种分歧而引发的“白话文”概念的内涵变化。借此，笔者试图清理原先颇为含混的“白话文”概念，并勾勒20世纪初中国文学革命由白话文到新文学之间一个短暂而复杂的进程。

一、从思想迈向语言：胡适白话文主张的提出与俗文学的典范意义

关于胡适白话文主张的提出，笔者曾在《“新文学”内部的歧见：对“新文

* 作者为杭州师范大学学术期刊社编审。

① 将白话文与新文学等同起来的思想倾向，在胡适发表《文学改良刍议》以后就已经出现。1918年1月，在给胡适《尝试集》所写的《序》中，钱玄同就说：“适之是中国现代第一个提倡白话文学——新文学——的人。”参见欧阳哲生编：《胡适文集》9，北京大学出版社1998年版，第61页。

明”的不同想象——以梁启超、胡适、周氏兄弟为中心的考察》一文中有所讨论。其核心的意思有二：一是从梁启超到胡适，中国启蒙文学的核心关怀在于“新民”，其思想逻辑，则是以西方文明为中国“新文明”建设的范型来改造中国国民的素质，进而实现社会“救亡”的目标；二是在此基础上，胡适对晚清以严复、林纾为代表的古文运动的批评，其落脚点并不在于古文的思想，而在于译介思想的古文字“难懂难学”。从思想的角度看，胡适对严复与林纾的工作评价极高，分别推许为是介绍西洋近世思想与文学的“第一人”；他们的失败只是在于语言，“不可猝解”的古文使他们所推介的新思想不能充分地传达到“最大多数人”。这里一个内在的逻辑是，为了纠正晚清启蒙思想家难以将他们所宣扬的“新文明”落实到“最大多数人”的弊端，胡适才将他的眼光，由思想本身，转移到了作为工具的语言之上，并把它当作文明转易的突破口。① 这是胡适提倡白话的很重要的思想动因，既是梁启超“新民”理念的延续，也是“新民”工程在实现途径上的转易，即将关注点由“新民”的思想内容转移到了作为工具的语言之上。

由此，胡适的白话文主张呈现出一个特点，就是它内在地包含了调和精英与大众两种文化立场的思想努力。一方面，胡适对于白话的推崇，以其思想上的西化为前提，即承续晚清严复、梁启超等启蒙思想家的精神流脉，以西方文明为中国新文明建设的理想范型；另一方面，在推介新思想的过程中，胡适不但有意识地在语言的层面摒弃严复、林纾所使用的古文载体，而且还将梁启超的“新民体”文字更进一步以“白话”的样态推向大众的层面。这一立场的背后，既隐含了他对中国明清以来俗文学的喜好，同时也折射出他本人试图通过白话文（言文合一）的提倡来破解晚清启蒙困局的思想努力。

胡适对白话的推崇，一方面基于他自己早期的阅读经验，另一方面，则是他到上海求学以后受到晚清启蒙思潮的影响。根据胡适自述，早在1904年春到上海求学之前，在家乡安徽，他就已经阅读了数量颇丰的白话小说。这些作品的阅读不但使他

① 朱晓江：《“新文学”内部的歧见：对“新文明”的不同想象——以梁启超、胡适、周氏兄弟为中心的考察》，《中国现代文学研究丛刊》2014年第11期。

"在不知不觉之中得了不少的白话散文的训练"①，从而坚定地认为，"做白话并不是难事"②，更重要的还在他与白话文之间建立了一种基于个人兴趣的情感纽带，甚至价值偏向。有如此早期阅读的基础，胡适在价值与情感上都不认同中国俗文学的粗鄙性。

这样的情感倾向与认同选择，不但使他在梁启超与严复之间更认可梁对他的影响③，而且也还使他踏出了超越于梁启超的重要一步，就是用明清俗文学的形式来推介西方的新知。在中国公学读书期间，胡适一个很重要的文化工作是主持《竞业旬报》的编撰工作，并为之撰写了大量的白话论说文字，以及白话小说《真如岛》。在晚清启蒙运动中，白话的使用与推广已经被一部分知识者所注意，其内容"以破除迷信，劝戒鸦片，劝戒妇女缠足为主"，另外"还有一些劝善惩恶的道德文字和一些介绍新知的作品"④。在接受了严复、梁启超等人的思想影响以后，胡适在《竞业旬报》上发表的白话文字，显然已经超越了"劝善"的层面而进入到"介绍新知"的行列。这些文章，像《地理学》《说雨》《敬告中国的女子》等，在思想主题上，都呈现出以西方科学的知识、观念重新清理中国传统伦理、知识的特点，带有强烈的精英色彩。但与此同时，胡适没有追随严复们的步伐，以文言或梁启超"新民体"式的文字来介绍新的思想与文明，而采用了明清俗文学的语言形态，其行文中多有传统说书形式的遗留。

这样的语言实验当然仍在晚清白话文运动的思想鼓荡之内，看中的还只是白话在思想启蒙过程中的便捷性，而无意，或者说，其重心并不在挑战文言的正统与主导地位。⑤但对胡适来说，这样的创作已经呈示出他以俗文学为工具介绍西方

① 《四十自述·九年的家乡教育》，载《胡适文集》1，北京大学出版社 1998 年版，第 51 页。

② 《建设的文学革命论》，载《胡适文集》2，北京大学出版社 1998 年版，第 51 页。

③ 《四十自述·在上海（一）》，载《胡适文集》1，北京大学出版社 1998 年版，第 71 页。

④ 李孝悌：《胡适与白话文运动的再评估——从清末的白话文谈起》，载《清末的下层社会启蒙运动：1901—1911》，河北教育出版社 2001 年版，第 265 页。

⑤ 1915 年，在《如何可使我国文言易于教授》一文中，胡适认为："汉文所以不易普及者，其故不在汉文，而在教之之术之不完"，故"受病之源在于教法"。由此可见，1915 年夏之前他还没有废除文言的想法。但在这篇文章里，胡适也已经明确指出"汉文乃是半死之文字"，教授汉语须以此为出发点展开进行。此外，1915 年 6 月，他还写有一篇《论句读及文字符号》的文章，从辅助"达意"的角度讨论汉语标点符号的使用。参见《中国新文学运动小史》，载《胡适文集》1，北京大学出版社 1998 年版，第 141—143 页。

新知的思想进路。到 1915 年夏天以后，当他将此思想进路提升到以白话代文言，即要求将白话推广到全部的文教领域之内，在包括知识分子自身之间的通信与写作中也都一概使用白话而摒弃文言时，他就正式地将白话推到了文言的对立面，从而使两者之间的关系骤然紧张起来。

这种紧张性表现在两个方面：一方面由于胡适关于白话的论述，在思想上以西方的价值规范为内在支撑，因而必然地要在意识形态的层面，与代表中国传统价值规范的文言发生冲突，引发白话与文言之间在思想上的新旧之争；另一方面又因为白话自身在中国文化结构中所处的低俗性地位，他关于白话的诸种主张，也与知识分子自身的文化积习相抵触，因而即便在当时新式知识分子内部，也受到了极大的反弹。前者为五四新文化运动发生以后白话与文言之间的尖锐对立提供了基础，而后者，则更早一步地使他在留学生阵营内，处于一种孤立无援的境地。这种孤立的境地后来被胡适本人反复言说，其中的往来辩驳，也被他看作是将讨论由“白话文”突入到“白话文学”的一个重要环节，即后来被他称作是“逼上梁山”的环节。

根据胡适自述，1915 年夏天，在和梅光迪等辩驳之前，他就已经明确地认识到，白话是活文字，古文是半死的文字，其中有许多已不合百姓日用，故有言文不一的现象存在。① 这是胡适白话文主张中很重要的一个思想突进，它提醒我们，到 1915 年夏天，胡适对白话的认识，已经由个人情感上的喜好（喜欢读中国明清通俗小说），或启蒙工作中的便利（《竞业旬报》时期的文化工作），提升到了理论上的自觉主张。正因为看到古文在应用的层面与实际的生活世界脱节，许多人不明白它的意思，因此作为思想启蒙的工具，它并不合格，而必须以活的语言——白话取而代之。这在胡适是晚清白话文运动的自然演进，但它提出的逻辑前提——古文是半死或全死的文字，却是对晚清白话文运动的一个突破。这一观点锋芒毕露，因而招致强力反弹，包括他的留学生朋友在内。1916 年 7 月 17 日，

---

①《逼上梁山》，载《胡适文集》1，北京大学出版社 1998 年版，第 141—142 页。

梅光迪在给胡适的信中就说："夫文学革新，须洗去旧日腔套。务去陈言，固矣。然此非尽屏古人所用文字，而另以俗语白话代之之谓也。……足下以俗语白话为向来文学上不用之字，骤以入文，似觉新奇而美，实则无永久价值。因其向未经美术家之锻炼，徒委诸愚夫愚妇，无美术观念者之口，历世相传，愈趋愈下，鄙俚乃不可言。……如足下之言，则人间材智，教育，选择，诸事，皆无足算，而村农伧夫皆足为诗人美术家矣。甚至非洲之黑蛮，南洋之土人，其言文无分者，最有诗人美术家之资格也。……文字者，世界上最守旧之物也。……一字意义之变迁，必经数十或数百年而后成，又须经文学大家承认之，而恒人始沿用之焉。足下乃视改革文字如是之易易乎？"①

在中国文学史上，文体之间的雅俗差异一直存在。这之中，言文合一其实是一个核心的评价指标：与民众的语言、生活合一程度越高，其作品往往就越被认为是粗鄙简陋，越容易遭受歧视。梅光迪的辩诘虽然容纳了许多西方的文艺学知识，但支撑其辩论的思想核心，却仍可以在此雅俗之争的脉络下加以观察，背后隐含着知识体制、文化特权、知识分子的自我身份认同以及对文学的理解等诸多问题。胡适的方案却是要打破这样一种文化区隔，将精英的思想和通俗的文体融合起来，在精英和大众之间达到一种均衡的文化传播状态。这就受到了知识分子自身观念认同和文化积习的挑战。

这样，在胡适关于白话文的思想推进中，我们首先看到了他和当时新式精英知识分子之间的思想对立。1935 年，在《新文学运动小史》一文中，胡适批评晚清王照、劳乃宣等的拼音文字主张，认为晚清士人的改革方案存在一种"士大夫"与"齐氓细民"之间的对立，启蒙只是要启那些"资质不足以识千余汉字之人"，其方法是"给他们一种求点知识的简易法门"，而对士大夫自身而言，则文言仍然是一种优雅的语言载体。胡适认为，"在这种心理状态之下，汉文汉字的尊严丝毫没有受打击，拼音文字不过是士大夫丢给老百姓的一点恩物，决没有代替汉文的

① 《逼上梁山》，载《胡适文集》1，北京大学出版社 1998 年版，第 152 页。

希望"[1]。也就是说，如果不在"士大夫"的阶层推行并确立白话文的主导地位，那么，精英们的新思想就无法真正贯彻到操持白话的大众的层面，其最后的结局，就只能是严复式的失败。盖启蒙的目标本就在使"他们"成为"我们"，而假如"我们"总维持自己的语言习惯，以及与这种语言习惯相对应的文化上的优越性，那么，不但"他们"听不懂"我们"的话，而且，"我们"自己也还总对"他们"持一种文化上的轻视。在这样的双重隔阂之下，"他们"无法转化为"我们"中的一员，启蒙的目标自然也就无法实现。这样，对胡适来说，在知识分子自身的领域推行白话文、确立"言文合一"的思想原则，就是要打破精英与大众、雅与俗之间一直存在的文化壁垒，进而实现文化启蒙的目标。这是胡适在和他的留学生朋友们辩驳的过程中日渐清晰并坚定起来的一个意见，是他文化上的一个自觉。

将白话文的主张推进到白话文学，就是在这样的思想环节上出现的。在胡适看来，这是"一个大转变"[2]。其原因正如梅光迪在辩论中所认为的，一字意义的成立，"须经文学大家承认之"，既然这样，如果能够在文字应用的最高层面——文学的领域证明白话自身的价值，那么，不但白话文的主张可以坚挺起来，而且言文合一的理想与文化启蒙的目标，也都有望达臻。正是这样，将白话文的讨论突入到白话文学的领域，在胡适，就并非出于文学创作上的兴趣，而是为了攻坚。在《逼上梁山》一文中，胡适说，到1916年7月间，梅光迪、任鸿隽等反对派已承认小说、词曲、演说可用白话，但"觐庄不承认白话可以作诗与文，叔永不承认白话可用来作诗"，因此"现在我们的争点，只在'白话是否可以作诗'的一个问题了。白话文学的作战，十仗之中，已胜了七八仗。现在只剩一座诗的壁垒，还须用全力去抢夺。待到白话征服这个诗国时，白话文学的胜利就可说是十足的了，所以我当时打定主意，要作先锋去打这座未投降的壁垒；就是要用全力去试做白话诗"[3]。这样，对于胡适来说，白话诗之于白话文学，白话文学之于白话文，

---

① 《中国新文学运动小史》，载《胡适文集》1，北京大学出版社1998年版，第117页。

② 在《逼上梁山》一文中，胡适说，"从中国文字问题转到中国文学问题，这是一个大转变"。见《胡适文集》1，北京大学出版社1998年版，第143页。

③ 《逼上梁山》，载《胡适文集》1，北京大学出版社1998年版，第155页。

就都是一个反向的证明题，前者成立，后者也都顺势成立。他后来尽全力为白话文学争文学史上的正统地位，努力勾勒出一部白话文学史，其目标指向，大多也就在此。

因此，胡适在文学的领域提倡白话，一方面固然是他看到了当时中国文学面临的实际问题；另一方面，更主要的，还因为白话文学的成立可以更进一步地推进、巩固此前关于白话文的主张，因而在整个启蒙事业中占有核心的位置。这是二而一的工作。在这样的思路下，胡适对文学的理解就是工具性的："从 2 月到 3 月，我的思想上起了一个根本的新觉悟。我曾彻底想过：一部中国文学史只是一部文字形式（工具）新陈代谢的历史，只是'活文学'随时起来替代了'死文学'的历史。文学的生命全靠能用一个时代的活的工具，来表现一个时代的情感与思想。工具僵化了，必须另换新的，活的，这就是'文学革命'"，"所以我们可以说：历史上的'文学革命'全是文学工具的革命。"① 在这一理解的基础上，胡适接着说："我到此时才把中国文学史看明白了，才认清了中国俗话文学（从宋儒的白话语录到元朝明朝的白话戏曲和白话小说）是中国的正统文学，是代表中国文学革命自然发展的趋势的。我到此时才敢正式承认中国今日需要的文学革命是用白话替代古文的革命，是用活的工具替代死的工具的革命。"② 在这样的认识过程中，早期的阅读视野、兴趣，终于和晚清以来的启蒙立场成为一体。

二、从语言转回思想：《新青年》对"白话文"的接纳与修正

这样，在以"懂"为第一要务的原则指导下，胡适对文学的理解异常宽泛，"一切语言文字的作用在于达意表情；达意达得妙，表情表得好，便是文学"；而达意表情要好，就必须"能用活言语活文字来描写他的生活神情"。在胡适看来，"那些用死文言的人，有了意思，却须把这意思翻成几千年前的典故；有了感情，却须把这感情译为几千年前的文言……请问这样做文章如何能达意表情呢？既不

---

①② 《逼上梁山》，载《胡适文集》1，北京大学出版社 1998 年版，第 146、147 页。

能达意，既不能表情，哪里还有文学呢”？[1] 在这一前提下，他对“白话”的理解是：“（一）白话的‘白’，是戏台上‘说白’的白，是俗语‘土白’的白。故白话即是俗话。（二）白话的‘白’是‘清白’的白，是‘明白’的白。”[2] 而新文学，就是要用这样一种“白话”来承载新的思想与观念。由此，胡适对中国新文学的设想，是以中国明清以来的俗文学为理想范型的。在这样的思想格局中，他的反对文言、提倡白话、主张“言文合一”，核心目标是要打破存在于知识分子和社会大众之间的文化上的区隔，而对文言、白话之间彼此所指代的思想上的紧张甚少涉及。

但这一情况很快有了变化。从 1916 年下半年起，胡适的白话文主张在国内开始受到《新青年》的热情接纳。饶有意味的是，《新青年》对胡适“白话文”主张的接纳 [3]，其实并没有沿着胡适本人的文化逻辑，即从文字的死活出发，强调白话对于文言的替代；而是迅即将讨论的重心，由语言的死活、雅俗之争，转向了思想层面的新旧之争。

紧接着《文学改良刍议》发表的《文学革命论》，虽说有“以为吾友之声援”的意思在，但对陈独秀来说，其之所以发言声援的前提，却是他久已关注的共和危机与孔教问题等等。陈独秀主张文学革命的前提，在于当时中国“政治界虽经三次革命，而黑暗未尝稍减”；而其之所以如此，“其大部分，则为盘踞吾人精神界根深底固之伦理、道德、文学、艺术诸端，莫不黑幕层张，垢污深积，并此虎头蛇尾之革命而未有焉”。在这一现状中，中国传统文学所起的作用，是“与吾阿

---

① 《建设的文学革命论》，载《胡适文集》2，北京大学出版社 1998 年版，第 46—47 页。

② 《答钱玄同》，载《胡适文集》2，北京大学出版社 1998 年版，第 35 页。

③ 《新青年》与胡适思想趋同的一面，一直是学界论述的重点，故本文不拟对此再作详细的讨论。这里只想再补充论述《新青年》接纳胡适白话文主张的思想契机。胡适的白话文主张本就发生于晚清思想启蒙的现实困境之中。他是鉴于启蒙的不力，才将启蒙的重心由思想推进到语言，就是说，虽然此后胡适用力的方向是在语言的死活问题，但语言死活的背后，在根本上仍然潜埋着思想启蒙的要求。这和当时《新青年》阵营致力于“国民觉悟”的文化立场是一致的。即借助于文字的死活，国内新文化阵营找到了一个批判传统的利器。正是在这样的思想层面，新文化阵营在第一时间声援并吸纳了胡适的白话文主张。此外，陈独秀本人对于白话也有深厚的思想渊源。他曾于 1904 年创办《安徽俗话报》，出刊 22 期以后，到 1905 年停刊。陈独秀个人的这一经历，应该也是他接纳胡适白话文主张的一个重要的文化助力。

谀夸张虚伪迂阔之国民性，互为因果"，因此"今欲革新政治势不得不革新盘踞于运用此政治者精神界之文学"。①

这里一个显见的事实是，陈独秀是以文学革命为伦理革命、又以伦理革命为政治革命的前提与基础来加以强调的。在陈看来，单独的政治革命"于吾之社会，不生若何变化，不收若何效果"，所以需要伦理革命与文学革命来加以铺垫。而当时中国的伦理现状是，"孔教问题，方喧呶于国中，此伦理道德革命之先声也"，由此，文学革命的首要指向，就在于"孔教问题"。这就将文学革命导入到了陈独秀自己的思想关注之内②，而将胡适所关注的语言问题，放置到了次要的层面。

这样，陈独秀对于文学革命的接纳，是以新、旧文学所彼此承载的新、旧思想为契机的。它撬动了胡适以文字的死活为白话合法性的立论基础，重新强调了梁启超以来中国文学革命与思想革命之间的紧密关联。

在《论小说与群治之关系》一文中，梁启超认为，小说作为一种文体本身并不具备价值倾向，它只是具有能"移人"的特性；而"移"的方向，则需要由小说的内容 / 思想来提供。因此，在梁启超看来，文学革命的首要任务，就是要革新小说所承载的思想内容，使其承担起改变社会积习的重要责任。这就与胡适所理解的"文学革命"（"文学的生命全靠能用一个时代的活的工具，来表现一个时代的情感与思想。工具僵化了，必须另换新的，活的，这就是'文学革命'""历史上的'文学革命'全是文学工具的革命"），有了侧重点上的差异。对梁启超来说，他更强调文学革命与思想革命之间的关联性。③

陈独秀对文学革命的重视，承袭了梁启超的思想。在他看来，中国的旧文学"所目注心营者，不越帝王、权贵、鬼怪、神仙与夫个人之穷通利达"，"以此而求

① 陈独秀：《文学革命论》，《新青年》第 2 卷第 6 号，1917 年 2 月。

② 在发表《文学革命论》之前，陈独秀已在《青年》/《新青年》杂志上发表了《吾人最后之觉悟》（1 卷 6 号）、《宪法与孔教》（2 卷 3 号）、《孔子之道与现代生活》（2 卷 4 号）、《再论孔教问题》（2 卷 5 号）等文章，关注国民的思想觉悟问题。

③ 梁启超：《论小说与群治之关系》，《饮冰室合集》2，文集之十，中华书局 1989 年版，第 6—10 页。对于这一文本的分析，参见朱晓江：《"新文学"内部的歧见：对"新文明"的不同想象——以梁启超、胡适、周氏兄弟为中心的考察》，《现代文学研究丛刊》2014 年第 11 期。

革新文学，革新政治，是缚手足而敌孟贲也”。因此，“今欲革新政治势不得不革新盘踞于运用此政治者精神界之文学”①。在这样的思想进路中，文学革命首先仍然是为“思想革命”服务的，而不仅仅是语言的问题。

这样，当胡适鉴于晚清启蒙不力的文化困境，在严复、梁启超的基础上迈出一步，将文化启蒙的核心环节放置在语言的层面，竭力提倡以俗文学为典范的“白话文”时，以陈独秀为代表的《新青年》阵营，却将这一步重新收回，而将问题关注的焦点，由语言重置为思想。这一变化，在彼时胡适与《新青年》诸君的往来通信中，其实颇为明显。

以胡适在《文学改良刍议》中提出的“八事”为例。1916年8月21日，胡适在给陈独秀的信中，即已言及文学革命“八事”，其次序分别为：不用典、不用陈套语、不讲对仗、不避俗字俗语、须讲求文法之结构、不作无病之呻吟、不模仿古人、须言之有物；到《文学改良刍议》一文中，这一次序被调整为：须言之有物、不模仿古人、须讲求文法、不作无病之呻吟、务去滥调套语、不用典、不讲对仗、不避俗字俗语。这一变动，胡适后来在《逼上梁山》一文中自认是“有意改动的”，他强调了将“不避俗字俗语”一条放在最后的意义，说“其实是很郑重地提出我的白话文学的主张”②。但仔细琢磨，这两者之间变化最大的，其实还是他将“须言之有物”调到了“八事”的首位；而这一修正的背后，带有陈独秀的影子。

《新青年》第2卷第2号“通信”栏刊有陈独秀对胡适来信的答复。在这段文字里，陈对胡适八事中的六事“无不合十赞叹”，但于其第五、第八两项，却颇有质疑。其中第八项，即“须言之有物”，陈质疑的原因在于，“若专求‘言之有物’，其流弊将毋同于‘文以载道’之说，以文字为手段为器械，必附他物以生存。窃以为，文学作品与应用文字作用不同，其美感与伎俩，所谓文学美术自身独立存在之价值，是否可以轻轻抹杀，岂无研究之余地？况乎自然派文学，义

① 陈独秀：《文学革命论》，《新青年》第2卷第6号，1917年2月。

② 《逼上梁山》，载《胡适文集》1，北京大学出版社1998年版，第161页。

在如实描写社会，不许别有寄托，自堕理障”[①]。这里陈反对胡适的理由颇为夹杂。受梁启超文学思想的影响，陈的文学主张，其实也在文学工具论的脉络之下。因此，他的以“文学美术自身独立存在之价值”为依据，来批评胡适“须言之有物”的主张，其真实的意图，恐怕并非是要完全解除文学和思想之间的关联，而在于对中国传统“文以载道”观念的警惕；更落实言之，是他对于“孔道”一贯的警惕。这一点，在《新青年》第3卷第2号他对曾毅的解释中，表露无遗。曾毅认为“文以载道”的“道”即“言之有物”的“物”，两者皆“今之所谓思想”，因此，无论“文以载道”还是“言之有物”的观点都并没有错，盖“非道之文，不有价值；无物之言，必为空衍”，对此，陈解释说：“尊意谓道即物即理，亦即思想之内容，此盖‘道’字之广义的解释，仆所极以为然者也。唯古人所倡文以载道之‘道’，实谓天经地义神圣不可非议之孔道，故文章家必依附六经以自矜重。此‘道’字之狭义的解释，其流弊去八股家之所谓代圣贤立言也不远矣。‘言之有物’一语，其流弊虽视‘文以载道’之说为轻，然不善解之，学者亦易于执指遗月。”[②]显然，陈独秀对“言之有物”一条的顾虑，虽然以文学美术“独立存在的价值”为依据，但落脚点还是在警惕“物”与“道”的合流，即孔教思想的回流，其忧虑之重心，仍在于文学的思想。

胡适在《文学改良刍议》中的修正，隐含着对陈独秀批评的回应。一方面，他不但没有修改“言之有物”的表述，反而径直将“言之有物”列为八事之首，凸显其在八事中的提领作用，隐含了他对自己主张的坚持；另一方面，针对陈独秀的质疑，他也补充论述了“言之有物”的内涵，说“吾所谓‘物’，非古人所谓‘文以载道’之说也。吾所谓‘物’，约有二事：（一）情感……（二）思想……”，其中思想一条“盖兼见识，识力，理想三者而言之”[③]。

应该说，文学须言之有物其实是胡适一贯的主张。1916年2月3日胡适在给

① 《新青年》第2卷第2号通信栏。

② 曾毅、陈独秀引文皆见《新青年》第3卷第2号通信栏。

③ 胡适：《文学改良刍议》，《新青年》第2卷第5号，1917年1月。

任鸿隽（叔永）的信中就说：“适以为，今日欲救旧文学之弊，须先从涤除‘文胜’之弊入手。今日之诗（南社之诗即其一例）徒有铿锵之韵，貌似之辞耳。其中实无物可言。其病根在于重形式而去精神，在于以文 form 胜质 matter。诗界革命，与文界革命正复相同，皆当从三事入手：第一，须言之有物，第二，须讲求文法（大家之诗无论古诗、律诗皆有文法可言），第三，当用‘文之文字’时，不可故意避之。三者皆以质救文之弊也。”①

从这一解释，则胡适所谓的“物”（matter），等同于“质”，是一个与“形式”相对立的概念；而“须言之有物”，则是他针对当时中国文学“重形式而去精神”的现状，开出的药方。在胡适看来，由于中国文学“徒有铿锵之韵，貌似之辞”（文胜于质），“物”为“形”所遮蔽，因此，通过“形”的变革，可以彰显“物”的存在，即“物”的获得通过“形”（其核心即是语言）的变革而实现。由此，虽然是要凸显“物”的存在，但在胡适的文学思想中，对“物”的强调并没有使他径直从“物”的方面用力，而仍是从“形”的角度着手纠正。之所以形成这样一种略显特异的思想进路，是因为对胡适来说，“物”或“质”的内涵或方向，事实上是明确的。胡适的文学思想本就是在严复、梁启超等启蒙思想家的基础上踏出一步，由思想而语言，因此，在他的视野里，“思想”就是一个已经解决了的问题，那就是以西方文明为典范的现代“新文明”。这一点在他这里既无需特别强调，更毋庸辩驳争论。也就是说，在胡适的文学思想里，“物”的内涵与方向是自明的，不构成问题——将文学革命理解为语言工具的革命，并从“形”的层面出发推进，其背后即隐含着这一大的前提。

在《文学改良刍议》中，胡适的核心意思显然没有变化，所谓“近世文人沾沾于声调字句之间，既无高远之思想，又无真挚之情感，文学之衰微，此其大因已”②的诊断，仍着意于文学的“声调字句”之弊，凸显的，还是以“形”的变革来获

① 耿云志、欧阳哲生编：《胡适书信集》上，北京大学出版社 1996 年版，第 68 页。这一意见后来略经修改，又写入《逼上梁山》，说明胡适立场的一贯与坚定。

② 胡适：《文学改良刍议》，《新青年》第 2 卷第 5 号，1917 年 1 月。

得"物"或"质"的思想进路。接下来的不模仿古人、务去滥调套语、不用典、不避俗字俗语诸项，大体也在这一意见的规范之内，针对的，仍然是中国文学"重形式而去精神""文 form 胜质 matter"的弊病。这一系列的思想与判断构成胡适关于"言之有物"的整体思想背景，有其充足的思想自洽性。正因为"物"的内涵与方向在他看来是已经解决的问题，所以当他说"须言之有物"时，他事实上根本就不担心"物"与"孔道"相结合的问题。由此，在回应陈独秀的担忧时，他的解释，也就仅仅是以"高远"和"真挚"二词，来分别限定"思想"与"情感"的方向，而并没有详细论证语言（形式）的变革如何与新思想相联结的问题。

但陈独秀的思想进路并非如此。从梁启超关于文学本身只有"移人"的特性而并不提供价值、文学作品的好坏需由内容来评判的认识出发，他所特别关注的问题，就是"移人"的方向，即"物"或"道"的方向性问题。这样，在胡适看来不成问题的问题，到陈独秀这里，恰是问题的核心所在。这样的认识分歧在紧接着胡适与钱玄同的通信中，得以充分呈现。

在读了胡适的《文学改良刍议》以后，钱玄同即致信陈独秀，说："前此之小说与戏剧在文学上之价值，窃谓当以胡先生所举'情感'与'思想'两事来判断。其无'高尚思想'与'真挚情感'者，便无价值之可言。旧小说中十分之九，非诲淫诲盗之作，即神怪不经之谈（如《西游记》《封神传》之类）；否则以迂谬之见解，造前代之野史（如《三国演义》《说岳》之类）；最下者，所谓'小姐后花园赠衣物'，'落难公子中状元'之类，千篇一律，不胜缕指。故小说诚为文学正宗，而前此小说之作品，其有价值者乃极少。"①

虽然是顺着胡适"须言之有物"的观点而来，但显然，钱玄同的发挥完全脱离了胡适自身的逻辑轨道，而呈示出其与梁启超、陈独秀的同调。诲淫诲盗的批评本就出自梁启超。② 钱玄同虽然否认《红楼梦》《水浒传》为诲淫诲盗之作，但其对旧小说中的"十分之九"，却也一笔抹杀。这与胡适的阅读情感、文化立场都不

① 《新青年》第 3 卷第 1 号，1917 年 3 月。

② 梁启超：《译印政治小说序》，载《饮冰室合集》1，文集之三，中华书局 1989 年版，第 34 页。

能兼容，因而招来胡适的反驳：“钱先生云：‘至于近世《聊斋志异》诸书直可谓全篇不通。’此言似乎太过。《聊斋志异》在吾国札记小说中，以文法论之，尚不得谓之‘全篇不通’，但可讥其取材太滥，见识鄙陋耳”，“神怪不经之谈，在文学中自有一种位置。其功用在于启发读者之理想。如《西游记》一书……其妙处在于荒唐而有情思，诙谐而有庄意……在世界神话小说中实为不可多得之作”，“《七侠五义》在第二流小说中，尚可称佳作”，“《三国演义》……在世界‘历史小说’上为有数的名著”等等。在这封信里，胡适最后还一并表彰了像《品花宝鉴》《镜花缘》一类的作品。①

胡适以《三国演义》为世界“历史小说”上“有数的名著”，其理由之一是它“能使今之妇人女子皆痛恨曹孟德，亦可见其魔力之大”。这显然是只看到了文学“能移人”的特性，而忽略了旧思想与文学相结合以后在国民性培育方面所产生的负面作用。正是这样，对于胡适的表彰，钱玄同直言“此点正不足取”。在他的批评视野里，“《三国演义》既出，于是‘关公’‘关帝’‘关老爷’‘关夫子’闹个不休。明清两代，社会上所景仰之古人，就是孔丘、关羽二位。这个孔丘，便是《儒林外史》上马二先生对蘧公孙说的那个孔丘；……这个关羽，便是常常拿着大刀显圣的那个关羽，其心传正宗，便是康有为、张勋二人……此等谬见，此后极应扫荡无疑。玄同之不以《三国演义》为佳著者，此也”。在这样的论述中，钱玄同再一次呼应了梁启超的文学观念与立场，从旧小说与旧思想的相互对应出发，直截地将中国的俗文学列入被“扫荡”的行列。关于中国旧小说的讨论后来胡、钱之间还有书信往复，但争论的最后，却是钱玄同以陈独秀式的强硬语气宣告结束：“从青年良好读物上面着想，实在可以说，中国小说没有一部好的，没有一部应该读的”；“中国今日以前的小说，都应该退居到历史的地位；从今日以后，要讲有价值的小说，第一步是译，第二步是新做”。②“译”和“新做”的立场，实

① 胡适的复信载《新青年》第3卷第4号，1917年6月。又收入《胡适文集》2，北京大学出版社1998年版，第30—32页。

② 钱玄同的复信载《新青年》第4卷第1号，1918年1月。又收入《胡适文集》2，北京大学出版社1998年版，第43页。

际上是彻底否弃了被胡适视为典范的中国俗文学的借镜意义。这一立场延续到周作人的《人的文学》，则是更为理论化的言说。在周作人看来，中国的旧小说多在"非人的文学"之列，"统应该排斥"。①

这使胡适的白话文主张陷入一个十分尴尬的境地：在喧天铺地的支持声中，其核心的主张实际上已经被抽空置换。在"人的文学"的呼唤下，中国新文学的借鉴典范，事实上已经由胡适所勾勒的中国的俗文学，转向了西方的欧美文学。这一转向，在接下来关于白话文的理论探讨和新文学的写作实践中，全面铺开。

三、从"白话"到"国语"："欧化白话文"的确立与文学典范的转易

1917 年 6 月，胡适结束留学生活，离美返国；9 月，出任北京大学文科教授，然后逐渐融入《新青年》的编辑工作。近距离的文化工作使胡适与《新青年》同人的距离有所拉近，同时也使他的白话文主张面临新的压力。对胡适来说，语言的背后本也隐埋着改造思想的理想，但当国内《新青年》同人将白话文讨论的重心直截地放置在思想的层面，而否弃其以中国俗文学为新文学建设之典范时，如何处理"白话"（在胡适看来就是俗语）与"思想"之间的关系，就成为他白话文主张所必须要解决的核心问题之一。

胡适的态度一度是摇摆的。一方面，他不能轻易放弃此前自己的文化理想，即通过打破雅俗之间的文化界限进而实现文化启蒙的思想进路；但另一方面，作为晚清以来中国启蒙运动中的一员，对思想的关注，确也在他的文化关怀之内。这样，是坚持自己一贯的以语言为核心的启蒙策略，还是直截认同《新青年》同人以思想革命为中心的启蒙路径，对回国以后的胡适来说，就有些鱼与熊掌欲兼而得之的意思。他试图调和这两者之间存在的问题，并在理论上作出努力。这就是 1918 年 4 月发表的《建设的文学革命论》。这是胡适回国以后在白话文理论方

① 周作人：《人的文学》，《艺术与生活》，河北教育出版社 2002 年版，第 13 页。

面最重要的文字，其中既有对此前主张的坚守，也有《新青年》同人影响下的自我修正。然而，由于坚守与修正之间的内在矛盾，这个重要的理论文本事实上充满了诸多内在的心理纠结与矛盾。它使胡适游走在中国俗文学与西洋文学这两个典范之间，虽左冲右突，而仍不免走火入魔。

《建设的文学革命论》一开始就呼应了《文学改良刍议》提出的“八事”，用“肯定”的语气重申了文学革命的四条建设性意见：“一、要有话说，方才说话”“二、有什么话，说什么话；话怎么说，就怎么说”“三、要说我自己的话，别说别人的话”“四、是什么时代的人，说什么时代的话”。[①] 这是典型的胡适之语言，其内涵与他一贯的文化—文学主张相一致；然而当胡适将这四条主张“一笔表过”而进入正文，即以“国语的文学，文学的国语”来概括文学革命的核心时，他的白话文主张，事实上就已经有了微妙的变化。

这里最重要的是言文合一主张的松动。胡适的白话文主张，其最核心的部分，是要通过白话对文言的取代，言文合一，从而打破“我们”与“他们”之间的文化界限，借此真正将新思想传输到社会大众的层面。然而这一理论在实际生活中也有一个两难的问题，就是由于白话与各地的方言（方音）紧密相连，而中国又地域广大、方言众多，许多方言的使用仅局限于本地的居民。这样，如果白话仅仅是在方言（方音）的层面上讲，那么，它的传播面其实仍然非常有限，无法实现他将新思想推介到“最大多数人”的目的。就是说，完全的言文合一的文化状态，未必就能解决中国社会启蒙无力的文化危机。不但如此，在晚清以来民族救亡的整体要求下，如果白话仅仅停留在方言的层面，那么，正如汪晖已经注意到的，“在某种条件下，‘地方性’可能成为‘全国性’的障碍”，即形态多样的方言为地方政治、军事割据提供基础；然而“在近代民族主义的潮流中，中国社会动员的基本取向，是将不同地区和阶层组织到民族主义的目标之中，完成建立现代统一国家的任务，而不是形成地方割据，语言运动则是这个民族主义运动的有机

① 胡适:《建设的文学革命论》,《新青年》第4卷第4号;《胡适文集》2，北京大学出版社1998年版，第45页。

部分”。[①] 胡适的白话文主张，从一开始，其背后就存有英国、法国、意大利等西方现代民族国家的建国经验。这种语言与现代民族国家建构之间的思想关联，直到晚年做口述自传，也仍为他所重视。[②] 这样，在上述双重压力之下，如何处理白话与方言（方音）之间的关系问题，就成为胡适白话文理论中的一个核心症结。将白话文的讨论与“国语”运动联结在一起，其思想动因即隐埋于此。

“国语”概念的提出，本就有统一、提升各地方言（方音）的意思在内。《中华民国国语研究会征求会员书》云：“同一领土之语言皆国语也。然有无量数之国语较之统一之国语孰便，则必曰统一为便；鄙俗不堪书写之语言较之明白近文字字可写之语言孰便，则必曰近文可写者为便。然则语言之必须统一，统一之必须近文，断然无疑矣。”[③] 这样，在白话文的讨论中引入“国语”的概念，其实是强调了白话文由以方音为主的方言向有统一发音的书面语转换。[④] 在晚年所做的口述自传中，胡适清晰地描述了方言上升为国语的三个条件：该方言在该国的使用最普遍，在这个方言系统之中曾经产生过一些文学，文人学士对该方言的文学价值的有意识的肯定。[⑤] 在这样的思想进路中，通过勾勒方言、白话与国语之间的递升关系，胡适一方面试图解决方言在适用人数上的局限性，并使这一新的、统一的语言形态[⑥] 在现代民族国家的建构中继续发挥原先文言在大一统帝国维系中所曾经起有的作用；另一方面，他仍试图保留原有的文化理想，即通过借鉴中国明清以来通俗文学所提供的语言形态，尽可能地将“我们”与“他们”之间的文化界

① 汪晖：《地方形式、方言土语与抗日战争时期“民族形式”的论争》，载《现代中国思想的兴起》附录一，生活·读书·新知三联书店2004年版，下卷第2部，第1506、1514页。

② 可参见胡适《文学改良刍议》《中国新文学运动小史》《胡适口述自传》之第七、八两章。

③《新青年》第3卷第1号，1917年3月。引文标点由笔者添加。

④ 正是在这样的层面，汪晖的观察值得重视：“在‘五四’新文化运动时期，白话文的倡导主要是书面语问题，基本不涉及方音问题。”汪晖：《地方形式、方言土语与抗日战争时期“民族形式”的论争》，载《现代中国思想的兴起》附录一，生活·读书·新知三联书店2004年版，第1514页。

⑤《胡适口述自传》，第八章《从文学革命到文艺复兴》，载《胡适文集》2，北京大学出版社1998年版，第336—338页。

⑥ 在从白话到国语的转变中，通过将白话由着重于语音的方言（俗语）调整为书面的表达，胡适开始真正将白话文建构成为一种与文言的表达系统相对立的新的书面表达系统。

限，压缩在一个最小的范围之内，即尽可能压缩口语系统和书面语系统之间的文化差距。

正是这样，在《建设的文学革命论》中，胡适本人是小心翼翼地处理“白话”与“国语”之间的关系的。一方面，他将国语的生成建立在“白话文学”的基础上，因而仍然强调了“国语”“白话”与“俗语”之间的文化关联。胡适的意思是，“国语不是单靠几位语言学的专门家就能造得成的”，“国语教科书和国语字典，虽是很要紧”，却“决不是造国语的利器”；而“真正有功效有势力的国语教科书，便是国语的文学”。在此，他再一次强调了自己的文化经验，说：“试问我们今日居然能拿起笔来做几篇白话文章……可不是从《水浒传》《西游记》《红楼梦》《儒林外史》……等书学来的吗？这些白话文学的势力，比什么字典教科书都还大几百倍……我们今日所用的‘标准白话’，都是这几部白话的文学定下来的”，“所以我以为我们提倡新文学的人，尽可不必问今日中国有无标准国语。我们尽可努力去做白话的文学。我们可尽量采用《水浒》《西游记》《儒林外史》《红楼梦》的白话……中国将来新文学用的白话，就是将来中国的标准国语”。① 这里，胡适对国语的理解事实上是习得的，即通过传统白话文学作品的流播，来巩固北方方言最普遍的使用范围，进而使其由北方方言上升为现代中国的国语，并最终组织产生一种统一而通俗的新的书面语言形态。对胡适来说，这既能解决方言传播面相对较窄的问题，又能维护其打破文化上雅俗对立的理想，乃是一个较为适中的解决方案。

但对胡适来说，当他充分勾勒出白话、国语与俗语之间的文化关联时，他理想中的国语建设，就仍然需要通过中国俗文学的中介才能得以实现。这就很难在思想的层面与陈独秀、钱玄同们对中国俗文学所持有的一贯的批判立场融合起来。也许正是鉴于这样一种压力，在《建设的文学革命论》的第四节，胡适的立场陡然倒转。这一节胡适讲到创造新文学的进行次序约有三步：工具、方法、创造，其中工具的部分仍然坚持他在北美提出的诸种主张，就是“多读模范的白话文”

① 《建设的文学革命论》，《胡适文集》2，北京大学出版社 1998 年版，第 47—48 页。

与“用白话作各种文学”；但在第二步“方法”的层面，胡适却劈头就说：“我以为中国近来文学所以这样腐败，大半虽由于没有适用的‘工具’，但是单有‘工具’，没有方法，也还不能造新文学”，“若单靠白话便可造新文学，难道把郑孝胥、陈三立的诗翻成了白话，就可算得新文学了吗？难道那些用白话做的《新华春梦记》《九尾龟》也可算作新文学吗？”①

对“单靠白话便可造新文学了吗”的质疑，事实上折射出胡适本人向《新青年》同人所主张的思想方面的靠拢，而将此前他所强调的中国俗文学的典范意义，逼到了一个理论上的死角。这里一个核心的问题是，究竟什么样的文学才称得上是“新文学”？是简单地以“白话”取代“文言”就能称为“新文学”呢，还是需要有新思想支持的文学才能称为“新文学”？从现有的史料来看，在这一问题上，彼时新文化阵营内部普遍持后一种看法。例如，1918 年 11 月 4 日，在给钱玄同的信中，鲁迅说：“但我还有一个意见，以为学 Esperanto 是一件事，学 Esperanto 的精神，又是一件事。——白话文学也是如此。——倘若思想照旧，便仍然换牌不换货：才从‘四目仓圣’面前爬起，又向‘柴明华先师’脚下跪倒；无非反对人类进步的时候，从前是说 no，现在是说 ne；从前写作‘咈哉’，现在写作‘不行’罢了。所以我的意见，以为灌输正当的学术文艺，改良思想，是第一事。”②稍后，1919 年 3 月，在《思想革命》一文中，周作人更进一步申发说：“文学这事物本合文字与思想两者而成”，“若思想本质不良，徒有文字，也有什么用处呢”，“我见中国许多淫书都用白话，因此想到白话前途的危险。中国人如不真是‘洗心革面’的悔改，将旧有的荒谬思想弃去，无论用古文或白话文，都说不出好东西来。”③而

---

① 《建设的文学革命论》，载《胡适文集》2，北京大学出版社 1998 年版，第 51—52 页。

② 鲁迅：《渡河与引路》，《新青年》第 5 卷第 5 号（1918 年 11 月 15 日）“通信”栏，收入《鲁迅全集》第 7 卷《集外集》，人民文学出版社 1981 年版，第 34—35 页。

③ 周作人：《思想革命》，原载《每周评论》第 11 期（1919 年 3 月 2 日），又载《新青年》第 6 卷第 4 号（1919 年 4 月 15 日），收入《谈虎集》，第 7—8 页。另外，新文化阵营对胡适白话文的批评，还牵涉到对胡适文学进化论、白话是中国文学正宗等观念的批评。相关资料参见《中国新文学大系》之《建设理论集》《文学论争集》（上海良友图书印刷公司 1935 年 10 月初版，上海文艺出版社 2003 年 7 月影印），以及罗志田：《文学史上白话的地位和新文学中白话的走向——后五四时期提倡新文学者的内部争论》，《近代史研究》2002 年第 2 期。

朱希祖在《非“折中派的文学”》一文中更直截地说：“文学的新旧，不能在文字上讲，要在思想主义上讲。若从文字上讲，以为做了白话文，就是新文学，则宋元以来的白话文很多，在今日看来，难道就是新文学吗？”①

这样一些意见的发表虽然都要稍晚于《建设的文学革命论》，但对胡适来说，类似的压力其实一直存在：如何处理语言与思想之间的关系问题，是从陈独秀质疑“须言之有物”一条时就开始存在，而胡适本人又一直没有加以解决的问题。1919 年 8 月 1 日，在《尝试集 · 自序》中，胡适试图直截地就“白话”与“思想”之间的关系问题作出回应：“我们也知道单有白话未必就能造出新文学；我们也知道新文学必须要有新思想做里子。但是我们认定文学革命须有先后的程序：先要做到文字体裁的大解放，方才可以用来做新思想新精神的运输品。”②在这样的辩解中，胡适的方案其实是将语言当做纯粹的工具而与思想相剥离，即通过旧的语言形式先和旧思想相剥离，然后实现旧形式与新思想的重新结合。在《建设的文学革命论》中，胡适的思路差不多也是如此。在语言与思想的剥离状态下，他才将文学创作的工具与方法分开来考察，从而在两个不同的评价系统中审视中国的俗文学，并将其逼入一种无法调和的理论境地。且进一步读以下文字。

在介绍了他理解中的“文学的方法”以后，胡适紧接着问，“怎样预备方才可得着一些高明的文学方法？我仔细想来，只有一条法子：就是赶紧多多的翻译西洋的文学名著做我们的模范”，他的理由是：“第一，中国文学的方法实在不完备，不够作我们的模范。即以体裁而论，散文只有短篇，没有布置周密，论理精严，首尾不懈的长篇；韵文只有抒情诗，绝少记事诗，长篇诗更不曾有过；戏本更在幼稚时代，但略能纪事掉文，全不懂结构；小说好的，只不过三四部，这三四部之中，还有许多疵病；至于最精彩的‘短篇小说’，‘独幕戏’，更没有了。若从材料一方面看来，中国文学更没有做模范的价值。才子佳人，封王挂帅的小说；风花雪月，涂脂抹粉的诗；不能说理，不能言情的‘古文’；学这个，学那个的一切

① 朱希祖：《非“折中派的文学”》，《新青年》第 6 卷第 4 号，1919 年 4 月。

② 《尝试集 · 自序》，载《胡适文集》9，北京大学出版社 1998 年版，第 82 页。

文学；这些文字，简直无一毫材料可说”；而与此相对，“西洋的文学方法，比我们的文学，实在完备得多，高明得多，不可不取例”。① 这就和钱玄同们的文学立场，趋于一致，而与他自己之前的各种主张，尖锐地对立起来。②

这样，无论是1918年《建设的文学革命论》中工具与方法的分离，或是1919年提出的语言、思想并重但有先后的方案，回国后胡适的白话文理论，都呈现出语言与思想的分裂状态。这里问题的根本症结在于，对胡适来说，他始终无法放弃打破“我们”与“他们”之间文化界限的理想，因而也就无法真正抛弃与“他们”的语言、思想、生活紧密相连的方言俗语，以及它们的书面化表达——中国俗文学的典范意义。正是这样，回国以后胡适对白话文主张的修正，虽然在思想的层面表现出了他与《新青年》同人的同调，但由于他在语言的层面仍十分强调白话—俗语—国语之间的思想关联，因此也就始终没能实现语言与思想之间的有效统合。但中国的新文学能在语言与思想的分裂状态下发展前行吗？答案显然是否定的。正是这样，对白话文理论的修正最后就集中到这一点上来——彻底剥离中国俗文学之于国语建设的典范意义，进而在“白话文”概念的内部实现语言与思想的高度统一。这样的文化工作，在胡适的学生傅斯年、罗家伦等“新青年”手上，得以完成。

1919年5月，《新潮》第1卷第5号刊发罗家伦的《驳胡先骕君的中国文学改良论》，其中说：“现在国内对于白话文学，误会的很多，不只胡君，大约可以分为两种意见：（1）白话文学只是‘引车卖浆’的话，所以不屑道；（2）白话文学虽为‘引车卖浆’的话，但是为‘通俗教育’起见，不妨一道。”③ 对胡适来说，将白话等同于“引车卖浆”的话，其实并不会引起他的反感，而白话与“通俗教育”之间的思想关联，更是普遍地被晚清以来的启蒙者所认同；但现在罗家伦开始将这样一些理解统归入“误会”之列。既曰“误会”，那“白话”自然就不只是“引

① 《建设的文学革命论》，《胡适文集》2，北京大学出版社1998年版，第55—57页。

② 在这里，我必须要指出，正是这种自我对立的理论形态，为接下来傅斯年等“欧化白话文”的提出，指示了方向。在这一意义上，傅斯年们可谓是分享了胡适的自我修正。

③ 罗家伦：《驳胡先骕君的中国文学改良论》，《新潮》第1卷第5号，1919年5月。

车卖浆”的话了。这一区分的背后，正隐藏着将“白话”从“俗语”的范囿中解放出来的意思。类似的意见，傅斯年在1918年2月已经触及：“用白话者，非即以当今市语为已足，不加修饰，率尔用之也。”①

由此，傅斯年们关于白话文的论述，其起点就是要重新清理白话、国语与俗语之间的关系。通过将白话与俗语区别开来，他们重新赋予白话以中国现代国语（一种新的书面表达系统）层面上的文化品格。

这里一个核心的文本是傅斯年写于1918年12月的《怎样做白话文》。在这篇文章里，傅的论述虽然仍从《建设的文学革命论》而来，但他对于“白话”的理解，已经呈示出与胡适迥然不同的面向：“我们历史上的白话产品，太少又太坏，不够我们做白话文的凭藉物”，因此“提倡新文学”，就必须“借径于西洋的新文学”。之所以这么说，是因为傅和胡对白话的看法颇不相同。胡适从进化论的框架中讨论白话对于文言的取代，他眼里的白话文学就是历史进化的产物。② 对此，傅斯年根本不能认同，在他看来，“文言分离之后，文词经二千年之进化，虽深芜庞杂，已成陈死，要不可谓所容不富。白话经二千年之退化，虽行于当世，恰合人情，要不可谓所蓄非贫。”③ 就是说，由于二千年的不被使用，白话的表达能力不但不是进化的，反而是退化的。这样，胡适所主张的与口语紧密相连的白话，在运用到书面表达系统以后，其局限性就非常大，存在“说话的作用，并不够我们的使唤”的问题。具体而言，就是“我们能凭藉说话练习文章的流利，却不能凭藉说话练习文章的组织；我们能凭藉说话练习文章的丰满，却不能凭藉说话练习文章的剪裁；我们能凭藉说话练习文章的质直，却不能凭藉说话练习文章的含蓄”。在这样的前提下，“我们要是想成独到的白话文，超于说话的白话文有创造精神的白话文，与西洋文同流的白话文”，在说话以外，就还需要有一个“高等的凭藉物”，这“就是直用西洋文的款式，文法，词法，句法，章法，词枝（Figure of Speech）……一切修辞学上的方法”。这里，通过强调白话与说话之间的区别，傅

①③ 傅斯年：《文言合一草议》，《新青年》第4卷第2号，1918年2月。

② 胡适：《历史的文学观念论》《白话文学史》之《引子》等文。

斯年将白话从口语表达系统中剥离出来，并使其与西洋的语法结合在一起。结果是，白话被界定为一种"欧化的国语"；而白话文，相应地，也被修正为"欧化白话文"。这是一种"超于说话的白话文"，一种"有创造精神的""与西洋文同流的白话文"。这是傅从语言学的层面对"白话"所做出的全新的解释。在这一解释中，借助于区分白话与说话之间的不同层次，傅为白话从俗语、方言中解放出来，提供了学理上的支持。

这样，虽然傅斯年在概念上仍然借用了胡适"白话文"或"白话文学"的字样，但在概念内涵上，两者的指向已经迥然不同了：胡适将"白话"放置在方言、俗语的基础上，强调了白话的民间性与民俗性；而傅斯年对白话的理解，通过"直用西洋文的款式，文法，词法，句法，章法，词枝（Figure of Speech）……一切修辞学上的方法"，差不多已经将其改造成为我们现在所说的"现代汉语"，具有强烈的欧化倾向。借助于这一修正，傅斯年在"白话文"概念的内部，解决了胡适一直以来都解决不好的语言与思想之间的分裂问题，而重新使两者融合在一起。在《怎样做白话文》中，傅进一步指出："我们在这里制造白话文，同时负了长进国语的责任，更负了借思想改造语言，借语言改造思想的责任。我们又晓得思想依靠语言，犹之乎语言依靠思想，要运用精密深邃的思想，不得不先运用精密深邃的语言。"① 正因为语言与思想是紧密联系在一起的，所以胡适以中国俗文学的语言形态为中介来建设新的国语的方案并不足取。在此，他直截地说："我们所以'不因陋就简'，抱住现在的白话，当做满足，正因为我们刻刻不忘理想上的白话文，又竭力求这理想上的白话文实现。这理想上的白话文是甚么？我答道：（一）逻辑的白话文。就是具'逻辑'的条理，有'逻辑'的次序，能表现科学思想的白话文。（二）哲学的白话文。就是层次极复，结构极密，能容纳最深最精思想的白话文。（三）美术的白话文。就是运用匠心做成，善于入人情感的白话文。"在傅斯年看来，"这三层在西洋文中都早做到了。我们拿西洋文当做榜样，去模仿

① 傅斯年：《怎样做白话文》，《新潮》第1卷第2号，1919年2月。

他，正是极适当，极简便的办法。所以这理想的白话文，竟可说是——欧化的白话文。"① 至此，通过剥离白话与讲话、口语之间的关系，傅斯年创造性地赋白话概念以"逻辑的""哲学的""美术的"等全新的内涵形态，而提出"欧化白话文"的概念。这样的白话文概念与"科学思想的表达"融为一体，因而既是一种新的书面语表达系统（区别于文言），又承载了表达新思想的文化功能（使文言与白话在意识形态层面的新旧之争有了更为充足的理据）。这使陈独秀们的文化—文学理想，在白话文概念的内部，达至圆满的境地；同时也使新文学在实践与理论的层面，调和起来。正是这样，几乎并没有遇到太大的阻力，傅斯年"欧化白话文"的概念在新文化阵营内部，悄无声息地实现了它对胡适"俗话白话文"的覆盖。在傅斯年的这篇文章以后，在中国现代文学史上，当我们讲起"白话文"的概念时，其内涵已经不能再从胡适的层面出发理解了。②

四、结语：语言还是思想，一个仍然开放的问题

从表面上看，对于傅斯年的上述修正，胡适是持认同态度的。1923 年，在给顾颉刚的信中，胡表明自己"向不反对白话文的欧化倾向"③；1935 年，在《中国新文学运动小史》一文中，胡适又高度肯定傅斯年对于白话文概念的修正，说："直到《新潮》出版之后，傅斯年先生在他的《怎样做白话文》里，才提出两条最重要的修正案……白话文必不能避免'欧化'，只有欧化的白话方才能够应付新时代的新需要。欧化的白话文就是充分吸收西洋语言的细密的结构，使我们的文字

① 傅斯年：《怎样做白话文》，《新潮》第 1 卷第 2 号，1919 年 2 月。

② 从这样一个角度，我们就可以比较清楚地解释，为什么新文化阵营内部对"白话"有时持批判的态度，有时却又竭力维护。比如鲁迅，既有上述对于白话的批评，但也有如 1926 年在《二十四孝图》一文中所说的："我总要上下四方寻求，得到一种最黑，最黑，最黑的咒文，先来诅咒一切反对白话，妨害白话者。即使人死了真有灵魂，因这最恶的心，应该堕入地狱，也将决不改悔，总要先来诅咒一切反对白话，妨害白话者。"《朝花夕拾·二十四孝图》，载《鲁迅全集》第 2 卷，人民文学出版社 1981 年版，第 251 页。从上述分析我们即可以理解，但凡批评是从胡适的白话概念出发的，这时白话和中国的方言俗语紧密相连，其借鉴的典范，则为中国的俗文学；而维护的，则是傅斯年修正以后的"欧化白话文"，一个从形式到思想都师法西方的概念。

③ 1923 年 2 月 24 日胡适致顾颉刚函，《小说月报》第 14 卷第 4 号"通信"栏。

能够传达复杂的思想，曲折的理论。傅先生提出的两点，都是最中肯的修正。"①

然而终胡适一生，他提及欧化白话文的次数，实在也很寥寥；而就在傅斯年的文章刊发（1919年2月）以后，关于白话文，胡适就不再有更新的意见发表了。他既没有在理论上进一步讨论欧化白话文的合理性、可行性，也没有试图将欧化白话文的相关主张纳入自己的理论体系之中。在这以后，每当谈及白话文，他更多是从史的角度叙述白话文运动发生的进程，以及他自己在提出这一概念时的内涵指向。这从1922年的《五十年来中国之文学》，到1933年的《逼上梁山》、1935年的《中国新文学运动小史》，再到晚年和唐德刚一起做的口述自传，都是如此。在这之间，他还出版了两部文学史著作，分别是1921—1922年的《国语文学史》，以及在《国语文学史》基础上修订而成的1928年的《白话文学史》。在这两部文学史中，胡适对于白话的阐释，仍然延续了此前他自己的各种主张，而丝毫没有掺入傅斯年对于白话的诸多修正。

与此相应，我们还可注意到另一个事实，就是在胡适数量庞杂的文字著述中，他正面对于"新文学"创作实绩的评价，同样很少。1922年在《五十年来中国之文学》一文中，胡适最后大约以700字的篇幅提及"这五年以来白话文学的成绩"，其中讲到"白话诗可以算是上了成功的路了"、"短篇小说也渐渐成立"（其中表彰了鲁迅从《狂人日记》到《阿Q正传》的小说创作，称其"差不多没有不好的"）、"白话散文很进步了"、"戏剧与长篇小说的成绩最坏"②；然而到1935年，在写《中国新文学运动小史》时，胡适对于新文学的点评，较诸1922年，不但没有进一步铺展开来，反而更模糊与笼统了："在那个文学革命的稍后一个时期，新文学的各个方面（诗、小说、戏剧、散文）都引起了不少的讨论。引起讨论最多的当然第一是诗，第二是戏剧。这是因为新诗和新剧的形式和内容都需要一种根本的革命；诗的完全用白话，甚至于不用韵，戏剧的废唱等等，其革新的成分都比

① 《中国新文学运动小史》，载《胡适文集》1，北京大学出版社1998年版，第130—131页。

② 《五十年来中国之文学》，《胡适文集》3，北京大学出版社1998年版，第263页。

小说和散文大的多，所以他们引起的讨论也特别多”[①]，对于具体的作家作品，则无一提及。《逼上梁山》限于故事本身，当然只讲到《文学改良刍议》的发表；而在晚年的口述自传里，在相关的第七、八两章，胡适也丝毫没有提及“新文学”的创作实绩，既不表彰，也不批评，而是完全忽略。

由此种种，我们大致可以判断，对于欧化的白话文概念，以及欧化的新文学创作，胡适其实并不认同。在文学史的层面“忽略”新文学的创作实绩，只是折射出他这样的立场：不批评，不认同。这里问题的核心在于，欧化的概念修正与创作铺展，都与胡适的文化理想背道而驰。欧化白话文虽然在新文化阵营内部解决了语言与思想的分裂问题，却再一次使书面语与大众的文化现状拉开距离，从而使白话文在文化启蒙的过程中，再一次面临严复们曾经遇到的危机——欧化的新文学在阅读传播上的困难，并没有比晚清严复们的文言译书小多少。这就是说，“我们”与“他们”之间的文化界限，在新文化阵营内部，被重新放大了。这是胡适最不能接受的地方，也是白话文理论中折射出来的新文化阵营内部最严重、最深刻的分歧。

新文学难懂的趋向在1921年就已经展露无遗。1922年1月，茅盾在《答梁绳祎》的信中就坦言：“现在一般人看不懂‘新文学’。”然而尽管如此，茅盾似乎也并不主张改变新文学创作者自身的立场，他的意见是：“民众文学的意思，并不以民众能懂为唯一条件；如果说民众能懂的就是民众艺术，那么讴歌帝王将相残民功德、鼓吹金钱神圣的小说，民众何尝看不懂呢?”[②]这就是说，启蒙必须要以知识分子自身的立场为主，而不能简单地顺着民众走。[③]

这样，对胡适来说，当白话文的概念被修正为欧化白话文时，他希望通过白

---

① 《中国新文学运动小史》，《胡适文集》1，北京大学出版社1998年版，第138页。

② 沈雁冰：《答梁绳祎》，《小说月报》第13卷第1号，1922年1月。

③ 据此，罗志田认为，“当时一些充满‘启蒙’心态的知识分子的确无意顺应民众的语言，而是想要改变民众的思想。然而特别强调‘与一般人生出交涉’的胡适却不甚赞成这一取向”。这样的判断是敏锐而准确的。罗志田：《文学史上白话的地位和新文学中白话的走向——后五四时期提倡新文学者的内部论争》，《近代史研究》2022年第2期。

话文来打破"我们"与"他们"之间文化界限的理想，就被重新湮没了。对他来说，民众固然不懂新思想，但"我们"还是要用"他们"能懂的语言，将新思想传递给他们，从而使"我们"与"他们"在文化上达到一种平衡的状态。就是说，"我们"要放下身段，真正进入到"他们"的生活之中。这正是他坚持文学语言通俗性的理论依据。1934 年，在一篇关于大众语的文章里，胡适颇有意味地指出："大众语不是在白话之外的一种特别语言文字。大众语只是一种技术，一种本领，只是那能够把白话做到最大多数人懂得的本领。"他强调："时下文人做的文字所以不能大众化，只是因为他们从来就没有想到大众的存在。因为他们心里眼里全没有大众，所以他们乱用文言的成语套语，滥用许多不曾分析过的新名词；文法是不中不西的，语气是不文不白的；翻译是硬译，做文章是懒做。他们本来就没有学会说白话，做白话，怪不得白话到了他们的手里就不肯听他们的指挥了。这样嘴里有大众而心里从来不肯体贴大众的人，就是真肯'到民间去'，他们也学不会说大众话的。所以我说：大众语不是一个语言文字的问题，只是一个技术的问题。提倡大众语的人，都应该首先训练自己做一种最大多数人看得懂，听得懂的文章。'看得懂'是为识字的大众着想的；'听得懂'是为不识字的大众着想的。"① 这议论虽然针对大众语的倡导者而发，背后的批评，却根本地指向了欧化白话文的创作趋向与弊端。在这里，胡适再一次强调了"把白话做到最大多数人懂得"的理想，并把欧化白话文的作者，甚至大众语的倡导者，一并纳入"他们"的行列，显示出自己与新文化阵营内部的分裂。这样一种分裂性观察，既可以说是他对自己文化立场的确认，同时反过来，也意味着他体会到了自己文化理想的陷落。但他仍坚持着，直到晚年，不尝稍变；而这样一种文化理想与立场，不管胡适本人在场或不在场，此后也一再回荡在中国文学发展的许多节点之上，如 1930 年代的大众语讨论，1940 年代解放区的文艺实践与理论建设，甚至在 1980 年代先锋文学的兴起中，我们也再一次看到了它的回荡。从这个意义上说，语言还是思

---

①《大众语在那儿》，载《胡适文集》5，北京大学出版社 1998 年版，第 445—447 页。

想，中国的启蒙文学该如何平衡这两者之间的关系，事实上就仍然是一个有待解决的开放的问题；而胡适关于白话文的诸种主张，以及由此折射出来的文化理想与立场，也就成为20世纪中国新文学发展的思想底色之一，而并非只是昙花一现的过渡性方案。

原刊《学术月刊》2016年第12期

燕京大学时期的郭绍虞和20世纪30年代新文学的学院化

凤　媛*

尽管从1922年始周作人就已在燕京大学国文系主掌“现代中文部”（Department of Modern Chinese），开设了一些和新文学相关的课程，并由此开启了新文学作为一种“知识”进入大学课堂的先河，但是直到20世纪30年代中后期，新文学进入大学的学院化之路仍走得颇为艰难。主要表现在新文学课程经常遭到压缩甚至停开，新文学家进入学院体制后的研究转向，以及一直持续的对作为一种“知识”的新文学进入大学课堂的可能性和可行性的争论。

有学者曾对北大、清华等国立大学在20世纪30年代的新文学教育的复杂情形做了较为详尽的分析，并指出由于当时中国学术界整体趋向专业化和学术化，学术研究和文化运动，学术和文学之间的分野日渐明显，这虽然造成了新文学相关课程在当时的大学课堂颇为尴尬的生存处境，但也为新文学的学术化以及作为一种学科建构的新文学研究激发了新的动力。①那么除了国立大学，20世纪30年代的基督教大学的新文学教育又是怎样一番情形？燕京大学既是最先开设新文学课程的高等教育机构，也是最早向国民政府教育部申请“立案”的基督教大学。较之其他的基督教大学，它的“中国化”之路似乎走得尤其顺畅。在20世纪30

---

* 作者为华东师范大学中文系教授、华东师范大学语文教育研究中心研究员。

① 季剑青：《大学视野中的新文学——1930年代北平的大学教育与文学生产》，北京大学博士学位论文，2007年。

年代高等教育界整体学术化的大趋势下，它将如何在学院体制中处理新文学教育的问题？本文拟以主政20世纪30年代燕大国文系的一个重要人物郭绍虞作为切入点，来探讨这些问题。郭绍虞有着五四新文学的出身背景，同时又是一位从事古典文学和文字学研究的学者，此外他还是一个编纂了大学国文教材、对国文教育颇有研究的教育家，20世纪30年代他长期担纲燕大国文系主任一职，对国文系文学教育的整体导向有着重要影响。他的身上集中了新文学家、古典文学学者、国文教育家和国文系主政者等多重身份意识。通过其相互交缠的文学、学术、教育实践，可以充分看到他是如何在学院化体制下、在多重身份意识的碰撞中去思考和规划新文学的学院化之路的。同时在30年代新文学学院化遭遇普遍困境的背景中，我们也能看到郭绍虞的这种思路提供了怎样的借鉴意义。

一、“学术化”转向中的20世纪30年代燕大国文系

20世纪30年代以降，一方面是中国高等教育体系的不断完善和成熟，大学师资力量日渐充盈，担任教授的资格和标准也随之提高，学术的专业化发展具备了基本要件；另一方面，由胡适开启的“整理国故”运动，经顾颉刚、钱玄同、罗根泽等“古史辨派”的发展，在学界渐成气候，30年代整个学术界的研究风气都趋向“考据化”的态势。[①]除此之外，当时执政的南京国民政府为了巩固政权，限制学生的政治活动，也极力从外部政策上推动大学学术化的研究空气。1929年7月26日南京国民政府颁布了《大学组织法》，提出大学应“以研究高深学术，养成专门人才”[②]为宗旨，强调了大学作为专门的学术研究和人才培养机构的功能。这些内外部因素都造就了30—40年代整个高等教育界愈加学术化和专业化的转向。

这种风向也同样影响到了基督教大学。1925年11月，北京政府颁布了《外人

① 罗志田：《裂变中的传承——20世纪前期的中国文化与学术》，中华书局2003年版，第307页。

② 《大学组织法》，载王学珍、张万仓编：《北京高等教育文献资料选编：1861—1948》，首都师范大学出版社2004年版，第609页。

捐资设立学校认可办法》，要求系统管制西人在华设立的学校，这也是当时“收回教育权”运动的重要举措。1926 年燕京大学率先向当时的北京政府申请注册，成为最早立案的基督教大学。1929 年燕大再次按照南京国民政府提出的新标准申请立案并获批。这些举措都是燕大从建校之初就确立下的“中国化”目标的一再体现。20 年代末 30 年代初，几乎所有在华基督教大学都先后向南京国民政府申请立案，成为法律意义上的教育部管辖下的大学。虽然立案后的基督教大学的行政主权仍掌握在教会手中，但它们毕竟和国立大学处在了同等的评价体系里，这也就意味着国立大学的学术化导向在很大程度上会影响到基督教大学。

和其他基督教大学不同的是，燕大的学术化倾向不仅有这些外部因素的影响，还有来自哈佛燕京学社的压力。成立于 1928 年的哈佛燕京学社，依托霍尔基金托管理事会，联合哈佛大学和燕京大学，借以推动以中国为代表的东方文化的高层次研究，其中燕大主要承担关于中国学的研究生教育。这样，燕大一方面可以借助哈燕社充裕的资金为学校建设提供物质保障，另一方面其文史哲学科在很多方面也受制于哈燕社重视传统学术研究的导向。

事实上，从 20 年代后期开始，燕大国文系的课程设置就逐渐向学术化和专业化的方向倾斜，到 20 年代末，对学术专门型人才的培养明确成为国文系的培养目标。查看 1929—1930 年燕京大学国文系的课程布告，有一则特别声明颇引人瞩目：“本学系以研究高深国学，养成专门人才为宗旨，其研究之门类如下：甲 纯粹文学 乙 文字语言 丙 学术思想。”① 具体到本年度课程，较之 1927—1928 年度增加了“文学概论”（徐祖正）、“周秦诸子”（马鑑）、“形义学”（郭绍虞）、“经学史”（马裕藻）、“笔记分类研究”（马鑑）、“陶集研究”（郭绍虞）、“语录文研究”（黄子通）、“说文研究”（容庚）、“甲骨钟鼎之文字研究”（容庚）② 等，师资上增加了马裕藻、钱玄同、许之衡等教师。这三位原都在北大国文系任教，其中马、钱

---

① *Yenching University The College of Arts and Letters Announcement of Courses 1929—1930*, The Archives of United Board for Christian Higher Education in Asia, RG011-314-4807, p.969.

② Ibid., pp.970—975.

皆为章门弟子，专擅训诂、音韵等小学研究，他们在燕大开设“经学史”“音韵学”等课程，也说明了国文系希望加强中国传统学术研究的意图。发展到 1935—1936 年，国文系的课程设置出现了再度的分门别类，在原来基础上将所有课程分为四类：普通课程、学术思想、语言文字学和文学，“普通课程”相当于通识必修类课程，针对的是学生基本写作能力的训练。撇开“学术思想”和“语言文字学”等专门研究类课程不谈，“文学”类课程也呈现出愈加细化和专门化的态势，出现了针对不同文体的断代史研究和专题类研究。①

与愈加详尽的古典文学课程形成鲜明对照的，是日益缩减的新文学类课程。1930—1931 年度，周作人和杨振声两位曾经开设过新文学课程的教师虽然还列在教师名录中，但已不再开课。随后杨振声离开燕大，1932 年秋季学期开始，周作人也已经完全脱离燕大，转回北大继续任教，新文学类课程只剩下谢婉莹担任的“当代文学”和“新文学习作”两门。1936—1937 年的课程设置，基本延续了上年思路，唯一一门和新文学相关的课程“现代文艺思潮”，主要“讲述现代学者对于文艺之理论”，但“教员未定”②，且本年度不开设。到 1937—1938 年度，课表上出现了“现代文学近之七年文学”一课，授课者为上年度到国文系担任助教的陈梦家，但同样本年度此课显示“暂停”，并且随着陈梦家此后南下赴西南联大任教再也未见此课的复开。③此外，同一年度的“新文艺习作”一课，同样也标注本年度不开设。④

和课程变化相伴而生的是 20 世纪 30 年代燕大国文系师资队伍的变化，即不仅从事古代文学、古典文献、文字学研究的教师数量在增加，而且一些曾经是新文学出身的作家在进入学院体制后，也转向了古典文学方面的教学和研究，比如

① 比如开设了“陶诗研究”“诗经”“乐府”“楚辞”“说文”等课程。

② The Archives of United Board for Christian Higher Education in Asia, RG011-308-4746, pp.288—291.

③ 据《陈梦家评传》载，1937 年 8 月，随着卢沟桥事变的爆发，大批北平的学者教授选择南下，陈梦家此时也携家眷南下，其间接到清华大学的聘书，遂转到长沙、昆明，任教于西南联大。陈改玲、牟利峰：《陈梦家评传》，中国社会科学出版社 2018 年版，第 137—143 页。

④《燕京大学国文系课程一览（1937—1938）》，北京大学馆藏燕京大学档案，档案号 YJ19370007。

沈尹默、俞平伯、郭绍虞等。以创制白话新诗闻名的沈尹默和俞平伯自20年代中后期进入燕大国文系，都不约而同地开设出了如“诗名著选”“先秦文学”“汉魏六朝文学”“苏诗研究”“陶诗研究”“中国文学史”“小说”[①]等古典文学类的课程。当然这也并非燕大国文系独有的现象，包括北大、清华以及基督教大学中的齐鲁大学，都存在这样的例子。追究新文学家们学术转向的个中原委，当然有大学学科发展日渐精密、专业化程度日益强化、身处其中必须先要“学术立足”的压力，但更重要的是，正处在动态发展中、充满了“当下性”的新文学，是否具有作为一种“知识”在日渐成熟的大学体制中进行传播和再生产的价值，在当时的文科教授群体中可能仍是一个有待商榷的问题。新文学是否可以教，又应该如何教，对于那些来自新文学阵营但选择研究转向的学者们来说，则是一个更加复杂和微妙的难题。如何能够入乎其中又超乎其上，对新文学的学院化之路提出客观、合理又切实的建议，郭绍虞堪称其中的典型代表。

二、作为新文学家、古典文学研究者和国文教育家的郭绍虞

1914年，还在上海商务印书馆所属的尚公小学任教的郭绍虞，结识了在商务印书馆编译所任编辑的沈雁冰，并结为挚友。又因为经常向北大的《新潮》杂志投稿，遂被顾颉刚吸收入新潮社，并推荐到《晨报副刊》为其写稿。1919年秋，郭绍虞来到北京，在北大哲学系旁听课程，并结识了郑振铎、耿济之、瞿秋白、许地山等人，尤其和郑振铎相交甚笃。1921年1月文学研究会成立，郭绍虞位列第5号会员，可算是文研会元老级的会员。1922年1月，文学研究会丛书《雪朝》由商务印书馆出版，其中收录了朱自清、周作人、俞平伯、叶绍钧、郑振铎等八

① 俞平伯自1925年进入燕大国文系后，一直开设有“中国文学史”“小说”等课程。“小说”的课程简介中有如下说明：“（1）述小说史；（2）使学生泛览并作札记而评定商榷之。” *Yenching University Bulletin Announcement of Courses 1927—28*, The Archives of United Board for Christian Higher Education in Asia, RG011-308-4745, p.235. 同时查这一时期俞平伯和周作人的通信可知，俞平伯曾向周作人借过鲁迅的小说史讲义进行上课时的参考，其时鲁迅正在北大开设“中国小说史”的课程，由此可推知俞平伯的“小说”一课内容应该是偏于古代小说史方面的。《周作人俞平伯往来通信集》，孙玉蓉编注，上海译文出版社2014年版，第41页。

人创作的新诗，郭绍虞的十六首新诗《期待》《淘汰》《坠落》等亦在其列。这十六首诗歌都趋近于一种短诗体的格局，三言两语，几笔勾画之间表现出对日常生活中的某些场景和片段的感悟或哲思，这是郭绍虞对于当时正处在草创阶段的白话新诗形式探索的一个重要贡献。

另一方面，郭绍虞在此期也表现出对古典文学方面的研究兴趣。[①]1921 年秋，经由胡适推荐，郭绍虞到福建协和大学文史学系任教，开设的课程包括“中国文学史”“文字学”等。[②]1927 年秋，郭绍虞转到燕京大学任教，开设的仍旧是“名著选读”“中国文学史”“中国文学批评史”[③]等古典文学类的课程。从最初的福建协和大学、开封中州大学、武昌中山大学再到燕京大学，郭绍虞作为大学教师的研究兴趣始终在古典文学和文字学，这是否意味着进入学院化体制后的郭绍虞已经和新文学领域渐行渐远了呢？

事实并非如此。1938 年 12 月，时任国文系主任的郭绍虞应燕大新文艺研究会的邀请做了题为《我也谈谈新文艺的功罪》的演讲。他认为“不能很乐观地以为文学革命已经成功”，“在此青黄不接之时，文言文的训练就可以说有相当的需要”，“注重文言文的训练，即是注重语言文学的另一种使用方法”[④]。在郭绍虞看来，新文艺虽然已经具备了“文艺”的价值，但在实际应用方面却相当不足，究其原因，不仅因为思想的问题，还由于它缺乏一种“文体”，“新文艺的功乃在创立一种新文体，新作风，使有艺术的价值，使有文学史的地位”[⑤]。不论是文言文所代表的“国粹”还是西方语法语汇带来的“欧化”，郭绍虞认为都能对新文艺创造一种新的“文体”大有作用。演讲结尾他借用周作人在《自己的园地》中的一段

---

① 郭绍虞在尚公小学任教期间，曾经利用商务印书馆涵芬楼丰富的藏书，自学钻研古典文学，出版了如《清诗评注读本》（1915）、《战国策详注》（1916）等著作，见郭绍虞：《中国文学批评史》，商务印书馆 2010 年版，第 671 页。

② 郭绍虞：《我是怎样学习中国文学批评史的》，载《照隅室杂著》，上海古籍出版社 1986 年版，第 405 页。

③ *Yenching University Bulletin, Announcement of Courses 1927—28*, The Archives of United Board for Christian Higher Education in Asia, RG011-308-4745, pp.233—236.

④《我也谈谈新文艺的功罪　郭绍虞先生讲（上）》，《燕京新闻》1938 年 12 月 9 日。

⑤《我也谈谈新文艺的功罪　郭绍虞先生讲（中）》，《燕京新闻》1938 年 12 月 16 日。

话表达了自己的观点："国粹欧化之争是无用的；人不能改变本性，也不能拒绝外缘，到底非大胆的是认两面不可。"[①]

可以说，这篇演讲稿已经展现了郭绍虞对于新文艺发展现状的高度关注和集中思考，不仅分析了目下新文艺出现的问题及原因——文艺性多于应用性、新文体的缺乏，也为这些问题开出了药方——兼容本土语言和欧化语言的双重优点。值得注意的是，郭绍虞的这份药方显然有他做古典文学和文字学研究的学术背景，演讲中他屡屡以韩柳倡导的古文运动的经验教训，来参照五四新文化运动中的问题，指出任何一种文学变革都应该文艺性和应用性兼具。

时隔四个月后，郭绍虞在燕大国文系创办的《文学年报》上发表了《新文艺运动应走的新途径》[②]一文，论文系统阐释了他对"文白"关系以及中国语言文字发展路径的看法，进一步发展了他在演讲中的核心思想。对之前提到的欧化问题，他援引了当时正在倡导"语录体"的林语堂的观点，他对林氏否定欧化语法的做法持保留态度，他认为"新文艺可以欧化，不应过度欧化"，适当引入西洋语法可以让新文艺显示出一种"创格"，这也是新文艺的价值所在，但是如果过度使用，则会让新文艺愈加远离"适用"的目标。对于如何让新文艺实现这一目标，郭绍虞提出在语言上"有一部分可以采用欧化的白话，有一部分必须仍用土式的白话，而所谓土式的白话中，也正不妨用一些文言的字面"，也就是一定程度上借鉴古典文学的语言资源。在分析中，郭绍虞充分吸收了他对古典文学和文字学研究的心得，比如借鉴了之前他对中国语词的弹性作用的研究成果，提出中国语言文字的音乐性的特点，并认为重视文字的音乐性，就可以防止过度欧化的倾向。

作为亲受了新文化运动洗礼的青年知识分子，郭绍虞对新文学以及作为新文学载体的白话文的态度显然是支持的，认为它代表了文学现代化发展的方向，但

---

① 《我也谈谈新文艺的功罪　郭绍虞先生讲（四）》，《燕京新闻》1938年12月30日。

② 郭绍虞：《新文艺运动应走的新途径》，《文学年报》1939年第5期。该文也成为郭绍虞主编的大一国文教材之一《近代文编》的代序。它包括"从文艺的路到应用的路""欧化问题""写文方式的新姿态""欧化句式的利弊问题""语言文字之特性""何以会有语录体的提倡""中国文学的音乐性"等七个部分，涉及中国语言文字发展中的诸多重要问题。

作为个中之人，他对新文学尚嫌稚嫩的现状也了然于心：“正应看出新文艺的病源所在而加以修正；修正，才是今日的进步，才可进入另一阶段。”同时作为古典文学和文字学的专业研究者，他亦能参照自己的学术研究，为新文艺发展中的问题提供解决的思路：“不妨取循环的方式，走上似乎陈旧的途径，以吸收文言文所以适于应用的优点。”诚如他在论文开篇阐明的：“我不很愿意纯用感情无条件地排斥旧文学；不仅如此，对于一些摭拾陈、胡、二周在民国八、九年间所发表的言论奉为正则以轻诋旧文学者，有时反觉其随声附和浅薄得无谓。在文学革命初期的言论，不妨有矫枉过正之处；迨至文学革命有相当的成功，则不应犹袭陈言，故步自封。”① 他通过对古典文学和文字学的深入研究，反思五四新文艺中的“文白之争”和“欧化”等问题，进而意识到这些旧文学和旧文字可以为新文艺提供有益的资源，态度不偏不倚，语出恳切诚挚，反映出一个学院化建制中的新文学者深沉的关切和怀抱。

郭绍虞对新文学的这种关切不仅体现在论文著说中，还体现在他投身燕大国文教材的编纂工作中。20 世纪 30 年代末 40 年代初，由郭绍虞主编的两本大学国文教本《近代文编》和《学文示例》先后出版，这两本教材也是国文系为全校开设的“大一国文”课提供的教材。之所以投身于此，是“大一国文”课在当时各所大学皆成问题，“有文学上的问题，如文言白话之争是；有教育上的问题，如大学中学国文教学法之区别是”②。此时的郭绍虞凸显了他作为国文教育家的身份意识，他希望通过国文教材的编撰，从国文教育的角度为文白之争提供一种解决的思路。

《近代文编》的“编例”中称，“本编内容既以现代生活为归，故于技巧训练之外，兼重思想训练。且所谓技巧训练云者，亦只注重运用语言文字之技能，与《学文示例》之兼重文学欣赏者不同”，这说明两本教材对学生的“思想”和“技巧”训练的不同侧重。同时他又强调“此两者也只是同一进程中的两阶段，自有

① 郭绍虞：《新文艺运动应走的新途径》，《文学年报》1939 年第 5 期。

② 郭绍虞：《作文摘谬实例序》，《文学年报》1941 年第 7 期。

连续关系"[①]，这即说明语言文字的"技巧"训练正是为了达到对学生文学思维和趣味的培养，这也是郭绍虞编纂这两本教材的用心所在。

具体到所选篇目，《近代文编》按照不同文体收录了从清同光年间至20世纪30年代的诸多文章，风格以叙、议为主，文白兼及。以"日记"这类文体为例，收入了李慈铭的《越缦堂日记》、谭献的《复堂日记》、王闿运的《湘绮楼日记》、梁启超的《从军日记》和鲁迅的《马上日记》等篇目，"日记"开头文言文的简短说明既勾勒了这一文体自古以来"或谨严或谈谲""庄谐互陈""德性才学于是观之"的特点，又突出了它在近代的新变，"厥体益放"，"沦为报纸之通讯"[②]的趋势。所选例文从李慈铭、谭献直到梁启超、鲁迅，呈现出从晚清较为通行的浅近文言到尚在探索中的现代白话文的发展轨迹，到鲁迅处又能体会到文言和欧化白话相杂糅的某种妙处。《学文示例》中所选篇目同样注意"文白互收""韵散兼采"[③]。以"评改例"为例，其中的"摘谬"部分选择了清初叶燮对汪琬文章进行批评的《汪文摘谬》片段、《中学生杂志》的"文章病院"栏目所收病文修改两篇，以及宋代曾慥辑的《乐府雅词》中的三首词，文体涉及古体诗文和白话文章，摘谬处从篇章逻辑到遣词造句均细致入微，堪为学习作文的典范。

这两本教材的编纂反映了郭绍虞一以贯之的如何处理文言和白话两种语体的问题意识。在他看来，白话文和文言文各具"文艺"和"应用"的特质，在当时社会各有地位，因此大学国文教材中文言和白话两种语体都不可偏废，要互相吸收，取长补短。同时，郭绍虞对于文言文篇目的选取也是颇费思量，时任金陵女子大学中国文学系主任的陈觉玄就曾针对1942年10月教育部颁定的《大学国文选目》过于"复古"的倾向，提出郭的教材虽然没有全用语体文，但部分参用了"和语体文接近的近代文"，充分肯定了郭的教材是"较为合宜的"[④]。不选择偏于古

① 郭绍虞：《大一国文教材之编纂经过及其他旨趣》，《文学年报》1939年第5期。

② 《近代文编·序目》，燕京大学1939年编，第1页。

③ 《学文示例·编例》，开明书店1941年版，第1页。

④ 陈觉玄：《部颁"大学国文选目"平议》，《国文月刊》1943年第24期。

雅的先秦两汉文章，而选择清以来的晚近文章，郭绍虞此法显然是为了更好地打通文言和白话之间的壁垒，更有利于两种语体间的融合。

其实早在1935年，郭绍虞在回应当时知识界热议的“大众语”问题时，就提出“未尝不可改造土货，善于运用本土原有的语言”[①]。几年后，郭绍虞进一步提出“于文言取其音节，于白话取其气势，而音节也正所以为气势之助”[②]等文白互补的具体方案。而且郭绍虞能看到国文教学中的文白互补的关系，并非新文艺发展的唯一选择，“将来的白话文可以使之偏于欧化，也可以使之纯粹应用口头之活语言，同时，也可以如我们所说，参用文言文的长处，使之既不欧化，也不纯与口语相合”[③]。可见，文白互补的语言观并不影响他对新文艺发展的多元趋向和可能的期待，倒可以成为他对新文艺进行语言锤炼的多种途径之一。

尽管处在学院中的郭绍虞是以古典文学和文字学研究作为职业追求，但这并不影响他对新文艺和新文学的现状及发展方向的关注，相反学术研究的背景恰好为他反思新文学的诸多问题提供了可能的解决思路。同时作为国文教育家，他投身国文教材的编纂，提出文白互补的解决思路，直接目的似乎是为了学生写作能力的提升，但放诸广远来看，则体现了一位心系新文学的国文教育家的关怀，即通过对学生文言和白话两种语体的训练，达到语言能力和写作水平的培养，为日后白话文创作的成熟提供必要的基础。

三、“驱郑风波”背后的两种新文学学院化思路

20世纪30年代初，刚接任系主任的郭绍虞先后邀请朱自清、郑振铎到校开设“中国新文学研究”“文学批评”“文学比较史”等和新文学相关的课程，他的意图已经非常明显，即希望在30年代国文系日渐学院化的体制中为新文学课程的发展

① 郭绍虞:《郭伯恭〈饥饿诗集〉序》，载《照隅室杂著》，上海古籍出版社1986年版，第446页。

② 郭绍虞:《语文通论·自序》，开明书店1941年版，第3页。

③ 同上书，第4页。

留存一些空间。[①]

彼时朱自清尚在清华大学国文系任系主任一职，在燕大兼课时间并不多，倒是郑振铎从 1931 年夏开始在燕大担任国文系教授，直到 1935 年 1 月被迫离职，个中原因颇耐人寻味。查 1932—1935 年燕大国文系的课程布告，我们发现郑振铎这三年所担任的课程包括“文学批评”“文学比较史”“明代小说”“元明杂剧”等[②]，年课程量平均多达 9 门之多。[③]除了开课，他还参与了国文系的学生团体国文学会的活动，包括担任国文学会自编刊物《文学年报》的“研究股顾问”，拟定杂志的研究计划[④]等。可见，他在刚来燕大时还是非常投入地参与国文系的工作。那是什么原因导致了三年之后的“驱郑风波”呢？

有学者在分析这一事件时，认为郑的被迫离开反映了坚持“五四”立场的文化人和 30 年代初燕京大学学院化体制之间的矛盾，并指出他和时任国文系主任的郭绍虞之间产生不合，是因为郑认为郭作为一个“五四”起家的人在大学课堂上不应该表现出“复古”倾向。[⑤]郑振铎所说的“复古”倾向，指的是郭绍虞在教学中要求学生“背诵、拟作、诗词习作等事”[⑥]，这也确实是郭任系主任时期对学生提出的一个要求。[⑦]从表面上看，这种让学生背诵和拟作诗词的做法确实和创造新

① 事实上，郭绍虞的这种努力早在 1923 年他于福建协和大学文史学系担任系主任时就已经初露端倪，其时他曾经邀请过好友叶圣陶来协和大学开设过新文学课程，但叶因水土不服，半年之后就辞职回到了上海。见商金林:《叶圣陶》，民进中央会史工作领导小组 2004 年版，第 28 页。

② 除了“文学批评”“文学比较史”这类和新文学相关的课程外，郑振铎还开设了一系列如“明代小说”“元明杂剧”等古典文学课程。这一时期郑振铎还出版了《插图本中国文学史》四册，这些都说明郑振铎同样需要以他的古典文学研究在大学立足。

③ *Yenching University Bulliten College of Arts and Letters 1932—1933*, The Archives of United Board for Christian Higher Education in Asia, RG011-314-4809, pp.150—154. *Yenching University Bulliten College of Arts and Letters 1934—1935*, The Archives of United Board for Christian Higher Education in Asia, RG011-314-4809, pp.226—230.

④《燕大国文学会昨晚联欢会》,《燕京报》1932 年 10 月 4 日。该条消息中载“郑振铎先生报告文学年报计划”等内容。

⑤ 季剑青:《1935 年郑振铎离开燕京大学史实考述》,《文艺争鸣》2015 年第 1 期。

⑥ 朱自清在 1934 年 6 月 9 日的日记中记：“上午访振铎，振铎谈以‘五四’起家之人不应反动，所指盖此间背诵、拟作、诗词习作等事”,《日记・一九三四年六月九日》，载《朱自清全集》第 9 卷，江苏教育出版社 1998 年版，第 298 页。

⑦ 郭绍虞在他担任系主任时期，要求学生在读关于赋、诗、词、曲和散文的课程时都要随班创作。参见《燕京大学史稿》，人民中国出版社 2000 年版，第 74 页。

文艺的诉求格格不入，但这也并非郭绍虞一人的要求。30 年代朱自清在清华大学国文系开设“陶诗”“诗选”等课程时，同样要求学生一一背诵。① 朱自清曾表示，因为学生对这些诗都不太熟悉，故而“当先将本文弄清楚，再弄批评”②，显然朱自清是希望在熟读背诵文本的基础上再进行学术研究。那么对于郭绍虞而言，这种背诵拟作法有何深意呢？

40 年代初，郭绍虞在讨论国文教学方法时曾表示，“熟读精诵的方法，又只可意会不可言传，玄之又玄，使人无可以入手之处，故实行为难”；同时又说，“古人为文，归趣一致，所以可以模拟，同时也需要熟读精诵。现在则语体文兴，面目迥异，无用取则往古”③。可见，郭绍虞对这种“熟读精诵”的态度绝非冬烘眼光，而是秉持着一种客观辩证的立场，认为它有它适应的对象，即文言文而非白话文，白话文学自有它的一套学习方法和模式。之所以要通过诵读拟作学习文言文，在他看来，正是为了提高学生基本的写作能力，因为它可以帮助矫正现行白话文之弊：“我们之顾及文言，正与迷恋骸骨者不同，不以文言为美文，而以文言为时下的应用文。……我们更相信为要矫正白话文之过度欧化，不使成为洋八股，不使与民众生隔阂，则熟习一些中土旧有之语言文字的惯例，也不能谓为无意义的训练。”④ 也就是说，这种训练的最终目标仍是为了白话文体和新文学能够达致一种最佳的形式。从这个意义上说，郭绍虞的这番良苦用心不可谓不深，历来重视新文学教育的郑振铎对他如此行事的不解也在情理之中。

同时，作为系主任，郭绍虞的这种重视学生基本写作能力的意识，也影响了燕大国文系 30 年代整体的发展导向。1938 年 3 月 30 日，《燕京新闻校友特刊》出版，其中对“国文系”的介绍中有云：“国文学系的研究对象乃是‘国学’和‘文

① 吴组缃曾回忆说，当年选朱自清的“诗选”课，“用古诗源作教本，实在没有什么可讲解的，但很花我们时间，我们得一首首背诵，上了班不时要默写”。参见吴组缃：《敬悼佩弦先生》，载朱金顺编：《朱自清研究资料》，北京师范大学出版社 1981 年版，第 273 页。

② 《日记·一九三三年十月五日》，《朱自清全集》第 9 卷，江苏教育出版社 1998 年版，第 254 页。

③ 郭绍虞：《作文摘谬实例序——一个国文教学法中的新问题》，《文学年报》1941 年第 7 期。

④ 郭绍虞：《大一国文教材编纂之经过与其它旨趣》，《文学年报》1939 年第 5 期。

学’两大范围，‘国学’偏重训诂名物，典章制度，和学术思想源流演变之类的探讨研究；‘文学’偏重观察人生、批评社会，创造文艺，分析作家之类的训练修养。二者虽然像是判然两途，但同样需要广博的学识，与沉潜的思考。”① 从其对“文学”“观察人生、批评社会”等功能的强调，可以推断这显然是站在五四新文学立场上的文学创作。

事实上，早在 1928 年杨振声主政清华大学国文系时，就提出中国文学系的目的是“要创造我们这个时代的新文学”②，在杨振声、朱自清等的推动下，当时清华校园新文学创作之风日甚，甚至有国文系学生以新文学的诗歌、小说创作来代替毕业论文的情况。③1930 年代初，胡适开始担任北大文学院院长和国文系主任。1931 年 12 月 30 日，他在为北大国文系学生的演讲中提出，近四十年来的中国文学多半偏于考据，“对于新文学殊少研究”。他认为，“文学有三方面：一是历史的，二是创造的，三是鉴赏的。历史的研究固甚重要，但创造方面更是要紧，而鉴赏与批评也是不可偏废的”④。当年北大国文系就增设了“新文艺试作”这门课，“拟请新文艺作家负责指导，凡从事于试作者，庶能引起练习之兴趣，并得有所就正”⑤，可见“创造”新文学也是胡适 30 年代改革北大国文系的一个重要方向。

但是鼓励学生只是一种导向，真正落实到课堂教学让学生进行新文学的创作，毕竟还需要一个漫长的过程。杨振声在提出“创造我们这个时代的新文学”的目标时，就认为要创造新文学，就需要学习外国新文学的“表现艺术”，“结构技能的精巧，批评艺术的理论，最少也应当研究研究，与我们自己的东西比较一下。研究比较后，我们可以舍长取短，增进我们创造自己的文学的工具”⑥。因此在当

① 《文学院本年概况》，《燕京新闻 · 校友特刊》1938 年 3 月 30 日。

② 《中国文学系的目的与课程的组织》，载《国立清华大学本科学程一览民国十八至十九年度》，第 1 页。

③ 季剑青：《大学视野中的新文学——1930 年代北平的大学教育与文学生产》，北京大学博士学位论文，2007 年。

④ 胡适：《中国文学过去与来路》，载姜义华主编：《胡适学术文集新文学运动》，中华书局 1993 年版，第 183 页。

⑤ 《北京大学文学院中国文学系课程表（民国二十年九月至二十一年六月）》，《北京大学日刊》1931 年 9 月 14 日。

⑥ 《中国文学系的目的与课程的组织》，载《国立清华大学本科学程一览民国十八至十九年度》，第 3 页。

时清华国文系除了“中国新文学研究”“高级作文”等课，还开设了“西洋文学概要”“西洋文学专集研究”“当代比较小说”等课。杨振声显然意识到目前的新文学尚处在较为稚嫩的阶段，必须借助西方文学的批评方法和创作技巧加以提升。

尽管杨振声、胡适一再呼吁在大学国文系为新文学的创作和研究留下应有的位置，但终究阻挡不了高等教育机构越来越学院化的体制要求。新文学究竟有没有资格和价值进入到学院化的体制中，也成为胡适等人为之关切的核心问题。1937年7月4日，《独立评论》杂志刊出了沈从文致胡适的通信《关于看不懂（二）》。沈从文针对一篇署名为“絮如”的中学国文教员的文章《看不懂的新文学》提出，造成这位中学教员对新文学产生隔膜的重要原因，乃是教育出他们的大学国文系对新文学“实在太疏忽了”，“至于一个学校肯把‘现代中国文学’正式列入课程表，作为中国文学系同学必修课程的，那真可说是稀有的现象”，故而他提出大学课程中，“至少有两小时对于‘现代中国文学’的研究，作为每个预备作中学教员的朋友必修课”①。胡适的答复则是：“对于从文先生大学校应该注意中国现代文学的提议，我当然同情。……现代文学不须顾虑大学校不注意，只须顾虑本身有无做大学研究对象的价值。”② 胡适的回复明显能够感觉到他对于尚不太成熟的新文学在大学学科建制中学术含量不足的顾虑。在这样的大背景之下再来看1938年燕大国文系提出的学术研究和文学创造这两大目标，我们可以感受到其力图在当时愈加学院化的体制中为新文学拓展发展空间的意义。

1938年9月，时任燕大国文系主任的陆侃如因参与进步活动被列入日军黑名单，为避难离开燕大，郭绍虞重担系主任之职。在出席国文学会的迎新会上，郭绍虞发表讲话称，国文系“以前之改进多为消极方面，此后将注重积极”，并提出“因国文系课程范围甚广，故分为创作、研究、应用三方面，同学当依其旨趣，而斟酌选课”③。相比较此前国文系提出的“国学”和“文学”两大领域之分，郭绍

① 沈从文：《关于看不懂（二）》（通信），《独立评论》第二百四十一号，1937年7月4日。

② 适之：《编辑后记》，《独立评论》第二百四十一号，1937年7月4日。

③《两学会举行迎新会》，《燕京新闻》1938年9月23日。

虞这里所说的“创作”“研究”和“应用”显然更具现实针对性。一个月之后，郭绍虞再次具体阐明了国文系的“新计划”，“云将自二年级起，依该系学生将来发展之志愿，定其所应习之课程。如志在研究国学，则指示其学术探讨之途径；如志在充中学教师或欲养成翩翩书记之才者，皆将分别加以指导”，郭绍虞称此种做法，“一方面可拓展毕业生之出路，同时国文系性质与任务之特点亦易显著”，这显然是对他此前所提的国文系学生要重视“研究”和“应用”两种旨趣的解释。之后郭又称，对于一年级的国文课，可以一小时教授国学常识，即国故概要之类的内容，其余的四小时可作为学生写作练习之用，并“与新课本内每周规定之教材，又取得若干之联络，使课内讲授，课外参考，均与训练写作能力发生关系”①。

郭绍虞在此处没有重申此前倡导的“创作”之途，转而谈一年级的国文课，并将“作文”能力的提升和“国故”研究并列为国文系的目标，看似令人费解，但如果联系到他这一时期正着手大一国文教材的改革事宜，这种改变就非常合乎逻辑了。如前所述，郭绍虞之所以投身大一国文教材的建设，实源于他对新文学发展现状的焦虑。而在当时颇具实用功能的文言文恰好可以给新文学提供可资借鉴的语言资源，学生通过对文言文的学习和训练，可以提高他们语言运用的能力和写作水平，同时也可以为新文学提供一种更加成熟和完善的语言形态。1938—1939年，郭绍虞在国文系又发起了“文章病院”的活动，他和几位助教搜集了国文系大一大二所有的关于习作类的试卷，“将原作与改正之处，用蓝红两种墨水，分别记录在卡片上面，登录之后再加分类，分类之后再加整理”②，并编制成了《作文摘谬实例》一书供国文系的同学学习，这些都足以看出他希望通过实际的写作训练，提高学生的语言运用能力和写作水平。

无独有偶，曾力主在大学开设新文学课程的杨振声40年代任教于西南联大国文系，同样担负起了主持西南联大《大一国文读本》的编撰工作。在编撰序言中他旗帜鲜明地提出，“大一国文的目的，不应单是帮助学生读古书，更重要的是养

---

① 《郭绍虞先生谈国文系新计划“国故与作文并重”》，《燕京新闻》1938年10月7日。

② 郭绍虞：《作文摘谬实例序——一个国文教学法中的新问题》，《文学年报》1941年第7期。

成他们中每个人都有善用文字的能力”，要“使学生以确切的语言接受知识，更以确切的语言表现出来”，并称这种“确切”正是“科学文字的标准与美的文学的基础”。从入选的作品中，杨振声看到了“修辞立识的门径”和“创造中国文学的新途”①。杨振声认为使用“确切”的语言文字是创造新文艺的重要基础和前提，大一国文课恰好可以为学生提供反复操练进而掌握这种确切的语言文字的机会。

所以，郭绍虞强调对学生语言文字运用能力和写作能力的培养，正因为他看到了当时新文学作为一种“知识”和“学科”在进入学院化体制中，时机似乎尚不成熟。新文艺运动以及由此生发的白话文学并没有发展到相当成熟的程度，尚不足以适用当时社会发展的实际需求，唯有通过基本的写作训练，提高学生的语言文字能力，进而让青年学生参与到白话文学的创制中，逐渐形成一种足够成熟的白话文创作的范式，才有可能让白话文和以其为载体的新文艺具备一种作为“知识”和“学科”的标准。

余　论

细想起来，郭绍虞这种“曲线救国”的思路倒是和胡适在新文艺运动之初倡导的“国语的文学，文学的国语”有着异曲同工之妙。胡适针对当时知识界有无标准的国语、如何做“国语的文学”的讨论，提出“我们提倡新文学的人，尽可不必问今日中国有无标准国语。我们尽可努力去作白话的文学。我们可尽量采用《水浒传》《西游记》《儒林外史》《红楼梦》的白话。有不合今日的用的，便不用它；有不够用的，便用今日的白话来补助；有不得不用文言的，便用文言来补助。这样做去，决不愁语言文字不够用，也决不用愁没有标准白话。中国将来的新文学用的白话，就是将来中国的标准国语。造中国将来白话文学的人，就是制定标准国语的人”②。不论是胡适强调用创作实践推动标准国语的形成，还是郭绍虞主张提升学生使用文白语体进行写作的能力，他们都非常重视新文学建设的一项基本工

① 杨振声：《新文学在大学里：大一国文习作参考文选序》，《国文月刊》1944 年第 28/29/30 合期。

② 胡适：《建设的文学革命论》，《新青年》1918 年第 4 卷第 4 号。

作，即一种成熟的语言工具的塑成，因为只有具备了这一点，新文学才能逐步获得一种成熟的艺术形式，进而发展成为一种经得起研究的“知识”。

由此可见，虽然同为“五四”起家的新文学家，郑振铎在学院化体制中走的是一条不遗余力地为新文学吁请奔走之路。作为卓越的社会活动家，郑振铎把大学校园当作了未来新文学力量的培育场，他任教燕大、清华期间，对青年学子们从事新文学创作的鼓励和提携有目共睹。[①] 相较而言，郭绍虞对于新文学进入大学课堂的态度则显得分外谨慎，他清醒地看到了新文学发展中的问题，并努力采取一种夯实基础的方式为新文学的未来发展提供保障，这种方式看似缓进，但实则为新文学的学院化之路做了最为根本的工作。特别是在20世纪30年代高等教育机构整体走向学院化的背景下，新文学作为一种“知识”的价值尚未得到普遍认可，新文学是否可以教以及应该如何教的问题，仍是众说纷纭，与其大张旗鼓地为它在学院化体制中张目，不如认清局面，脚踏实地地正视并解决新文学存在的问题，以一种蓄势待发的方式，去开拓新文学学院化的未来发展空间，正是在这个意义上，郭绍虞的思路和实践具有了一种重要的参照意义和价值。

原刊《学术月刊》2020年第9期

① 陈福康：《郑振铎传》，北京十月文艺出版社1994年版，第245—247页。

欧化白话与传教士的事功

陈历明*

近一个世纪以来，学界普遍认为，表征为欧化的现代白话（文学）的诞生肇始于五四运动，归因为胡适、陈独秀、傅斯年等为代表的五四国语运动急先锋们的身体力行。毕竟，没有他们的奔走呼号，力成其事，现代白话文的发展不会如此迅速地登堂入室，轻易取代文言，一跃成为国家的主流语言。

然而，这一看似不可动摇的论断，随着近年来越来越多有关晚清时期的翻译与写作等实证材料的开掘，显得越来越难以自圆其说；而以欧化白话文为标志的晚清文学的现代性，亦越来越不容忽略。如果我们在一般意义上化约“现代”这一蕴含，“以现代为一种自觉的求新求变意识，一种贵今薄古的创造策略，则晚清小说家的种种实验，已经可以当之”①。所谓冰冻三尺，非一日之寒，正如王德威所关心的晚清小说所示，没有晚清，就没有五四。② 小说如此，表征了现代文学的现代（欧化）白话亦如此，只不过领袖群伦的胡适一辈人的努力，为文言文的废黜合上了最后的一扇闸门而已。

将现代白话（文学）的话语实践前推至晚清，无疑是一个进步。这方面，先后有袁进《中国文学的近代变革》（2006）和刘进才《语言运动与中国现代文学》（2007）中相关章节的论述。一些新的史料都指向了西方传教士留下的翻译与创作，以一种文史互证的方式，拓宽了我们的研究视野。从第一个西方传教士沙勿略 1552

* 作者为华侨大学外国语学院教授。

①② 王德威：《被压抑的现代性——晚清小说新论》，宋伟译，北京大学出版社 2005 年版，第 5、1 页。

年踏上中国大地数百年来，各路西方传教士留下了与其传教主旨有关的众多材料，不过由于统治集团对西方宗教的普遍排斥与打压，他们大多数或文言或白话的教义、文本等，都无法进入广大士大夫们的视野，因而并没有在上层社会留下多少影响，自然也为主流话语长期遮蔽。毕竟，唯我独尊的文言一直是士大夫安身立命的手段与目的，被视为一种理所当然的“文化资本”。换言之，是其学而优则仕的敲门砖，因此他们自然要竭力捍卫文言的权威性与纯洁性。但传教士们深知，自己的宗旨是要普及大众，走不通上层路线也并不气馁，而是继以筚路蓝缕的传教热情，拓展更加得心应手的下层路线。为了使其宗教要义传布深广，更为通俗易懂的白话自然成为他们长此以往的不二之选。同时，为尽可能保留宗教文本的原汁原味，在转换成汉语的白话过程中，必然带有欧洲语言的词法、句法等语法特征，与本土化的古代白话的交汇甚至交锋后，渐渐生成一种既不同于欧洲白话、也不同于古代白话而是相互拥有中西结合的欧化白话。从明末到晚清的被动求变到“五四”的主动求变，尽管訾议不绝，欧化白话文凭其风云际会的群众基础与语言运动的强势推动，最终取代文言成为绝对的主流话语。简言之，“从西方传教士到晚清白话文运动，再到五四白话文运动，构成了一条欧化白话文的发展线索”①。

然而，欧化白话历史演化的文化逻辑机制如何？或许我们可以从早期的佛经翻译中求得某一类解，找到某种不无相似的语言策略与结果，然后按图索骥，求索欧化白话的演变轨迹，廓清其源流。

当初，胡适为了给白话文运动寻找理据，所援引的最有力的材料就是佛经的翻译文学：“维祇难、竺法护、鸠摩罗什诸位大师用朴实平易的白话文体来翻译佛经，但求易晓，不加藻饰，遂造成一种文学新体。这种白话文体虽然不曾充分影响当时的文人，甚至于不曾影响当时的和尚，然而宗教经典的尊严究竟抬高了白话文体的地位，留下无数文学种子在唐以后生根发芽，开花结果。佛寺禅门遂成为白话文与白话诗的重要发源地。”② 佛经的翻译使汉语无论词汇还是语法都产生了

① 袁进：《中国文学的近代变革》，广西师范大学出版社 2006 年版，第 91 页。

② 胡适：《白话文学史》，上海古籍出版社 1999 年版，第 124 页。

质的变化。后来的西方传教士们大致也是延续了这一有效路数，这也是以普通大众皈依为鹄的宗教本质所决定的。

明末以还，西方宗教（以基督教、天主教为代表）在中国传教至少已有三百多年的历史。考虑到那些前赴后继的西方传教士对中国的了解，以及前前后后在华传教的经验教训和语言策略，他们不太可能直到晚清才如梦方醒，才采取面向大众的白话文作为传教的主要工具语言。由于语言的变迁总是一个渐进的过程，因此，仅将欧化白话文仅追溯到晚清的传教士，仍不足以为终据。

质疑如果没有扎实的材料作支撑，就只能存留为历史的疑案。然而，16 世纪以来西方传教士在中国传教时留下的繁富文本中，有几个可以表明，欧化白话并非学界所普遍认为的那样源于清末民初，而是明末清初，而且与传教士的译 / 述有着极深的渊源。现发现的最早的天主教义白话译本是晚明时期罗儒望翻译的《天主圣教启蒙》，此后才有马礼逊编撰的《华英词典》，宾威廉的白话译本《天路历程官话》，威妥玛的《语言自迩集》，吴启太、郑永邦的《官话指南》等①，它们留下了一条清晰的欧化白话的发展轨迹。

一

据 1867 年来华的法国传教士费赖之（1833—1891）的力作《在华耶稣会士列传及书目》所载，罗儒望（Jean de Rocha）神甫 1566 年出生于葡萄牙，1583 年入耶稣会，1586 年赴印度，后于澳门习神学四年，1598 年派至韶州（今韶关），利玛窦赴北京时，又被派往南京，与郭居静共处，并为瞿太素受洗，1603 年徐光启丁父忧回上海守制，途经南京时也是经儒望受洗。他 1623 年殁于杭州，终葬于杭州方井南。“徐光启闻讣，全家持服，如遭丧父。”其遗作有《天主圣教启蒙》和

① 罗儒望：《天主圣教启蒙》，藏于罗马耶稣会档案馆，1619 年；R. Morrison, *A Dictionary of the Chinese Language*, Macao: East India Company’s Press, 1822; 宾威廉译：《天路历程官话》，同治四年（1865 年）季秋镌，京都福音堂藏版；Thomas Francis Wade, *Yü-yen Tzŭ-erh Chi*（语言自迩集），London: Trübner & Co., 1867; 吴启太、郑永邦：《官话指南》，光绪二十九年（1903 年），东京杨龙太郎出版。

《天主圣像略说》各一卷。① 他曾在嘉定建第一座教堂，而江西建昌与福建的漳州，都是由他开教。②

罗儒望的《天主圣教启蒙》和《天主圣像略说》除见于费赖之外，还收目于杨森富的《中国基督教史》、谢和耐的《中国文化与基督教的冲撞》和徐宗泽的《明清间耶稣会士译著提要》等。③《天主圣教启蒙》是一本对话形式的教理问答手册，原为葡萄牙天主教神学家马科斯·乔治（Marcos Jorge, 1524—1571）撰写的天主教义，当时被翻译成德语、拉丁语、希腊语、法语、意大利语、英语、波希米亚语等欧洲语言，《天主圣教启蒙》是其改写本。④ 费赖之也认为，这是“乔治（Mare George）神甫而以卡尔蒂拉（Cartilha）名者所撰之葡萄牙文教义纲领，罗儒望仅将其转为华言”⑤。可见，这的确是一册译作。

《天主圣教启蒙》后另附有罗儒望的《诵念珠规程》，合本共207页，其中《天主圣教启蒙》共十三章，140页。扉页刻有“耶稣会后学罗儒望述。费奇规、同会郭居静订。曾德昭、值会阳玛诺准”字样。论述的天主教教义包括耶稣的神人二性、耶稣救赎世人的奥秘、三位一体、向玛利亚祈祷、八福、圣信十二节、信德十四条、十诫、教规、七宗大罪、七件圣事、信望爱三德等。其刊行年代略有争议，徐宗泽认为，《天主圣教启蒙》约问世于1623年⑥，但据最新研究表明，应为译者在世时的1619年⑦。

在华耶稣会传教士的早期著述，一般分为天主教要理问答（Catechism）和天主教教理（Christian Doctrine）两类。在罗氏《天主圣教启蒙》之前，大部分是要

① 见费赖之：《在华耶稣会士列传及书目》，冯承钧译，中华书局1995年版，第71—73页。

② 方豪：《中国天主教史人物传》（上），中华书局1988年版，第178页。

③ 杨森富：《中国基督教史》，台湾商务印书馆1984年版，第87页。谢和耐：《中国文化与基督教的冲撞》，于硕、红涛、东方译，辽宁人民出版社1989年版，第305页。徐宗泽：《明清间耶稣会士译著提要》，上海书店出版社2006年版，第278页。

④⑦ Liam Matthew Brockey, *Journey to the East: the Jesuit Mission to China*, 1579—1724, Mass. & London: The Belknap Press of Harvard UP, 2007, p.308.

⑤ 费赖之：《在华耶稣会士列传及书目》，中华书局1995年版，第72—73页。

⑥ 徐宗泽：《明清间耶稣会士译著提要》，上海书店出版社2006年版，第340页。

理问答，是与儒家士子对话，或与佛教徒、道教徒争论时介绍天主教基本哲学概念的书，以示天主教与中国传统宗教间的不同，适合耶稣会传教士向刚开始接触天主教的中国士民传教的简便册子。早在1584年，罗明坚就撰有第一部中文的要理问答《天主实录》。1596年，利玛窦将《天主实录》改写为《天主实义》。但《天主实义》并非问答体，《天主实录》虽然也采用师徒间的对话体，是“一部针对非基督徒的关于天主教信仰的护教小册子”，但它“既是一部要理问答，又是一部天主教教义”。[①] 罗儒望的《天主圣教启蒙》不同于《天主实录》或《天主实义》，它只是一本天主教教义手册。《天主圣教启蒙》第一章的开头部分：

> 师：你唤做甚么名字？
>
> 学：我唤做某。（某就是教中圣人圣女的名号）
>
> 师：你是基利斯当么？
>
> 学：是，天主赐我做基利斯当。
>
> 师：怎么说，天主赐你做基利斯当？
>
> 学：我做基利斯当，不是父母与我做的，也不是别人与我的。这是赖天主的慈悲，又赖耶稣基利斯多的功德。所以说天主赐与我做基利斯当。
>
> 师：人做了基利斯当，是到了甚么地位？受了甚么品级？
>
> 学：这就是有福的儿子，就是天主的义子，有承受天上国的分。
>
> 师：若不做基利斯当，却怎么？
>
> 学：这就是受祸的儿子，就是魔鬼的奴，没有天上国的分。[②]

原刻本只有圆圈一种标点，其余标点皆为笔者所加。只要把“唤”改为“叫”，把“与”改为“给”，“甚么”改为“什么”，个别单音字换为双音词，它跟五四时期的（欧化）白话甚至我们的现代汉语几乎没有多大区别，近四百年前西方传教士

---

① 柯毅霖：《晚明基督论》，王志成、思竹、汪建达译，四川人民出版社1999年版，第110页。

② 罗儒望：《天主圣教启蒙》。

罗儒望译本中的这种白话读来与现代白话竟是如此的相似！

而《诵念珠规程》开篇是这样的：

> 师：你每日做甚么工夫，可以养得你亚尼玛的生命，与保存得你爱天主的德？
>
> 学：每日诵天主圣母全念珠一串，并默想十五超性之事，包含吾主耶稣一生的事体。
>
> 师：怎么说全念珠一串，每串有几分？
>
> 学：全念珠，总该念一百五十遍亚物。十五遍在天，分做三分，每一分，念五十遍亚物。五遍在天，诵首一分要一时，默想超性事内首五条。诵中一分要一时，默想超性事内中五条。诵后一分要一时，默想超性事内后五条。①

《诵念珠规程》是通过图文结合的方式详解诵念《玫瑰经》的方法，附在《天主圣教启蒙》第140页"圣教启蒙终"之后。它以"圣母欢喜事""圣母痛苦事""圣母荣福事"依次介绍15个奥秘，天主教认为《玫瑰经》是整本福音的概要，能够教导教徒以口诵心念的方式默想基督一生的奥迹，实际上也是反映了耶稣救赎世人的一生。② 柯毅霖认为，《诵念珠规程》1617年刊刻出版。《天主圣教启蒙》刊刻于1619年，可能《诵念珠规程》在1619年重新刊刻，或沿用1617年的版本，而将两部著述合并出版。③

通过对比可知，这两个文本的语言是基本一致的。这种口语体的白话是如何产生的呢？

我认为，这种白话是本土传统与西方的异域语言文化合力产生的结果。换言之，是中国传统与异域资源（欧洲口语语言）相遇后产生的一种"创造性转化"。④ 即：

---

① 罗儒望：《诵念珠规程》，藏于罗马耶稣会档案馆，1619年。

② 谢萌：《明末耶稣会士罗儒望生平及其著述考》，暨南大学硕士论文，2011年。

③ 柯毅霖：《晚明基督论》，四川人民出版社1999年版，第150页。

④ 林毓生：《中国传统的创造性转化》，生活·读书·新知三联书店1988年版，第172页。

> 使用多元的思想模式将一些（而非全部）中国传统中的符号、思想、价值与行为模式加以重组与 / 或改造（有的重组以后需要加以改造，有的只需要重组，有的不必重组而需要彻底改造），使经过重组与 / 或改造的符号、思想、价值与行为模式变成有利于变革的资源。同时在变革中得以继续保持文化的认同。①

在此过程中，“有利于中国未来发展的新的东西是经由引进一些对中国有意义的西方质素对于中国传统中的质素的重组与 / 或改造而产生。‘重组与 / 或改造’的动力可以是西方思想、文化与制度冲击下带来的刺激，但也可以来自对中国古典纯正质素的重认，或是西方的刺激与中国的重认互相影响的结果”②。没有中国传统本土语言文化资源的积累或铺垫，外来语言仅凭自身的力量，不可能突然就将传统稳固的汉语口语改造为一种全新的欧化语言。这并不符合语言接触的规律，亦有违事实。

如果没有本土因素作支撑，那么所谓的外来影响也只能是无本之木。换言之，此前或当时的中国社会，起码在民间应该有类似的白话语言资源可供参考借鉴。但检视元明时期的各类历史文献典籍以及文学作品，我们却找不到相似的口语文本，即便是元末明初时期施耐庵《水浒传》或罗贯中《三国演义》等白话小说，也与《天主圣教启蒙》中的如此简朴晓畅的白话相去较远，而多为文人加工过的古白话。因为长期以来言、文分离，既然朝野上下视文言文为正宗，文人自然不屑于白话写作，以免自贬身份，授人以柄，非文言文写成的作品或材料因而鲜有流传。只有少数像施耐庵、罗贯中等失意文人才敢冒天下之大不韪。即便如此，这种小说中的白话仍然经过程度不同的润饰，无法充分反映当时民间的口语原貌。因此，我们至今无法在国内各类历史档案、典籍、文献中找到记录当时口语原貌

① 林毓生：《中国传统的创造性转化》，生活·读书·新知三联书店 1988 年版，第 26 页。

② 林毓生：《热情与冷静》，上海文艺出版社 1998 年版，第 26 页。

的有价值的原材料。

然而，外国人为学习汉语口语而编写的教科书却可以帮我们一个大忙。元代末期为高丽人学习汉语编的《老乞大》《朴通事》等书以地道的汉语口语为实例，非常贴切地反映了当时汉语的口语。请看《老乞大谚解》(上)：

> 大哥你从那里来？
> 我从高丽王京来。
> 如今那里去？
> 我往北京去。
> 几时离了王京？
> 我这月初一离了王京。
> 既是这月初一离了王京，到今半个月，怎么才到的这里？
> 我有一个火伴落后了来，我沿路上慢慢的行着等候来，因此上来的迟了。
> 那火伴现在赶上了不曾？
> 这个火伴便是。夜来才到。你这月尽头到的北京么？①

以上口语对话，如果把“那里”“火伴”两个通假字改为“哪里”“伙伴”，“行”改为“走”，调整个别语气助词，就与现代汉语口语基本无异了。

《老乞大》和《朴通事》这两本书是旧时朝鲜人学习汉语的会话书，尽管其原作者和成书的确切年代均不详，但据朝鲜《世宗实录》世宗五年（即明永乐二十一年，1423年）六月壬申条：“礼曹据司译院牒呈启：‘《老乞大》《朴通事》《前后汉》《直解小学》等书，缘无板本，读者传写诵习，请令铸字所印出。’从之。”可知，这两本书早已编定并传习，惜尚无刊本。世宗五年到十六年（1423—1434年）方刊印成书。《老乞大》在李朝初期作为最权威汉语教科书而被广泛使

① 边暹、朴世华：《老乞大谚解·朴通事谚解》，台北联经出版事业公司1978年版，第1—2页。

用，后来随时移俗易渐渐产生了改订之必要，最初的改订大致进行于成宗十一年到十四年（1480—1483 年）之间。经过些许改订的《老乞大谚解》，约刊行于 1670 年前后，内容与成书于 1507—1517 年的《翻译老乞大》相同，多存元本之旧，一般认为反映了元末明初的口头语言。① 日本东洋文化研究所影印本《李朝实录》（明宣德元年，1426 年）也有明确的文字记载，此不赘。《朴通事谚解》和《老乞大集览》的作者也认为二书为元代所作。② 这种口语课本，留下了一批十分难得的反映当时汉语口语的语言数据，“现在我们看到了《原本老乞大》就可以听到真正是元代后期的白话，闻到那种‘泥土味’，也能通过《原本老乞大》和《老乞大谚解》的逐字逐句的比较，了解到从元代后期到明代初年汉语发生了什么变化”③。可见，传教士翻译西方宗教典籍时所用的口语是有基础的，尽管当时还谈不上所谓欧化白话的问题。

其时，由于客观上的交通不便和主观上的闭关锁国，汉语几乎不为西方国家所知，因此许多英美传教士在他们来华之前基本不谙中文，即使突击数年习得汉语，除了满足日常生活的交流外，仍无法自如地进行双语的书面译写。鉴于中西语言本身扞格不入，缺少交流研究，加之名理迥异，词汇空缺严重，要想将西学典籍翻译成汉语，他们必然感到捉襟见肘，无论是走上层路线的文言文，还是下层路线的白话文，都力有不逮。因此每当需行译事，都会找中方士人合作。“要而论之，西士所译之书有口授者，有亲笔而经他人修削者，有共事合作者，然无论如何，所译之书必经西士寓目审考而华士润色之者也。”④ 即便到了晚清，其译书方法“都是西译中述，即由外国学者口译，中国学者笔述”⑤。

如果是面向上层路线的译作，语言必定雅训，这样才能让士人刮目，进而影

---

① 李泰洙：《〈老乞大〉四种版本从句句尾助词研究》，《中国语文》2000 年第 1 期；丁邦新：“序”，载《老乞大谚解·朴通事谚解》，台北联经出版事业公司 1978 年版，第 2—3 页；[日] 太田辰夫：《中国语史通考》，江蓝生、白维国译，重庆出版社 1991 年版，第 167—171 页。

② 朱德熙：《“老乞大谚解”“朴通事谚解”书后》，载《北京大学学报》（人文科学版）1958 年第 2 期。

③ 蒋绍愚：“序”，载《朝鲜时代汉语教科书丛刊》，汪维辉编校，中华书局 2005 年版。

④ 徐宗泽：《明清间耶稣会士译著提要》，上海书店出版社 2006 年版，第 10 页。

⑤ 熊月之：《西学东渐与晚清社会》，上海人民出版社 1994 年版，第 524 页。

响他们的思想。请看利玛窦的《天主实义》:

中士曰：夫修己之学，世人崇业。凡不欲徒禀生命与禽汇等者，必于是殚力焉。修己功成，始称君子；他技虽隆，终不免小人类也。成德乃真福禄；无德之幸，误谓之幸，实居其患耳。世之人，路有所至而止；所以缮其路，非为其路，乃为其路所至而止也。吾所修己之道，将奚所至欤？本世所及，虽已略明；死后之事，未知何如。闻先生周流天下，传授天主经旨，迪人为善。愿领大教。①

这种语言，可谓“骎骎乎与先秦诸子相上下”，如此，才能让士大夫们心甘情愿将裹着雅言这层“糖衣”的天主教义药丸服下。这就要求西方传教士必须具备深奥的文言文这种读写能力，作为一种必备的“文化资本”。这种资本只能为那些经过长期的艰苦努力后才具备了这种文化能力的少数士人分享，要想成为其中的一分子，就必须精通并熟练使用文言文这一文化资本。自上而下的思想传播途径在中国社会由来已久，西方传教士只有通过掌握这一文化资本才有可能获得登堂入室的敲门砖，从而赢得并扩展传教所需的生存空间。上层路线绝不可能放弃的，因此面向他们的文本其语言必须奥雅，如上引之《天主实义》。

然而宗教的宗旨是以教化大众为终极诉求的，天主教自然也不例外。西方传教士融合中国社会与西方宗教实践的另一个努力就是影响被社会彻底边缘化的妇女。他们通过刻印用简易语言译 / 写成的教义手册，以期将天主教传入外国人禁入的内地。这种普及手册自然不能出以深奥的文言，其传播工具就是罗儒望《天主圣教启蒙》之类的对话体手册，这类文本中的祷文与功课经过反复诵读，足以使“天主的教义广为人知，甚至偏远地区的妇女都了然于胸”②。这种文本所起到

① 朱维铮编:《利玛窦中文著译集》，复旦大学出版社 2001 年版，第 8 页。

② Liam Matthew Brockey, *Journey to the East: the Jesuit Mission to China*, 1579—1724, Mass. & London: The Belknap Press of Harvard UP, 2007, pp.80—81.

的作用是显而易见的，其最大的特点就是其语言的浅白如话，这种“泥土味”的白话与受众们日常交流所使用的口语几乎无二。《天主圣教启蒙》在西班牙原文中就是语言浅显口语对话体，这种语言文体也常见于西方本土，目的就是要克服语言障碍，把宗教教义普及给教育程度低下的普通百姓。罗儒望也正是出于这种考虑，才选择了这种大众化的文本，与华人合作，用白话口语体进行转译，以普及于教友。

当然，由于中西语言通约性之可与否的并存，除了大部分的语言句法结构“以中学为体”外，自然也有一部分西方语言色彩的词汇和句法（如带连接词的复句）结构这种“西学为用”的成分借用或融合，从而形成了一种“创造性的转化”。因为比较隐晦、熨帖，又毫不激烈，并不让人觉得不自然。甚至孩童都能背诵《天主圣教启蒙》的一些简单语句，可见这种白话问答体手册传教效果之好。无论在欧洲还是中国，天主教士们对此都轻车熟路，也明白将少儿纳入传教对象的益处，因为小孩子能给那些因性别禁忌而被禁止直接接触传教士的母亲或其他妇女重复那些祷文，并模仿宗教手势。1622 年入华的葡萄牙传教士费乐德（Figueiredo, 1594—1642）曾经生动描述在传教途中，利用少年儿童向他们的父母传教的技巧。① 费乐德等传教士在偏远的农村传教士所使用的文本，就是罗儒望翻译的这种浅显的宗教手册。

此类文本在欧洲一直广泛使用，那些接受过培训的传教士们在海外传教时也会如法炮制，并把它们刻印成书，以期更有说服力，因为书写文字的地位总是高于口头语言：“在中国印在书上的东西都被认为是真理”②，“关于基督教义，中国人比较相信书本，只是口头讨论是不够的”③。在利玛窦看来，以著作传教的效用极大：“在中国有许多传教士不能去的地方，书籍却能进去，并且仗赖简捷有力的笔

① Liam Matthew Brockey, *Journey to the East: the Jesuit Mission to China*, 1579—1724, Mass. & London: The Belknap Press of Harvard UP, 2007, p.309.

② 《利玛窦全集》(一)，台北光启、辅仁联合发行 1986 年版，第 220 页。

③ 《利玛窦全集》(二)，台北光启、辅仁联合发行 1986 年版，第 50 页；孙尚扬、钟鸣旦：《1840 年前的中国基督教》，学苑出版社 2004 年版，第 125 页。

墨，信德的真理可以明明白白地由字里行间，渗入读者的心内，较比用语言传达更为有效。”[①] 在 16、17 世纪的中国，大众传播媒体似乎主要限于文字，书籍的渗透力在当时确实是无可比拟的。利玛窦相信，“哑式传教法”甚至会影响儒家文化圈中的朝鲜、交趾及日本。[②]

《天主圣教启蒙》这种具有轻度欧化色彩的白话语言，并不来自机械地使用中文去生搬欧洲语言，也不使用欧洲语言来硬套中文，而是经过中国本土传统的创造性吸收与转化，化欧为己，尽管欧化程度比较有限，但开启了汉语欧化白话的先声，有理由成为一种新的白话资源，转化为一种新的传统，为日后的传教士及华人合作者所取法，成为他们将来翻译和写作的铺路砖。

明末清初，由利玛窦、庞迪我、熊三拔、罗儒望等耶稣会输入中国的天主教，整个基督宗教的在华传播，以及徐光启、李之藻等士子的积极参与的辉煌译事，在中西文化交流史上都具有典范意义，因此梁启超称这段历史“为中国学术史上应该大书特书者”[③]。

二

但是从 1634 年起，各派传教士中，为了争夺话语权，彼此毫无妥协相让，导致在华各种传教活动长期停滞。对此，赵紫宸指出：“我曾听人说基督教不能深入中国，是因为基督教本身与中国文化相龃龉：因为中国人祭祖宗，基督教嫉视祭祖宗；中国人重男轻女，许男子娶妾，不许女子失节，而基督教则坚持一夫一妇制，决不稍为容让；中国人重其在上者，基督教则主持平民主义；中国方兴国家的思想，基督教则欲破除国家种俗的畛域；中国人注重过则不惮改，基督教则注重人不能自救，需痛心疾首的忏悔罪过，以邀上帝的垂援；中国人喜欢优游自得，基督教则与墨子之教相近似，专以自苦为极；中国大都不信人格神，基督教则全

① 裴化行：《天主教十六世纪在华传教志》，萧濬华译，商务印书馆 1936 年版，第 261 页。
② 孙尚扬、钟鸣旦：《1840 年前的中国基督教》，学苑出版社 2004 年版，第 126 页。
③ 梁启超：《饮冰室专集之七十五 · 中国近三百年学术史》，中华书局 1936 年版，第 8 页。

以人格神为中心信仰；中国人不善于组织，基督教则注全力于教会与夫教会的典章，制度，遗传，神学。”① 正因如此，关于中国人对天主的名称，祭祖、拜孔等事宜，教士们都分作两派，彼此相持不下。加之参以党见，且多感情用事。教士们分了党派，当然信友们也不免随派各归其主，乱象丛生。到了一百多年后的1724年，这一争端才经教宗本笃十四世裁决。而唯我独尊的中国皇帝眼见外国宗教权威干涉中国内政，极为不满，由此开启了一系列教难的先河。此外，由于耶稣会在欧洲敌视者日众，竟落到于1773年被迫完全解散的地步。在1700至1842年的一百四十多年中，天主教在中国就变得“奄奄一息，不绝如缕了”②。这一点，国内学界也基本上表示认同：

> 教会行动影响到学界。我们知道康熙末年因各皇子争立闹得乌烟瘴气。这种宫闱私斗，论理该不至影响到学问，殊不知专制政体之宫廷，一举一动，都有牵一发而动全身的力量。相传当时耶稣会教徒党于皇太子允礽，喇嘛寺僧党于雍正允祯，双方暗斗，黑幕重重。后来雍正帝获胜，耶稣会势力遂一败涂地。……雍正元年浙闽总督满实奏请，除在钦天监供职之西洋人外，其余皆驱往澳门看管，不许阑入内地，得旨施行。这件事是否与宫廷阴谋有关，姑且不论，总之康熙五六十年间所延揽的许多欧洲学者，到雍正帝即位之第一年，忽然驱除净尽。中国学界接近欧化的机会从此错过，一搁便搁了二百年了。③

由于内外交困，这两百年左右，传教事业偃旗息鼓，西方宗教文献的译写陷入僵局，有关欧化白话的发展自然也就难以发现什么有价值的材料。

这种境况，直到19世纪中叶才告终止。特别是鸦片战争后，中国被迫开放，

---

① 赵紫宸：《中国民族与基督教》(1935)，载张西平、卓新平编：《本色之探——20世纪中国基督教文化学术论集》，中国广播电视出版社1999年版，第28页。

② 德礼贤：《中国天主教传教史》，商务印书馆1933年版，第81—82页。

③ 梁启超：《饮冰室专集之七十五·中国近三百年学术史》，中华书局1936年版，第18—19、21、26—27页。

西方的传教工作亦得以复活，并且获得了空前自由的空间。1858年和法国签订的《天津条约》中，就约定："凡中国人愿信崇天主教而循规蹈矩者，毫无查禁，皆免惩治。向来所有或写或刻奉禁天主教各明文无论何处概行宽免。"其他各国竞相效仿，与清政府签订的条约中都少不了天主教自由传布和信仰的专条。1860年的《北京条约》也规定"天下黎民任各处军民人等传习天主教会合讲道建堂礼拜且将滥行查拿者予以应得处分"[①]。这些无疑都是被动中的不得已而为之者。受到如此刺激，中国上层便觉得，"自失香港烧圆明园之后，感觉有发奋自强之必要，而推求西之所以强，最佩服的是他的'船坚炮利'。上海的江南制造局，福建的马尾船政局，就因这种目的设立，由最足以代表当时所谓西学家之心理，同时又因国际交涉种种麻烦，觉得须有些懂外国话的人才能应付。于是在北京总理衙门附设同文馆，在上海制造局附设广方言馆，又挑选十岁以下的小孩子送去美国专学说话"[②]。这样，朝野上下或主动或被动地借镜西方竟极一时之盛。西方传教士的活动范围也越来越广，乃至遍布整个中国。他们开立教堂，散发传单，讲道传教，或出版各种书籍，发行各类刊物，以宣传宗教教义并介绍西方文化，翻译和写作日丰，影响愈加深广。特别是与《圣经》以及传教相关的宗教、文学、科学、教育、医疗、军政等或翻译或撰写的材料倍增，不知不觉间，加快了欧化的步伐，促进了欧化白话从量变到质变的演进。

如果说明末清初的传教士主要走上层路线，其文字主要以文言为主，罗儒望《天主圣教启蒙》只是个案的话，那么，此时的传教士的翻译和写作已开始大规模使用面向普通民众的白话文了。最具代表性的宗教文本《圣经》的翻译就是如此："初期教会所译《圣经》，都注重于文言，但后来因为教友日愈众多，文言《圣经》只能供少数文人阅读，故由高深文言而变为浅近文言，再由浅近文言而变成官话土白。"[③]于是《圣经》的各种方言土白译本大行其道："土白《新旧约全书》，有上

① 德礼贤：《中国天主教传教史》，商务印书馆1933年版，第85页。

② 梁启超：《饮冰室专集之七十五·中国近三百年学术史》，中华书局1936年版，第18—19、21、26—27页。

③ 王治心：《中国基督教史纲》，上海古籍出版社2007年版，第228页。

海、苏州、宁波、台州、福州、厦门、兴化、广东等。客话及汕头、海南岛、江宁、温州等地只译成《新约》或《旧约》的一部分。对于滇、黔苗族，已译成客家、花苗、獭家、力娄及犴夷等苗文《四福音》。另外有蒙文《新旧约全书》、满文《新约》与汉满文和合的《四福音》，西藏文的《新约》与《旧约》一部分。在长江流域，尚是一种用罗马字拼成土音的《新约》或《旧约》，宁波最为盛行，使一般不识字的教友有极大的便利。为供盲人用的，另有高凸字的《圣经》。”①可谓盛况空前。

《圣经》各个方言土语白话译本之普及，无论对知识阶层还是普通民众其影响都可想见。郭沫若在 1924 年 1 月上海《创造周报》撰文指出：“今译一法，基督教徒运用得最为灵活，一部《新旧约全书》不知道有多少译本。单是我们中国所有的便有文言，有官话，有甬白，有苏白，更有注音字母的。他们广事翻译，惟恐其不普及，惟恐一般人难以接近。基督教之所以能传遍世界，这种通俗的办法实在是最有力的因素。”②

《圣经》的广泛传播与翻译语言的平民化取向相辅相成，相得益彰。信教或不信教者都无法否认其实在的影响。胡适承认初到美国时就“对于基督教大感兴趣，且差不多把《圣经》读完”，最后“虽然没有成为基督教徒，但始终保持着对基督教的研究兴趣”③，后来更是承认，“我读遍圣经，对新约中的《四福音书》中至少有三篇我甚为欣赏；我也欢喜《使徒行传》和圣保罗一部分的书信。我一直欣赏圣经里所启发的知识”；并且“后些年在北京大学时，我开始收集用各种方言所翻译的《新约》或《新旧约全书》的各种版本的中文圣经。我收集的主要目的是研究中国方言”④。当时已经有了官话和多种方言的圣经译本，正是胡适踌躇满志地想通过白话文革命造就“国语的文学，文学的国语”时期，圣经译本里的（欧化）白话肯定给了他不少的启发。沈从文回顾初到北京时，“身边唯

① 王治心：《中国基督教史纲》，上海古籍出版社 2007 年版，第 228 页。

② 《古书今译的问题》，载《郭沫若全集》第 15 卷，人民文学出版社 1990 年版，第 163 页。

③ 《我的信仰》，载《胡适文集》第 1 卷，北京大学出版社 1998 年版，第 16 页。

④ 《胡适口述自传》，唐德刚译，华文出版社 1992 年版，第 34 页。

一师傅是一部《史记》，随后不久，又才偶然得到一本破旧‘圣经’。我并不迷信宗教，却欢喜那个接近口语的译文，和部分充满抒情诗的篇章。从这两部作品反复阅读中，我得到极多有益的启发”[①]。关于白话《圣经》及其对民初“五四”欧化白话（文学）的影响，这方面的材料比较丰富，学界近年来较为关注。此不赘。

通过罗儒望翻译的《天主圣教启蒙》，我们可以知道明代初期的白话翻译状况；通过考察汉语口语刻本《老乞大》《朴通事》可以了解到元末明初的白话口语，也就知晓其时用于翻译的白话，有较丰富的本土资源可资借鉴，其欧化程度相当有限，并不像清末民初那样有意识地引进，当然不可同日而语。

三

西方传教士的工作当然不仅限于《圣经》的翻译与传播。为了配合传教，他们其他方面的翻译和撰著对中国文化的发展也贡献良多。其中就有马礼逊编写第一本英汉双语字典《华英字典》。作为学习英汉两种语言的工具书，它共分三部，第一部中文名《字典》，884 页；第二部中文名《五车韵府》，计 908 页；第三部英文名 *An English and Chinese Dictionary*（《英华词典》），共 480 页。其中词条的解释 / 例句，无论是英汉，还是汉英，大多是自然的口语。如《英华词典》：

> Fung-kwan said, if she must die, it is certain we cannot detain her, but her breath is not yet cut asunder, and we must do all that is in man's power; I'll go to the temple of her ladyship（the queen of heaven）, burn incense, and tell the sincere desires of my heart; whether the goddess will be moved to confer recovery or not, is uncertain.[②]

① 《沈从文全集》(16)，北岳文艺出版社 2002 年版，第 372 页。

② R. Morrison, *A Dictionary of the Chinese Language*, Macao: East India Company's Press, 1822, p.119.

其对应的汉语译文为:

> 凤官道：要死起来自然是拉他不住的，但这口气儿还没断，也要尽人力。今儿我去娘娘庙点个香儿，通通诚，倘或神灵感应，赏他好了也是拿不定的事。①

不难看出，这是日常的白话，但也有随英语结构而来的欧化句法：原文最后一句含有一个主语从句“whether the goddess will be moved to confer recovery or not”，译文也相应使用了一个主语从句做主语。如果换用纯本土的白话，应为：“倘或神灵感应，指不定就赏他好了”。类似的情况也可从英语中常见的时间状语从句这种英汉对译中见出：“When a man is about to be angry he should consider, and say to himself, after my anger is past, by what means shall I make up the difference?”“人遇见忿怒时候必须想一想，我发了怒后来怎么个开交法子呢?”② 这也证明，语言的接触常常导致目标语言发生演变，即所谓“接触引发的演变”（contact-induced change）。③ 语言学家们认为，任何一种语言在演变、发展过程中都会在不同程度上与他种语言发生接触，“没有任何证据可以表明，某种语言是在完全孤立于其他语言的情况下发展起来的”④。典型的接触性演变指的是语言特征从原语（source language）到受语（recipient language）的跨语际迁移（transfer），换言之，受语从原语中获得某种语言干扰（linguistic interference）。⑤ 其引发的演变可分为两类：1.“借用”，指外来成分被某种语言的使用者并入该语言社团的母语，以借词为主，如果具备合适的社会条件，语言中的其他特征（如语音、语义、语序、语法等）都可以被借用；2. 转用引发的干扰（shift induced interference），即语言转用过程中语言使用者将其母语特征带入其目标语（target language）之中。这种干扰源于转

---

①② R. Morrison, *A Dictionary of the Chinese Language*, Macao: East India Company’s Press, 1822, p.120.

③ Sarah Thomason & Terrence Kaufman, *Language Contact, Creolization, and Genetic Linguistics*, Berkeley & Los Angeles: University of California Press, 1988, pp.35—64.

④ Sarah Thomason, *Language Contact: An Introduction*, Edinburgh: Edinburgh UP, 2001, p.8.

⑤ 吴福祥:《关于语言接触引发的演变》,《民族语文》2007 年第 2 期。

用目标语的语言社团对目标语的“不完善学习”：当转用社团在学习目标语过程中所造成的所谓“错误”被目标语原来的使用者模仿时，那么这类“错误”就被扩散到作为一个整体的目标语。[①]上引案例表明，除了词汇外，也会发生或多或少的语法迁移现象，达到一定的深度和广度以后，就会内化为目标语的系统结构中，成为该目标语言新的基因。此例可视为英语以翻译为中介，影响汉语语法结构的一个方面。这也是清末民初汉语白话走向欧化的主要途径，也是古白话逐步向现代欧化白话演进的方式：

> 在广州府有两个朋友，一个姓王，一个姓陈，两人皆好学，尽理行义，因极相契好，每每于工夫之暇，不是你寻我，就是我访你。且陈相公与西洋人交接，竭力察西洋人的规矩。因往来惯了，情意浃洽，全无一点客套，虽人笑他，却殊觉笑差了，不打紧。忽一日来见王相公说道：“小弟近日偶然听闻外国的人，纂辑《东西洋考每月统记传》，莫胜欢乐。”[②]

德国传教士郭实腊于1833年创刊的《东西洋考每月统记传》，在中西文化的交流所起到的作用不容低估。刊中所撰之文尽管多采用古白话，但也不乏因语言接触所引发的语言演变（如大量的词汇借用、句法迁移等）。上文开头的树形结构，行文受英语思维的影响，就像是从相应的英文结构转译而成。

最值得关注的还是圣经文本的翻译。单就语言、文体层面而言，《圣经》及其相关典籍的翻译对于我国欧化白话（文学）的产生以及发展产生的影响，一直不为学界所重，因为伴随《圣经》进入中国的西方宗教和战争而来的那些黑色历史记忆总是挥之不去。但因此而回避历史，势必会遮蔽与历史相关的史实，这种有意无意的选择性盲视也必然影响我们去做出理性的判断。鸦片战争后兴起的“太平天国”运动，其政治诉求与宣传即源于《圣经》。首领洪秀全当初参加省城会试

① 吴福祥：《关于语言接触引发的演变》，《民族语文》2007年第2期。

② 爱汉者（郭实腊）：“新闻”，载《东西洋考每月统记传》上十一，道光癸巳年（1833年）七月。

时，就是受考场外散发的梁发著译《劝世良言》这一基督教义宣传手册的启发而自行洗礼，成为基督教徒，并开创“拜上帝教”。其用于传教的《新遗诏圣书》《旧遗诏圣书》之类的通俗小册子，内容即取自《新约·马太福音》，其通俗浅近的文字风格也借鉴了西方传教士的成功经验。其政权存续期间，许多实施初级教育的课本，如根据《新旧约》改编而成的《幼童诗》、新《三字经》之类，文字浅显易懂，明白如话：

> 皇上帝，造天地，造山海，万物备。六日间，尽造成，人宰物，得光荣。七日拜，报天恩，普天下，把心虔。说当初，讲番国，敬上帝，以色列。……正是人，邪是鬼，小孩子，求不愧。帝爱正，最恶邪，小孩子，甚莫差。皇上帝，眼恢恢，欲享福，炼正来。[①]

全书共三百五十二句，都是叙述基督教历史的。学校每个学童，口诵心传，其影响之大一时难以估量。此外，还有《幼童诗》《君道诗》《臣道诗》《父道诗》《母道诗》《子道诗》《媳道诗》，还有《身箴》《目箴》《耳箴》《口箴》《手箴》《足箴》等等，文字都是非常俚俗浅近。这种语言策略，也许不入一般士大夫的法眼，殊不知这正是传教士普及基督教义的不二法门与利器良方。研究中国基督教史和宗教思想文化史的著名学者王治心指出，“现在我们所提倡的白话文，以为是文学革命的产物，是空前的，却不知道当太平天国的时候，早有过一番改革。我们且看一看他们所用的经典与文告，有好几种很通俗的东西，这些东西是很浅近的，与现在的白话差不多。想不到在贵族文学极盛的时候，竟有这种平民文学出现。可见太平天国的革命，不单是单纯政治民族问题，也涉及到了宗教与社会革命”[②]，也无疑涉及了语言白话化的革命。

这期间，欧化白话文学翻译方面，非常值得关注的是宾威廉（William

① 《三字经》，太平天国癸好三年（1853年）镌刻。

② 王治心：《中国基督教史纲》，上海古籍出版社2007年版，第139页。

Chambers Burns, 1815—1868）与中国士人合作翻译班扬（John Bunyan, 1628—1688）的宗教小说《天路历程》：

> 世间好比旷野，我在那里行走，遇着一个地方有个坑，我在坑里睡着做了一个梦，梦见一个人，身上的衣服，十分褴褛，站在一处，脸儿背着他的屋子，手里拿着一本书，脊梁上背着重任。又瞧见他打开书来，看了这书，身上发抖，眼中流泪，自己拦挡不住，就大放悲声喊道："我该当怎么样才好？"①

班扬的这部小说共分两个部分，英国长老会传教士宾威廉于1852年6月开始翻译，1853年3月译成第一部分。②他当初的译文语言是浅显的文言，专为士大夫准备的；后因普及大众的需要，在北京又用官话（即白话）重译一遍，1865年镌刻发行（现藏于国家图书馆南区善本阅览室），1866年译出第二部分。尽管并非首译，却是第一部完整的译本，被公认为最佳版本。③他在日记里如是提到翻译第一部分时的过程："我终得以完成班扬《天路历程》（第一部分）中文译本的最终修订版，本作让我们从1852年6月一直忙到此刻，其间只是去年夏末我因热病而搁置了一个月。全稿经多蒂（Doty）先生和亚历山大（A. Stronach）先生（厦门的传教士同仁）及其教师审阅，译文颇受益于他们的建议。"④

为便于教徒阅读理解，宾威廉还在《天路历程官话》译文的空白处加了两种小注：其一为原文所有，说明某处见《圣经》第几章第几节；其二为原文所无，为一些简短的解释、说明。译本以顿号断句，不分段。我参照与宾威廉19世纪50年代最接近的60年代的版本（*The Pilgrim's Progress*, 1865），据此分段，将译本原

---

① 宾威廉译：《天路历程官话》，同治四年（1865年）季秋镌，京都福音堂藏版，第1—2页。

② David Cheung, *Christianity in Modern China: the Making of the First Native Protestant Church*, Leiden & Boston: Brill, 2004, p.27.

③ Patrick Hanan, *Chinese Fiction of the Nineteenth and Early Twentieth Centuries*, New York: Columbia UP, 2004, p.73.

④ Islay Burns, *Memoir of the Rev. Wm. C. Burns: Missionary to China from the English Presbyterian Church*, London: J. Nisbet, 1870, p.397.

有的顿号换成现代标点，将原文才有的加引号的直接引语一仍其旧加引号，未加引号的直接引语仍保留为不加引号的自由自接引语，以存真。原文的第一段是这样的：

> As I walked through the wilderness of this world, I lighted on a certain place where was a Den, and I laid me down in that place to sleep: and, as I slept, I dreamed a dream. I dreamed, and behold, I saw a man clothed with rags, standing in a certain place, with his face from his own house, a book in his hand, and a great burden upon his back. I looked, and saw him open the book, and read therein; and, as he read, he wept, and trembled; and, not being able longer to contain, he brake out with a lamentable cry, saying, "What shall I do?" ①

译者宾威廉是位虔诚的基督徒，或出于对原作者及其作品的忠诚，或受原文结构所囿，他一方面在译文中尽量保持原作的文体特征；而另一方面，考虑到目标语读者取向是普通百姓，其文化层次较低，就必须使用读者习见的浅近的白话文。这些欧化的特征主要表现为：

1. 主语（人称代词）的增加。作为意合语言的汉语（特别是古典诗词），主语空缺的现象非常普遍，这是汉语言文化的一种表征。华夏文化非常讲究天人合一，主张“上下与天地同流”（孟子），特别是在中华文化孕育下的禅宗诗学中，更体现为一种破对待、空物我、泯主客、反形式、重顿悟、寻超脱的美学诉求。主语（人称代词）的省略在古白话小说中不如诗歌那么明显，但仍不失为一个常态。以《红楼梦》第 25 回为例：

> 王夫人看了，又是心疼，又怕明日贾母问［她］怎么回答。［她］急的又

① John Bunyan, *The Pilgrim's Progress*. London: Simpkin, Marshall, & Co., 1856, p.39.

把赵姨娘数落一顿。然后［她］又安慰了宝玉一回，又命取败毒消肿药来敷上。宝玉道："［我］有些疼，［这］还不妨事。明儿老太太问，［你们］就说是我自己烫的罢了。"凤姐笑道："［我们］便说是［你］自己烫的，［她］也要骂人为什么不小心看着，叫你烫了！［她］横竖有一场气生的，到明儿凭你怎么说去罢。"①

上文方括号中的主语（人称）代词本为原文所无，这种古代白话如换成现代（欧化）白话基本都要加上，如果翻译成英语则几乎是一个都不能少（主语代词的斜体为笔者所加）：

When Lady Wang saw it, *she* was both full of anguish for her son and at the same time, when *she* thought of the questioning to which *she* would inevitably be subjected by Grandmother Jia and wondered what *she* would say, terrified on her own account. To relieve her fear *she* turned once more on Aunt Zhao. Then, after tongue-lashing the concubine, *she* comforted her beloved son and applied Antiphlogistic Ointment to the blistered part of his face.

"*It* doesn't hurt a bit," said Bao-yu when *she* asked him, "but *nothing* very terrible. When Grandma asks about it, we had better tell her that I did it."

"*She*'ll blame the rest of us for not looking after you properly, even if *you* say you did it yourself," said Xi-feng. "There'll be a row, whatever you say." ②

加斜体的英文代词在中文都属多余。可见"就句子的结构而言，西洋语法是法治的，中国语言是人治的"③。所谓"法治"，当以形式至上，形式控制意义，主客有

① 曹雪芹：《红楼梦》，人民文学出版社 1982 年版，第 347 页。

② David Hawkes trans., *The Story of the Stone*（Vol.I）, London: Penguin Books, 1973, p.492.

③ 王力：《中国语法理论》，商务印书馆 1947 年版，第 64 页。

序，泾渭分明；“人治”即意义至上，意义控制形式，主客难辨，随遇而安。而英译文中则必不可少，因为英语中的主语和谓语动词是必需成分。汉语里少了那些主语（人称代词），甚至（不出场的）人称随意转换，母语读者都不会对错号，因为总是有语境因素的制约或暗示，保证了我们的正确认知。以此反观《天路历程官话》的译文可知，其中有些主语人称代词在古代白话文中根本没必要，而英文里则不可或缺，译文受到原语语法结构的影响大多得以保留。这种欧化痕迹比较明显，只不过我们现在因习以为常而习焉不察了。王力也认为，“主语的增加”就是源于欧化。①

2. 双音词的增加，系词的增加，新的称数法，都属于王力先生所分析的欧化的语法特征。不过，还应该关注过于频繁使用的宾语和定语的人称代词。此外，由于不太必要的重复而导致的语言的松散，以及行文逻辑所体现的树形的句法结构，几乎与现今的汉语无异，这都脱不了欧洲形态语言（如英语）的影响。

两种语言的接触，经过一番汰洗、调和、融合与吸收，自然会促使中国的白话传统向欧化白话转换、演进，这种翻译语言，既不尽同于古代白话，也不尽同于英语的结构，而是综合了两种语言基因的一种新型语言——欧化白话。作为中介的翻译正是以这种方式参与甚至主导了中国现代白话的诞生和发展。

译文不仅仅表现出语言的欧化，同时也带来了叙述的欧化，一为隐性，一为显性。就前者而言，其叙事方式很有革命性，只是由于当时的汉语本身缺乏欧洲语言的时态等形式标志，加之没有采用现代的标点，因而不易看出西方小说家在使用直接引语、间接引语、自由直接引语和自由间接引语的使用及其相互转换在叙事策略方面的种种妙处，以为此种变化与《三国演义》《水浒传》《红楼梦》等传统小说无异。这一点，要经过一个多世纪后才能为我们所全面认识并借鉴。就显性的叙述而言，这里指一般意义上的全知叙述、限知叙述、外部叙述、内心叙述等。中国传统历史/小说基本上都属于全知叙述，很少有真正意义上的限制叙述。这就涉及“叙述者”，热奈特将“叙述者”的两种含义归结为两个问题：“谁看见?”（一个语态问

① 王力:《中国语法理论》，商务印书馆1947年版，第341页。

题）和“谁表述?”(一个声音问题)。[①]《天路历程》中有大量的第一人称限知叙述，可称为一种双重的限知叙述：由第一人称限知叙述和作为被叙述者的第一人称限知叙述。前者作为第一人称叙述者，站在外面叙述另一人物的故事；后者作为前一个第一人称限知叙述的被叙述者时时第三人称，同时又以第一人称进行叙述。在中国古代小说中，全篇第一人称叙述只见于文言小说中，白话小说则难得一见。直到1903年起吴趼人的《二十年目睹之怪现状》陆续刊载后——或者更准确地说，直到1906年《禽海石》问世后，中国小说才具有那种贯穿文本始终的限知叙述。[②]就此意义而言，这个译本开风气之先的价值是毋庸置疑的。

这一时期，威妥玛（Thomas Francis Wade, 1818—1895）的《语言自迩集》（1867）作为教授北京口语的汉语课本，堪称第一部以当时北京口语为对象的描写语言学巨著，为19世纪中期北京口语的精彩实录。有例为证：

> 虽然下很大的雨，他也到过衙门。今年冬天也不大冷，也不大潮。那天那个热闹，不但小童出来看，连小妞儿也看。他写的字不论粗细，他想人都可以看得出来。不管你去不去，我一定去。连他带我，都是受伤。我想等你试一回，不怕你不喜欢。凭你去办，两个法子都好。你快说，或东或西，是怎么样？这个事不是竟空喜欢，还有实在好处。（言语例略第十二段）[③]

这其中就不乏频繁使用的主语人称代词/系词，以及语法结构比较严谨的逻辑衔接与连贯，都体现了较为明显的欧化特征。

临近五四文学革命时，不少作家的创作语言和翻译家的翻译语言所使用的白话文也有了不同程度的欧化，有些已然非常明显。吴趼人并不懂外语，他是通过好友周桂笙的翻译来了解外国文学的。除了在小说的叙述模式、人物心理描写

① Gérard Genette, *Narrative Discourse Revisited*, Trans. Jane E. Lewin, New York: Cornell UP, 1988, p.64.

② Hanan, Patrick. *Chinese Fiction of the Nineteenth and Early Twentieth Centuries*, New York: Columbia UP, 2004, p.9.

③ Wade, Thomas Francis. *Yü-yen Tzŭ-erh Chi*（语言自迩集）. London: Trübner & Co., 1867, p.249.

等方面所体现出的外来影响外，他的创作语言也有明显的欧化色彩。其代表作《二十年目睹之怪现状》(第二章，方括号为笔者所加)，就是如此:

> 记得[我]十五岁那年，[我]父亲从杭州商号里寄信回来，说是身上有病，叫我到杭州去。[我]母亲见我年纪小，不肯放心叫我出门。[我的]心中是急的了不得。迨后又连接了三封信，说病重了。[我]就在[我]母亲跟前，再四央求，一定要到杭州去看看[父亲]。[我]母亲也是记挂着，然而究竟放心不下。

这段叙述里，欧化式的句子逻辑链接成分一个也不少。仅就加括号的人称代词来说，无论是做主语、宾语或定语，放在古白话中都属多余，但在晚清的(欧化)白话以及现代英语里则必不可少。深受欧化影响的吴趼人的行文逻辑以及叙述声口好像是直接从英语翻译过来的一样，其欧化程度可见一斑。这也为五四新文化运动所推行的白话文奠定了良好的基础。

如果说西方传教士的翻译和写作，其最终目标是以方便传教为鹄的，他们的欧化语言只是实现这一目的的形而下之“器”之“用”的手段，那么五四前后，中国知识分子的主动寻求表征为欧化的汉语的现代化，则代表了深刻反思中国文化这种既为形下也可为形上的“道”“器”并举、既为手段也是目的的语言文化观。

梁启超的“三期”说系统地阐述了从鸦片战争开始西学对中国社会文化的影响历程:“第一期，先从器物上感觉不足”;“第二期是从制度上感觉不足”;“第三期，便是从文化根本上感觉不足”。[①] 至此，五四先行者终于明白，中国的落后其根本的原因在于文化的落后，而文化的落后表征为语言、文学的没落。这成为他们率先发难之处。

既然语言是本体，人的精神世界就是语言的世界，人的思维就是语言的过程;

---

① 梁启超:《饮冰室文集之三十九·五十年中国进化概论》，中华书局1936年版，第43—45页。

那么，一个民族的文化、精神、思想、思维方式从根本上都与民族的语言有着内在关系，民族的心灵寓于民族的语言中。语言从本质上制约着民族的思想文化，文化的落后就意味着语言的落后，反之亦然。因此，对五四先行者而言，其文化逻辑 / 策略很自然地就蕴涵着语言的变革就是实现文化变革最便捷、最根本的手段。欧化白话（文学）因此成为他们的不二之选。这是另外一个话题，本文不再展开。

对于西方传教士在中国，囿于政治、历史、文化等众多因素，一直缺乏更客观的描述和理性的评价，无论是正面的还是反面的。过多情绪化的表述，而少历史的挖掘和冷静的判断。不过，历史总有其不因人的意志为转移的事实本质，而还原其本质理所当然是后人的责任和必须面对的现实，起码，“传教士们通过其经书、出版物、学校和医院影响了中国人的思想和行为。我们虽然无法估量这种影响的程度，但传教士们确实为中国人提供了一片新的选择空间和观察世界的新方法”[①]。近年学界已有了不少更理性的探讨。就现代汉语而言，它与欧化白话是相伴相生的，相关的探讨主要有王力在《中国现代语法》中所单列的一章——“欧化的语法”，近来更有谢耀基、贺阳、Kubler、Gunn、Peyraube、Tsao、Hsu、Zhou 等海内外学者专著 / 专文研究。[②] 然而遗憾的是，其关注的焦点囿于语言的表征形式，都没有与西方传教士的翻译和写作这段长长的历史联系起来，因而无法揭示出欧

① Jonathan D. Spence, *The Search for Modern China*, New York & London: W. W. Norton & Company, 1990, p.208.

② 王力：《中国现代语法》，中华书局 1954 年版；谢耀基：《现代汉语欧化语法概论》，香港光明图书公司 1989 年版；贺阳：《现代汉语欧化语法现象研究》，商务印书馆 2008 年版；C. C. Kubler, *A Study of Europeanized Grammar in Modern Written Chinese*, Taipei: Student Book Co., 1985; E. M. Gunn, *Rewriting Chinese: Style and Innovation in Twentieth-century Chinese Prose*, California: Stanford UP, 1991; A. Peyraube, “Westernization of Chinese Grammar in The 20th Century: Myth or Reality?” *Journal of Chinese Linguistics*, No.28, 2002, pp.1—26; F. F. Tsao, “Anglicization of Chinese Morphology and Syntax in the Past Two Hundred Years,” *Studies in English Literature and Linguistics*, No.4, 1978, pp.41—54; J. L. Hsu, “Englishization and Language Change in Modern Chinese in Taiwan,” *World Englishes*. Vol.13, No.2, 1994, pp.167—184; Z. P. Zhou & W. C. Feng, “The Two faces of English in China: Englishization of Chinese and Nativization of English,” *World Englishes*, Vol.4, No.3, 1985, pp.303—317, 等等。

化白话的真正源流。费正清曾就现代中国语言 / 文化的欧化提出了一个“西方的冲击”和“中国的反应”的阐释模式[①]，尽管不乏洞见，但仍然缺乏足够的说服力。因为汉语的欧化并不仅是被动反应的结果，而更是外在的冲击和内在的主动诉求共同作用下两种语言的接触、影响、变异 / 互动中促成的产物。不同语言的接触有时主动有时被动，由于各种历史 / 文化等主客观因素的干预，往往会导致其输出和输入并不平衡。这一点尤见于现代汉语与欧洲语言不对称的相互关系中，正如列文森所言：“西方给予中国的是改变了它的语言，而中国给予西方的是丰富了它的词汇。”其结果的形成亦在于其内因和外因的互动 / 互搏：“一个社会的语言变化，从客观方面而看，它是在外国全面入侵，而不仅仅是纯粹的思想渗透的背景下做出的新的选择；从主观方面看，它是在日益增长的思想紧张的背景下做出的新的选择，这是一种迫使外国思想本土化和本土思想理性化的强大力量的努力所造成的紧张，一种在普遍的理性要求和特殊的理性要求之间永远存在着的背离所造成的紧张。”[②] 经过三百多年来传教士和本土人士不断的翻译与写作实践的磨砺、冲击、磨合，在 19 世纪后半期以来，古代白话渐渐退出日常生活的历史舞台，欧化白话开始登场，并于 20 世纪初最终取代文言，成为我们新的“存在之栖居”，由此揭开中国文学革命与思想文化革命的新篇章。

原刊《学术月刊》2013 年第 12 期

---

① John King Fairbank, *The United States and China*. Cambridge（Mass.）& London: Harvard UP, 1983, p.145.

② 列文森：《儒教中国及其现代命运》，郑大华等译，中国社会科学出版社 2000 年版，第 139—141 页。

下编

“文学的国语”怎样炼成

——《围城》的语言策略

郜元宝*

从张先生一家说起

就叙事文学来说，“文学的国语”乃是现代中国作家创造的人物语言和叙述语言的综合。《围城》的人物语言，即人物在《围城》中怎样说话，作者提示甚多，似不难回答。且看第二章方鸿渐由挂名的“丈人丈母”牵线，去“在美国人花旗洋行里做了二十多年”的张先生家，让张太太“相他一下”——

> 到了张家，张先生很热闹地欢迎道：“Hello! Doctor 方，好久不见！”张先生跟外国人来往惯了，说话有一个特征——也许在洋行、青年会、扶轮社等圈子里，也并没有什么奇特——喜欢中国话里夹无谓的英文字。

张先生说的是夹杂了许多英文的“国语”。从方鸿渐离开后张先生一家对他的品头论足看，张太太、张小姐也说类似的“国语”。他们的“国语”不但中西合璧，还南腔北调。方鸿渐打赢了牌，提醒大家付钱，张太太说：

> “咱们真糊涂了！还没跟方先生清账呢。陈先生，丁先生，让我一个人来

* 作者为复旦大学中文系教授。

付他，咱们回头再算得了。”

“咱们”“得了”是“北调”，“清账”“回头”既可说是“北调”，也可说是“南腔”，很难截然分清南北。“南腔北调”本来指一个人口音混杂，实际倒是大多数中国人说话的特点，也可以说是汉语口语和书面语几千年发展自然形成的特点。愈到晚近的历史这个特点愈加明显。“近几百年——元、明、清、民国——以来，总是以北方、多少以近乎北京音的系统，认为是标准语。‘官话’‘普通话’‘北方话’‘国语’‘国音’各种名称，都是代表大家公认的标准语。因为已经全国四分之三的面积，三分之二的人口多少会用，本来的语言就相近于这种语言了。”① 从孔子时代所谓“雅言”到明代出现的“官话”，中国自古以来就与各地“方言”相对而言的“通语”（“方言”“通语”是扬雄《方言》的概念），“通语”的基础方言主要是相对比较统一的北方话。赵元任所谓“相近”，是指各地方言（“本来的语言”）日益靠近标准语而尚未达到标准语的水平，结果无论口语音还是读书音都很自然地成为南腔北调——虽然口语音历时变化和空间差异较大而读书音历时变化和空间差异较小。到钱锺书创作《围城》的 20 世纪 40 年代末和《围城》反映的抗战初期②，现代“国语”的读音、词汇和语法，因人员交往前所未有的频繁，教育的普及，尤其明清以来“国语运动”的推动，越来越成为南腔北调的混杂——就文学来说，混杂不仅表现在书面语的读音上，也反映在语法和词汇方面。知识阶级尤为明显，鲁迅承认别人说他讲演用“南腔北调”是不错的，他进一步说这个特点“还有开拓到文字上去的趋势”。鲁迅小说、杂文确实融合了许多南腔北调，尽管他“不会说绵软的苏白，不会打响亮的京腔”③——换言之，鲁迅用现代汉语书面语写作时杂糅南腔北调比口语来得更方便。这当然主要因为“五四”以来白话文作家一致追求书面语靠近口语，缩小传统口语与书面语的距离，其中主要一点，

---

① 赵元任：《语言问题》，商务印书馆 1980 年版，第 101 页。

② 本文所谈《围城》语言问题，依据四川文艺出版社 1991 年版《〈围城〉汇校本》，仅限于《围城》1946 年《文艺复兴》连载版及 1947 年晨光出版社第一次修订版。

③ 鲁迅：《南腔北调集·题记》。

就是在书面语中大量吸收和融合现代国语所允许的南腔北调。这在来自南方的作家中最常见，因为他们使用的现代汉语书面语以"北调"为基础而掺入了更多的"南腔"。

所以，张先生一家那样说话，固然包含作者的讽刺和夸张，但就那个时代的语言现实来讲也并不奇怪。他们的"国语"资格毋庸置疑——虽然不是标准的"国语"，却反映了当时至少上海一地"国语"的实际。

"南腔北调"，无论在口语中还是"开拓到文字上"，都主要是"南人北调"。1913 年，第一届国语读音统一会的代表大多来自南方，虽然个别人反对，但最后还是确立北方方言为国语的基础方言，足见"南人"认同"北调"的普遍性。1932 年公布的《国音常用字汇》是现代"国语"权威标准，主其事者赵元任来自吴方言区太湖片的常州，平时说话喜欢"咱们咱们"的，还夹杂着许多儿话音。这个特点在他 50 年代末讲于台北的《语言问题》中还保留得很明显，尽管他移居美国后很少用汉语讲课。1921 年，商务印书馆出版美国哥伦比亚唱片公司制作的《赵元任国语留声机片》所反映的也是一个来自南方而身负国音总教习的语言学家在用心学习说"北调"。

但历史上，由于若干朝代南方政治经济文化一度占优势，也有"北人南腔"。南北朝时期的颜之推曾指出当时的南朝通语"南染吴越"，有学者认为这是指西晋末年北方移民南徙至长江中下游两岸后形成的南朝通语与吴方言的接触[①]。18 世纪初旅法华人黄嘉略认为"由于南京曾是明朝的首都，所以，官话是以南京话为基础，吸收其它方言而形成的"[②]。某些当代学者同意这种看法，认为明代官话基础方言和标准音"应该是代表着江淮方言的当时的南京话，而不是后来的北京话"[③]。尽管这个问题学术界争议很大，但汉语方言在历史上持续发生南北交互影响以至融

① 《"颜之推谜题"及其半解》，载《鲁国尧语言学论文集》，江苏教育出版社 2003 年版，第 136—180 页。

② 许明龙：《黄嘉略与早期法国汉学》，中华书局 2004 年版，第 151 页，此处转引自何九盈：《汉语三论》，语文出版社 2007 年版，第 135 页。

③ 鲁国尧：《明代官话及其基础方言问题》，《南京大学学报》1985 年第 4 期，此据江苏教育出版社 2003 年出版的《鲁国尧语言学论集》，第 508—521 页。

合的趋势，基本可以达成共识。汉语在历史上南北分野的地理界线屡有迁移，有时候的南腔恰恰是北方移民定居南方之后形成的浸染了南腔的北调，而南方的政治经济和文学的强势又反过来从口语和书面语两个方面影响北方的口语和书面语。尤其近代以来，南方更早向西方开放门户，南方知识分子得风气之先，许多新名词新说法都由南方率先输入，虽然进入书面语之后多数仍采用当时以北方方言为基础的官话书面语或更具稳定性的似乎超越方言的文言文，却也有一些采用南方方言的译名和新创的术语，这就造成一定程度上“北人南腔”的现象①。

至于中西合璧，知识阶级不用说，大都市一般市民中间也很流行（如南方各通商口岸的“洋泾浜”）。书面语的中西合璧现象也很普遍，以至于在一些文学家和语言学家那里产生了现代汉语书面语乃是某种欧化汉语的说法（不管这个说话所包含的价值判断如何截然不同）。现代汉语中西融合的问题非本文讨论的中心，暂不展开。

两套语言

至此似乎就解答了《围城》中人怎样说话的问题。然而，小说中一句看似不经意的话，透露了另一个信息：

> 张太太上海话比丈夫讲得好，可是时时流露本乡土音，仿佛罩褂太小，遮不了里面的袍子。

① 美国传教士林乐知在1904年《万国公报》188册上发表的《新名词之辩惑》中声称，“余前与傅兰雅先生同译书于制造局，计为中国新添之字与名词，已不啻一万有奇矣”。这些“新添之字与名词”迅速传到日本，后来又通过中国的留日人士与日本人自己发明的汉字译名一起传回中国。到了20世纪30年代，瞿秋白对此另有一番阐述：“最近三十年来，凡是新的研究学术所用的言语，工商业发展之中的技术上的言语，政治上社会上交际上的言语，事实上大半发生于‘南边人’的嘴里——江、浙、赣、粤、湘、鄂、川等省人的嘴里。”（《瞿秋白文集》卷二，第673页，此处林乐知、瞿秋白语分别转引自前揭何九盈书第75—76页及第123页）。林乐知、傅兰雅在上海江南制造局译书的同事也多为“南边人”。“南边人”发明的译名和新的名词术语主要还是“北调”，但若说“南腔”的比重也很大，应该是不争的事实。

原来，读者在纸上"看到"张先生一家讲"国语"，实则他们"说"的却是带"本乡土音"的上海话。"这位张先生是浙江沿海人"，"本乡土音"应该就是"浙江沿海"某地方言。"张太太上海话比丈夫讲得好"，张先生上海话的"本乡口音"想必更厉害。

这个细节说明，《围城》中人可能有两套语言，一套是他们在实际生活中使用的，一套是小说家帮他们"翻译"之后、落在纸上、被读者"听到"的。比如张先生说"好久不见！"其实应该是上海话"长远弗见！"作者将上海话翻成国语，硬派给他了。张先生一家既然说上海话，方鸿渐作为客人也不能独自讲国语——至少在张先生府上方鸿渐应该讲上海话。

《围城》提到七十多个人物，开口的不下二十，他们都说什么话？现在看来，这个问题应该分作两方面：

1. 他们本来说什么话？ 2. 作者要他们在小说中说什么话？

《围城》人物的语言身份

不妨就从上述两个方面，考察一下《围城》主要人物的语言身份。

赵辛楣从小跟父母生活在北京，父亲过世后，母亲和兄嫂常住天津。苏文纨是赵辛楣幼时在北京的邻居，长大后跟活跃于政界的父亲（后随丈夫曹元朗）辗转上海、香港、重庆各地。苏文纨表妹唐晓芙就读于苏文纨、方鸿渐在北京的母校，"大学因战事内迁，她停学在家半年，现在也计划复学"。这个"家"当然指唐晓芙父母在上海的"唐家"。唐晓芙和方鸿渐恋爱失败，"姊姊姊夫邀她到北平过夏"，不久"跟她父亲到香港转重庆去了"。赵辛楣、苏文纨、赵母（在香港出场）、唐晓芙等或自幼生在北京，或常住北方，又天南地北为家，他们的国语自然以北方话为根基，但并不像老舍小说人物那样特别凸显纯粹的北方（京津地区）方言特色。也就是说，赵辛楣、苏文纨、唐晓芙的国语的北方方言特征很大程度上被弱化和模糊处理了。另一方面，赵辛楣、唐小姐在上海时间不短，不敢肯定他们能否说上海话，但他们以北方话为基础的国语偶尔夹杂一点南方口音也并非毫无可能。苏文纨是会说上海话的，来她沙龙作客的沈氏夫妇、遗少诗人董斜川、周游西洋各国的哲学家储慎明，小说没有特别暗示他们的方言背景，估计和三闾大学的学生、教师及眷属们一样，不管来自北方还是南方，都因为生活在官场、学界等公共空间，而自然成了现代国民中说国语的主体，或许正因为如此作者才觉得不必特别提示他们的方言背景。

按照小说第一章的暗示（“本乡江南一个小县……那里人侨居在大都市的，干三种行业的十居其九：打铁，磨豆腐，抬轿子。土产中艺术品以泥娃娃为最出名”)，方鸿渐应该来自作者的故乡无锡。孙柔嘉（据鸿渐父母所言）乃是“外县人”，老家或许就在无锡、上海附近。他们一个留学西洋，“国文曾得老子指授”；一个毕业于上海新式学堂，要去三闾大学“谋得外国语文系助教之职”。这样的出身和教养使他们的国语跟“张先生”一样中西合璧，南腔北调，而以南方口音为底色。但可以想象，方、孙二人只在大家都说国语的公共场合说国语，鸿渐回乡或在第一任岳家、张先生家、上海人主导的银行、报馆及孙家或孙的姑妈家，包括他们夫妇独处，应该都说吴方言（无锡话或上海话）。方鸿渐出国前在北京读书，归国后短期在上海谋生，上海是他南来北往出国归国必经的中转站，但比起自幼在上海长大、读书的孙柔嘉（包括从上海出来的李梅亭、顾尔谦两人)，方鸿渐上海话中的无锡“本乡土音”或许更重一些，但这一点作者并没交代——或许不值得特别说明。作为新式知识分子，方、孙、李、顾和上述赵辛楣等人一样也都属于说国语的现代国民的主体，只不过有南北口音差别而已：赵辛楣、苏文纨、唐晓芙等的国语是北方方言作底子，方鸿渐、孙柔嘉、李梅亭、顾尔谦等的国语则带有南方（吴方言）口音。

鸿渐回乡或在上海的父母家中只说国语，不说无锡话。孙柔嘉在家只叫“爸爸妈妈”，并非上海话的“爹爹姆妈”。只有两处例外。一是方鸿渐应邀在县立中学讲“西洋文化在中国历史上之影响及其检讨”，走进学校礼堂，一阵紧张，好像“全礼堂的人都在交头接耳，好奇地评赏着自己。他默默吩咐两颊道：‘不要烧盘！脸红不得！’”“烧盘”是怯场、脸红的意思，无锡、苏州一带方言。作者大概怕读者不懂，加上了"脸红不得"！这是写回乡者突发的心理活动，大概没有明确跳进国语的意识层面，所以直接用乡音土语比较贴切。二是婚后回上海，方鸿渐告诉孙柔嘉天下真小，在香港碰见苏文纨，到上海又碰见苏的朋友沈太太，孙柔嘉就打趣说"你等着，还会碰见个人呢"，暗指方鸿渐还会碰见以前追求过的唐晓芙。鸿渐不知何意，就问会碰见谁，孙柔嘉笑道："还用我说吗？你心里明白，哈，别烧盘。"孙柔嘉来自无锡的某个邻县，自然会说"烧盘"。当时夫妻尚未闹僵，孙柔嘉要打趣、警告丈夫别花心，又须给他面子，故用双方熟悉的方言，既能打中要害，又可避免使用"别脸红"之类过于直露和生分的"国语"。唐晓芙说北方口音的国语，孙柔嘉用"别烧盘"而不用"别脸红"，显得夫妻亲近，免得方鸿渐在心理上感觉她把自己往外推。同样手法也两次用在苏文纨身上。一是邮船到香港，见鲍小姐抛弃方鸿渐，苏文纨主动说"我要找家剃头店洗头发去，你肯陪吗？""剃头店"是上海话，小说中一般叫"理发铺"，比如张先生"只生一个女儿，不惜工本地栽培，教会学校所能传授熏陶的洋本领、洋习气，美容院理发铺所能制造的洋时髦、洋姿态，无不应有尽有"，苏小姐这时舍国语而就乡音，是想用她和鸿渐共同的方言背景拉近距离。二是她一厢情愿地说方鸿渐因为爱她而对赵辛楣和曹元朗有偏见，"你的心我想也偏在夹肢窝里"。这是鸿渐"乡音"，后来他的两个弟媳妇私下里就这样批评公婆。苏文纨肯借用鸿渐的乡音打趣他，是要将他作为头号追求者笼络在身边。方言土语"别烧盘"一见于方鸿渐心理活动，一见于方鸿渐、孙柔嘉夫妻私房话，这跟让苏文纨说上海话一样，都是情境需要，偶一为之，跟他们三人平时说的国语相比不算什么，略等于他们偶尔说的外国话。

主人公如此，次要人物的方言土语更被国语覆盖。方鸿渐父母、弟弟和弟媳妇，包括"阿丑""阿凶"两个侄儿，基本都操国语。也许他们谈话中带一些无锡方言，但方言的棱角都已经被磨光，变成南腔北调，轻易看不出来了。大概只有方老先生称方老太太为"娘"，还算比较清楚地保留了无锡方言的特点。曹元朗怪腔怪调地"哼诗"，"鸿渐一字没听出来，因为人哼诗跟临死呓语，二者都用乡音"。《围城》1946 年《文艺复兴》初刊本说"元朗原籍是闽南"（1947 年晨光社初版和 1980 年人民文学出版社定本删去此句），他“哼诗”所用的“乡音”自然是闽南话。这是曹元朗仅有的一次露出乡音。他和苏文纨结婚后，无论社交语言还是家庭用语，肯定都是国语。

再看方鸿渐一行沿路接触的方言。他们从上海乘船，首站到宁波，改坐小船靠岸时，“一路只听见嚷：‘船侧了，左面的人到右面去几个。’‘不好了！右面人太多了！大家要不要性命？’每句话全船传喊著，雪球似的在各人嘴边滚过”，这样“传喊”的乘客各自的方言并未实录（也许“不要性命”有一点吴语痕迹）。宁波旅馆里“沙嗓子女人……排房间兜揽生意，请客人点唱绍兴戏”，但她讲宁波话还是绍兴话，没有交代。第二站从宁波到溪口，改坐洋车，李梅亭和洋车夫有番交涉，读者只能“读”到李的国语而“听”不到洋车夫们的浙江方言。第三站从溪口到金华，写了“沙丁鱼罐”汽车里乘客之间以及汽车夫与乘客的争吵，还有鸿渐等人与“欧亚大旅社”伙计商量饭食，全是“国语”。第四站从金华乘火车至鹰潭，鸿渐等人因为“肉芽”问题与旅店发生争执，双方全用“国语”，只泛泛提到“店主……跟伙计用土话咕（哝）著”[①]，是否鹰潭地区的赣客土话，不得而知。妓女王美玉说：“我也是上海来的，逃难来这块的。”“你们那块来的啥？”“这块”“那块”“啥”可能是苏北口音的上海话或妓女有意搭讪这一帮上海文化人而临时撇腔学说上海话。王美玉来路不明的“上海话”仅止于此，接下来说“教书的没有钱，为什么不走私做买卖？……我爹也是教书的……我也进过学堂”，还有关于车票问题“又快又脆，像钢刀削萝卜片”的“一大串话”，跟她的相好侯营长一样，都是比较顺畅的国语。鸿渐在鹰潭和一个卖花生的老乡说过许多话，但都是叙述者用国语转述，不见乡谈。第五站公路汽车至南城，苏州寡妇“跟孙小姐攀谈，一口苏州话，问孙小姐是不是上海来的，骂内地人凶横，跟他们没有理讲……‘我是孤苦伶仃，路上只有一个佣人陪了我，没有你福气！’”明明“一口苏州话”，但无论转述还是直接引用，都被翻译为略带一点口音的国语（比如“陪了我”）。完整

① 此句初刊本、初版本和定本都作“咕著”“咕着”，笔者怀疑是“咕哝著”“咕哝着”之误。

的苏州话只有两处，一是向李梅亭示好："奈先生么，真是好人！""啊呀！李先生，个末那亨呢！"以及教训佣人阿福："打了你耳光，还要教你向我烧路头！"路头即路头菩萨（财神），烧路头有赔礼道歉的意思，无锡苏州一带方言。让苏州寡妇跟李梅亭和佣人阿福说方言，乃是"恶意"地将李梅亭拉到阿福的"同情兄"的地位，并非特别看重这几句苏州方言。① 第六站在吉安，鸿渐一行因为要找担保取出寄自三闾大学的汇款，先后求助于银行职员、教育局长、妇女协会"一个灰布军装的女同志"及其"在公路局做事"的"男友"，他们都说国语，连口音也未作交代。和三闾大学的大学生、各位教授及其眷属一样，作者对所有这些人物的"国语"的方言背景，都作了模糊处理。

以上只是根据小说描写推测主要人物的语言身份，实际上作者并未给他们说方言的机会，也并不特意暗示他们的国语的"本乡土音"。换言之，《围城》人物的国语固然大多是南腔北调，但除极少数例外，通常并不特别提示哪是南腔，哪是北调。国语包含南腔北调，但融汇为国语之后，原来的南腔北调都不再具有方言的独立性，而成为共通语的有机组成了。这样的国语严格说来乃是"文学的国语"，因为实际说话时南腔北调还是可以听出来，而一旦"开拓到文字上"，就浑然不分了。

钱锺书的"语文狂"：强化国语 / 弱化方言

"文学的国语"是把当时人南腔北调（和中西合璧）的实际的国语加以书面化改造的结果——这正是《围城》语言策略的核心。所谓书面化改造的方式，主要是对方言土语的模糊化处理。

---

① 将小说人物的方言土语"翻译"为国语，在现代文学中是一种普遍现象。为现代中国小说奠定基石的鲁迅就几乎一律让他的人物——闰土、祥林嫂、阿Q、魏连殳、吕纬甫、涓生、孔乙己、华老栓——讲国语。郁达夫《春风沉醉的晚上》写工厂女工"陈二妹"第一次开口问第一人称男主人公说："你天天在这里看的是什么书?"作者在这句话下面特地用括号注明："(她操的是柔和的苏州音，听了这一种声音以后的感觉，是怎么也写不出来的，所以我只能把她的言语译成普通的白话。)"郁达夫这句夫子自道，说的正是现代作家处理人物的方言土语的典型方式。

被模糊化处理的方言土语在《围城》中难以统计，它们已不再是纯然的方言土语，而成为带方言土语影子的共通书面语。苏文纨虽然舍“理发铺”而说“剃头店”，并不会对国语读者造成方言的阻隔，因为上海话“剃头店”不像无锡话“烧路头”“烧盘”那样和国语之间有难以消除的鸿沟。“剃头店”既是上海话，被钱锺书写进小说，就和“理发铺”一起成了标准国语（上文提到渡船乘客“要不要性命?”也属此例），只不过在懂上海话的读者看来，拖了一条方言的尾巴而已。

通过这种模糊化处理，《围城》主要涉及的南方各地的方言土语就像影子一样贴在共通书面语背后，不仅曲折地传达出方言土语的地域文化色彩，也大大丰富了以北方方言为根基的现代国语书面语。南腔北调在新的国语书面语中水乳交融，轻易不可分拆。和钱锺书同时代的张爱玲有些随笔散文发表在上海小报上，为迎合上海读者的趣味，偶尔会刻意用一些上海话（如《有女同车》记录公共汽车上上海人的对话），但她的小说也采取了方言土语的模糊处理法，即选用方言特色弱化、国语读者也能理解的一些词汇和表达法，避免只有上海读者才能理解的字面。

方遁翁喜欢让进入他日记和自传中的人一律说文言，作者称这种叙述策略为“语文狂”。遁翁的语言统一是虚妄的，否则也就不是“语文狂”了。指出遁翁为“语文狂”的《围城》作者允许“国语”打破真实的“双语”结构而定于一尊，虽然具有他自己所形容的“有领袖欲的人”语言心理上的那种“病态”，但他所追求的并非虚妄的语言统一。方遁翁的“语文狂”用文言做书面语实现其旧乡绅的语言世界的统一，《围城》作者的“语文狂”则是用中西合璧南腔北调的“国语”做书面语来统一他的小说世界的语言。他没有忘记告诉读者许多人物其实都说方言，那些说国语的人也带着各自不同的口音，甚至也并未放弃局部地利用方言来刻画人物，但他不想凸显任何一个人物的“国语”的方言背景，小说最终要建构的乃是暗示着许多方言差异却基本磨光了方言棱角的统一的国语世界。

本文主要考察《围城》人物语言的通语/方言之结构关系，至于《围城》的叙述语言则比较清晰，主体是南方方言做底子的国语。南方作者的细密温婉绵里藏针不用说了，但“北调”也所在都有。甚至一句话当中，一个人嘴里，瞬间的意识活动，既有南腔又有北调。小说最后方鸿渐在街上被扒手偷了钱包，"身边零用一个子儿没有了"，"零用"的方言背景莫辨南北，但"一个子儿没有了"是货真价实的"北调"。鸿渐在本县火车站被两位记者一阵恭维，"觉得身心庞然膨胀，人格伟大了好些"，这句话隐然有老舍之风。《围城》作者使用的叙述语言接近方鸿渐、孙柔嘉、李顾二人及张先生一家用南方方言做底子的南腔北调中西合璧的国语，但与赵辛楣、苏文纨、唐晓芙、董斜川、储慎明和高松年、汪处厚、韩学愈等三闾大学的学生、教授及其眷属们基于北方方言或方言背景根本模糊的同样南腔北调中西合璧的国语，也不隔膜。另一方面，作为中国现代有意炫耀学识的仅有的一部"学者小说"，其叙述语言之中西合璧的作风虽然不像曹元朗《拼盘姘伴》那样登峰造极，却也一点不输给"张先生"一家。在南腔北调中西合璧这一点上，《围城》叙述语言和人物语言保持高度一致。

派屈克·韩南研究明代话本小说，首先注意到话本作家的语言。比如关于冯梦龙，他认为"冯至少熟悉两种口语：他自己（本地和本阶级）的方言以及北方方言在上流社会的某种变体。他还能驱遣两到三种书面语：文言；从北方方言发展起来的半标准白话文——这种白话文在他手里又显出北方方言东南部的一些特征；还有他本人的苏州方言，他曾用苏州话写过很少几首当地俗曲。但即使在他收集苏州俗曲时，所有评注都或是文言文，或是北方的白话文；因此很难说他在写作中采用了苏州方言。他使用的两种书面语，只有一种，即北方的白话文，和他日常所讲的口语有联系。"① 如果这种说法属实，那么我们可以说，"五四"以来直至当代绝大部分运用现代白话文写作的作家，除不再使用文言文之外，在书面语和口语的关系上，和明代的冯梦龙并无二致。区别只在于冯梦龙的"北方方言在上流社会的某种变体"（"官话"）后来进化为"国语"和"普通话"，"北方的白话文"后来进化为我们在冯的大同乡钱锺书《围城》中所看到的中西合璧南腔北调乃至混杂中西莫辨南北的"现代白话文"。

① Patrick Hanan, *The Chinese Vernacular Story*, Harvard University Press, 1981. p.2.

“文学革命”健将们反对文学语言过于书面化，竭力拉近文学与口语的距离，但五四时期在文学上推重口语，所谓“将活人的唇舌作为源泉”，宗旨无非要“使文章更加接近语言，更加有生气”[①]，并非叫作家实录人物的口语——既非照抄人物的方言土语，也不是照抄人们实际所说的南腔北调的棱角均极分明的国语，而是将人们实际所说的南腔北调中西合璧的国语“开拓到文字上”，转换为书面语形式——“文学的国语”。这种“文学的国语”和明清两代在北方官话基础上发展起来的书面语的白话文学一脉相承，并没有给“口语文学”或“方言文学”留下多少余地。另一方面，尽管《围城》的语言呈现中西合璧的作风，但这只是作为对象和材料被作家加以讽刺性的运用，其主体仍然是调和南腔北调的汉语书面语，所以《围城》的南腔北调是对当时国语中的中西语言混杂现象的一种基于汉语本位的改造，它的表面上的中西合璧，仍然是以汉语来融汇吸收西语，并不等于洋泾浜的中西混杂语言。五四时期胡适、钱玄同、周作人、傅斯年、鲁迅等人一致希望以汉语口语为基础而融汇外来语和文言的“文学的国语”的理想，在《围城》中获得了基本圆满的实现。

不平等的“双语”结构：通语之“形”/方言之“影”

按照夏志清的说法，《围城》是一部“充满了流浪汉行径的喜剧历险记”[②]，故事发生地点随主人公足迹不断迁移，从完全国际化的法国邮船到越南首府西贡，英语和粤方言并存的香港、九龙，华洋杂居而属吴方言区的上海，同属吴方言区的作者故乡无锡，也属吴方言区但跟上海无锡语言差别较大的浙江宁波、溪口和金华，赣方言和客家方言混杂的江西鹰潭、宁都、吉安以及属湘方言的界化陇、湖南邵阳和三闾大学所在地“平成县”（一个以湖南蓝田为原型的虚构地名），还有属西南官话区的广西桂林。方鸿渐一行没有进入福建境内，但《围城》1946年《文艺复兴》初刊本说“元朗原籍是闽南”，在苏文纨家“哼诗”所用的“乡音”

---

① 鲁迅：《写在〈坟〉后面》。

② C. T. Hsia, *Modern Chinese Fiction*(1917—1957), Yale University Press, 1961, p.442.

自然是闽南话。从初刊本看，《围城》囊括了中国南方六大方言区，这个特点在中国现代文学史上独一无二。若由赵元任那样善于学习方言的语言天才照实写来，或许要成为一部广泛记录南方非官话方言区各种方言土语的方言文学之巨构。但《围城》作者并没这样做。他虽然愿意告诉读者笔下人物各自所属的方言背景，对主人公所到之地的方言状况也会略有交代，却并不给他们大段说方言的机会，基本上是“强迫”他们说“国语”。

《围城》很重视人物语言的描写。指出人物说话时的特点，几乎是作者塑造人物的不二法门。比如三闾大学伪君子韩学愈“讲话少、慢、着力，仿佛每个字都有他全部人格作担保”；“大才子”董斜川满口遗少语言；以时髦哲学家自居的褚慎明死扣逻辑煞有介事；“新古典主义”诗人曹元朗念诗时“音调又像和尚施舍，又像戏子说白……朗诵以后，又猫儿念经似的，嘴唇翻拍着默诵一遍”。赵辛楣留学美国，“最擅长对外国人演说（晨光社初版和人文社定本改为‘用外国话演说’——本文作者注），响亮流利的美国话像天心里转滚的雷，擦了油，打上蜡，一滑就是半个上空”。还有那个沈太太，说话时总是令人担心她会扭断腰肢。总之，《围城》中许多人物说话（包括身体语言）的特点都尽态极妍地写出来。与此同时，适当点出人物的方言背景，也是《围城》透过语言写人的方法之一。比如写张先生一家，虽然硬派他们说中西合璧南腔北调的“国语”，却没有忘记告诉读者这一家子实际讲带浙江沿海某地“本乡土音”的上海话。类似的还有法国邮船上贪小便宜而丢了饭碗的侍者阿刘，读者看他和别人一样讲国语，但作者交代他对方鸿渐说的乃是“广东官话”。妓女王美玉一开始用上海话和方鸿渐等攀谈，苏州寡妇用苏州话夸李梅亭“奈先生么，真是好人！”更是许多《围城》读者熟知的“妙语奇文”[①]。有的作家（如鲁迅）强调通过眼睛写人，钱锺书则抓住人们说话做文章。他自己口才妙绝，也喜欢让人物表演他们各自的“口才”，通过他们的说话（包括适当的方言）来凸显其精神面貌。一部《围城》，简直是各色人物表演说话

① 杨绛:《记钱锺书与〈围城〉》，载《围城》，人民文学出版社 1980 年版，第 369 页，“附录”。

的竞技场。

但钱锺书并不片面地模仿人物真实的说话——他让人物表演各自的口才、心思、性格，却极少让他们说方言。40年代初期开始，越来越多的新一代“乡土作家”喜欢真实记录和准确描摹人物的乡音土语，甚至叙述语言也竭力靠近方言。1942年毛泽东《在延安文艺座谈会上的讲话》中把作家学习群众语言提到了政治正确性的高度；1946年，也就是《围城》在上海《文艺复兴》杂志上连载的同时，延安的文胆周扬明确要求不仅“人物语言”贴近生活实际，还要按这个标准对知识分子作家的“叙述语言”来一番“打扫”①。理论上鼓励方言土语大量进入叙事文学作品的这两个代表性意见，为40年代的文学语言指出了和“五四”以来依托现代国语并与现代国语一同成长的现代文学潮流迥乎不同的语言方向，甚至一度成为当时文坛的时尚。钱锺书则不然，他更多是将人物真实的话语（通常是他们的方言土语）“翻译”成民族共通语即当时在知识阶层比较通行的“国语”，同时用统一全局的叙述者的“国语”告诉读者，人物实际使用何种方言土语。前者是作者“强迫”人物说的、落在纸上“可见”的语言，后者是人物实际所说、未经作者“翻译”、并不落在纸上所以读者只能在想象中“听见”的语言。前者是人物语言之“形”，后者是人物语言之“影”。《围城》人物使用的是通语之“形”与方言之“影”叠合的“双语”——可以在阅读心理综合中组建起来的潜在语言结构。《围城》人物固然都能说方言土语（包括北方话），又能说国语，但绝大多数场合作者只叫他们说国语。小说呈现的是不平等的“双语”结构：国语基本覆盖了方言土语。被作者“翻译”过来的国语变成人物在小说文本中真实的说话，未经作者“翻译”之前真实的方言土语只能借叙述者的转述，间接呈现出来，或在特殊场合，为着特殊目的，流露出蛛丝马迹。共通语对方言土语的覆盖，仿佛方鸿渐在邵阳一家火铺里发梦魇，梦中听见一个小孩子鬼魂的哭嚷：“别压住我的衣服！别压住我的衣服！”又听见“头边一声叹息，轻微得只像被遏抑的情感偷偷在

① 周扬：《论赵树理的创作》，《解放日报》1946年8月26日，引自《周扬文集》（一），人民文学出版社1984年版，第496页。

呼吸"。

南北方言差异在文学上的解决

1913年，民国政府教育部宣布，所有中小学和师范学校必须教授在第一次国音统一会及《国音词典》基础上产生的"国语"。当时国语基本就是北方官话，尽管制定者们大多来自南方，但南方方言区的普通国民一时难以适应，加以政权屡次更迭，推广不力，离真正的国语还很远。1932年，赵元任主持的《国音常用字汇》公布，标志着现代国语建设迈出了关键一步。尽管如此，法定的标准语并不意味着人人都能接受或都能学会。从现代国语运动到50年代中期开始推广普通话，确立现代中国标准语的成绩不容抹杀，但只限于学校语言和政府机关，对日常语言层面触动不大，只不过国语/普通话与非官话区的南方方言差别太大，因此对这些地方日常语言的挑战和促使后者改变的幅度、标准语推广的成绩，自然超过北方①。

国语/普通话长期存在的南北差异短时间无法消除，这在以此为语言基础的中国现代文学中必然有所折射。从中国现代文学的经验看，最值得注意的一点，就是本来应该作为国语运动中坚的北方作家，因为自身方言被容忍的方便，以及历史上共通书面语与北方方言天然贴近，而倾向于方言文学，加上1940年代以后延安方面的大力提倡，不仅来自北方的作家如赵树理等纷纷回归自己的方言世界，一些南方作家也放弃"五四"以来确立的现代白话书面语写作传统，转向方言写作的新范式（如大量吸收粤方言的《虾球传》作者黄谷柳）。主要以北方方言为根底的乡土/方言文学，由此长期占据现当代中国文学的主流。这个势头虽然在20世纪50年代大力推广普通话之初有所遏制，但直到90年代新的都市文学崛起，在从小接受普通话教育的新一代作家身上才真正有根本的改

① 现代国语建设中所包含的南北方言差异，S. Robert Ramsey论之颇详，参见*The language of China,* Princeton University Press, 1987，尤其该书第一部分的第三节："北方影响的普及"。

变[①]。与此相反，国语运动中本来处于被改造被压抑地位的南方作家，却依靠千百年来成熟的共同语（官话）写作传统[②]，同时也借助这个群体所处地域在近代以来日益显著的经济文化优势，成为“五四”以来“文学的国语—国语的文学”的中坚。

为现代国语书面语作出更大贡献的不是北方作家群，而是南方作家群，但后者因此不得不模糊乃至大量放弃自身的方言土语资源，成为在方言上无所属的作家群，他们在写作中更多学习和创造中西合璧、南腔北调、超乎方言差异的现代中国书面共通语。这一方面接续了几千年来汉语文学书面语传统，也成为现代中国文学书面语的主要遗产。

散文随笔集《写在人生边上》和短篇小说集《人，兽，鬼》显示了钱锺书相当熟悉同时代中国文学，《围城》也不例外。“孙小姐的大手电雪亮地光射丈余，从黑暗的心脏里挖出一条隧道”，据说借用了臧克家的诗句[③]。曹元朗的《拼盘姘伴》很像“好朋友”[④]卞之琳那首同样自注不断的《距离的组织》，并有鲁迅的拟作之风，比如讽刺未来主义的所谓“天上掉下一颗头，头上站着一头牛，爱呀，海中央的青霹雳呀”[⑤]，或戏仿徐志摩的“无终始的金刚石天堂的娇袅鬼茱萸，蘸着半分之一的北斗的蓝血，将翡翠的忏悔写在腐烂的鹦哥伯伯的狗肺上！”[⑥]；李梅亭和苏州寡妇佣人阿福“我骂猪猡”“猪猡骂我”的对峙，也很像阿Q和小D之间的“龙虎斗”；范小姐一节还曾拿曹禺说事。才高气傲的钱锺书仍然属于

① 参见笔者《方言、普通话及中国文学南北语言不同论——以上海作家为例》，《文艺争鸣》2010年第10期。

② S. Robert Ramsey说：“大多数中国人想起联合他们成为一国之民的语言时，他们心目中的‘共通语’基本还是书面语……汉语书面语在中国文化中发挥的融合统一的力量不应被低估；即使文盲也总能感受到书面语的影响力。”前揭书第17—18页。这种表述比较直接爽快，可以帮助我们认识“五四”以来“文学的国语”其实是国语的书面化改造，并非叫作家实录方言土语或者凸显日常所说的国语中包含着的南腔北调原来的方言背景。

③ 周锦：《围城研究》，台北成文出版社1980年版，第18页。

④《围城》晨光社初版“序”称“柯灵、唐弢、吴组缃、卞之琳”为“好朋友”。

⑤ 鲁迅：《三闲集·扁》。

⑥ 鲁迅：《集外集·“音乐”？》。

中国现代文学共同体，其小说创作是和这个共同体积极对话的结果，并非一时兴起，闭门造车，苦心孤诣①。同样，钱锺书作为南方作家的上述语言策略也并非孤立现象，而是现代中国共通语运动中南北方言差异在文学上的一种典型的解决方式。

《围城》中人怎样说话？答案是：进入小说之后，他们都不说或很少说自己本乡本土的话，而是跟作者一起（或者说被作者安排着）"学说"中西合璧南腔北调的"国语"。他们不是自然地说着本乡本土的方言，乃是基本放弃各自的方言土语，学着说作者要他们说的话：正在生成中的超乎方言之上的新的民族共通语。这就使《围城》呈现出共通语/方言如影随形、一显一隐的潜在双语结构。

方言/乡土写作与超方言/都市写作：两种遗产

同时代许多北方作家努力学习"人民群众"语言并在作品中模仿"人民群众"的自然说话，来自南方的钱锺书也在学习，但他是带着自己的人物（其中也有"人民群众"）一起学习说"国语"。两种不同性质的学习，显示了对文学语言的性质与构成的两种不同理解，也因此给现代中国文学积累了两种不同形态的语言遗产。

如果说，北方作家群以方言为根基的书面语写作强调"群众路线"的政治正确性，强调"人民性"的政治/人性的结合，强调民族性、地域性文化特色必须借助原汁原味的方言土语才能获得充分表现，那么南方作家群超越方言的书面语写作则强调文学语言必须脱离方言羁绊，脱离方言羁绊的书面语既可以表现纯粹方言写作无法表现的世界性因素，也可以借助共通语/方言一显一隐的潜在双语结构，更好地表现北方作家群所追求的上述文学要素。比如，《围城》以显在的国语遮蔽隐含的方言，大面积磨光方言土语的棱角，即使偶尔使用方言土语，也让读者轻易感觉不到，但南方文化的特色照样呼之欲出。这种情形就好比鲁迅虽然

① 据说《围城》直接的创作冲动起于钱锺书一次观看杨绛话剧的经验，参见杨绛：《记钱锺书与〈围城〉》，载《围城》，人民文学出版社 1980 年版，第 364 页，"附录"。

让阿Q的名字拖一个洋文，甚至让阿Q动辄“之乎者也”地掉文，什么“不孝有三，无后为大”，“不能收其放心”，“若敖之鬼馁而”，却照样可以表现阿Q身上的绍兴文化特色，深刻揭示这个典型的中国农民的痛苦灵魂。

两种语言遗产在中国现、当代文学中发挥各不相同的作用，高下优劣，难以遽断。不过从当下趋势看，方言上无所属的青年作家越来越多，超方言/都市写作似乎越来越有可能继方言/乡土写作之后，成为新世纪中国文学的主流。

站在这个主流回望，《围城》的语言策略仍然有研究和借鉴的价值。

原刊《学术月刊》2011年第1期

“汉语是一种语言”：
中国现代国语运动与汉语“方言”的成立

王东杰*

自清末开始，一些敏锐的读书人注意到一个使他们深感不安的现象：许多来自不同地区的中国人在谈话时，不得不把外语作为沟通工具。颜惠庆直到晚年还记得，20世纪初，在上海举办的一次教会会议上，“一个福州籍的牧师与一个上海教友交谈，需要两个美国人居间转译”①。周铭三更在20年代初发现，中国不同地区通行不同外语，其分布范围大体和列强的势力范围相重合：沪宁铁路一带盛行讲英语，云南流通的是法语，南满铁路沿线和山东使用日语，北满和新疆的一部分流行俄语。②其实，能用外语交流的毕竟只是极少数人，但这仍被视为中国独有的“国耻”。③这耻辱是双重的：方言众多，“各自为政”，是“内生的国耻”；外语横行，反客为主，是“外来的国耻”。二者相缘并生，前者又为后者提供了条件：正因方言为异，才会外语横行，故“内生的国耻”比“外来的国耻”更加危险。欲雪斯耻，必须统一国语。④

可见，中国的国语意识是通过外语和方言的交互刺激而产生的。但这不意味

* 作者为四川大学历史文化学院教授。

① 颜惠庆：《颜惠庆自传——一位民国元老的历史记忆》，吴建雍等译，商务印书馆2003年版，第328页。

② 周铭三：《国语的意义和他的势力》，《新教育》第3卷第5期。

③ 可轩：《国耻篇》，《东方杂志》第1卷第10期。

④ 俊知：《国语跟国耻》，《国语报》第2期（上海：全国国语教育促进会筹备处）。

着作为概念的“外语”和“方言”就先于“国语”而存在。事实上，无论是这三个概念本身，还是由它们共同组成的三元的语言认知结构，都是中国近代政治与社会转型的产物。在这个三元认知结构中，国语占据了枢纽地位。吕叔湘曾说：国语既是“和外国语对待的‘中国语’”，又是“和方言对待的‘标准语’”。[①]“国语”的定义要通过与外语及方言的对照方式完成，最可看出三者相互辉映的关系。

不过，本文不准备全面处理这个三元结构，而将集中考察方言和国语的关系。“方言”这个词至迟西汉就已出现，但涵义和今日通用的方言一词差异甚大。表面上看，古今所谓“方言”具有明显的语义递承关系，但现代意义的方言概念实际诞生于一个完全不同的政治与思想环境中——离开“国语”这个先导性概念，我们根本无法透彻理解今人所云“方言”的深层意义。[②]

现代方言和外语、国语等概念一起，区分了不同的语言类型，规划了它们的界线和层次，也带来了前所未有的问题：方言的判断标准是什么？对于中国人来说，这一点又直接关系到以下几个问题：怎样确定汉语的范围？各地汉人使用的语言之间是何关系？粤语、闽南话、吴语等与其他地区的汉语差别有多大？它们属于汉语方言，还是一种独立语言？在理论上，一个国家内部存在多种语言，本无害于成为一国。[③]对中国这样一个多民族国家来说，尤其如此。可是，在很多中国人看来，汉语被分为几种不同语言，直接损害了中华文化的一体性和国家的统一。因此，他们坚持认为，各地汉语的不同只是方言的差异，绝非不同语言的区别。许多语言学家自觉承担起论证这一观点的任务。

语言学界对 20 世纪以来中国方言学的发展，包括方言调查与研究、方言区的

---

① 吕叔湘：《中国文法要略》上卷，商务印书馆 1947 年版，第 3 页。

② 本文使用的国语概念，分具两种涵义：广义的国语指的是“中国语”（时人以之与“汉语”混用），狭义的国语特指标准语。乞读者随上下文而明之。

③ 赵元任：《语言问题》，商务印书馆 1980 年版，第 98—100 页。

划分等，已做过一些回顾和反思工作。① 但既存研究也都忽略了一个基本前提：汉语的疆域并非一个不证自明的秩序，而是经过有意无意设计和论证的结果，其中不乏异见的交锋。在现代语言学这座看似精密的科学大厦内部，存在着一些结构性裂缝，必须依赖政治理念加以黏合。一旦将这些因素从中抽离，语言学大厦的一部分也将应声坍塌。汉语边界的划定与方言的成立，就是学理与政治协商的结果。然而，要察知这些裂隙的存在，我们就必须跳出语言学的专业视野，把现代汉语方言的成立过程放回作为一种文化政治现象的国语运动脉络中，通过揭示那些支配着语言研究的某些基本假定在时空两个维度中的展开过程，来探讨现代语言学与民族国家建设之间的协同关系。

一、“方言”的内缩

方言一词在中国出现甚早，西汉扬雄《輶轩使者绝代语释别国方言》（后世简称《方言》）无疑是早期用例中最知名者，后世对此概念的理解，基本上都建立在这一用例的基础上。应劭《风俗通义》云：“周秦以岁八月遣輶轩之使，求异代方言，还奏籍之，藏于秘室。”此一制度就是扬雄书名的出典。史上是否曾存在輶轩使制度，不是我们要讨论的问题，此处要说明的只是，这是在汉代学者中极为风行的一个说法。晋郭璞《方言序》云：“盖闻方言之作，出乎輶轩之使，所以巡游万国，采览异言。车轨之所交，人迹之所蹈，无不毕载，以为奏籍”，其极可“不出户庭，而坐照四表；不劳畴咨，而物来能名”。清人钱绎的注释，引用了刘歆《与扬子云书》关于轩车使者、輶人使者及何休《公羊传注》《汉书·食货志》中关于采诗的记录。② 显然，无论是扬雄，还是其同时代或稍后的人，都是把方言概念放在王官采风这一脉络下理解的。

---

① 如罗常培：《汉语方音研究小史》，《东方杂志》第31卷第7号；何九盈：《中国现代语言学史》（修订本），商务印书馆2008年版；潘悟云、邵敬敏主编：《二十世纪中国社会科学·语言学卷》，上海人民出版社2005年版，第147—157、339—348页；何大安：《从中国学术传统论汉语方言研究的过去、现在与未来》，载中研院史语所编：《学术史与方法学的省思》，台北“中研院”史语所2000年版，第541—549页。

② 钱绎：《方言笺疏》，中华书局1991年版，第1—3页。

为了更好理解扬雄所用方言一词的性质，我们不妨拿《尔雅》做个参较。清刘宝楠《论语正义》引刘台拱《论语骈枝》：“昔者，周公著《尔雅》一篇，以释古今之异言，通方俗之殊语。”按“雅”犹言“正”也，如《诗经》中风、雅之别：“王都之音最正，故以‘雅’名；列国之音不尽正，故以‘风’名。”因此，“雅言”即“正言”，其“正于王朝”，而能“达于诸侯之国”。唯雅言的目标是沟通，而非齐一。盖五方各有风俗，“不能强同”，王者“综集谣俗，释以雅言；比物连类，使相附近”，故名“尔雅”。①据此，《尔雅》和《方言》的性质其实相差不多，都有沟通不同地区语言的作用，唯强调重心有雅俗之异而已。②

表面来看，古今所谓方言的意思非常相近，但细究起来，却存在两点差异。

其一，就语言的分类系统看。中国传统语言认知结构由“雅言”和“方言”组成，雅言被认为具有一种普世性功能，此外的各种语言都被归入方言范畴。而这个“方言”，也就是其字面上的意思——方域性的语言，其中没有更加细致的区分，也不存在明确的统属关系，更不去规定它们之间是否具有同源性。从语用学角度看，这个词基本是一描述性概念，运用的场合广泛而随意。今人所云方言则特指同一语言分化而成的地方变体，只有在同属“一种语言”的前提下，才有方言可道。③且这里的“语言”也是狭义的，有严格的学理规定：在语音系统、语词组织、语句结构上都有自己的特点。④这样，现代的方言一词所涉及的就不只有“方域”这一个指标，亦同时指涉了一套由语系、语族、语种等范畴构成的等级性

① 刘宝楠：《论语正义》(《诸子集成》本)，上海书店出版社1991年版，第145页。

② 余英时：《士与中国文化》，上海人民出版社1987年版，第133页。

③ 高名凯已经指出“方言”一词最初指“方域殊语”，以后才逐渐变成对同一语言的地方变体的称呼。他并认为西语中的方言对译词也存在类似的转变过程，而这和语言研究中“历史比较法”的运用有关。不过，他并未细究其中的原因，更未把它与宇宙论、民族主义等因素的变化联系起来考察。事实上，按照他的描述，汉语“方言”的语义变化似乎早在近代之前就已开始了，与西方语言学的传入无关。高氏受到一些苏联语言学家影响，更倾向于对语言的广义分化即“社会方言”(包括“社团方言”和“阶级方言”等)而不是“地方方言”的考察；尤值注意的是，为了论证“社会方言”的观点同样适合于汉语，他把方言的初义拿来作为证据。诸如此类的现象，都意味着他对方言词义变化背后的社会与思想背景缺乏足够的重视。详见其《语言论》，商务印书馆1995年版，第131—135页。

④ 张世禄：《语言学概论》，中华书局1934年版，第202页。这个意义上的“语言”，今天也有学者称为“语种”。

语言分类制度，方言在其中处于基层。显然，这个“方言”是一规范性概念，使用条件比传统的“方言”严格得多。

其二，从语言的社会意义看。传统方言一词潜在地依托了“天下”这个观念，其所谓“方”乃是“一方”之方，对之相对的则是“无所不通”的“天”。实际上，方言和雅言的区别，既被视为天地秩序的体现，也被认为政治秩序的映射——这正可从传统方言一词的出镜场合看出：它往往与輶轩使、王都、列国一类概念结伴而行。如上所述，现代方言一词的界定主要取决于学理上所界定的语言特征，似与政治无关。但这远非实情。王古鲁在1931年出版的《言语学通论》中指出：国家、民族、地理都是定义方言时应考虑的因素。单就语言看，有些相异的国语，其实根本属于“同一种类的言语”，其差异程度比“其他语里的甲种方言与乙种方言之间的相异还少”，但它们仍是“国语”，而非方言。因此，“国语的区分，是以政治上之区划为基础，而不仅限于言语上之差异的”。① 张世禄也注意到：“一国分裂为数国，往往就各自演成为数种国语，而一国之中，又往往因政治的关系，划分为几个区域，也就发生许多种方言。”② 换言之，作为方言成立前提的“一种语言”，在定义上虽然完全依据学理的判断，在实际上的所指却常常就是政治意味极强的“国语”——它不具有任何普世性质，完全局限于一个民族国家的疆域内。在此意义下的“方”，也就带上了相当浓厚的行政层级色彩，而成为“地方”之方。③

显然，无论古今，“方言”的背后都隐藏着一个政治视角，不过，具体的思想背景却在改变中：传统方言一词隐含在天下观中，现代方言概念则产生于民族主义思想框架内。④

---

① 王古鲁：《言语学通论》，商务印书馆1931年版，第37—39、202页。

② 张世禄：《语言学概论》，中华书局1934年版，第194页。

③ 现代“地方”概念的出现，或者说是“地方”的“地方化”本身就是民族国家建设过程的一部分。此问题尚需进一步研究，关晓红教授已从清末官制改革的角度对此问题做了探讨，见《从幕府到职官：清季外官制的转型与困扰》，生活·读书·新知三联书店2014年版，第491—502页。

④ 就此而言，古今“方言”概念的区别，有点像“官话”和“国语”的差别：功能虽然相近，思想史背景却全然不同。参见王东杰：《官话、国语、普通话：中国近代标准语的“正名”与政治》，《学术月刊》2014年第2期。

职是之故，拿着今天的方言概念去衡量传统方言一词，不免凿枘难通。比如，龚自珍自言其所著《今方言》一书：“首满洲，尊王也；胪十八行省，大一统也；终流求、高丽、蒙古、喀尔喀，示王者无外也。”① 把十八行省与满洲、高丽、蒙古、喀尔喀并列，已令人惊讶，而洋务运动后开设的一系列外语学校皆以“方言”为名，就更令人称奇。1907 年，吉林“外国语学堂”奏请添设蒙文科，并更名“方言学堂”。② 这和上海的“广方言馆”原名“外国语言文字学馆”一样，都意味着“方言”是比“外语”涵盖范围更广的术语。清末民初蜀人张慎仪的《方言别录》，搜罗所及，亦涵盖了今日所云汉语方言、国内少数民族语言和外语。顾燮光编于清末而定稿于 1934 年的《译书经眼录》卷八《本国人辑著书》第十五“方言”类所列书目，中外语文并列比肩，基本相当于今日所谓“语言学”著作。③ 此中原因不难想见：“天下”各自成“方”，何分中外？这和清政府把培养翻译外语人才的学校命名为“同文馆”，遥相呼应，异曲同工，都是“天下”观念的投射（尽管此时的中国已经走在向民族国家转化的道路上）。

龚自珍把满洲语置入“方言”之列，也很能说明问题。活动于乾嘉时期的清宗室成员宜兴曾谓：“国语者，吾辈方言，本天籁也。”但其时有越来越多的满人已不会讲满语，使其非常不满：“满洲话在咱们身上，就像东方高丽、北方俄罗斯、西方回子、南方蛮夷的各有土语一样。四夷尚且不失他们的土语，照旧的说呢，咱们尊尊贵贵的满洲，反倒不懂自己的土语，不说满洲话，就是忘了根源了，可怎么大憨皮腆着脸，拿旧规矩教训子孙呢？”④ 此处所谓“国语”即满语，与今天

---

①《拟上今方言表》，载《龚自珍全集》，上海古籍出版社 2007 年版，第 308 页。

②《吉林外国语学堂请添设蒙文一科并请奏改方言学堂的禀文及吉林省批文》（光绪三十三年五月十七日）、《吉林外国语学堂为添设蒙文一科并请改名为吉林方言学堂的禀由》，吉林省档案馆藏“吉林方言学堂”档案，档案号分别为 J036—01—0046、J001—33—5140。这两份档案由四川大学 2012 级历史学基地班沈暮春同学代为查询，但因其不属开放范围，此处只能根据题名判断。

③ 顾燮光：《译书经眼录》，载熊月之主编：《晚清新学书目提要》，上海书店出版社 2007 年版，第 363—364 页。

④ 宜兴：《庸言知旨》第 1 册，第 1、15—16 页（原书未标页码）。卷首有宜兴自序，写于嘉庆壬寅仲春即 1812 年。此书有嘉庆二十四年刻本和光绪十七年抄本，本文所用中央民族大学图书馆藏抄本，满汉合璧，汉译者不详。此条材料及宜兴和《庸言知旨》的版本情况，均承四川大学历史文化学院徐法言先生抄示。

的国语概念不同，本有自贵其身份之意——且这也正是宜兴所欲言者，但他将满语与高丽、俄罗斯乃至"蛮夷"之语并称"方言"（"土语"与"方言"，在满文中是同一写法），再一次证明时人所云"方言"乃是"一方之言"。

有意思的是，出于同样原因，今人所谓"国语"有时也被纳入方言之列。①1902年《外交报》发表了一篇英国传教士的演说："语言文字，为国民精神之所寄，未有语言亡而其国存者。泰西列邦，大都自尊其国语"；而中国自举办洋务以来，"每设学堂，咸课洋文"，实是本末倒置。"教育之要，在普通学而不在语学，即尽中国人而能外国语，吾亦未见其益也"。不如径用汉文，能够"亲切而广大"。日本和埃及"同一兴学"，然"一效一不效"，即"重方言与重外国语之别耳"。②此处所谓"方言"，其实就是"国语"。几乎可以肯定，它并非英文原文的直译，故更多地反映了译者的认知。其时现代意义的国语一词已在国内出现，这篇文章的立论取向也明确属于语言民族主义的范畴，但译者显然没有意识到，他采用的这个词汇所隐含着的宇宙观，实与演说主旨背道而驰。

美国学者拉姆西（Ramsey）认为："从语言学的角度看，中国人的各种方言其实可作不同的语言观，就如同法文有别于意大利文一样。"其证据之一是，"在明清两代，不论高丽、日本、蒙古、满洲或安南之语，四译或四夷馆员一律称之为'方言'"。李奭学教授引用了此说，似颇表赞同。③其实，这里首先涉及方言概念和实体的区分：概念反映的是人们对某物的认知，不乏多一些"主观"，实体则要求更加"客观"的立场。就实体而言，"中国人的各种方言"是否属于"不同的语言"是一回事，但我们并不能依据中国传统方言一词的用法就得出这个结论。其次，更重要的是，汉语中古今"方言"的概念本来就依托于两个相异的思想体系，以此例彼，混作一谈，不免隔靴搔痒，似是而非。

① 现代语言学家同意，"国语"亦是一种"方言"，但这是在现代"方言"的意义上所使用的，和此处所说不同。

② 《论中国语言变易之究竟》，《外交报》壬寅年第一号，1902年3月4日。

③ 李奭学：《中国晚明与欧洲文学——明末耶稣会古典型证道故事考诠》，生活·读书·新知三联书店2010年版，第18—19页。

在此意义上，今天的“方言”完全是一新词汇，古今方言概念的变迁，实际是现代方言概念对传统方言概念的替代；而这背后更意味着整个语言分类系统的改变：由外语、国语和方言组成的三元认知结构取代了由雅言和方言组成的二元结构。不过，处于这一转换进程中的人们，显然不认为古今“方言”之间存在一条实质性的鸿沟，他们体会更多的，毋宁是概念的延续和调整：传统方言概念似乎经过了分化、重组，分别被归入外语和现代方言之列；与此同时，传统方言概念的某些语义因素（比如“方域性”）仍被部分保留下来。从这个角度看，我们也可以把现代方言概念的成立视作“方言”一词的语义内缩过程。

由于这个缘故，我们很难为现代“方言”的确立指定一个清晰的时间点。至少，章太炎清末写《新方言》和沈兼士 1918 年提出征集方言办法，似乎都已特指汉语；毕业于东京大学博言科的胡以鲁 1913 年所写《国语学草创》，更明确把方言限定在“同一国语”中。① 但这也只是几条模糊线索，实际情况是，方言的现代含义是在清末民初通过人们的使用逐渐定型的。②

“方言”指涉范围的内缩，主要出于以下两个动因。首先，在最直接的层面上，今日所用方言的定义来自西方，本与中国传统不同。③ 其次，一个间接但对本文来说更重要的原因是，现代方言概念的确立是中国民族主义运动的一部分，其中又特别和列文森所言中国近代文化观念从“天下”到“国家”的蜕变有关。④ 简单说来，这个蜕变由两个同时展开而方向恰好相反的过程组成：一个是中国人实

---

① 胡以鲁：《国语学草创》，商务印书馆 1923 年版（原著写于 1913 年），第 92 页。

② “方言”的传统语义在民国时期仍零星沿用了很长一段时间。1914 年 9 月浙江出版的《兵事杂志》第 6 册“国内要闻”中发表的一条消息《参谋本部组织方言研究会》中所列“方言”均是外语（第 1 页，类页）；1933 年 1 月，上海东方函授学校还称：本校使用和教授的共有 13 种“方言”，其中既有汉语方言，也有外语（《十三种方言》，载《火光》新年特刊，第 18 页）。

③ 根据雷蒙·威廉斯（Raymond Williams）的描述，英语的 dialect 也经历过一个类似的语义内缩过程：最初也是指“一个地方的语言”，后来才变为“一种语言的附属的形式或变体”，主要与“标准‘语言’或优雅‘语言’”相对。威廉斯从中看到一种“文化宰制”的过程。见《关键词：文化与社会的词汇》，刘建基译，生活·读书·新知三联书店 2005 年版，第 129—131 页。

④ 列文森（Joseph R. Levenson）：《儒教中国及其现代命运》，郑大华、任菁译，中国社会科学出版社 2000 年版，第 88—91 页。

际可见的世界范围越发开阔，另一个是中国人越来越倾向于将自身传统定位为一种特殊性的区域文化。我这里特别想强调第二个过程的影响。盖传统天下观虽以华夏为中心，人们实际有所认知的区域也与天下这个包罗万象的词汇所指示的范围相去甚远，但他们理解世界秩序的思考框架无疑具有普世取向。然而，随着普世性文化的位置被西方文化占据，同时也随着民族国家观念在公私生活中的逐渐内化，国家的政治地理疆界遂成为中国人理解自身文化时下意识设定的认知边界。从这个意义上看，方言一词的语义内缩就是整个文化认知心态内缩化的结果之一。

总之，现代方言概念内在地具有一种张力：按照学理，方言的划分边界主要依赖语言特征：在同一种语言内的属于方言，否则就是另一种语言。其分布无关国界，且常常打破国界。但实际上，它又受到民族国家这一政治实体的强力干涉：在国境之内的都是方言，跨出国界的乃是外语。这两个标准是相互抵牾的，必须经由语言学家从中协调，但一般来说，具有决定性影响力的是政治标准（这不等于语言标准就全然不起作用）。

在思维机制上，方言与国家的关联，主要通过国语概念执行。为了说明这个观点，我们不妨举一个非常特殊的例子。在现代语言学的三元认知结构中，存在着一个不易归类的因素，就是少数民族语言：从表面上看，它们也是从传统"方言"中分化出来的，但它们既非汉语，也非外语，根本无法插入三元结构。如何处置它，是个非常棘手的问题。不过，也正因如此，它为我们提供了一个独特的观察点。

自"国语统一"的口号在清末被提出开始，一般论者都自动将汉语视为当然的国语，少数民族语言并未引起足够重视。直到抗战期间，随着国民政府西迁，动员大后方民众积极参与抗战建国的压力迫在眉睫，加之左翼人士又不断攻击国民政府推行的国语政策是对少数民族实行的文化压迫，对少数民族语言进行定位的问题才不得不提上日程。[①]1942 年，黎锦熙向教育部提交的一份方言调查计划，

① 王东杰：《官话、国语、普通话：中国近代标准语的"正名"与政治》，《学术月刊》2014 年第 2 期。

就可以视为他对这个问题的一个尝试性答案：“研究中国方言，应有广狭二义：只以汉语各种土语方言为对象，是为狭义；兼及境内其他各族之语言，是为广义。”① 显然，他所说的狭义方言，就是一般所云汉语方言；而其所谓广义方言，则已逸出汉语范畴，甚至可以说已根本违背了语言学对方言的规范定义。

中国境内的少数民族语言分属不同语族乃至不同语系，本是当时语言学常识之一，屡见于各种概论性质的著作，黎锦熙当然不是无知。因此，他作为一个专业语言学家，而犯下如此明显的“错误”，便不能不引人深思。表面上看，他把少数民族语言列入方言，似是传统方言概念的延续，其实则既丧失了传统概念的开阔视野，又越出了现代科学的学理边界，非今非古，不尴不尬。不过，黎氏似乎已经预知到这个批评，才使用了“中国方言”这个模糊的表述，其意图倒很清楚，即是在中国领土内为少数民族语言找到一个位置。

黎锦熙的定义当然比较极端，我们在那一时期的文献中很少看到如此直白的表露，但它也生动展示出，国界如何成为方言界定的必要条件。如果我们注意到，类似的诠释架构也出现在他对“国语”的界定中，感悟可能会更加深刻。黎氏将“国语”分作五个层次，其中，“最广义”的国语包含了“本国领土全境各种语文”，“广义”国语只包括汉语，“狭义”国语即是标准语。② 比较一下这两个概念，我们会发现，“最广义”的国语对应于“广义”的方言，“狭义”的方言则隶属于“广义”的国语。考虑到国语和方言这两个概念彼此支持且共同服务于民族国家建构的共生状态，我们显然不能把这种对应关系仅仅视为黎锦熙的别出心裁，相反，它深深根植于人们对“方言”的“正常”理解中。

何仲英在1924年发表的《中国方言学概论》中，如是解释方言概念的相对性：“同一国语，闽、粤语相对为方言。广言之，满、蒙、藏语对汉语亦为方言；

---

① 黎锦熙：《拟请设立方言研究调查工作机构意见案》（1942年），载中国第二历史档案馆藏国民政府教育部档案，档案号：5—12284；又，《论全国方言研究调查之重要及其工作》，《甘肃教育》1942年第4卷第19—20合刊。

② 王东杰：《官话、国语、普通话：中国近代标准语的“正名”与政治》，《学术月刊》2014年第2期。

狭言之，嘉、潮、广州语相对也是方言。”① 其所谓广、狭，究属何义？细看上下文，嘉、潮、广州语皆是粤语分支，则“广言之”的部分在结构上应具相同关系，且其所列举的与汉语相对的语言又是满、蒙、藏语，而非英、法、德语，则显然将“方言”限定在中国境内，满、蒙、藏、汉语皆是中国语的分支。何氏的表述比黎锦熙来得含蓄一些，但思路却与后者如出一辙。

另一个例子是陈光垚1935年出版的一部著作，声称“中国语”包括汉、满、蒙、回、藏“五系”。② 他说的是“中国语”，不是“中国方言”，似更严谨，然也更荒唐：这不过直接套用了“五族共和”的政治概念而已，与专业视角下的语言分类实在邈不相干。陈氏不是专业的语言学家，此话也不过脱口而出，未必严肃，但也展示出，把国界作为语言分类标准，已成为一种广泛流行的认知模式，影响到一些读书人的思维。

显然，在政治和学理的双重力量作用下，少数民族语言的处境是非常尴尬的：它们既非（汉语）方言，又是（中国）方言；在大多数情况下，甚至干脆被置于沉默之中。尽管也有人使用“边疆语言”之类的称呼③，试图给它们一个相对独立的描述，但整体来看，在20世纪上半期，其独立性是非常脆弱的。需要指出的是，少数民族语言的尴尬境况，和现代国语概念具有一种逻辑上的关联：“国语”既被视为“全国”语言的“代表”④，自然应该涵盖全体，为此，其他语言便不得不屈居方言或类方言的地位。事实上，直到1949年之后，“民族语言”方正式成为一个语言学的分类准则，而这正好和“普通话”一词对“国语”的取代相平行，显然不是巧合。⑤

因此，少数民族语言的归属问题，以一个非常尖锐的方式彰显出了方言概

① 何仲英：《中国方言学概论》，《东方杂志》1924年第21卷第2号。

② 陈光垚：《中国民众文艺论》，商务印书馆1935年版，第48—49页。

③ 罗常培：《筹设边疆语言研究所计划草案》（1942年2月），载王汎森、潘光哲、吴政上主编：《傅斯年遗札》第3卷，台北“中研院”史语所2011年版，第1229—1230页。

④ 王东杰：《“代表全国”：20世纪上半叶的国语标准论争》，《近代史研究》2014年第6期。

⑤“普通话”取代“国语”的原因，和民族平等的诉求有关。参见王东杰：《官话、国语、普通话：中国近代标准语的“正名”与政治》，《学术月刊》2014年第4期。

念的政治维度；但即使更加“规范”的方言定义，也受到同样的制约。赵元任就曾说：方言分化到哪一步才算不同语言，“这个往往受政治上的分支的情形来分，与语言的本身不是一回事儿”①。这也绝非中国特有的问题。美国学者麦克大卫（Raven I. Mcdavid）指出，判断一种语言是否方言，既和研究者的个人标准有关，也与其所属文化的标准有关。加拿大语言学家克里维奥（Gianrenzo Clivio）又在其上增添了两个标准：政治的和行政管理的。②法国历史学家雅克・杜加斯特更是快人快语：“语言的分类更多是个意识形态问题而不是科学问题。”③这些论断都提示我们，“方言”的内缩是中国近代民族国家建设的一个直接结果。

二、中国现代语言学家对汉语方言同一性的论证

现代方言概念的确立，给中国语言学研究带来了新的发展契机，也带来了一些新问题。其中，有三个因素值得一提：首先，它要求人们在方言和“语言”之间作出明确区分，这未必合理，更不容易：单从语言特征讲，二者之间是一过渡地带，而不是一条明确界线。其次，尽管现代语言学提供的解释框架常被视为普世性的，但这一来自西方经验的理论架构，无法完好消化中国语言的特殊现象。第三，语言学的发展本和政治运动有着千丝万缕的联系，现代中国学者更是面临双重紧张：既要致力于中国语言研究的“科学化”，又要效力于民族国家的建设；前者来自一个普遍性的冲动，后者受制于明确的地方意图。所有这些因素相加，使得对下面这些问题的回答尤显必要：各地汉语的歧异性有多大？它们到底是汉语“方言”，还是不同“语言”？一句话，我们怎样确定汉语的疆域？

传教士是研究中国现代方言的先驱，我们先看看他们的观点。④20 世纪 20 年

---

① 赵元任：《语言问题》，商务印书馆 1980 年版，第 100 页。

② Jonathan Seinberg, “The Historian and the Questione Della Lingua”, in Peter Burke and Roy Porter eds., *The History of Language*, Cambridge, Cambridge University Press, 1987, pp.198—199.

③［法］雅克・杜加斯特（Jacques Dugast）：《19 世纪和 20 世纪之交的欧洲文化生活》，黄艳红译，中国人民大学出版社 2007 年版，第 188 页。

④ 胡适讲，其研究方言之初，所能找到的大部分都是基督教会方面的材料。唐德刚译注：《胡适口述自传》，华东师范大学出版社 1993 年版，第 31 页。

代初，由基督教会方面出版的《中华归主》一书批评了两个流行观点：一是汉语方言的差异"无关紧要"，另一个是"中国的方言就是一些不同类型的语言"。至于该书编者的意见，则是在这两种看法之间取其中道：既承认官话、吴语、闽语、粤语存在着明显歧异，又把它们都归入汉语方言之列。① 按，此书作者基本都是西人，此处批评的第二种看法也是西方学界的主流观点，至今仍很流行。② 瑞典汉学家高本汉的态度跟《中华归主》的编者相类，但也认为中国方言"相互悬殊，直如外国语之不同"③。

对很多中国人来说，这大概不算是一个不得了的问题，但答案也远非不证自明。乐嗣炳就发现："习用了某一个地方底汉语方言底人，初次听见同一个汉语系统内别一个地方的方言，简直会不懂；并且有时候几乎误会这两方相差较远的方言，是两种不相同的语言。"④ 高名凯也说：法语、意大利语、西班牙语分别并不大，"却是不同的语言"；中国各地"语言大有差别"，广东话与北平话、福州话与江苏话的差异不亚于西班牙语之于法语。"这样说起来，所谓中国语到底是什么，确是一个问题。"⑤

1974 年左右，赵元任为李方桂写的一篇小传提道："他在家里说的母语是国语（mandarin），但是周围的人都说广东话（cantonese）……所以从小他就能说两种语言（bilingual）。我故意说'两种语言'，因为广东话跟国语的差别就像荷兰话跟德国话，或者法国话跟西班牙话一样。"⑥ 赵元任这篇文章是写给西方读者看的，不免

---

① 中华续行委办会调查特委会编：《1901—1920 年中国基督教调查资料》上卷，蔡咏春等译，中国社会科学出版社 2007 年版，第 56 页。此书原题《中华归主》。

② 美国人类学家顾定国（Gregory E. Guldin）1994 年出版的著作中还强调，"从语言学上来讲"，广东话、客家话、上海话等"也可以被视为独立的语言"。他还在"汉语"二字后特意加了个括号，注明"北方话"。见顾定国：《中国人类学逸史》，胡鸿保、周燕译，社会科学文献出版社 2000 年版，第 180 页（注释 2）。

③ [瑞典] 高本汉（Bernhard Johannes Karlgren）：《中国语言学研究》，商务印书馆 1934 年版，第 4 页。

④ 乐嗣炳：《国语辨音》，中华书局 1928 年版，第 5 页。

⑤ 高名凯：《汉语语法论》，开明书店 1948 年版，第 9—10 页。

⑥ 赵元任：《李方桂》（Yuen Ren Chao, *Fang Kuei Li*）。丁邦新将其译为汉文，并全文录入《〈李方桂全集〉总序》，载李方桂：《汉藏语论文集》，清华大学出版社 2012 年版，第 10 页（英文在第 8 页，均为篇页）。文中提到的最后时间是 1973 年，而丁邦新说此文是 1975 年转到他手上的，写作日期应在这两个时间点之间。

“入乡随俗”，用了“两种语言”这样的说法，与他在其他地方的言论并不完全一致（详见下文），但又特别声明，自己这是“故意说”的，等于按了一回取消键，收回了这个用语。

实际上，乐嗣炳和高名凯也都认可各地方言都是汉语，但仍感到有对此详加讨论的必要，显然意识了现代方言理论之中潜藏的政治压力。在何仲英的笔下，方言的发展乃是“离心力”和“向心力”较量的结果：“离心力比向心力强，所以罗马语分为无数语；向心力比离心力强，所以德语统于一尊。”① 他谈的是语言，但“离心力”和“向心力”都是极具政治暗示性的字眼，因此，这也不能不令读者担心：北平、广东、福建、江苏的方言既如此不同，中国是否会像法国、意大利、西班牙一样，分裂为不同国家？中国人自晚清以来就不断面对瓜分的危机，这个问题实在非常切己。因此，中国学者必须证明，汉语方言中的“向心力”超过了“离心力”，其同一性远远大于歧异性。

这个观点存在三种论证方式。第一种是强调汉字的统一约束了方言的分化。胡以鲁认为，中国地域辽阔、交通不便、历史悠久、种族复杂，但比起欧洲来，方言要少很多，主要的不同只在语音的“舒促开闭”。这是因为，中国存在一个“防止纷歧”的力量，即是统一的文化：“社会组织统一于文化，所谓方言方音者亦统一于文字。或为俪语，或为转注语，通用于大社会之中，致吾国语大同者此也。”② 何仲英的看法相同：中国的“书同文”政策造就了一个“文化中心”，抑制了方言的分化冲动。③ 黎锦熙也发现，汉语存在一个“自然的标准”，这来自两方面作用：在社会上层，科举取士，诗韵谨严，以致字音也大体相同；在社会下层，小说、戏剧广泛传播，推动各地语言“趋于一致”。④ 比起胡以鲁、何仲英来，黎锦熙多了一重“下层社会”的眼光，不过其结论和思考方式都很接近。

20 年代，孟森曾对汉字拼音化主张发表过一段批评，被顾实引用在《中国文

---

①③ 何仲英：《中国方言学概论》，《东方杂志》1924 年第 21 卷第 2 号。

② 胡以鲁：《国语学草创》，商务印书馆 1923 年版，第 82—84 页。

④ 黎锦熙：《国语学大概》，《晨报副刊》1922 年 12 月 31 日。

字学》中。十多年后，一位南昌的中学老师又从顾实那儿转引了这段话，颇表戚戚之感：中国"因文字之合一，而语言亦受约束，所异者不过双声叠韵之间。名词同，句法同，燕人入粤，专心察其音纽，旬月之间，可以毕通。而吾国所谓种族之单纯者，质言之，即此文字之单纯耳"。这种经验超越了不同方言的局限，强化了人们的民族认同："今试指闽、越人，而告以汝非汉族，其人必大愤，此之谓民族之自决，此之谓外人不敢生心。"[①]此一观点乍看似乎相当"保守"，但毋庸置疑属于现代人的思考范围：离开民族国家观念，这种忧虑无从解释。在近代之前，担心方言分化会导致一个政治实体的分裂，即使不是奇思怪想，恐怕也极为罕见。

但对有些文化人来说，这一论证方式确是"保守"的。第一，在理论上，现代学人对"口语"的评价要远远高过"文字"。[②]前面征引的材料中，至少胡以鲁、孟森所说，有"执住了死文字来驾驭活语言"的嫌疑，而据顾颉刚认定，正是这一点阻碍了中国方言研究的进步。[③]第二，书面语言的统一并不能证明这同一批人的口头语言也属于同一系统。刘大白就提出，春秋列国各有语言，不过写文章时皆用"周代的国语"，正好像南洋华侨方言各异，不得不用马来语或英语交谈、写作一样。显然，在他看来，中国人用外语交流，与中国古代的"同文政策"具有同样意义。他当然也肯定"同文政策"促进了中国文化的统一，但在其叙述中，后者又和方言的"复杂"并行不悖。[④]那么，对刘大白而言，汉字的统一无法减弱方言的歧异。

第二种论证方式是通过对语音、语词、语法等层面的共时性比较，证明各地方言之间同大于异，因而皆属汉语。

早在1910年，一个在南洋华侨中宣传国语的组织就声称：除了广东、福建，

---

① 汪国镇：《文字学概论》，商务印书馆1939年版。

② 王东杰：《"文字起于声音"：近代汉字拼音化思想对一个传统训诂理论的继承式颠覆》，《近代史研究》2013年第4期。

③ 顾颉刚：《吴歌甲集》附录三《歌谣中标字的讨论》弁言，载《顾颉刚民俗论文集》卷1，中华书局2014年版，第163页。

④ 刘大白：《白屋文话》，世界书局1929年版，第86—87、213—214页。

中国各地方音“不过高低轻重之间，微有区别”罢了。① 这很像孟森的意见。傅斯年对语音差别的估计更严重些，但也认为，除了闽粤之外，各地“言语之殊，殊在质料者极少，殊在音读者较多”②。前引高名凯那段话似乎把方言的歧异说得非常严峻，其实也只是欲扬先抑，因为他接下来就力证：各地方言的发音虽不同，“语音的系统”和“所用的字眼”却“大体相似”，语法区别更“极微细”，因此它们都“还是属于中国语的范围之内”。③ 直到 1973 年，年近垂暮的赵元任还念念不忘为汉语的统一性辩护：“汉语是一种语言，不是几种语言，不但从文字上看是这样，因为应用一种文字来书写，从语言上看也是这样：因为在汉语的各方言中有一批共同的词汇单位，有大致统一的语法结构和有整套整套关系密切的音系。”④

在语音、语词和语法三者之中，语法被视为区分语言的关键因素，尤受重视。⑤1923 年，刘半农宣称：“中国方言的不同，只是方音的不同，并不是文法的不同。”此乃“我们中国语言中最有光荣的一件事”。汉语的大体统一，“归根结底，只完全依靠着这一件事”。其时他正在巴黎留学，早年参加新文化运动时的激烈已冷却不少，反倒主动提醒那些“痛骂中国语言的中国人”：想想中国语言的统一性，“或者可以平得一点气！”⑥30 年代一部带有通俗性质的文法书更是强调语法在论证这个问题中的重要：“中国各地的方言，虽各有不同，但不同之点，在于语音和语词；至于将语词连结配成的句子，其语词的位置和语句的组织，全国大抵相同。”⑦

其实，这些共时性的观察，只能说明现存方言的相似性，但这几位论者却都从中看到了汉语方言的同源性。⑧ 这样，就把我们引向了第三种论证方式——历时

① 刘本龄：《华商国语研究会小启》，《南洋群岛商业研究会杂志》1910 年第 3 期。

② 傅斯年：《文言合一草议》，《新青年》第 4 卷第 2 号。

③ 高名凯：《汉语语法论》，开明书店 1948 年版，第 11 页。

④《谈谈汉语这个符号系统》，载《赵元任语言学论文集》，商务印书馆 2002 年版，第 888 页。

⑤ 沈步洲：《言语学概论》，商务印书馆 1931 年版，第 54 页。

⑥ 刘复：《中国文法通论》，商务印书馆 1939 年版，第 124 页。

⑦ 黎明：《国语文法》，中华书局 1937 年版，第 1 页。

⑧ 中华续行委办会调查特委会编：《1901—1920 年中国基督教调查资料》上卷，中国社会科学出版社 2007 年版，第 56 页。又如高名凯：《汉语语法论》，开明书店 1948 年版，第 10 页。

性研究。高名凯曾言："从历史的角度来看问题，地方方言就是语言在时间上的继续。"① 历史性方法是最合乎方言定义的论证方式。沈步洲指出："方言者，乃同一种语言中由历史所经之情境所发生，非两种源流不相同之语言由历史之机会而接触者也。"② 即是说，要确定两种语言是否互为方言，不能只看到它们的相似性，因为那很可能只是后天染触的结果，要证明它们的亲缘关系，必须追本溯源。前述那些学者从共时性特征直接跳到历时性结论，在逻辑上当然存在漏洞，但也是因为，在现代语言学中，只有历时性研究才是判断方言的标准方法。

既然各地汉语的差异表现最突出的是语音，其次是语汇，这两个层面理所当然成为破题的关键。沈兼士说：现代方音乃"古音之尾闾"。③1921 年出版的一部教科书称：中国方音差别虽大，但"古本统一"。④ 也有人断言，"时代愈古"，中国"方言差别愈少"。⑤ 黎锦熙的看法要复杂一些。在对东南地区的语言情况作了分析后，他认为，它们是历史上不同时期中原移民的结果，其中，闽、粤语音是秦汉时期中原语音的"代表"，江、浙语音是魏晋隋唐中原语音的"代表"。因此，"土音就是古音，方言就是古语"⑥。其实，这也还不能说明它们就是"同一"语言的后裔，因为，中原语音本身就在变化中。不过，黎锦熙在这里想要达到的效果，无疑是使读者认为闽、粤、江、浙之语，都出于同一祖先。"土音就是古音"的假设也是许多学者探讨古音韵问题的出发点。比如，罗常培的古音研究，就被傅斯年总结为"于方言中求古韵，于古韵中求方言"，甚是赏识。⑦

语音如此，语词亦然。黄侃曾告杨树达，各地方言词汇，除名物外，"未有不

① 高名凯：《语言论》，商务印书馆 1995 年版，第 423 页。

② 沈步洲：《言语学概论》，商务印书馆 1931 年版，第 164 页。

③ 沈兼士：《古音系研究序》，载《沈兼士学术论文集》，中华书局 2004 年版，第 330 页。

④ 廖立勋：《实用国音学》，商务印书馆 1921 年版，第 1 页。

⑤ 刘迺隆：《读"方言与新字"》，《国文月刊》1944 年第 26 期。

⑥ 黎锦熙：《黎锦熙的国语讲坛》，中华书局 1923 年版（1921 年第 1 版），第 5—6 页。这一分层的研究路径为后来学者所光大。参见梅祖麟：《中国语言学的传统与创新》，载《学术史与方法学的省思》，台北"中研院"史语所 2000 年版，第 490 页。

⑦《傅斯年致蔡元培》(1932 年 12 月 26 日)，载王汎森、潘光哲、吴政上主编：《傅斯年遗札》第 1 卷，台北"中研院"史语所 2011 年版，第 442 页。

与古同者”，故“今言即古言”。[1] 周兆沅辩称《说文解字》乃“中国最古语典”，后世寻常俗语“无一不由蜕化而成”。[2] 这两位都是老派学者，但接受过现代学术训练的学者仍广泛使用类似路径。比如，许维遹研究登州方言，就全从周秦古籍中寻找出处。[3] 林语堂20年代初提倡方言研究时，给出了两个理由，其一即是，方言中寄寓着“古音古字的痕迹”[4]。即使文化态度更为激进的左翼知识分子，也有人认为方言语词只是“在沿用中把字念讹”的结果。30年代一份左翼刊物还开辟了“方言土语”专栏，搜集归纳“各地流行的方言土话”中之相同者，以为建设“大众语”之助。[5]

其实，这个思路绝对算不上新事物，而是中国方言研究的旧传统。南宋朱熹已经提出，方言乃“古之遗音”[6]。明人岳元声发现自己家乡那些有音无字的土语“多有来历”，遂想及苍颉造字未通行之先，岂非“苍颉一方之言”？故经史百家与方音俗语并非天悬地隔，不能相通。[7] 在清代方言研究著作中，这一假定更被广泛接受。以晚清而言，南方有陈澧的《广州音说》，从隋唐韵书推究广音之所从来。[8] 北方有王树枏的《畿辅方言》，以“证古今语之异同”为宗旨。[9] 西南地区有张慎仪的《蜀方言》，于“每条备注来历，明非肊造”，凡俗字、俗语“不见记载”者，“概从屏弃”。[10] 虽然此言也暗示蜀语颇有逸出古书之外者，但对那些没有“来历”

---

① 《黄侃致杨树达》（1927年1月4日），载杨逢彬整理：《积微居友朋书札》，湖南教育出版社1986年版，第21页。

② 周兆沅：《广方言自叙》，载《国学丛编》（北平中国大学）1931年第1卷第3期。

③ 许维遹：《登州方言考略》，载清华大学中国文学会编：《语言与文学》，中华书局1937年版，第133—140页。

④ 林玉堂：《研究方言应有的几个语言学观察点》，《歌谣·纪念增刊》1923年12月17日。

⑤ 《方言土话研究栏》，《北调》1935年第1卷第4期。

⑥ 刘晓南：《朱熹与宋代方音》，上海人民出版社2008年版，第46、53页。

⑦ 岳元声：《方言据》，《丛书集成初编》本，商务印书馆1939年版，第1页。

⑧ 《广州音说》，载《陈澧集》第1册，上海古籍出版社2008年版，第58页。

⑨ 王树枏：《续方言拾遗原序》，载张永言点校：《续方言新校补、方言别录、蜀方言》，四川人民出版社1987年版，第101页。

⑩ 张慎仪：《蜀方言》，载张永言点校：《续方言新校补、方言别录、蜀方言》，四川人民出版社1987年版，第263页。

的语汇，张氏显然并无兴致。这都还是有系统的专著，至于各种零星发现，更是散诸文献，俯拾即得。显然，现代方言学者把方言视为古语的地方分化，无论思维结构还是具体论说，都有与前人一脉承接之处。

但我们也不能把这个做法简单地归结为中国传统学术的惯性。事实上，19世纪的欧洲语言学家多认为，"几乎所有的欧洲语言"都是同源的，只因"语音语汇法则"的改变才产生分化。①这自然也被中国现代语言学界所接受。陈寅恪强调，比较语言学研究应有"历史观念"，即"同系之语言，必先假定其出于一源，以演绎、递变、隔离、分化之关系，乃各自成为大同而小异之言语"，否则即是"认贼作父，自乱其宗统"②。高本汉提出，《切韵》代表唐长安方言，几乎所有现代汉语方言都导源于此。张世禄遂将此结论照单全收："我们认定现今各处纷歧的方音，都是从隋唐古音上演变出来的。"③

这样看来，"方言即古语"的思路乃是中国传统与近代西方学术同时作用的产物。不过，传统学人和现代学者虽同具此手眼，而运用目的则全不相同。前者依据的是"礼失求诸野"原则。正如孔子另一句话"先进于礼乐，野人也；后进于礼乐，君子也"暗示的，这里蕴含着"俗"源于"雅"这一推论。④是以，此原则常被地方读书人用来论证本地文化的正统性，前引岳元声所言即是一例。在福建、广东这样长期被视作文化边缘的地区，此一论点更广受欢迎。对经过了新文化运动洗礼的现代知识分子来说，"雅"当然已不再是一个核心价值。他们做此思维，一则出自学术训练，一则受到民族主义的影响——无论有意无意，汉语方言的同源性都被他们视为中国文化统一性的隐喻。

另一方面，民族主义本身就是一种新的价值取向，这既为传统观念的延续，

---

① 柯娇燕（Pamela Kyle Crossley）：《书写大历史：阅读全球的第一堂课》，刘文明译，广场出版2012年版，第40页。

② 陈寅恪：《与刘叔雅论国文试题书》，载《金明馆丛稿二编》，生活·读书·新知三联书店2001年版，第251页。

③ 张世禄：《中国语音的演变与音韵学的发展》，《新科学》1940年第2卷第4期。

④ 这里的解释采用了傅斯年的观点："那些先到了开化的程度的，是乡下人；那些后到了开化程度的，是'上等人'。"见《周东封与殷遗民》，载《傅斯年全集》第3卷，湖南教育出版社2003年版，第244页。

也为其改造提供了可能。何仲英提出，吴语实是“中原旧语”，而“今日北方所说的，反是‘中原新语’”。我们不能以“吴语为鴃舌”，因为“吴语并不是真正吴语啊”。且“吴语如是，其他闽语粤语亦复如是”。乍听起来，此论与岳元声如出一辙，但何氏的目的绝不只是提升吴地文化的正统地位，而是要反对对方言的歧视：“大家都是一个源流来的，半斤对八两，不必分什么尊卑高下，一决雌雄。”同时，他也想借此表明，方言和国语（标准语）之间并无一条“鸿沟”：一方面，“凡是方言都有做国语的资格。国语既定之后，凡非国语，仍有补充国语的可能”；另一方面，“国语的音韵、词类、语法，尽管和各地方言不同，推本穷源，或可相同八九”。[①] 这样，方言地位的提升，和国语统一不但并无矛盾，甚至相得益彰。[②]

通过论证汉语方言的同源性，语言学家也为它们建立了一个亲缘谱系，这一成果又被运用到国语教育中。章太炎是反对以所谓官音作为国音的，但也同意：“各省语虽小异，其根柢固大同。若为便俗致用计者，习效官音，虑非难事。”[③] 何仲英明言，自己之所以要“把方言和国语的沟通，说个明白”，就是为扫除一般人对国语的畏难心理。[④] 赵元任指出，中国人学国语和外国人学中国语有着本质不同：后者“是学一种新语言”，故一切“都得要一一从头开蒙学起”，前者就简单得多。广东话和北方话表面似乎“完全是两国语言”，但“国语所用的基本材料，百分之九十九是广东语的所有的”。[⑤] 不消说，此话也有为广东人学国语鼓劲的意思，但也并非在学理上毫无根据。

当时有些专供某一方言使用者学国语的手册，还利用这些研究成果，发明了一些学习技巧。王力建议，我们可以把中国古代语音系统中“同类的字念作同样

---

① 何仲英：《中国方言学概论》，《东方杂志》1921 年第 21 卷第 2 号。

② 程美宝的研究也表明，广东人对“南蛮鴃舌”实为“中原古音”的信心，直至 20 世纪不绝，既提升了地方文化的自豪感，也强化了对中国的认同。见《地域文化与国家认同：晚清以来“广东文化”观的形成》，生活·读书·新知三联书店 2006 年版，第 66—96、112—164 页。

③ 章太炎：《驳中国用万国新语说》，《民报》1908 年第 21 号。

④ 何仲英：《中国方言学概论》，《东方杂志》1921 年第 21 卷第 2 号。

⑤ 赵元任：《从国音国语说到注音符号》，原载《自由新报》1939 年 3 月 15、17 日，收录于《赵元任语言学论文集》，商务印书馆 2002 年版，第 491 页。

的音，异类的字念作不同的音"，只要据其变化规则"类推"即可。① 魏建功在抗战结束后，受命负责在台湾推行国语，强烈反对"从头就教它标准化"的主张，力主采用"从台湾话学习国语"的方法，通过"对照、比较、类推"，在台湾话和国语之间建立一种感性对应关系。这一方面是为了方便台胞学习国语，一方面也是要表明："我们对同胞贡献的是自家学话的方法，不是教外国人学我们的国语的方法。"而其更深一层的考虑是：只有唤醒台湾人民的"自家"感，才能"真正光复失地，精神复原"②。在此思路下，"实行台语复原，从方言比较学习国语"遂正式列入《台湾省国语运动纲领》。③

要说明语言学家对汉语方言同一性的关注和国家统一事业的内在关联，台湾的国语教育确是一最佳案例。在台湾省国语推行委员会编辑的一本宣传手册中，我们可以读到下面的句子："国语是跟各地方言土语中间血脉相通的一种简洁明了当得起全国人民开诚布公的语言系统。"这是"因为国语包括声音、形体和组织，方言和它之间的差异只是声音"，但"日本东京话的声音和组织的两项系统，都跟我们不同，只配做他们自己国家的国语"。④ 这份小册子署名张洵如，其实就是魏建功。虽然这话本身就讲得佶屈聱牙，丝毫谈不上"简洁明了"，但意旨是很清楚的。他故意了淡化台湾方言和国语（标准语）的差异，从学术标准看，瑕疵明显，然若只从论证取向看，和语言学界的主流观点也并无二致，更何况，其关注的本非学理，而是如何将台湾民众从日本文化的影响中解脱出来，拉近他们和祖国的心理距离。

三、"当代"导向与历史寻索

显然，在论证汉语方言同源性的问题上，历时研究起到了最为关键的作用。

---

① 王力（王了一）：《江浙人学习国语法》，正中书局 1947 年版（沪一版），第 5 页。

② 《何以要提倡从台湾话学习国语》、《怎样从台湾话学习国语》，载《魏建功语言学论文集》，商务印书馆 2012 年版，第 326、333 页。

③ 《台湾省国语运动纲领》，《国语通讯》1947 年第 2 期封面。

④ 张洵如：《"国语运动在台湾的意义"申解》（《国语问题小丛书》第一种），台北现代周刊社印行，载南京中国第二历史档案馆藏"国民政府教育部档案"第 5—12301 卷。该文收入《魏建功语言学论文集》，商务印书馆 2012 年版，第 310—319 页，引文在第 313 页。

然而，这里也存在一个必须加以辨析的问题。根据现代方言学家的看法，他们的研究和传统学术的一个重要区别就体现在时间维度上。用沈兼士的话说，传统学人是“目治的依据古籍来探寻历代文语蜕禅的轨迹”，现代学者是“耳治的研究现代各地方言流变的状况”；前者“注重纵面求是的考证意义和声音之本相”，后者并注重“横面致用的‘约定俗成’之原则”。① 简言之，在取向上，传统方言研究以存古或证古为目的，现代方言学以通今为目的；在资料上，传统学术以古书为中心，现代学术以实际的语言调查为中心。

要深入理解这一变化，我们不妨从几位现代学者对章太炎清末所著《新方言》的批评入手。此书因开拓了从词源学角度汉语方言词汇研究的视野，被视为“传统方言学与现代方言学之间的承前启后之作”，在学术史上有很高地位。② 章太炎在这本书上面也花了不少气力：刊登广告，征集素材；又亲向在东京留学的各省学生请教，“遍访异言，归而次录”③。结果使他非常满意，自诩其书既广求“今语”，不“沾沾独取史传为征”，又将“今世方言”中“难通之语，笔札常文所不能悉”者，一一“上稽《尔雅》《方言》《说文》诸书”，使其“敫然如析符之复合”，从而打通今古之隔阂，推明“国语”之“本始”，于保存古学，甚有功德。④

但在现代方言学发轫时期，此书却成为箭垛，凡欲与旧学术划清界限者，皆要向其射上一箭，批评的火力则主要集中在它喜欢从周秦古籍寻找现代方言语汇来源这一点。1924 年，中国历史上第一个方言研究机构——北大研究所国学门方言调查会的成立宣言，就竭力分辨现代方言研究和扬雄式的“训诂学”、章太炎式的“语原学”的区别。⑤ 章氏弟子沈兼士在 20 年代初也多次表明，《新方言》“每

① 《研究文字学“形”和“义”的几个方法》、《关于考订方言用字答魏建功君书》，载《沈兼士学术论文集》，中华书局 2004 年版，第 8、17 页。

② 何九盈：《中国现代语言学史》（修订本），商务印书馆 2008 年版，第 474—477 页；《章炳麟——现代汉语言文字学的开山大师》，载《祝鸿熹汉语论集》，中华书局 2003 年版，第 7 页。

③ 章太炎：《博征海内方言告白》，《民报》1908 年第 21 号，中华书局影印本，第 2968 页；《吴语序》，载《章太炎全集》第 7 卷，上海人民出版社 1999 年版，第 145 页。

④ 章太炎：《新方言》，载《章太炎全集》第 7 卷，上海人民出版社 1999 年版，第 3—4 页。

⑤ 《北大研究所国学门方言调查会宣言书》，《北京大学日刊》1924 年 3 月 17 日，第 3—4 版。

语必求他的古字"，最叫人难以满意。因"后起的语言，不必古书中都有本字"。若一定"都要审定出一个原文来"，不免穿凿附会。故我们与其"拿和现在说话不相符的古字来替代俗字"，不如认真探究一下这些俗字的"意义究竟是怎样"。①

对《新方言》的评论预示了此下中国方言研究的一些基本偏好：在词汇和语音之间，更重视语音②；在古音和今音之间，更重视今音；在"单文只字"和语句之间，更重视语句，而这也和语音有关：因为有很多字"单读不变"，放在语句中"乃有音变"的。③所有这些，都透露出以当代而不是以古典为取向的研究眼光。在此背景下，我们也可以明白为何有人提出要从《新方言》回到《方言》去了：《新方言》意在"语原的考订"，注重"纵的连系"即"古语和今语的连系"；《方言》则"偏重于方言的搜集"和"记录"，注重"横的连系"也就是"各地语言的连系"。④作者的意思很清楚：方言研究重心应从历时性追索转移到共时性联系上来。

这当然不是说现代学者已不再对语言的历史变化感兴趣了，相反，那正是方言研究的一大方向。不过，在理论上，古今地位已经颠倒：研究"纵的连系"，是为了深化我们对"横的连系"的认知。这里我们可以征引一下教育部属国语统一筹备委员会 1931 年给教育部的一份呈文："本会筹备国语文献陈列馆业已多时。目前材料，除国语运动中关于符号并作者之著作外，大都为以往各种有历史价值之议案档件。惟念文献陈列之目的，在使览者即物兴感，对于国语统一运动之过去及现状格外亲切；而同时亦含有实示验证，俾知国语实际之究竟，则征集一切关于我国现行语言之状况，以揭明国语统一运动意义所在，尤为当务之急。"⑤陈列

① 沈兼士：《一封讨论歌谣的信》《关于考订方言用字答魏建功君书》《今后研究方言之新趋势》，载《沈兼士学术论文集》，中华书局 2004 年版，第 14—15、17、45 页。

② 杜道生曾抱怨："今世惟重调查方音，分析音素，乃不重调查方言，探索音义"（《文字训诂与方言土语》，《志学》1945 年第 19、20 期合刊）。于畸重畸轻之间，正提示了现代方言学的重心所在。

③ 祖谟：《说方音研究》，《国语周刊》1935 年总第 194 期。

④ 章振华：《读"新方言"札记》，《语文》1937 年第 1 卷第 2 期。

⑤《教育部训令字第 1981 号》（1931 年 11 月 25 日），载辽宁省档案馆藏热河省公署档案，档案号 JC23-1-29722。

馆中收录的“历史”文献，最早的也不过晚清，但仍被认为难以使人产生“亲切”感，必须提供“现行”材料，才能彰显国语运动的意义。这不一定反映公众意见，但的确是国语统一筹备委员会诸公的认识。

同时，即使纯以重建古代语言为目的的历时性研究，也必须充分考虑活方言的重要性。岑仲勉曾云：古代“单音只语，犹多留存于各地方言中”，因此，“欲研究古音转变之途径与其转变之程度，必须深谙俗语，断不能纯赖参杂人工之读音”。事实上，“愈欲研究古音，愈须调查今音。盖《切韵》还原，易陷于虚玄，今音考察，则邻于现实。今音而重‘读’，又现实之偏虚，今音而重‘语’，乃现实之更实也。”① 岑氏热衷于用古音证古史，其实未必是其强项，这段议论也不是为了服务国语运动的现实需要，但从“《切韵》还原”这些话中，我们可以清楚看到，其取径已与清儒明显不同，今音、今语获得了前所未有的重要性：它们不只是古语研究的辅助材料，而是关键证据，离开它们，古语重建将一无可能。

事实上，整个国语运动的取向都是以当代为中心的②，方言研究取向的改变只是其中一部分而已。归根结蒂，这仍与民族国家的需求有关：简单说，一个民族首先是存在于“现在”的，无论“过去”还是“未来”，都服务于“现在”存在的这个民族。根据本尼迪克特·安德森的看法，民族的想象潜在地依赖于一个“同质性的，空洞的时间”观念。后者为我们提供了一种“同时性”的测量技术和思考框架。在此框架中，“过去和未来汇聚于瞬息即逝的现在”；通过它，我们才得以“持续地确信那个想象的世界就根植于日常生活中”。③ 据此，“过去”不过是此“同质”时间的一部分，“传统”遂不再具有任何超出其他时间段的神圣意义，因此，即使历时维度的方言研究也不应以回向往古寻找价值为目的，而理应转向对活泼泼的当代生活的肯定。这一点有助于我们理解罗常培的话：传统方言研究都

① 岑仲勉：《考据举例》，载《两周文史论丛（外一种）》，中华书局 2004 年版，第 379—382 页。

② 部分论述参看王东杰：《“代表全国”：20 世纪上半叶的国语标准论争》，《近代史研究》2014 年第 6 期。

③［美］本尼迪克特·安德森（Benedict Anderson）：《想象的共同体：民族主义的起源与散布》，吴叡人译，上海人民出版社 2005 年版，第 23、32 页。

要"以韵书矫正方音"，其实，"与其援古正今，还不如据今考古好呢"。[①]

不过，我们也不能轻视历史、文字和书本这样一些"雅文化"维度在中国现代方言研究中的作用。的确，它们已不再是一种衡量尺度，然而它们转变成了一种"文化传统"。后者虽仍无法彻底和价值分离，但从表面上看来，主要是一描述性概念，这使它可以"超脱"于各种具体的价值分歧之上，呈现出一种"中立"的态度，从而起到为民族国家提供历史支撑，为当代文化发展提供养分的作用。很显然，在论证汉语方言的同源性这一问题上，它们扮演的角色无可替代：声音本身转瞬即逝，要勾勒语言来历，舍弃书证，无所取材。因此，至少从技术性条件来看，方言学无法完全脱离文字和历史的控制。

传统学术惯性的影响也是一个因素。梅祖麟发现：汉语学术界的方言调查长期采用赵元任的《方言调查表格》（1930年）及在其基础上发展而来的《方言调查字表》（中国社会科学院语言研究所编，1955年初版）。"这种表格预先选定三千多个常用字，依《广韵》的声母、韵母、声调排列，然后每个方言都调查这些字的语音。"其优点是"在短时间内可以了解一大片方言的音韵概况"，但也漏掉了许多"'有声无字'的语词以及常用词的俚俗音"[②]。这种做法在很大程度上与研究者的学术趣味有关。李壬癸发现，早期汉语方言调查者最感兴趣的问题是："现代方言如何和古音连接起来？"[③] 反过来，这种调查和思维方式也高度配合了他们的论点。魏建功曾以"怎样从台湾话学习国语"一句为例，对照了国语和台湾话的异同，结论是："如果完全依照原来字面来用台湾音说，我想与国语只是声音上的不同。"[④] 然而，这在多大程度上取决于他的研究方式和所用材料？仍是未经检验的。显然，尽管现代方言学家自觉地欲与传统断裂，实际则远未脱离传统学术的影响。

① 罗常培：《汉语方音研究小史》，《东方杂志》1934年第31卷第7号。

② 梅祖麟：《中国语言学的传统与创新》，载《学术史与方法学的省思》，台北"中研院"史语所2000年版，第478页。

③ 李壬癸：《七十年来中国语言学研究的回顾》，载中研院史语所编：《学术史与方法学的省思》，台北"中研院"史语所2000年版，第523页。

④《怎样从台湾话学习国语》，载《魏建功语言学论文集》，商务印书馆2012年版，第321页。

不仅中国学者如此，汉学家如高本汉者，也有类似做派。他那个“所有现代汉语方言都来自《切韵》”的论断，就引起曾在山西做过方言调查的比利时学者贺登崧的质疑：“法语方言中产生的各种语音变化和新词，难以断定它们是直接从拉丁语派生而来的。而高本汉为什么能断定汉语方言和公元601年的《切韵》所代表的语言有直接的派生关系呢?”他发现，高本汉的方法是，先选取一个书面语词，再请教不同地区的人们，本地方言如何表达这一事物，直到找到类似的发音为止——这“当然全部都能直接和《切韵》音挂上钩了”。贺氏认为，汉语方言中某些语音的同一性，只是“历史的偶然产物”，并不一定“具有共同的历史渊源”。他据此认为：“现代中国的文献语言学的错误不在于依据文献做研究，而在于要在方言中找出和书面汉字相对应的词。这一做法是以汉语变化有连续性这一点作为前提的。但是事实却彻底否定了这种连续性。”①

照此标准，中国的方言学家几乎要被一网打尽了。实际上，他们对此也不是没有自觉。赵元任就曾反省：“我们有时候还是脱不了‘研究前人所研究或前人所创造之系统’的习惯”，故“总还是以《切韵》系韵书作为一切方言研究的出发点”，因此受到西洋方言学家批评。但他强调，这也是万不得已的做法：中国有“几千方言”，要想得着“一个大概的观念”，不能不“以简御繁”，唯一法门“就是拿《切韵》系统之下的单字音作起点，以后再慢慢给某种方言的语词作详细的长篇记录”。②罗常培对西人的回应就没有这么客气了。他直言，西方学者研究汉语方言的一大缺陷就是“没有历史的出发点”，故很难说明方言间的关系。这关系只能从历史上看出，“无论拿哪一种现代方音作研究别的方音的出发点，事实上都往往走不通”。同时，表面上“看起来不能相通的两种方音，未见得没有历史的关系”。因此，“研究现代方音唯一有效的出发点就是古音”。③

我们不妨拿罗常培这段话和一般被视为老派学者的向楚在《巴县志》中的一

① [比利时]贺登崧(W. A. Grootaers)：《汉语方言地理学》，石汝杰、岩田礼译，上海教育出版社2003年版，第7—8(“作者日译本序”，篇页)、86、107页(正文页码)。

② 《台山语料序论》(1951年)，载《赵元任语言学论文集》，商务印书馆2002年版，第496页。

③ 罗常培：《汉语方音研究小史》，《东方杂志》1934年第31卷第7号。

段话做个比较:"吾国南北之音,不无讹变。世人不通转语,音声小变,即无以知其所从来。若能推行故言,得其经脉,虽唇吻有弇侈之殊,等呼有刚柔之异,若能求得其变化之原理,掌握其沟通之途径,即不难互通语言。"① 二人着眼点不同,思路和观点则有不少互通之处。而向楚这段话绝非纸墨见解,是建立在其实际经验之上的。1902 年,他曾在广州教国文,因为一口川话,无人能懂,但他依靠扎实的音韵学底子,很快就大致掌握了广东话。② 这似乎也为前引孟森的话做了证词:有一个经典文化做基础,燕人也可以很快掌握粤语。

我想进一步指出的是,中国现代方言学对所谓"文献语言学"方法的依赖,并不完全出于历史的惯性,也不只出于一种技术性的需要,而具有更加实质性的意义。如同胡以鲁、何仲英、赵元任等人所观察到的,中国地域辽阔,历史悠长,文化和政治却能长期维持基本统一,正依赖于一个以文字、书本、经典为核心的大传统的存在;而各种千姿百态的地方性小传统,与此大传统也存在密切的对流互动。抛开大传统,我们不但无法解释中国何以成为中国,也难以在丰富多样的地方文化和民间文化的呼吸声中,分辨出它们背后的隐秘呼应。

不过,说来似乎吊诡的是,历史的维度之所以在现代学者以"当代"为导向的文化研究中起到如此核心的作用,在很大程度上也就源于其地位的降低——它已不再是一个用来评判不同文化成果优劣雅俗的价值源泉,而成为一个为民族国家提供认同和生命力的"文化传统",这使其活力获得了极大的解放,得以积极融入当代生活的建设中。在这个意义上,历史仍然被"当代化"了。

四、左翼文化人的反对意见及态度的转变

虽然不少中国学者都对汉语方言的歧异性表现出几分不安,但整体看,他们在论述此问题时,都带有一点轻描淡写的神情。我们当然可以猜测,这可能是有意为之,正提示了他们内心的紧张。然而可以肯定,紧张当然有,但绝没有达到

① 向楚等:《巴县志·礼俗篇·方言章》第 2 册,学生书局 1967 年版,第 70 页(卷页)。

② 向在淞:《前川大文学院长向楚》,载《成都文史资料》总第 19 辑,第 28 页。

使他们感到无措的地步。不过，在有关文献中，我们还是可以发现一些不同议论，提示出问题的另一面。比如，在南洋推行国语教育的郭后觉发现，许多福建、广东人，“觉得‘国语’的难处”，不只是音调的不同，即使词类、语法，“也都和本乡话参差得很远”①。郭氏当然并不因此现象就否定学界主流结论，但对形势的判断显然比后者来得严峻。

真正使问题复杂起来的是左翼文化阵营的一些主张。三四十年代，在中共领导下，左翼文化人开展了一场拉丁化新文字运动（以下简称“拉丁化”），期望通过推广汉语拉丁化文字方案，迅速提升民众识字率，并最终废除汉字。这一运动在20年代末的苏联发轫，30年代初传入中国，在左派青年中风行一时。②从主张上看，它和国民政府支持的国语运动有不少重合之处，但左翼人士自觉地把它看作与国民党斗争的一部分，牵连所及，国语运动遂成标靶。当然，二者在语言学观点上也确有不同，其中和本文主题相关的是如何看待方言的问题。拉丁化认为，汉语方言异常复杂，国语统一只能是远期目标，为了使劳苦大众尽快掌握一套读写工具，必须以不同方言区为单位，推广本区方言的拉丁化文字。显然，这一论点能否成立，主要取决于如何评估汉语方言的歧异程度。

1947年6月，宣传拉丁化的重镇《时代日报·新语文》副刊发表的一篇署名“耐烦”的文章指出：“闽语和‘国语’之间的距离决不比英语和德语之间的短，无论语法、语汇和语音都有不同”。这看来和郭后觉所见略同，但作者据此认为，闽、粤语和“国语”（实指北平话）的差异根本就是不同语言的差异：“北平人听到广州话自然知道它是中国话，正如英国人知道德语也是日耳曼语一样，所不同的是前者给人的概念是‘一个国家的方言’，而后者是‘两个国家的语言’。两者之不同是所属政治区域之不同，而不是性质之不同。”作者对依据韵书来证明各地语言“统一性”的做法也很不屑：广州话与《广韵》存在“语音的变迁关系”，北平话则与《广韵》差之甚远，故我们“决不能”说广东和北平的“语音分类相同”。

① 郭后觉：《闽粤语和国语对照集》，儿童书局1938年版，第1页。

② 有关情况参看倪海曙：《拉丁化新文字运动编年纪事》，中国人民大学语言文字研究所1979年版。

事实上，“如果根据韵书来断定南北韵摄统一，正无异于一部分人根据汉字来说中国语言统一是一样的可笑”[①]。

这就是说，单从语言性质看，粤语或“闽语”就相当于另一个“国家的语言”。即使在拉丁化文献中，这也算是“极而言之”。不过，它也代表了这一运动对此问题的基本立场：相对于汉语方言的同一性，左翼人士更感兴趣的是它们的歧异性。焦风就强调：“我们土话间有很大的差别，不独是无从否认的事实，尤其是不容抹煞的事实。”[②]表达要温和得多，但论述方向是一样的。若把它和前引何仲英、赵元任等人的文章对读，二者的侧重点针锋相对，一望可知。拉丁化论者为何要强调汉语方言歧异的一面？道理很简单，从论证技巧上看，只有突出这一面，方言拉丁化才是有必要的；如果汉语方言基本同一，它就成了画蛇添足之举。

毫不奇怪，这个观点可以追溯到拉丁化方案的主要作者瞿秋白。他认为，通常所谓“中国话”实际可说是“中国语族”，内部差别极大。“这许多种‘中国话’在言语的系统上是相同的，而同时每一种言语差不多不但是一种方言，而且几乎要成为一种独立的言语了。北京话、南京话、上海话、厦门话、广州话……仿佛像法国话、意大利话、西班牙话、葡萄牙话等等，各自不相同，而又同属于拉丁语族。”若非经济落后和象形文字制度的局限，“中国话一定要变成北京话、上海话，中国文也一定要变成北京文、上海文”，它们的“分别甚至于比俄罗斯、白俄罗斯、乌克兰、波兰的言语文字之间的分别——还要大”。瞿秋白认为，中国目前尚谈不上一个“全中国的中国话”，甚至“就是每一个区域的普通话（例如江南区）也还没有完全形成”。“中国语族”可以分为许多不同“语系”，每一“语系”又包含了不同方言，如“江南语系”就又可分作上海话、苏州话、无锡话等。[③]

瞿秋白的观点大体上并没有超出当时的主流看法。他承认各方言“在言语的

① 耐烦：《论拉丁化新文字》，《时代日报·新语文》副刊，1947年6月11日。

② 焦风：《起草各地土话拉丁化字母方案应顾到的条件》，载倪海曙编：《中国语文的新生——拉丁化中国字运动二十年论文集》，时代书报出版社1949年版，第200页。

③《中国文和中国话的现状》，载《瞿秋白文集·文学编》第3卷，人民文学出版社1989年版，第276—277页。瞿秋白这里采用的“语系”一词与语言学界通用者完全不同，大致相当于一般所谓“语支”。

系统上是相同的”，只是“几乎”要“独立”了——实际则当然仍未“独立”。但他的论述似乎也隐藏着一个逻辑上的暧昧之处：若“语族”的分裂是资本主义发展的结果，而那又代表了比汉语更进步的阶段，则我们就不应遗憾“全中国的中国话”没有形成，而应遗憾这些方言没有最终“成为一种独立的言语”才对。这表明，瞿氏对汉语的分裂实际上是非常警惕的。这在另一篇文章中看得更清楚：“固然有些方言和土话自相比较起来，譬如北平话和广州话，就有很大的分别，甚至于比俄罗斯话和乌克兰话之间的分别还要大。然而把一切‘中国话’去和外国语比较，仍旧是有许多相同的地方，证明这些方言是同一个语族系统。”他相信，最终而言，“中国言语发展的趋势，根本上是各种方言的同化，而不是分化！”①

然而，瞿秋白把北平话和广州话的关系比作俄罗斯话和乌克兰话的关系，甚至认为前者的歧异还要超过后者，也的确使人怀疑他把北平话和广州话看作不同“语言”（瞿氏列举的名录也包括了“波兰话”，似更值得关注。盖俄罗斯、白俄罗斯、乌克兰当时皆是苏联的加盟共和国，波兰在名义上毕竟是独立的）。对于这个批评，《新语文》上的一篇短文做了回击：瞿秋白并没有“无条件的‘拿中国话中各方言的差别和欧洲各国语间的差别相比拟’”。相反，无论从语音、语汇还是语法看，瞿氏的类比“都是合理的。事实上，像北平话和福建话或广州话在这三方面的距离并不比英法语之间的短”。反对瞿秋白的人是自己“入了历史语音学的圈子，只从汉字的字面观察语音”，注意到“一点音韵转变关系，就想来否定拉丁化拼写方言的原则。他不知道日耳曼人若是有一部《切韵》或《广韵》，他们也可以在英语与德语之间寻出关系来的”。②

作者对“历史语音学”的批评提示我们，拉丁化不仅涉及对汉语汉字的判断，其背后还有一套普通语言学理论的支持。胡绳在30年代中期出版的一部小册子

---

① 《新中国的文字革命》，载《瞿秋白文集·文学编》第3卷，人民文学出版社1989年版，第293页。

② 林：《拼音文字问题解答（第一次）》，《时代日报·新语文》1947年6月11日。文中原有作者自注，已删。此文和前揭“耐烦”文发表在同一天，措辞也有不少类似之处，或出自同一手笔。

中，对此作了清楚论述。开篇不久，他就批评了"旧的所谓'印度欧罗巴言语理论'"，后者认为人类语言"本来只有一种，逐渐地分散到各地，才形成了各地的方言民族语"。但事实恰好相反："我们只看见：各种不同的言语，互相接触，互相影响，而混合成一种言语。"在胡绳看来，"印度欧罗巴言语理论"是很荒谬的："倘若言语真是从一种发展到许多种的，那末岂不是在人类的将来便要有比现在更多许多倍的言语了么？——这是谁都不能相信的吧？"①

胡绳指出，此前研究汉语的学者深受19世纪历史比较语言学这个"庸俗的言语理论"影响，欲图"给中国话找出一个语源来"，而均未成功，正表明此说不立。在他看来，"中国各地方言绝不会是由同样一种语言演变而成的"：从历史上看，"古代住在现在中国的区域中间的，除了汉族之外，还有许多种文化较低、人数较少的别族的人民。他们自然各有自己的语言"。汉族在扩展过程中，和各地"土著人民相接触"，这些"异族言语的成分"也"浓厚地渗入"汉语之中，"这就是现在各地方言形成的原始"。

曹伯韩也区分了这两种理论视角："从前语文学家曾有各种语言同出一源的学说，这种学说对于眼前各种歧异语言的说明，是认为同一的原始语言分化的结果。这已经被现在的新学说推翻了。"按照曹氏介绍，新学说强调语言变迁既有"同化"，又有"分化"，二者"交互错综"，而以"同化"为"主要趋势"。汉语也不离这两种力量的作用：早在形成之初，它就"曾经和西北游牧民族的语言同化过"，后随汉族的迁徙分化而形成许多方言，这些方言又各自与不同地区的土著语言发生同化，遂成为今日模样。②

曹伯韩与胡绳所述新说若有异同：胡重在语言由分至合的一面，曹的介绍则分合并重，而理论同出一源，惟因表述目的之异，侧重点有所不同而已。这个来源即苏联语言学，尤其是正在走红的马尔（N. Marr）学说。③对19世纪历史比较

① 本段和下段见胡绳：《新文字的理论和实践》，大众文化出版社1936年版，第7—8、10、16—17页。

② 曹伯韩：《方言的使用和研究》，载《通俗文化与语文》，读书出版社1945年版，第59页。

③ 马尔被当时的苏联语言学界视作至高权威，30年代中国年轻的左翼语文工作者亦都奉其理论为"神明"。见柳凤运、陈原：《对话录：走过的路》，生活·读书·新知三联书店1997年版，第35页。

语言学的否定，就是其中的一个主要论点。[①] 这也为我们理解前文所言瞿秋白文章中的逻辑暧昧提供了一条线索：瞿氏既注意到语言的分化，又认为其最终要同化，无疑也受到这一新说的影响。如曹伯韩所言，此说认为语言同时具有同化和分化两种趋势，然而，大部分左翼学者为了与旧说划清界限，也都像胡绳一样，刻意突出了语言的同化一面。比如，倪海曙《拉丁化新文字概论》，就把“语言从分歧到统一”作为一节标题，注明出自马尔。[②]

不过，这些左翼人士的观念中也确实隐含着某些模糊的线索，使其论述呈现出一种张力。比如，曹伯韩所说汉语方言和各土著语言的“同化”，若从汉语本身立场看，岂不是意味着更严重的“分化”？如同《新语文》周刊对闽、粤语言和北平话差异程度的浓彩重描所表明的，这对于论证方言拉丁化的合理性显然是有好处的。

但这并不意味着各地汉语方言就可以真的被视为一种语言——“方言拉丁化”这个术语本身就否定了这个结论。除了少数例外，大多数拉丁化论者对此问题的表述都很有节制。瞿秋白酣畅淋漓大谈一通北平话和广州话的不同之后，不忘补上一句但书，肯定它们同为汉语。胡绳也提醒读者：“中国南方话和北方话虽然相差极远，可是它们毕竟不是绝对不同的语言，而只是相对差异的方言”。我们不应“太强调了各地语音间的差别”而忽视了其“统一的因素”，否则不免“把中国话分几十几百种”的危险。[③]1939年，由倪海曙负责起草的《拉丁化中国字运动新纲领草案》也宣布，方言之间并非“机械的对立”关系，而是“矛盾地统一着的”，方言拉丁化因此就成为各种方言“辩证地综合成为最高限度民族统一语的过程”的一部分。[④]

为了达到这一终极目标，拉丁化并不是针对每一种方言制定一种特殊的文字

① 关于马尔对19世纪历史比较语言学的否定，参考郅友昌、赵国栋：《苏联语言学史上的马尔及其语言学说》，《解放军外国语学院学报》2005年第3期。

② 倪海曙：《拉丁化新文字概论》，时代出版社1949年版，第36页。

③ 胡绳：《新文字的理论和实践》，大众文化出版社1936年版，第17—18页。

④《拉丁化中国字运动新纲领草案》，载倪海曙编：《中国语文的新生——拉丁化中国字运动二十年论文集》，时代书报出版社1949年版，第255—256页。

方案，而是把汉语分作几个大的方言区，制定它们的“区方案”。故所谓“方言”拉丁化实是“方言区”拉丁化。这样，我们的目光也就“辩证”地被带向了问题的另一面——方言的同一性，这也就意味着，必须将对方言歧异性的描述限定在一定范围内。1949 年，东北解放区出版的一本通俗读物指出：“中国语言是很复杂，但是也不像一般人所说的那样乱七八糟，毫无规律”。全国可以分为若干方言区，“每一个方言区里的语言，特别是汉人中间，虽然有差别，但是没有什么不得了的，各个方言区之间，也还有不少的语言是相同的，只在腔调上有些不同而已。”① 方言之间只剩下一点点“腔调”的差异，不但与拉丁化的主导论述方向背道而驰，也超出了许多国语运动者的想象。

同样在 1949 年，香港新文字学会出版的一部著作中所收一篇拉丁化论文强调，方言“只是指一语言系统中种种带有不同色彩的语言来说的。两种方言可能相差很大，但是它们的差别是有一定规则的。各种方言对于同一事物的称呼，除了用字不同外，往往在语言变换上有这样的规律，就是把某一种方言的某一个音素，一律换为另一种方言的某一个音素之后，按照这转换之规则，来称呼事物，结果会一致的”②。虽未明说，但侧重点明显转向了方言的同一性。

对比 1947 年《新语文》上的文章，仅仅一年多的时间，拉丁化的宣传口径就出现了这样一个突变，不能不使人注目。不过，这一观点与拉丁化的终极主张其实并不矛盾，只是彼时因为政治需要而不提，此时则被发挥出来而已。前已说过，仅就语文学立场来看，拉丁化和国语运动有许多对话空间，其差异决非实质性的，故后者的许多研究成果仍可为前者采用。早在 30 年代中期，就有人把汉语在文法上的“统一”当作方言拉丁化不会造成语言分裂的依据。③1941 年，负责在陕甘宁

① 张雁：《中国新文字概论》，东北书店 1949 年版，第 22—23 页。出版时间据该书版权页，然倪海曙《拉丁化新文字运动编年纪事》将此书出版日期定在 1948 年 12 月。

② 毅奋：《创制拉丁化方案的原则》，载《鲁迅与语文运动》，香港中国新文字学会印，第 15—16 页。此书未标明出版时间，倪海曙：《拉丁化新文字运动编年纪事》系于 1949 年 4 月。该书封底有冯裕芳讣告。查冯氏逝世于 1949 年 1 月，倪说当有据。

③ 石灵：《怎样研究和记录方言》，《生活教育》1936 年第 3 卷第 9 期。

边区推行拉丁化的吴玉章宣称：“新文字推行后”，只要懂得本地方言，就能“同时”懂得“各地的方言”。只要把本地的特殊语音与其他方音的对应关系讲清楚，民众自然会依此类推，而这就是“发展方言就是进行统一国语的最好例子”①。这和王力的“类推法”所依据的原理是相同的。

正是这种原本被淡化了的共识为拉丁化议论重心的迅速转变提供了基石，而它同时也成为早先反对拉丁化的学者在转换立场时的思想踏板，这方面，黎锦熙提供了一个有趣例证。作为国民政府教育部国语统一筹备委员会和国语推行委员会的成员，黎氏长期以国语运动“发言人”的形象出现，发表过不少反驳拉丁化的言论，更曾直言：方言拉丁化的主张落伍“到了元朝”去！②然而，就在1949年初，“平津快解放”时，黎锦熙主动给吴玉章写了一封信，表示愿意一起“协同来搞新文字”。吴在8月25日致信毛泽东，汇报此事，并特意说明：黎锦熙此前热衷的国语罗马字（国语运动的一部分）“和拉丁化新文字基本上相同，只是技术上有些差别”③。果然，到了9月，黎锦熙在一次演讲中，热情肯定了拉丁化原则，其中强调，汉语方言的语法“纵有小异，不碍大同”，因此，方言拉丁化不会导致文字过于繁杂。④身处新政权之下、积极要求进步的黎锦熙，对拉丁化的态度已发生一百八十度的转弯，然而，细察其论据，却仍是当年的一向主张。这再次表明，这两个语文运动实有不少同声共调之处。

不过，黎锦熙的事例也提示我们，造成拉丁化议论重心变化的主因，还是要到政局变化中寻找：作为国共斗争的一部分，拉丁化对汉语方言歧异性的强调原本就多少带点故意为之的意味（这不是否认其在理论上的严肃性）。此时，随着中共从在野党向执政党地位迈进步伐的加速，这一立场已不合时宜。因此，很多左翼人士开始转而渲染汉语方言的同一性。

---

①《新文字在切实推行中的经验和教训——在新文字协会第一届年会上的报告》，载《吴玉章文集》上卷，重庆出版社1987年版，第648页。

② 王东杰：《“代表全国”：20世纪上半叶的国语标准论争》，《近代史研究》2014年第6期。

③《关于文字改革致毛主席的请示信》，载《吴玉章文集》上卷，重庆出版社1987年版，第655页。

④ 黎锦熙：《国语新文字论》，北平师范大学《文史丛刊》第1期（抽印本），出版日期不详。

前引吴玉章致毛泽东的信，主要目的是请示拉丁化的推行原则，其中仍坚持方言拉丁化立场，可是也立刻补充："但同时要以较普遍的、通行得最广的北方话作为标准使全国语言有一个统一发展的方向。"① 试看1939年倪海曙起草的《拉丁化中国字运动新纲领草案》里相关内容的表述："我们并不同意用一地方言（例如北平话）来统一全国的办法，不过……我们也同意把北方话作为今天中国方言中的区际语，在这过渡的时期里，来担负其未来民族统一语的一部分的任务。"② 吴玉章的表述在语义上具有明显的延续性，但倾向于语言统一的意味更加浓郁。

毛泽东收到此信后，转交郭沫若、马叙伦和茅盾（沈雁冰）审议。他们在复信中，对其他主张都表示赞同或基本赞同，却用了一半的篇幅反对方言拉丁化原则。他们认为，吴语、闽语、粤语区的人民要学习北方话，"好比是学一种外国文"（虽然"比学习外国文是容易得多"），还要学习本区方言的拉丁化新文字，非常麻烦，不如直接学习北方话新文字。更重要的是，方言拉丁化虽有"目前的局部的利益"，但"从长远的整个的利益"出发，只能阻碍语言的统一，"得不偿失"。③ 这三人中，至少郭沫若曾在过去明确表示，方言拉丁化乃是"消灭方言"的必经之路，"只有靠着拉丁化的力量才能把各地的方言扬弃而升华成更高一个阶段的标准拉化语"。④ 无疑，这又是一个随着时移势易而改换言论立场的事例。

1950年，美国国家地理协会发布了一份世界语言统计报告，把英语列为世界第一大语言，汉语则被拆为九种"彼此不能懂"的方言，以致连"世界主要语言"的行列都未进入。聂绀弩对此大为不满，奋笔驳斥它的"不科学"。除了强调应用汉语的人口众多外，他还指责西人误解了汉语性质："主要的汉语，其实只有方音，并无方言存在。闽、粤、吴语和普通话的差别都是方音，也就是古今音的

---

① 《关于文字改革致毛主席的请示信》，载《吴玉章文集》上卷，重庆出版社1987年版，第655页。

② 《拉丁化中国字运动新纲领草案》，载倪海曙编：《中国语文的新生——拉丁化中国字运动二十年论文集》，时代书报出版社1949年版，第255页。

③ 郭沫若、马叙伦、沈雁冰：《郭沫若、马叙伦、沈雁冰八月二十八日复毛主席信》(《关于文字改革致毛主席的请示信》附录），载《吴玉章文集》上卷，重庆出版社1987年版，第659页。

④ 郭沫若：《论方言拉丁化之切要（节录）》，载倪海曙编：《中国语文的新生——拉丁化中国字运动二十年论文集》，时代书报出版社1949年版，第118—119页。

差别，而不是语言的差别。”关键是，在聂绀弩看来，美国人这么做，完全出于故意：一旦把汉语算到“世界主要语言”中，它就理所当然占据首位。这样一来，“帝国主义国家的‘先进国’的尊严”不就“受到伤害”了吗？①

19世纪以来，许多英美人士确曾在民族主义情绪推动下，宣扬英语乃是世界第一语言。②唯此份统计报告将汉语一分为九，是否出于同一动机，殊难论断，但它显然伤害了聂绀弩的民族自尊。尤应注意的是，聂氏曾是方言拉丁化的积极宣传者，30年代写有长文反驳黎锦熙对拉丁化运动的批评。③但此时，为了把汉语推向世界语言冠军的宝座，他不但像黎锦熙一样，把“古今音”拿出来当做反抗“帝国主义者”的武器，甚至根本否认汉语“方言”的存在，更是当年的黎锦熙也没有过的豪情。

这两位曾经的对手各自向对方原有立场迈进了一步，在某些问题上甚至有互换角色的嫌疑，但对汉语统一的维护，无疑是他们越来越明确的共识。

前边的论述给人的印象是，强调方言的歧异性即是对拉丁化的呼应，凸显方言的同一性则和对语言统一的关注连在一起。这大体不错，不过也必须声明的是，这只是一个高度简化的图景，实际情形要比这来得复杂。事实上，方言的歧异性不仅受到拉丁化论者的青睐，同样也被一部分反对拉丁化的人们拿来当作武器。国语运动主将之一陆殿扬提出，中国很多方言“绝对不能互相了解”，因此，拉丁化欲通过“文字分化的手段，来达到语言统一的目的”，纯是“欺人之谈”。④也有人把方言的多歧看作中国社会封建性的表征，并进而将“土语拉丁化”定义为“封建的文化运动”。⑤他们担心方言拉丁化会导致语言和国家分裂的危险，与郭沫

① 《世界主要语言中没有中国语言》，载《聂绀弩杂文集》，生活·读书·新知三联书店1995年版，第748页。

② R. W. Leftwich, “English as the International Language”, *Westminster Review*, 148:3(1897, Sept.), pp.283—290. 此条材料承四川大学历史文化学院辛旭女士提供。

③ 聂绀弩：《国语罗马字呢？中国新文字呢？——答黎锦熙：论拉丁化的中国字母》，载《语言·文字·思想》，大风书店1937年版，第130—158页。

④ 陆殿扬：《从语言学检讨汉字拉丁化》，《教育通讯》（汉口）1938年第23期。

⑤ 张涤非：《答“土语拉丁化批判”的批判》，《抗战导向》1938年第7期。

若、马叙伦和茅盾在 1949 年的论点只有语气轻重的不同，意思是一样的。不过，这些分歧杂出的现象并未改变我们前面的观察：保障中国（语言）的统一，是各方言论的底线。

1955 年 11 月 13 日，上海新文字工作者协会解散，标志着拉丁化运动的正式结束。① 从此，围绕方言拉丁化问题的争论也彻底时过境迁。强调汉语方言的同一性，再次成为学界主流的叙事标准。1980 年底，王力在香港的一次演说中，多次提及粤语和普通话的歧异，说它们的语法比较"可以写成一本书"，词汇比较"可以编成一部字典"。而就在几个月前，他还忿忿不平地说："有些外国语言学家污蔑我们，说汉语实际上是许多语言。我们决不承认汉语是许多种语言。"至于理由，仍不出文字统一、语法和词汇基本相同、语音具有对应规律等。② 这两段话的意思当然未必一定对立，但它们所导致的论述方向无疑不同。自然，要疏通其语义，不是不可能，但总须花费一番辨析功夫。而王力似乎并未意识到有对此加以解释的必要，原因之一是，方言定义中的政治原则早已成为诸多学者"日用而不知"的预设，不动声色地规划了他们的论述脉络。

实际上，王力这两段话也提示出这一课题本身固有的困境：方言与语言边界的模糊性，既为论证汉语方言的同一性提供了空间，也为支持其相反观点提供了可能。因此，从其诞生开始，这两种主张的支持者们就陷入了一个既不能完全说服对手，又不愿为对手说服的境地。

五、余论

同历史学、人类学、经济学等学科一样，语言学也是近代民族主义交响乐团的一个成员。无论中外，莫不如此。而中国语言学家在演奏这个曲子时，比西洋语言学家面临更多的困难：作为近代政治、社会、文化整体转型的一部分，中国

① 倪海曙：《拉丁化新文字运动编年纪事》下册，中国人民大学语言文字研究所 1979 年版，第 444 页。

② 《推广普通话的三个问题》《粤方言与普通话》，载《王力文集》第 20 卷，山东教育出版社 1991 年版，第 210、211、187 页。

语言学不可避免地受到救亡图强一类政治意图的制约；但现代语言学在西方诞生，又随着殖民主义的扩张历程而成长，无可避免地具有西方中心主义的色彩。中国学者既需按照西来标准将汉语研究提升到“世界”水平，又需尽力防范过于僵硬的西化标准对汉语造成的伤害。如何既不失东方神韵，又保持乐调平衡，殊费心力。如果说，“方言”的语义内缩主要受到西来标准驱动的话，对汉语方言性质的评价，就在更大程度上体现出中国诉求与西化标准的紧张。①

霍布斯鲍姆说：“所谓‘方言’，跟国语一样，也是迟至晚近才出现的概念。”②此言适合欧洲，也适合中国。我们甚至可以套用一下霍布斯鲍姆那个不无夸张的著名句式：“方言”是一个“发明”。就中国而言，它是和从“天下”向“国家”的收缩同步的：“国语”替代“雅言”，“方言”也从“一方”之言沦为“地方”之言。二者同时进行，也依靠彼此的界定而成立。但这还不够，在国语和方言之后，始终存在一个外部范畴，虽在隐身状态，却不能被人忽视，那就是外语。国语必须经由和外语的对照，才获得其最终边界；现代方言概念的成立，以及它和国语构成的等级关系，也必须经过把外语区分出来并排除在外这一步骤。实际上，也正是通过内外之别和内部的高下之分，这个三元语言认知结构才成为对民族国家政治认知结构的对应物。

对语言学和政治的协商关系，那些优秀的语言学家们其实心知肚明。索绪尔说：方言和语言的边界到底何在，“这很难说”。③甚至同源性也无法准确地把它们区分开来。萨丕尔说，语言的流动无法阻遏，同一“语言”裂变出不同“方言”，同一“方言”继续分化，产生“次方言”，原来的“方言”遂变为“互不相通的语言”。④在现代中国语言学界，这也是常识之一，任何一部概论性的作品都能阐发

① 一个类似的例子是对汉语性质及进化地位的讨论，详见王东杰：《“返为自主国”：汉语进步论与中国近代的文化认同、政治理想》，《社会科学研究》2013 年第 6 期。

② [英] 埃里克·霍布斯鲍姆（Eric Hobsbawm）：《民族与民族主义》，李金梅译，上海人民出版社 2000 年版，第 17 页。

③ [瑞士] 费尔迪南·德·索绪尔（Ferdinand De Saussure）：《普通语言学教程》，高名凯译，商务印书馆 1985 年版，第 269、284 页。

④ [美] 爱德华·萨丕尔（Edward Sapir）：《语言论》，陆卓元译，商务印书馆 2007 年版，第 136 页。

一二。[①] 照此说来，要在方言和语言之间作出精确区分，不唯不可能，抑且不必要。然而，学理只决定一半状况，另一半要到政治中寻找：对后者来说，将方言和语言区隔开来，不唯合理，亦属必要。当听到赵元任宣布"汉语是一种语言，不是几种语言"时，岂不令我们想到傅斯年、顾颉刚在抗战时期的大声疾呼："中华民族是一个！"[②] 二者所处的小情境并不相同，但大关怀并无二致。且正如黎锦熙对少数民族语言的定位所透露的，方言概念的"国家化"，也正是对方言概念本身具有的相对性加以利用的结果。

具有亲缘关系的语言之间既有歧异性，也有同一性，自不待言，但哪怕在其中任何一方稍有侧重，都可能提示出截然相异的立场。具体到对汉语方言性质的评估问题，民国学术界大致存在两种不同态度。

主流语言学家受到西方19世纪发展起来的历史比较语言学影响，同时继承了中国传统小学的一些理念，更注重汉语的同一性，目的是建构汉语的"一体化"形象，以服务于国家统一的政治目标。其具体做法又可分作几个步骤：首先即是"方言"概念的内缩，将其控制在民族国家的疆域内；其次是通过历史比较法，寻绎各地汉语的同源性，将其合法地纳入汉语"方言"范畴；最后是通过实证性的调查研究，在不同语言层次间和同一层次的分支间，建立一个既有纵向联系又有横向联系的语言谱系图。相对说来，左翼文化人更注重基本立场的宣传，于具体研究着墨不多。他们深受苏联语言学家，特别是马尔的影响，更关注汉语方言的歧异性，强调语言是以"矛盾统一"的辩证方式发展的。

但与其说两造分歧来自学理冲突，毋宁说和他们所服务的政治目标、所处的不同政治地位有关。至少，左翼文化人对此有明确的自觉。至于那些参与国语运

① 比如，毛秋白：《论方言》，《青年界》1932年第2卷第5期。

② 《傅斯年致顾颉刚》（1939年2月1日）、《傅斯年致朱家骅、杭立武》（1939年7月7日），载王汎森、潘光哲、吴政上主编：《傅斯年遗札》第2卷，台北"中研院"史语所2011年版，第954、1015页；顾颉刚：《中华民族是一个》，载《宝树园文存》第4卷，第94—106页。按顾文原载《益世报·边疆周刊》1939年2月13日，1947年3月又重刊于《西北通讯》第1期，顾颉刚对其重视，可见一斑。

动的语言学家，当然不接受左翼学者对他们的定位——“官僚”①，不过他们大多与国民政府维持着良好关系，至少也是采取合作态度，反政府的左翼人士把他们视为对手，并非无因。在这里，一个人的论点显然不是由论证过程决定的，恰好相反，是先有立场，才产生配套的论证方式。然而，也正是因为左翼人士的语言学主张主要由他们在国内政治格局中的位置决定，当中共革命胜利形势日益明朗之时，也就是左翼文化人在此问题上的态度迅速回归主流学界之时。毕竟，在维护国家统一这一点上，双方的目标是一致的。

因此，还在我们对“方言”下定义以及划分某种语言的边界时，政治因素早已潜伏其中，以一种直接和强势的方式预先施加了影响。但问题并未就此止步。事实上，在随后而来的那些看起来更加专业，也更加日常的学术活动中，政治依然在以一种润物无声的方式起着作用，不留心观察，很可能擦肩而过。本文无意对现代方言调查和研究的具体展开过程进行详细描述，不过，作为对本文主题的补充和深化，我愿对此作一简略分析。

首先，与语言边界的划分相应，国家行政区划也常常成为方言调查的参照系。在现代方言研究的起步阶段，因为缺乏专业调查人员，常常采用两种办法，一是委托地方教育行政部门，如 1918 年沈兼士拟具的方言调查办法；一种是征集各地的方言发言人，如 1919 年底国语统一会、1924 年林语堂在北大开设“中国比较发音学”，都采用了征求“方言代表”的办法。② 直到 1931 年，国语统一筹备委员会为绘制“全国语言区域分布状况图”，虽明知“此种语言地图未可以行政区域约略为之”，但为求尽快明了全国语言分划的基本状况起见，仍编制一份调查表，请教育部通令“全国各教育局照表详填”。在此表格中，前五项都是有关行政区划的信息。③ 语言学家当然清楚，这样做并不规范，难以提供详尽材料，甚至可能会误导结论，但为

① 王东杰：《“代表全国”：20 世纪上半叶的国语标准论争》，《近代史研究》2014 年第 6 期。

② 沈兼士拟：《征集方言之方法》，《北京大学日刊》1918 年 6 月 25 日；《国文研究所启事》，《北京大学日刊》1919 年 12 月 13 日；《林玉堂启事》，《北京大学日刊》1924 年 1 月 21、22 日。

③ 《教育部训令字第 1981 号》（1931 年 11 月 25 日）、《教育部国语统一筹备委员会调查全国语言区域状况表》，辽宁省档案馆藏热河省公署档案，档案号 JC23-1-29722。

了方便之故，还是采取了这种办法。如果我们把目光放大到全国层面，这种行政区划导向的影响就更加清晰：任何一幅方言地图都无法不考虑政治版图的存在。甚至可以说，它更像是在自然和行政区划图之上，添加了方言信息而已。①

其次，教育行政机关对方言调查的介入，也提示出方言研究和国家行政管理之间的关联。根据社会学家吉登斯的看法，民族国家是一个"权力集装器"，在领土范围内最大限度地行使管理权，是其本性之一。而为了完成这一目标，它必须建构一个高效的通信与信息储存体系。② 从这个角度看，国语运动在为民众提供平等进入"社会中心"机会的同时，也积极参与了国家对公民的信息管控，方言调查正是其中的一个环节。这意义是双重的：地方语言资讯不仅是行政管理需要的一种资源，对它的控制本身就是权力的象征。

我们可以用罗常培的一段回忆来说明这个问题。抗战期间，史语所一度迁至云南昆明。但因云南汉语属于官话系统，"和国语近似"，最初并未鼓起学者"系统研究的兴趣"。后在罗氏建议下，终于进行了一次云南方言调查。罗常培自述其考虑是："调查方言不应专注意音韵近古和词汇特殊等观点，主要的还得充实方言地图，确定'同音圈线'。全国有一个地方没经过精确的科学调查，那么，方言地图上那一角终究是个缺陷。"③ 对学者个人来说，富有挑战性的题目才能激发研究兴致，但从整个学科来讲，全面掌握该领域内的信息，才是最基本的任务。方言地图是方言学成果最直观的表现形式，被视为"语言调查（linguistic survey）的根本事业"④，自然引起罗氏关注。不过，这里的必要性也不能全从学术角度解释，实际也是国家管理体系的要求（罗常培本人当然并未明确意识到这一点）：全国方言地图上的"一角"空白，既提示出学术的"缺陷"，也象征了国家权力的"缺陷"。

① 直到 2003 年，吴宗济还批评中国学界"按省调查"方言的做法太主观，因为"方言分布不是按行政区划来划分的"。吴宗济口述记录，载张宜：《历史的旁白——中国当代语言学家口述实录》，高等教育出版社 2012 年版，第 27 页。

②［英］安东尼·吉登斯（Anthony Giddens）：《民族—国家与暴力》，胡宗泽、赵力涛译，生活·读书·新知三联书店 1998 年版，第 213—222 页。

③ 罗莘田（罗常培）：《语言学在云南》，《边政公论》第 2 卷第 9、10 合期。

④《北大研究所国学门方言调查会宣言书》，《北京大学日刊》1924 年 3 月 17 日。

因此，就本文主题而言，方言地图的意象密集提示了民族国家对方言研究的控制。除了前边提到的这两点外，值得注意的还有第三点：地图提供了一个共时性的展示框架，在其中，方言的历时性关联消失了。这个特点也再次将我们的注意力从空间维度转向了时间维度：无论是方言学的立意，还是其背后的民族主义诉求，都引导语言学家们以“当代”为中心组织他们的学术工作，包括历时性研究。本文想补充的是，在现代方言概念及方言学成立的过程中，过往的经验所提供的支持是实质性的。历史虽然退到了方言地图的边框之外，默不作声，仿佛自己根本不在，但它实际正是方言地图的真正设计者之一（另外一个设计者是政治力量）。如果没有历史提供的坚实基础，民族国家无论如何也无法凭空虚构出一个现代汉语的“方言”来。因此，本文也要征用安东尼·史密斯的看法，以作为对前边使用的安德森理论的补充：民族可能是一个“现代社会”的“想象”，但它是在“前现代”经历所设定的前提下的“想象”。① 不过，这里引用史密斯，只是对安德森的补充，而不是对他的完全否定。实际上，后者关于民族主义时间观的描述仍是有说服力的（虽然也需要一定的修正）：历史要真正变成一种民族国家的建设力量，决不能以往昔为价值导向，而要把自己转化成一个服务于当代的“文化传统”。

总之，无论是由外语、国语和方言构成的三元认知结构，还是现代方言概念的成立，及其对汉语语言边界的勾勒，乃至方言调查和研究本身，都不是对语言天然秩序的简单再现，而是对语言所依存的政治社会秩序投影的描摹。这些关系经过民族国家的思想框架产生，并反映了后者要同时实现对外区隔和对内统一的诉求。这样说并不等于否认现代方言学的学术性，更不想把它完全化约为一种政治操弄和设计的结果，但我希望本文的描述可以表明，离开现代国家转型这个基本脉络，我们对语言的认知很可能呈现出一幅迥然相异的图景。

原刊《学术月刊》2015 年第 11 期

① [英] 安东尼·史密斯（Anthony Smith）：《民族主义：理论，意识形态，历史》，叶江译，上海人民出版社 2006 年版，第 92—123 页。

现代中国文学发展中的权力化语言

李　怡*

最近二十多年来，话语与权力的关系问题逐渐成为了我们学术研究的热点，甚至被有的学者称作是20世纪90年代中国文论的转型①，在这里，法国哲学家米歇尔·福柯知识/权力思想的输入和译介可以说提供了最基本的理论基础："哲学家，甚至知识分子们总是努力划一条不可逾越的界线，把象征着真理和自由的知识领域与权力运作的领域分隔开来，以此来确立和抬高自己的身份。可是我惊讶地发现，在人文科学里，所有门类的知识的发展都与权力的实施密不可分。"②福柯揭示了话语与权力之间的紧密关系，权力贯穿话语，话语表达权力，两者相互融合。不过，这里的"权力"主要还不是来源于某个单一稳定的实体，也就是说主要还不是传统意义上的需要不断反抗以争取自由的那种政治权力，而是渗透于现实人际关系之中的具有流动性的控制行为。如果说传统所谓的政治权力对语言自由的压制属于宏观的权力考察，那么福柯所展开的则是微观权力的剖析。这在那些关于阶级、社会族群与性别的话语权的分析中有清晰的表现。

不过，在受到了福柯理论的启发之后，中国学界所开展的对话语权的论述

---

* 作者为四川大学文学与新闻学院教授。

① 葛卉：《话语权力分析：20世纪90年代中国文论转型分析的新视角》，《青岛科技大学学报》2008年第2期。

②［法］米歇尔·福柯：《权力的眼睛——福柯访谈录》，严锋译，上海人民出版社1997年版，第31页。

却在主题上有所转移：发达国家在国际话语权建设方面的主要经验、提高中国制度的国际话语权刍议、在舆论斗争中提升国际话语权、新媒体下高校思想政治教育话语权的提升……这些近年来成为主流论述的话题显然还受到了后现代主义、后殖民批判理论特别是西方马克思主义的深刻影响，像美籍巴勒斯坦学者爱德华·沃第尔·萨义德的“东方主义”批判理论、弗雷德里克·詹姆逊的后现代文化理论以及伊格尔顿文学作为意识形态生产的论述，安东尼奥·葛兰西提出的“文化霸权”理论等等都在其中旗帜摇曳，而观察和研究实际上也经常走出“微观”，转入“宏观”的社会、国家与政治。这种“由微转宏”的取向在某种意义上的确更符合当下中国所面对的问题。

严格说来，福柯的微观权力论是以相对成熟的西方社会为观察对象的，在这里，各种制度的制衡已经使得政治权力的压制不再以冠冕堂皇、肆无忌惮的方式进行，权力的力量往往体现在人际关系的细部，而且还是我们习焉不察的局部，或者就是我们心甘情愿接受、认可的东西甚至无意识深处的续存，换句话说，福柯是用放大镜与显微镜在细读日常人生中暗藏的权力关系。但是，当今中国所遭遇的种种问题却经常还是国际关系的、民族文化的与社会结构的，总之依然更多“宏观”，特别是冷战结束、东欧剧变、苏联解体之后，作为当今世界最大的社会主义国家，曾经的意识形态的冲突虽然改变了形式，却也更直接地凸显在了中国与资本主义世界之间，这让文化的交流与融合也一再成为意识形态话语权博弈的敏感地带，而中国文化与文学发展的主体性问题也不时被引入话语权斗争的联想之中。两极化格局被多极化发展趋势所取代，而文化冲突便成为意识形态之争的主要表现方式。经典马克思主义对世界和历史的认知方式原本就包含着对“权力”问题的揭示和批判，这种揭示和批判本来也是在宏观的意义上展开的，这都对中国学术的思维产生过重大的影响，到这个时候，在经由福柯的桥梁引入西方马克思主义的论述之时，为我们所熟悉的经典马克思主义的方法其实也重新回归了，并且发挥了很大的推动作用。

在我看来，这种“由微转宏”的理论取向更能反映中国社会的诸多问题，可能比照搬福柯的思路更具有阐释的力度。只不过，到目前为止，我们见到的研究更多还是在国际政治或中外文化比较的领域内进行，话语与权力的关系主要指向国际关系的不平等性、后殖民逻辑的不正当性以及“东方主义”的扭曲性。相比之下，如何反思百年来中国文化与文学自身的精神史，特别是在这一发展过程中我们遭遇过哪些历史的尴尬，如何在种种自我束缚的传统权力关系中自我解放，完成创造与更生，则一直缺少必要的总结，不能不说是一大遗憾，因为，新文学自诞生以来，一直在与各种实体化的权力抗争、博弈，思想的斗争和艺术的突围最终也必然显示为语言（话语）的搏击，这里既有实体化的政治力量、文化权威的公开的压制，有压制下生成的话语形式——权力化语言对文学自由创造功能的消削和限制，也有控制中孕育的新的语言机制（逻辑）对文学发展的把控，当然，也存在中国作家勉力抗争、努力消解权力、扩大语言空间的持续行动。现代中国文学的语言建构究竟如何面对权力，这里有着怎样的屈服的教训，或者如何博弈的事实，本身就是一页页独特的历史，将为人类文化的话语 / 权力的运动史贡献耐人寻味的内容。

一

权力作用于语言，其主要方式体现为禁止与指派，但都属于强制执行。在一个专制主义的时代，最高的统治者的语言往往被奉为“正”，难怪北魏反对语言汉化的李冲认为：“四方之语，竟知谁是？帝者言之，即为正矣。”① 政治权力之于语言的效果强大而实在。一方面，它的确能够有效地推动语言的发展，例如今天大家公认的语言史事实，英语由古英语向中古英语的转变直接得益于诺曼人对英国的征服：征服使得大量的法语词涌入英语词汇，对英语语言的句法结构也产生了重要影响……总之，在军事和政治的权威下，法语丰富了英语语言词汇、句法及造词方式。若没有诺曼人的征服，现代英语肯定会是另外的一番模样。再如拉丁语，最初不过是意大利半岛中部西海岸拉丁部族的语言，由于罗马的强盛，罗马

---

①《魏书·咸阳王禧传》，载《二十四史》第6册，中华书局1997年版，第147页。

人的拉丁语才逐渐在原本多方言并存中脱颖而出，成为新兴的罗马帝国的标准语。因为拉丁语是罗马教会统治下的宗教、文化和行政的语言，所以随着教会势力遍布于整个欧洲，拉丁语更加深其影响力，逐渐成为西欧各民族间的交际语言。同样，拉丁语在近代的衰落，在很大程度上也来源于统一的宗教权力的衰落和另外的政治权力的崛起——民族国家权力的出现，与民族国家权力所需要的民族语言开始替代了超民族的统一的拉丁语。

在中国，即便是帝国终结、民国兴起之后的很长一段时间里，市民自治的社会依然发展孱弱，国家治理也主要采用集权甚至专制独裁的方式进行，国家政治权力具有难以挑战的权威地位，现代中国文学的语言流变和表现形态都可以直接追溯到这一国家权力的作用上。

文学史在描述胡适陈独秀等新文化知识分子的白话文倡导方面颇为详尽，但是众所周知的事实是，如果没有1920年北京政府教育部颁布法令，规定自当年秋季起，国民小学的国文教科书不再使用文言文，改用白话国语，这白话文的时代究竟何时降临，却还是不可想象的事情。而当时北京政府的这一语言统一的决策也极具政治意味：“北大文学革命派几乎都受聘于政府，在教育部领导下从事国语统一工作。北京政府大力推动文学革命，在于其‘强南以就北’的国语统一计划与其‘强南以就北’的国家统一计划构成语言政治学上的深刻关联。”①

当然，在国家政治的权力支配下的语言并不总是在为文学艺术的发展开辟道路，在其他许多的时候，它都更趋向于对这道路加以规范和控制：“政治语言——从保守党到无政府主义，所有党派都不例外，只有细微差异——都是为了把谎言说得像真理，把谋杀说得令人起敬，把纯粹的空气也说得有几分固体的模样。”② 这就是权力赋予语言的“伪饰”功能。作为国民党中宣部部长的张道藩曾如此论证“三民主义”必然成为文艺的“政策”要求：

① 程巍：《“五四”：漂浮的能指》，《中华读书报》2009年4月29日。

② [英]乔治·奥威尔：《政治与英语》，董乐山编、杨传纬译，载《奥威尔文集》，中国广播电视出版社1997年版，第162页。

> 本来文艺一向处在自由的环境下发展，虽然它无时无刻不反映政治，无时无刻不受政治的束缚，但始终是不自觉，无意识的，今将三民主义与文艺政策“相提并论”，一定使许多人惊异，以为无稽之谈，或投机之论。乍一看来，君主立宪政体，并无立宪文艺，共和政体，并无共和文艺，法西斯的独裁政体也无独裁文艺，因而三民主义的共和政体怎会产生三民主义的文艺呢？诚然，立宪、共和、独裁各种政体不会产生它们自己的文艺，但要知道它们仅是一种政体，仅是资本主义社会的一种政治机构，帮助资本主义的发达，领导民众思想与意识的，不是它们，而是资本主义。三民主义与此相反，它要彻底改换人民的思想与意识。封建社会、资本社会、共产社会都有它们独特的文艺，那么，较之它们更为完美的三民主义社会既是另一样社会意识的形态，为什么不能建立自己的文艺呢？封建、资本、共产社会都利用文艺作为组织民众，统一民众意识的工具，那么，我们为什么不能也拿文艺为建国的推动力呢？①

这一段貌似逻辑自洽的论述其实就是一个三段论：1. 大前提：封建社会、资本社会、共产社会都有它们独特的文艺；2. 小前提：三民主义也是一种能够与封建、资本、共产社会并立的社会形态；3. 结论：三民主义社会也需要自己的文艺形态。问题是，这个推论的大前提和小前提都是张道藩自己设定的，并没有准确的社会史事实为依据。令他如此理直气壮展开推论的唯一的信心来自政治权力，是权力给了他“使谎言听起来像真理”的勇气。

权力化的语言会形成一种威逼的效果，它的词汇、语法具有某种特殊的意识形态排斥性，而且因为与强制性的威权纠缠在一起，所以其“语势”也颇为特殊，呈现出一种难以名状的紧迫感和沉重性，给人心理上造成内在的威压。例如

① 张道藩：《我们所需要的文艺政策》，原载《文艺先锋》1942 年 9 月 1 日第 1 卷第 1 期，引自《张道藩先生文集》，台北九歌出版社有限公司 1999 年版，第 598 页。

皖系军阀卢永祥致国务院电：“近来杭州发现一种周刊报纸，初名双十，改名浙江新潮，通讯处为第一师范黄宗正，大致主张改造社会，家庭革命，以劳动为神圣，以忠孝为罪恶，其贻害秩序，败坏风俗，明目张胆，毫无忌惮。稍有知识者，莫不发指眦裂……”①什么是“贻害秩序，败坏风俗”，语焉不详，为什么“主张改造社会，家庭革命，以劳动为神圣”有错，到底是哪些“有知识者”在“发指眦裂”，通通没有证据，一律只有宣判，没有解释，居高临下的官威令人不寒而栗。

1927年4月18日《国民政府定都南京宣言》也为清除思想异端发如此宏论：“盖惟三民主义为救中国之唯一途径，亦惟三民主义为造成新世界之唯一工具，本政府所行政策惟求三民主义之贯彻，凡反对三民主义者即反革命，反对国民革命而有阶级独裁者即反革命。”②两个“唯一”树立了国家主导思想的绝对性，两个“反革命”则宣判了一切异见者的死刑。

《民族文艺》是国民党中宣部领导下的期刊，它的创刊号称：“民族文艺最大的敌人，是普罗毒物，与颓废的残骸，负有民族文化运动的人，当然向他们扫射。我们的目的在建设唯生主义的文化，里面是充实着民族的、实干的、生产的、乐观的重大意义。作品的表现方式，以表现力的、表现爱的、表现真的为标的，极端排击虚伪、幽默、无病呻吟、洋八股。”③作为对文学的政治宣判，这里已经没有了精神交流的平等，它以国家政府的姿态将左翼文学和其他艺术倾向判定为“敌人”，要“向他们扫射”，实施毫不留情的军事打击。

在权力化语言的背后包含了一种深层的思维方式：斗争、敌视、仇恨、暴力、独霸性、压迫性，它与文学创作天然产生的平等性、商榷式与对话式的语言构成了深刻的矛盾，凡受此影响的文学创作都自觉不自觉地洋溢着一种“暴力”色彩。黄震遐是一位深受国民党意识形态影响的诗人，他的代表作《黄人之血》对民族

① 中国第二历史档案馆编：《中华民国史档案资料汇编》第3辑文化，江苏古籍出版社1991年版，第525页。

② 《国民政府定都南京宣言》，载中国第二历史档案馆编：《中华民国史档案资料汇编》第5辑第1编政治(一)，江苏古籍出版社1991年版，第1页。

③ 刘百川：《开张词》，《民族文艺》1937年1月15日第1卷第1号。

主义（用黄震遐的话来说就是“大亚细亚主义”）的激昂书写就是暴力的：

汗马喷出光荣的津液，/ 刀锋摧破了十字军的铜铁，/……/ 欧罗巴每一朵的花都染了——/ 黄人之血！

安心吧，死去的鞑靼人 / 静静的安息吧，亚细亚之魂！/ 谁说你没做过世界的主人？/ 谁敢说你就此一蹶不振？/ 在那将来的时候，严冬或是晚春；/ 无论是何年，何月，何晨；/ 你这充满了耻辱的尸身，/ 你这金色民族的公坟，/ 再也用不着什么退避：坚忍，/ 就会突然地灌满了新血，新生。/ 太阳没有你光明，烈火没有你兴奋 / 到了那时哟，我再看铁血的飞滚！①

诗人黄震遐挥舞民族的屠刀杀向那些禽兽般的异族，这勇气源自官方的民族主义鼓噪。

现代中国的这一暴力式语言一直延续到当代，在极左政治权力左右文学发展之时，类似的语言又一次出现了：

长江上下，黄河两岸，/ 无产阶级造反大军正在联成一片。/ 狂飙万里，怒浪冲天，/ 滚滚洪流所向披靡无可阻拦。/ 天下者我们的天下，/ 我们不说，谁说，/ 国家者我们的国家，/ 我们不干，谁干，/ 猛打，猛攻，猛追，猛赶，/ 矛头直指资产阶级反动路线，/ 从走资本主义道路的当权派手中 / 夺回我们的一切大权！②

作者郑彦平署名是“参加军训的解放军战士”，显然是“文革”军训的热烈让他自以为把握了最高指示的方向，他个人的抒情已经融入了时代政治（“夺权”）的滔

① 黄震遐：《黄人之血》，《前锋月刊》第7期。

② 郑彦平：《坚决支持革命造反派》，载［日］岩佐昌暲、刘福春编：《红卫兵诗选》，中国书店2001年版，第30页。

滔洪流。

有了政治方向的自信，文学语言就无所顾忌地迈向了暴力化和粗鄙化：

刘少奇算老几，/老子今天要揪你！/抽你的筋，/剥你的皮，/把你的脑壳当球踢！(《刘少奇算老几》)

撒！撒！撒！/撒下的火种要开花。/撒！撒！撒！/撒下的仇恨要爆炸！/撒下刺刀光闪闪，/刀刀向着刘邓杀！(《撒传单》)①

这里有特殊的亢奋，有击溃一切的激情，甚至也有夸张到奇异的想象，但是却也难逃权力本身的严重局限性。一般说来，权力由于具有天然的俯瞰世界的高度，也具有某种难以替代的自信甚至傲慢，所以与之相关的语言表述也就具有了一种独特性：虽然它具有不可一世的力量、强大无边的气场，以致可能出现某种激荡性、冲击性的效果，但是，权力化语言的这些效果在本质上还是为了权力的巩固，它不会也不可能是为了语言本身的丰富多样，更不是为文学的表述增添异彩，也就是说，它不是一般地赋予语言一种特殊气质，而是会改变语言的自然性与开放性，甚至反过来压缩它的生命力，使语言沦为简单、直接以至粗暴，最后导致其残缺。

“文革”时期的红卫兵诗歌几乎就是将这种局限推到了极致。所以，当“文革”结束，中国社会已经普遍适应了这种简单、粗暴的表达之时，原本属于多样化抒情语言的“常态”反而变得陌生、异样和“读不懂”了，“朦胧诗”之争就是这么发生的。1980年，令章明“气闷”的“朦胧诗”《秋》其实一点也不朦胧，它的作者杜运燮更不是当下故作新奇的时尚青年，一位40年代的老诗人不过是按照他过去熟悉的语言自我表达而已，只是在经历了权力化语言的反复熏染之后，我们的阅读能力大幅度降低了！新时期中国诗歌语言的所谓“先锋”追求在本质上根本不是追逐西方现代诗歌的问题，它需要的是更基本的“恢复”，需要从西方和

① [日]岩佐昌暲、刘福春编：《红卫兵诗选》，中国书店2001年版，第255、256页。

古代、精英和民间多个方面疯狂汲取养分。德国汉学家顾彬回顾他祖国的文学时说：“德国的诺贝尔文学奖获得者海因里希·伯尔开始写作时不知道用哪一种语言写，因为德意志到了60年代才恢复了现代文学。”① 亲历过“文革”语言的欧阳江河对此感同身受：“二战时，德语被当做宣传语言，工具化地赤裸裸地宣传帮凶，由此也为德国语言带来了灾难，甚至影响了德语的生态。就像纳粹宣传部长戈培尔的说法：谎言重复一千遍后已经成真了。多年后，德语已经没有办法承担人的最简单意义上的生存功能了。在这种情况下重新学习德语是非常有意思的，重新呼吸空气，重新喝水，重新仰望星空，重新认识生命。”“其实‘文革’语言对汉语的伤害甚至是犯罪，我们必须加以清除。”②

二

值得注意的是，作为国家治理的多种策略，权力并不总是以赤裸裸的方式控制和改造语言，在另外的情况下，也会生出一种“有说服力”的语言逻辑，从而对人的精神产生更大的影响，最终有助于人们对于政治意识形态的理解和接受。

例如，在左翼革命文学的有力挑战下，国民党官方也开始组织策划一系列的文艺著述，先后对“三民主义文学”“民族文学运动”展开论述。不过，这些著述诞生之际，现代中国的文学思想已然丰富多彩了，除了知识分子阵营的自由主义文学主张，挥之不去的传统文学的审美理想，咄咄逼人的还有左翼激进的革命文学追求……这样，国民党官方影响下的文学论述就不得不处于诸种力量的夹缝之中，虽然它有着强大的政治依靠，竭力排斥有碍政权稳定的阶级斗争的文艺观，但在具体的立论之中，却必须面对其他各有影响也认同者众多的事实。这样，如何规避种种理论锋芒，或者说如何周旋于各种长矛短戟的间隙，提出影响面更大的论述，最大程度地获取认同，最终引导思想的发展，就成了当务之急。现在的问题是，无论是自由主义的文学、左翼文学还是传统中国的文学形态，都有内容

---

①② 欧阳江河：《“文革”语言对汉语的伤害是犯罪》，《中国青年报》2014年10月16日。

丰富、论辩健全的各种理论基础，恰恰国民党官方所要标举的“三民主义文艺”实在属于一时之自创，在古今中外现存的思想系统中难以找到直接的依据。怎么办呢？阅读这些官方理论家的著述，我们可以发现他们的基本策略，那就是避免与其他理论基础的直接对立，转而将三民主义文艺论证为一种具有很大包容性、能够吸纳一切文艺思想之优长而祛除其缺陷与问题的完美的学说，用王集丛的话来说就是：“国父的民生哲学，综合古今中外学说之优点，扬弃其缺点，再加上新的创见，而成为一完美的理论体系。它可以用来研究或观察历史、社会和人间的一切现象及问题，于是它就成为了民生史观，民生社会观了，用之于文艺，也就是民生哲学的文艺观了。”① 国民党文人希望依托这样一个“完美”的文艺观加强自己权力话语的说服力。

刘镇涛提出：“三民主义艺术论之所以能成为最科学最合真理底理论是由于它统一了憎与爱，即统一了斗争与互助；它是以三民主义的哲学为基础，所以是为人生的，而不是艺术至上的。”“三民主义的哲学是物心统一论的，它不偏重物质，也不偏重精神，而是把二者统一起来，它不偏重斗争，也不偏重互助，而是把二者看成为物本体运动的相对现象。”“内容决定了形式。中华民族是进步的，统一的，所以民族主义艺术的形式就是（一）民族形式的，非民间形式的；（二）中国风的，非欧化的；（三）它统一了东方美的柔和与西洋美的刚劲，统一了东方美的简洁与西洋美的繁缛，统一了苏联新兴艺术的粗豪与中国固有的精炼，所以民族主义的艺术形式是充满着谐和底气氛的；它有不偏不倚，浑然一体的风格；它有扬弃渣滓，吸收新养料的精神。”②

不仅这所谓的“三民主义文艺”是不偏不倚又应有尽有的，三民主义的文学理论也是包罗万象的，王集丛认为：“这样以民生为历史中心的民生史观，显然不同于唯心史观，也不同于唯物史观。它可说是这两者综合的更高阶段的历史

① 王集丛：《文艺新论》，帕米尔书店1965年版，第1页。

② 刘镇涛：《三民主义艺术论大纲》，载王集丛编：《三民主义文学论文选》，时代思潮社1942年版，第38、40页。

观。”“在‘哲学史中’有唯心史观与唯物史观这‘两个最重要有力的学派’的对立，同时在文学批评史中也有两个对立的派别：一是唯心论的批评，或观念论的批评，一是唯物论的批评，或物质论的批评。虽然详细分来文学批评的派别很多，但概括地说，最重要的不过是这两个大的分派。如果我们要综合古今文学批评来建立和发展三民主义的文学批评，那最重要的便当综合观念论与物质的文学批评了。如何综合呢？像国父和总裁对唯心史观与唯物史观那样，批判地综合。即是批评其‘一偏之见’，吸收其‘不偏’部分，综合起来建设我们新的理论体系。”① 王集丛认为“国父和总裁”也对“唯心史观与唯物史观”有“批判地综合”，完全是似是而非的说辞，其目的还是为了他自己的“综合”立论的方便。

孙中山的思想杂糅了中外多种学说。他信奉西方进化论，还把传统的“太极”范畴与近代自然科学相结合，阐发过知难行易学说，也以“民生”史观解释社会历史进化发展及其动力问题；蒋介石一生所崇尚的是“行动高于理论”，不能以思想家视之，他受教于中国传统儒学思想，推崇王阳明的“致良知”与“知行合一”的论说，又试图将孙中山的三民主义儒学化，在孙中山的“知难行易”中推进自己的“力行”哲学，在20世纪三四十年代，“力行”哲学就是中国的官方哲学。无论是孙中山还是蒋介石，近代西方哲学中的唯物与唯心的理念都不曾成为其思想的基础。“唯物主义”和“唯心主义”这两个基本的哲学概念是由恩格斯在阐述哲学的基本问题时明确提出来的：“全部哲学，特别是近代哲学的重大的基本问题，是思维和存在的关系问题。”“哲学家依照他们如何回答这个问题而分成了两大阵营。凡是断定精神对自然界来说是本原的，从而归根到底以某种方式承认创世说的人（在哲学家那里，例如在黑格尔那里，创世说往往采取了比在基督教那里还要混乱而荒唐的形式），组成唯心主义阵营。凡是认为自然界是本原的，则属于唯物主义的各种学派。”② 唯物史观以及与之相对立的唯心史观经过中国的马克

① 王集丛：《三民主义文学批评论》，王集丛编：《三民主义文学论文选》，时代思潮社1942年版，第95、97页。

② 《路德维希·费尔巴哈和德国古典哲学的终结》，载《马克思恩格斯选集》第4卷，人民出版社1972年版，第219、220页。

思主义者的大力传播逐步深入人心，成为人们思想讨论的基本概念。1919 年 5 月《新青年》第六卷第五号组织马克思主义研究专辑，顾兆熊发表《马克思学说》，凌霜发表《马克思学说批评》，陈启修发表《马克思的唯物史观与贞操问题》，渊泉发表《马克思的唯物史观》，李大钊发表《我的马克思主义观》等，马克思主义哲学开始为中国知识界所关注，而且“唯物史观”成为我们认识马克思和理解西方近代哲学思想的第一个关键词。此后，陈独秀、瞿秋白、毛泽东、李达及艾思奇、吴黎平、胡绳等人，都先后担当了这一思想概念的积极的传播者。在 20 世纪二三十年代中国思想文化界的多次论争中，唯物史观频频亮剑，诸如与胡适实用主义哲学的论争、东西方文化与哲学的论争、科玄之争、戴季陶主义之争、国家主义之争及著名的中国社会性质与社会史论战等等。1937 年，李达出版了《社会学大纲》一书，这是中国人写的第一部马克思主义哲学教科书，产生了较大的社会影响；1939 年，艾思奇与吴黎平出版了《唯物史观》，艾思奇还在 1941 年 3 月于《解放》杂志第 126 期发表了《辩证法唯物论怎样应用于社会历史的研究》一文，也传播广泛；抗战期间，艾思奇、胡绳等中共理论家以唯物史观为武器先后批判了国民党官方哲学如陈立夫的唯生论与民生史观、冯友兰的新理学、贺麟的新心学、战国策派的英雄史观，等等。至此，唯物唯心及其基本思想可谓闻名遐迩、尽人皆知了，以至于王集丛这样的国民党理论家在表达自己的“三民主义”文艺观之时，也不得不面对这巨大的理论存在，不得不小心借用这样的哲学概念，尽管他们的“国父和总裁”原本与之无缘，为了证明官方话语无边无界的权威性，也还得扭曲事实，来夸大最高权力话语的柔韧与灵光。

但问题也在这里。作为一种文学的思想，倾向性几乎就是必然的，没有倾向也就没有了文学的方向，也失去了问题的力度，这种试图左右逢源又能够清除异端、收服人心的设计归根结底不过就是一种逻辑的巧滑，或者说属于一种诡辩思维与诡辩语言。政治家的诡谲期望能够在时代的变更中保持固有的权威，使得自己的思想论说永远立于不败之地。不过这样一来，反而扩大了权威话语的随意性和游戏性。王集丛们试图在借用“唯心”与“唯物”中实施“批判地综合”，似乎这样就更趋全面和辩证，殊不知这恰恰就是辩证法对立面的“诡辩论”与“折中主义”。列宁指出：“‘又是这个，又是那个’，‘一方面，另一方面’——这就是布哈林在理论上的立场。这就是折中主义。辩证法要求从相互关系的具体的发展中来全面地估计这种关系，而不是东抽一点，西抽一点。”①

权力话语的这种诡辩在当代中国的极“左”时期也曾以庸俗辩证法的形式出现。马克思主义唯物辩证法对事物的判断具有清晰的立场，事物矛盾的主次和各自的主要次要方面都有明确的划分，而庸俗辩证法的最大特点是：不分主次地“一分为二”，立场根据政治形势的需要随时变动，对问题的讨论就像教条般的文字游戏。在“文革”中，林彪、“四人帮”无规则的文艺斗争可以在一夜之间颠倒同志与敌人，但无论怎么反复都有一套大义凛然的逻辑，仿佛真理永远在握。它让我们想起黑格尔对诡辩派的批判：“凭借虚假的根据，或者将一个真的道理否定了，弄得动摇了，或者将一个虚假的道理弄得非常动听，好像真的一样。”②“凭借这些理由或根据，他可以为一切辩护，但同时也可以反对一切。”③也像马克思当年对蒲鲁东的批判：“蒲鲁东是天生地倾向于辩证法的。但是他从来也不懂得真正科学的辩证法，所以他陷入了诡辩的泥坑。”④而庸俗辩证法一旦成为普通人的思维定势，那就是对马克思主义真正的唯物主义辩证法的严重破坏。

三

考察“权力化语言”现象的同时，我们会发现，同时也存在着一种抵制性的文学写作。这包括刻意的抵制和反抗。这正如福柯所说：“话语既可以是权力的工具，也可以是权力的结果，但也可以是阻碍、绊脚石、阻力点，也可以是相反的

①《辩证法和折中主义：“学校”和“机关”》，载《列宁选集》第4卷下，人民出版社1960年版，第449页。

②［德］黑格尔：《哲学史讲演录》第2卷，贺麟、王太庆等译，商务印书馆2017年版，第7—8页。

③［德］黑格尔：《小逻辑》，贺麟译，商务印书馆1960年版，第272页。

④《论蒲鲁东（给约·巴·施韦泽的信）》，载《马克思恩格斯选集》第2卷，人民出版社1972年版，第147页。

战略的出发点。话语传递着、产生着权力；它强化了权力，但也削弱了其基础并暴露了它，使它变得脆弱并有可能遭受挫折。”①

在现代中国文学发展的几个重要的政治时期和政治空间中，都响起过与官方话语相异的独特的声音。

1933 年钱基博撰写《现代中国文学史》，“现代”一词第一次进入了新的文学史的命名之中。不过，值得注意的是，这里的“现代”却不是为了在清朝结束之后表达对公元世纪的认同，相反，这里对“现代”的启用完全是为了表达当时一些“遗民”作家对“民国”一词的不认同。正如钱基博所说：“吾书之所为题‘现代’，详于民国以来而略推迹往古者，此物此志也。然不题‘民国’而曰‘现代’，何也？曰：维我民国，肇造日浅，而一时所推文学家者，皆早崭然露头角于让清之末年，甚者遗老自居，不愿奉民国之正朔，宁可以民国概之。”② 钱基博对名词、概念的使用甚为用心。这是一种词语的政治态度。

也有借助语言对政治表态的人，如吴宓。越是面对激烈的政治运动，吴宓对“文言文”写作的坚持就越加顽固。他面临的紧张局面在于：这是一个不断用新创的政治语汇改天换地的时代，但他却在孤独地忧虑词语最终会改变人们的灵魂。1951 年 4 月 15 日，《吴宓日记》载：“殷炎麟来，忧宓以熊东明之死而精神痛苦，特致慰藉。力劝宓不必以己身之安危为虑，但宜翻读新书，学得一套术语及说法，以为应世而自炫之具云云。”③ 显然，吴宓对友人的规劝不以为然，每当写到各种新“术语及说法”之时，他都冷眼旁观，置身事外，并继续坚持用文言书书写日记、诗歌和书信，在政治口号和标语漫天飞舞的时候，这些古旧的文辞在苦苦挣扎中更显得孤独和清峻。在这个特殊的时刻，选择古老的语言——文言文，显示了他一种遗世而立的姿态，捍卫和守护着知识分子基本的思想独立。我们知道，早年的吴宓紧抱文言对抗白话文运动，那时他要竭力凸显与新文化主流的差异，但彼

① [法] 米歇尔·福柯：《性史》，张廷琛等译，上海科学技术文献出版社 1989 年版，第 98—99 页。

② 钱基博：《现代中国文学史》，上海书店出版社 2007 年版，第 7—8 页。

③《吴宓日记》续编第 1 册，生活·读书·新知三联书店 2006 年版，第 111 页。

时的吴宓却并没有多少独出心裁的文言之作，所以他的五四姿态多少都有些脱离实际的迂阔，而到晚年，他的“保守”的选择是基于对极“左”政治的反抗和对濒临毁坏的中华文化的真切的爱护，这里的语言坚守显然就更为真实，他刻意坚守的文言写作成为他对心中文化理想的“一个人的保卫”，具有了不一样的意义。

抗战时期的伪满洲国文坛被笼罩在日本殖民统治的高压之下，日语和中日混合的“协和语”实际上就成了殖民统治的一种象征，是殖民地的权力话语，对当时中国作家的写作构成了挤压和威迫。于是，一些有良知的中国作家努力将笨拙的“协和语”用于对日本人的描写，展示出一种微妙的反抗姿态。对此，日本学者也有敏锐的体悟：“在满洲的日本作家积极采用中国人形象以描绘‘民族协和’的理想。与此相反，中国作家方面则固执地拘泥于自己的民族问题，对作品中出现日本人持消极态度。这是个令人瞩目的事实。由此可以领略到与‘五族协和’‘王道乐土’相背的无言的抵抗，同时也可以看到他们不想明确表明自己对日本人态度的消极抵抗的姿态。在这种情况下，让拙笨的中国语即所谓‘协和语’来说话，创造出暗示日本人的表现手法，并将其用于暗中对日本人的批判。”①

同样，在台湾被日本殖民统治的时期，具有民族情怀的作者也在所谓的“皇民文学”中以各种微妙的语言修辞——隐喻、反讽、对比等曲折地传达着内心深处的抵抗。一位当代台湾学者描述了他对王昶雄皇民文学代表作《奔流》的解读：“《奔流》是一篇需要读者仔细地阅读，静心去思索，才能领略出作者言外之意、弦外之音的小说，而为了达到‘隐装’‘正话反说’的效果，因此王昶雄在这篇小说中，运用相当多的表现技法，这在日据时期的众多小说中，确实可称得上是篇成熟且不可多得的小说作品。”②

另外一种话语的反抗则出现在近现代的历史过渡期，那就是众所周知的五四白话文的倡导。虽然早在1898年，裘廷梁就开始创办《无锡白话报》，极力提倡白话文，进行文体改革，然而这种提倡却是将“白话”认定为对普通民众进行

① [日] 冈田英树：《伪满洲国文学》，靳丛林译，吉林大学出版社2001年版，第184页。

② 褚昱志：《皇民文学与反皇民文学之研究》，秀威资讯科技股份有限公司2009年版，第89页。

宣传教化的权宜之策，与内心深处高雅的文言还是不能相提并论，用胡适的话来说，就是“他们的最大缺点是把社会分作两部分：一边是‘他们’，一边是‘我们’。一边是应该用白话的‘他们’，一边是应该做古文古诗的‘我们’。我们不妨仍旧吃肉，但他们下等社会不配吃肉，只好抛块骨头给他们吃去罢。这种态度是不行的。”① 晚清白话文运动并没有改变从晚清朝廷到民国北京政府对文言官方地位的稳定的维护，到五四新文化运动前夕，知识分子感受到的是进一步强化的政治专制和文化复古：“民国初年的政教反动的空气，事实上表现出来的是民四（一九一五）的洪宪帝制，民六（一九一七）的复辟运动，是也。”② 新的话语（白话文）和新的文学革命主张就是基于对这一被禁锢的政治生态的激烈反抗。陈独秀有激烈之论：“鄙意容纳异议，自由讨论，固为学术发达之原则，独至改良中国文学当以白话为正宗之说，其是非甚明，必不容反对者有讨论之余地；必以吾辈所主张者为绝对之是，而不容他人之匡正也。”③

对这一现象的评判在当今也引起不同的看法，特别是最近二十多年来，基于种种的理由（例如弘扬传统、复兴国学等等），五四白话文的提倡开始被视作某种话语霸权、文化霸权的表现，与之相连的新文化、新文学也因此被扣上了“独霸文坛”的大帽子。其实，这恰恰是对历史的深刻的误解。如前所述，至少在民国北洋政府于 1920 年议定使用白话文之前，中国知识分子对白话文和新文学的倡导只能被看作是一种民间的个人的诉求，他们要抵抗的文言文才真正代表着官方。而且，即便是 1920 年代白话在教科书中的身份合法化之后，在整个民国时期，文言文的地位都还是举足轻重的。历史学家何兆武回忆说：“白话文到今天真正流行也不过五十年的时间，解放前，正式的文章还都是用文言，比如官方的文件，研究生的毕业论文大都也是用文言写的。除了胡适，很多学者的文章都用文言，好

---

①《五十年来中国之文学》，载《胡适全集》第 2 卷，安徽教育出版社 2003 年版，第 329 页。

② 周作人：《钱玄同的复古与反复古》，载《文史资料选辑》第 94 辑，文史资料出版社 1984 年版，第 104—105 页。

③《逼上梁山》，载《胡适全集》第 18 卷，安徽教育出版社 2003 年版，第 131 页。

像那时候还是认为文言才是高雅的文字，白话都是俗文。”① 除了表达上的一点儿情绪激动，胡适陈独秀何曾真的获得过“文化霸权”，更不用说“独霸”文坛了。

所谓“文化霸权”，往往是在两个层面上使用。一是按照西方马克思主义创始人葛兰西的观点，“文化霸权”又称“文化领导权”，它指的就是一种国家政权机制在市民社会同意的基础上对其进行意识形态上的统治，所强调的在于这是一种通过同意的方式进行的统治。也就是一种“精神和道德领导”的形式。② 换句话说，文化霸权只有与政权相结合才能真正“霸道”得起来，否则，最多也就是知识分子内部的话语较量。将五四白话文的倡导也断定是文化霸权的体现，实在是混淆了历史的真相，也误读了权力 / 话语的基本概念。二是来源于后殖民批判的观察，将当今西方发达的资本主义世界依仗国力的强盛，将自己的一套文化观价值观强加给第三世界，是为“文化霸权主义”。我觉得这更不能成为对新文化与新文学倡导者的指责，白话文运动的开创者、新文化运动的推行者从来没有在帝国主义列强面前卑躬屈膝，他们对“崇强国”心态的批判和对自我传统文化的反省同时展开。事实上，正是新文化的发展，才推动现代中国理直气壮地完成了一系列现代文明国家的建设，改变了晚清积弱积贫的现实，跃居现代世界大国行列。总之，五四白话的推行是现代中国知识分子反抗政治强权话语的最显赫的成果，对这一历史运动冠以“文化霸权”的批评不仅严重脱离事实，而且本身也是对话语 / 权力概念的最大的误读。

原刊《学术月刊》2020 年第 7 期

---

① 何兆武口述、文靖撰写：《上学记》，生活 · 读书 · 新知三联书店 2008 年版，第 23 页。

② [意] 安东尼奥 · 葛兰西：《狱中札记》，葆煦译，人民出版社 1983 年版，第 316 页。

论虚词与穆旦诗歌形式的现代革新

叶琼琼　王泽龙*

梁启超在概括清末学术思想时说："这个时代的学术主潮是：厌倦主观的冥想而倾向于客观的考察。"① 在欧风美雨的荡涤下，传统文化、传统诗歌观念也逐渐发生了深刻的变化，面向西方的欧化思维与观念广泛影响了当时的知识分子，催生出新的诗歌思维方式、语言形态与审美风格。静谧玄妙、浅吟低唱、凄婉迷茫、含混模糊、"无我"的古典风格已不适应时代的需要，取而代之的是注重客观写实、清晰精密、张扬主体精神、抒发哲理感悟的诗歌表达方式。"现代诗接受了现代文化底复杂性，丰富性，而表现了同样的复杂与丰富。"② 如果说，20 世纪初诗歌语言形态重在传统向现代的裂变，那么到了三四十年代，则强调表意的丰富与复杂，是前者的发展与深化。

无论是由传统向现代转型，还是现代形态的深化，在诗歌形态嬗变的过程中，现代汉语虚词大量入诗都是汉语诗歌形式实现现代性转变的重要途径之一。虚词在表意的清晰、精确，在表达情感的精细方面有天然的优势。"诗歌的真正大变局还是在'白话诗'彻底地瓦解了古诗的句法之后，而瓦解古诗句法的一个极重

* 第一作者为武汉理工大学法学与人文社会学院汉语言文学系副教授，第二作者为华中师范大学文学院教授。

① 梁启超：《反动与先驱》，载《中国近三百年学术史》，中国书店 1985 年版，第 1 页。

② 袁可嘉：《诗与民主》，载《论新诗现代化》，生活 · 读书 · 新知三联书店 1988 年版，第 43、50 页。

要方面就是句式的任意安排和虚字的任意使用，当白话诗以日常语言里常有的句式、常有的虚字大量用在诗歌里的时候，诗歌大变局的时代才会真正地来临。”① 现代思维需要更加精密、明确、平易的语言形态来表情达意。自胡适倡导白话诗，并身体力行创作了《尝试集》后，新诗人开始自觉尝试大量使用现代汉语虚词入诗。比如胡适大量使用口语化的虚词，使诗歌呈现出平民化、日常化、散文化的特色；郭沫若喜欢用叹词、语气助词，形成豪迈奔放的抒情诗风。虚词对诗歌风格、诗歌形态有重要影响。穆旦是40年代诗歌现代化特征最突出的诗人，被誉为“走在汉语写作最前沿”的人，也是在诗歌散文化道路上走得最远的人，他的诗歌中出现了大量的介词、助词以及关联词。穆旦诗歌的经典性意义，就是在诗歌语言上的现代性探索，其诗歌语言现代性特征之一，便是大量运用介词、助词、连词、副词等现代汉语虚词入诗，有力地促成了他诗歌“诗质”与“诗形”的现代性建构。

一、虚词与穆旦诗歌灵活自由的句法

读穆旦的诗，读者常常产生“滞重”“繁复”的感觉，其原因之一便在于诗句中运用了大量的现代汉语虚词，使诗歌语法成分“满载”，甚至“超载”。穆旦大量使用现代汉语虚词，充分发挥其附加与连缀功能，扩充句子的容量。在他的诗句里，定语状语补语重重叠叠，一个名词或动词前常常有一长串修饰限定词，形成较长的单句；句子与句子之间通过关联词形成长长的复句或句群。具体说来，主要是通过助词、介词、连词进行单句内部的扩充。

结构助词“的”在句子容量的扩充上发挥了突出的作用。“的”主要是与别的词或词组结合作定语，修饰、限定中心词。一般诗人一行诗句里或是一个分句中往往只有一两个“的”，即一两个定语，但是穆旦常常叠用，在一个中心词前连用两个、三个或更多的“的”，使中心词有两个或三个甚至更多的形容词。如“从真

① 葛兆光：《汉字的魔方——中国古典诗歌语言学札记》，复旦大学出版社2008年版，第172页。

理的赤裸的生命 / 到人们憎恨它是谎骗，/ 从爱情的微笑的花朵 / 到它的果实的宣言：每一开口都露出你的牙齿”。①（《暴力》）

介词“当”“在”“从”等的大量使用则是扩充单句容量的另一种方式。穆旦借助“当”“在”“从”“让”等介词大量添加附加成分，扩展句子的容量，增加细节、场景描写，对事物情态进行精细生动的描绘。如“我听见这样的笑声在矿山里，/ 在火线下永远不睡的眼里，/ 在各样勃发的组织里，/ 在一挥手里……”（《从空虚到充实》）连用四个“在”，形成了场景的切换，从不同角度描述了不同地点、不同状况、不同群体、不同情境、不同心情下出现的“笑声”。这种介词引导的短语式状语位置非常灵活，有时前置，有时后置，有时是前后同时使用，可以是同一个介词反复使用，也可以是不同介词搭配使用，以提供丰富的信息量。如“在古老的路上，在田野的纵横里闪着一盏灯光，/ 一副厚重的，多纹的脸，/ 他想什么，他做什么？/ 在这亲切的，为吱哑的轮子压死的路上”（《在寒冷的腊月的夜里》）。这是前后都有介词短语。“像惊骇的鸟 / 欢笑从门口逃出来，从化学原料，/ 从电报条的紧张和它拼凑的意义，/ 从我们辩证的唯物的世界，/ 欢笑悄悄踱出在城市的路上 / 浮在时流上吸饮”（《黄昏》）。“像”“从”是不同的介词短语搭配使用。从上面引用的诗句不难发现，这种句式不但位置灵活，而且长短随意，它可以穷尽作者的想象力，根据表达的需要，想说多少就说多少，句子想拉多长就拉多长，但又不显得累赘，完全打破了传统诗歌一句一行、字数固定的格式，充分体现了现代汉语虚词入诗后所带来的句式上的自由。

连词“和”“与”“或”出现得也比较多，主要用于连接名词或动词，用于增加主语、谓语或是宾语。如《祈神二章》第一章有这样的连词：“不是这里或那里的茁生 / 也不是时间能够占领或者放弃的。”这些在单句内部利用虚词增加句子成分的扩充方式类似于通过砌墙、隔断、遮挡等方式在大庭园里增加很多小的空间，这种隔断和添加的次数是比较自由的，随着隔断和添加次数的增多，句子就随之

① 参见《穆旦诗文集》（一），人民文学出版社 2007 年版。本文所有引用诗歌全部来自这个版本，不再一一作注。

变长，细节也随之增多。

现代汉语虚词大量入诗让诗句语法随之发生变化，“在语言状态中，一切都是以关系为基础的”①。古代诗歌实词之间经常可以相互替换，词汇间的排列像积木，可以任意组合，对诗意的表达几乎没有影响，如“独怜幽草涧边生”可以说成“独怜涧边幽草生”，也可以说成“涧边幽草独怜生”，还可以说成“幽草独怜涧边生”，这里实词的语法身份是模糊的，可以根据读者的理解发生变化。虚词则固定了词序，明确了词汇的语法功能，词汇之间有了明确的逻辑关系，主谓宾定状补各有自己的位置，各有自己的功能，不能随意替换。但现代汉语诗歌的语法也有自己独特的灵活之处：运用虚词的连缀与附加功能，可以根据作者表情达意的需要对句子进行拉伸。比如运用连词可以拉长主语、谓语、宾语；运用介词、结构助词可以拉长状语、补语。传统汉语诗歌的自由是在格律限制下的自由，现代汉语诗歌的自由是在现代语法限制下的自由。

穆旦诗歌扩充句子容量的另一类方法我们可以称之为外扩式：大量使用关联词，把单句变成复句。这就像以主屋为核心，在此基础上添加厢房、耳房，把一间房子变成一个有主有次的建筑群，并且这个建筑群不单是平面延伸，还可以立体扩展，层层叠加，变成一栋栋鳞次栉比的高楼大厦群。如“然而这不值得挂念，我知道 / 一个更紧的死亡追在后头，/ 因为我听见了洪水，随着巨风，/ 从远而近，在我们的心里拍打，/ 吞噬着古旧的血液和骨肉”(《从空虚到充实》)。这是一个二重复句，第一重是因果复句，在“我知道”前，表示原因；第二重仍然是因果关系的复句，表示为什么我知道原因，这就像厢房上面又建了一层楼。而这种添加是没有限制的，作者大可以根据诗歌情感表达的需要来决定建造几层楼。这样的例子在穆旦的诗歌中可以说是比比皆是，如《赞美》《控诉》《我向自己说》等。

穆旦诗句借助关联词获得了极大的自由：句子可长可短，长的会达几十个字，

① [瑞士] 费尔迪南·德·索绪尔:《普通语言学教程》，高名凯译，商务印书馆 1980 年版，第 170 页。

短的只有一两个词；每一行可以是一个句子，也可以是两个句子；可以是单层结构，也可以是多重包孕的复句；可以是陈述句、疑问句，也可以是感叹句、祈使句；能够容纳不同的语法：可以是严格按照汉语语法结构组装的句子，也可以是欧化风格的倒装句，如《五月》，也可以打破古诗“一句一行”的约束，诗句出现“跨行”现象，一句话可以分为两行，甚至数行，如《赞美》，首段19句，其实只是一句话分成19行而已。当这种利用关联词扩充句子容量的功能发挥到极致的时候，整个一首诗都可以看作一句话的扩充。如《良心颂》全诗16行，但只有一个句号，诗歌通过“虽然”“然而”“因为”等关联词以及“和”“也”等虚词大量自由添加从句，进退自如地勾勒思维与情感腾挪跌宕的轨迹。

大量现代汉语虚词给穆旦诗歌的句式带来空前的灵活度。穆旦将现代诗歌句式的自由度发挥到极致。他根据情思表现需要建构的句式灵活多样、意味深长，其形式本身呈现出强烈的现代气息。

二、虚词与穆旦诗歌的整体结构

现代汉语虚词的大量使用对诗歌的内部结构产生了重要影响。大量使用关联词不仅使句子容量得到扩充，句子的形式得到解放，更为重要的是使全诗成为一个有机统一的整体。从形式上看，现代汉语虚词大量入诗的汉语诗歌完全破坏了古代格律诗歌整饬的外形；但从语言内部结构上，因为虚词的使用，句子之间的关系反而更加紧凑，形成了不可分割的结构联系。“现代汉语诗歌接受了科学理性的思维方式的影响，重视事物之间的关系，注重诗歌的内在诗意生成，把真切表现现代人复杂的情感思想和具体、生动、深刻的生活经验放在首位；在诗歌形式上不强调单个字或词语的个体蕴含，而突出诗歌形式整体的诗性建构，强调句与句间的组合关系。”[①] 现代汉语虚词的大量使用使句子与句子之间联系紧密，逻辑清晰，秩序井然，层次分明，层层包孕，每一句都是诗歌整体中

① 王泽龙、钱韧韧：《现代汉语虚词与新诗形式变革》，《中国社会科学》2014年第9期。

有机的组成部分，打破了白话诗歌单句多、复句少、直接、简单的组织结构特征。这种句子“经常前呼后拥，叠床架屋，表现了一种非常明确的立体造句的意识”①。诗歌语言结构的这种“立体性”和“整体性”使诗歌只能作为一个整体出现在读者面前，词或句子只能在诗的整体结构中去呈现诗意，一旦离开整体，就失去了诗歌中的意义。单独一个句子无法孤立存在：一个句子在诗歌整体中可能光彩照人，一旦单独出现，则可能黯然失色，或与诗歌意境差别很大。这与传统诗歌恰恰相反，传统诗歌因为过于强调实词，忽视虚词，带来的是语法的松散，往往有句无篇，一个经典的诗句脱离原诗，依然可以魅力四射。现代诗歌因为现代汉语虚词的大量使用带来了语法的严密性和逻辑性，诗句需要进入具体诗篇中，方能显示其意义的精妙。在穆旦的诗中，一个词或句子一离开诗的整体结构，往往就暗淡无光。如《防空洞里的抒情诗》第二节前四行单独看，似乎是杂乱无章的谈话，但是在整首诗中，却意义非凡，形象地展示了战争中人的生活常态。

那么穆旦是怎样通过虚词的使用，使诗歌形成一个有机统一的整体结构呢？穆旦诗歌通过不同的虚词及其不同的使用方式，建构了形态各异、逻辑严密、具有内在自足性和独立审美性的多种诗歌结构。根据虚词的使用方式，我们可以将穆旦诗歌结构分为对照结构、平行结构、发展结构、推论结构。②这几种结构在穆旦的诗歌中大多不是独立存在的，而是相互交织并存，形成多重结构：对照中有发展，发展中有推论，推论中有对照，这正如郑敏所说：“在现代派诗中，多层结构是很常见的。这很像现在城市的高层建筑。诗的底层可以是平凡而现实的生活的片断，然而，在这底层之上有伸展向象征主义的高空建筑。”③穆旦通过虚词的巧妙使用，用多重结构模式来建构诗歌，使结构本身成为意味深长的审美客体，这

① 张卫中：《汉语与汉语文学》，文化艺术出版社 2006 年版，第 92 页。

② 梁秉钧在《从辛迪诗看新诗的形式与语言中》（见王圣思编选《九叶诗人评论资料选》，华东师范大学出版社 1991 年版），借用布尔克观点，把新诗结构分为三种：重复结构、发展结构和推论结构，本文部分借用其名称和观点，但内涵有所变化。

③ 郑敏：《诗的魅力的来源》，载《诗歌与哲学是近邻》，北京大学出版社 1999 年版，第 66 页。

大大扩充了诗歌内涵，增强了诗歌的表现力。

对照结构是指通过虚词实现诗歌内涵的逆转，让上下文形成鲜明的对照，在对照中开拓诗意空间，进行审美想象。但对照结构往往只是表层现象，在对照中常常包含着更深层的结构，如《野兽》从表层看是典型对照结构，第一段刻画了一个被欺凌和被侮辱者的意象，接着用一个虚词“然而”让文章的意思发生逆转，在第二段刻画了一个“复仇者”的意象。诗歌通过两个意象的对比，在逆转、跳跃当中塑造了一个伤痕累累、饱受欺凌，但是英勇不屈、锐意复仇的中华民族形象。透过表层结构，仔细分析意象和内涵，我们又会发现，这首诗还可以看作是发展结构，“然而”不单是逆转，还有发展和递进的意味。野兽不但生命力顽强，还有强烈的反抗精神，甚至不单是被动反抗，还要血债血偿，“以如星的锐利的眼睛，射出那可怕的复仇的光芒”，“野兽”成为一个个体意识觉醒、个性鲜明、主体精神强烈的形象，引导读者对野兽的内涵进行深入发掘：野兽既可以是个人，也可以是民族，国家，乃至全人类。创伤可以来自人性的劣根性，源自人自身内在的激烈冲突，也可以是人与人之间的争斗，还可以是民族，国家之间的纷争。这种对照中含有递进的结构在《智慧的来临》《农民兵》《在旷野上》《童年》《我向自己说》等诗歌中都存在。

平行结构指通过某一个或者某几个虚词的反复使用，让诗歌在表层自然形成字数、长度、行数、结构大致相同的几个平行展开的部分。如《祈神二章》《在旷野上》《赞美》《暴力》《良心颂》《五月》等。《在旷野上》第二段是平行结构，三次出现“在旷野上”这个介词短语，对诗歌进行铺陈和推进。第一个“在旷野上”引入对春天的回忆，纯净，甜美，梦幻；第二个“在旷野上”将时间推进到夏天和秋天，纯真的“我”变身为摧枯拉朽的战神和死神，残酷、冷漠、高傲，“我只鞭击着快马，骄傲于我所带来的胜利的冬天”；第三个“在旷野上”写残酷的战争驱逐、摧毁了美好、善良的事物，表达哀伤、哀悼之情，在“无边的萧杀里，谁知道暖风和花草飘向何方”。三个“在旷野上”把第二段分成平行铺叙的三个部分，但是其内涵却是层层深入，展现人的蜕变与社会历史进程。因此它表层是平行结构，深层则是发展结构。

发展结构是指借助不同的虚词，使诗歌层层深入，步步推进，通过对事件的演绎，向读者诱导和暗示诗歌的主旨。《五月》通过“而”“还有”等使诗歌在层层转折中步步推进。第一部分极其悲壮，为了理想，人们英勇献身；第二部分用“而”进行一个大转折，热情献身的背后不过是阴谋和利用：“而谋害者，凯歌着五月的自由 / 紧握一切无形电力的总枢纽”；第三部分，用“还有”荡开一笔，再次转折和递进，虽然“我”知道这个国家这个民族的变革极端艰难，虽然“我”知道热情容易被利用，崇高和献身常常沦为无知者和愚昧者的娱乐材料，但是“我”仍然愿意选择做先行者和牺牲者，我心甘情愿“沉到底”，安心守住“古老的监狱”，最后一部分更加深刻：用“而”“因为”将诗歌推向顶峰，“我”并不以为我就是圣洁无罪、崇高伟大的，“我”作为群体中的一个普通成员，未必没有民族的劣根性和人类的劣根性，我的怀里“藏着一个黑色小东西”，我跟那些品行低劣的流氓、骗子、匪棍一起，“在混乱的街上走”……《五月》呈现为这样的结构：事件的描述——对事件背后真相的探究——明知其不可而为之的悲壮选择——对自我的解剖。诗歌由表及里，由浅入深，对个人、社会、国家的发展以及发展过程中人所处的位置与作用进行了深刻的思索，发人深省。

推论结构是在发展结构上发展而来，区别在于前者强调对事件的演绎来暗示诗歌主旨，后者直接抒发某种情感或哲理。推论结构基本上是起、承、转、合四个部分，不过不是叙事，而是推理，先提出一个题目，再进行正反阐释，把所有正反因素考虑在内，最后得出结论。布尔克说：“推论的发展结构是一个周密推演的辩论的结构，一步步地向前推进。它有一个悬疑故事的结构，每一件事都互相关联，就像坡的神秘故事一样。它是几何证题式的结构。由 A 点到 E 点需经过 BCD 几步骤，这过程就形成它的结构。我们称这为推论式的结构，因为既有了某些因素，另一些因素必定随之而来，前提逼着引向结论。当读者熟悉这诗艺研究前提之后，若同意结论是合适的，那作品就有了一个结构。”[①] 推论式结构最能体现虚词建构诗歌结构的特点，诗人通过“虽然”“然而”“因为”“于是”等关联词推动诗歌的起承转合，进行层层质疑和重重辩证思考，最后得出结论。如《洗衣妇》这首诗，前四行呈现事件，并用一个“终于”和“枉然”表达观点：洗衣妇的工作单调且无意义，因为“人们自己是脏污的、分泌的奴隶”，内在的脏怎么洗也洗不掉。接着进行例证和低沉无奈的控诉：你给人们带来了整洁与漂亮，男孩女孩身上的漂亮衣服“多么快就要 / 暗中回到你的手里求援”，但是世界给予你的报酬却如此低微。一个“于是”令文气低沉，但是作者立即用一个转折连词“而”对诗歌进行翻转：虽然报酬低微，不被社会承认；虽然工作单调，了无乐趣，但是洗衣妇却有着西西弗斯式的境界：“在永不反悔里永久地循环。”最后，诗人得出结论：“你比你的主顾要洁净一点。”这样的诗，每个事件都紧密关联，前者推出后者，其间峰回路转，结论水到渠成，而虚词，在这个过程里犹如每一次转折的线索，读者凭借这个线索，跟踪到作者思维的痕迹，进入到作者的精神世界，完成一次审美的探索。

郑敏非常强调结构在诗歌创作中的作用，她认为：“诗的内在结构是一首诗的线路、网络，它安排了这首诗里的概念、意象的运转，也是一首诗的展开和运动的线路图……有的诗由于没有内在结构就不能有层次地将读者引向‘顿悟’。这种诗是一个死胎，写得再精美也因为没有生命、没有运动，而完成不了诗的功能。”[②] 现代汉语虚词的大量入诗不但改变了穆旦诗歌的词法、句法，也改变了内在结构，一首诗要想获得真正意义上的现代品格，不但外在词汇、词汇组合要进行现代转换，内在结构也要进行相应转换。而结构的现代性是穆旦诗歌具备现代品格的奥秘之一。剖析诗歌结构的过程就是追索诗人思维轨迹的过程，传统诗歌呈现为一种“字思维”的特征，突出单个汉字或词作为诗歌的基本单位作用；穆旦诗歌则

① 转引自梁秉钧：《从辛迪诗看新诗形式和语言》，载吴思敬编选：《看一支芦苇——辛迪诗歌研究文集》，学苑出版社 2012 年版，第 181 页。

② 郑敏：《诗的内在结构》，载《诗歌与哲学是近邻》，北京大学出版社 1999 年版，第 23 页。

是“句思维”，大量借助现代汉语虚词，用句子作为诗歌基本的单位，重视诗歌句子组合关系，通过句子间的“关系”彰显内在诗意。“虚词的激增影响了诗歌语言词汇、语法体系和思维模式的更新，体现了古代诗歌‘以字为中心’的诗思向现代诗歌‘以句为中心’的诗思转换，这从外在与内在语言构造形式上对诗体进行了彻底革新。”①

穆旦诗歌通过虚词的灵活使用建构了丰富多变、交织共存的多种结构，使诗歌在走向现代化的过程中迈出了极为关键的一步。

三、虚词与穆旦诗歌的现代节奏

虚词入诗对现代诗歌的节奏有重要影响。郭沫若在《论节奏》一文中说：“节奏之于诗是它的外形，也是它的生命。我们可以说没有诗是没有节奏的，没有节奏的便不是诗。”②白话入诗给诗人带来的最大的困扰就是在不讲究平仄、对偶、押韵的前提下，如何创造有现代音乐感的诗歌形式。五四新文化运动时期，胡适认为诗歌节奏的形成一方面依靠“音调的轻重高下，语气的自然区分”，另一方面是依靠“内部的组织——层次，条理，排比，章法，句法，——乃是音节的最重要方法”③。五四时期以胡适为代表的白话诗人，在诗歌中加入大量语气助词和连词，形成了自然的音节节奏，初步具备诗歌的现代音乐美。自然音节节奏论的观点冲破了旧诗格律的束缚，但是单用白话口语的自然音节，诗歌在艺术上就会失之于单调，缺少音乐的丰富美感。如何通过形式的变革找到新诗属于自己的内在韵律与节奏，郭沫若提出了“情绪音节论”，他认为：“诗之精神在其内在的韵律（intrinsic rhythm），内在的韵律（或曰无形律）并不是甚么平上去入，高下抑扬，强弱长短，宫商徵羽；也并不是甚么双声叠韵，甚么押在句中的韵文！这些都是外在的韵律或有形律（extraneous rhythm）。内在的韵律便是‘情绪的自然消

① 王泽龙、钱韧韧：《现代汉语虚词与新诗形式变革》，《中国社会科学》2014年第9期。

② 郭沫若：《论节奏》，《创造月刊》1926年第1卷第1期。

③ 胡适：《谈新诗》，《星期评论》1919年10月10日。

涨’。”① 郭沫若言及的情绪消涨的内在韵律，其实是一种诗情的节奏或情绪的节奏。与郭沫若所强调的内部诗情节奏相对应的，诗歌外部形式发生了相应的变化，郭沫若在诗歌中通过大量的感叹词、语气助词等渲染出豪放壮阔淋漓奔泻的内在诗情，自然地形成了诗歌外部的节奏。闻一多为代表的新格律诗派对上述观点进行了反拨，他认为“自然的音节不过是散文的音节”，主张要对自然音节给以人工修饰。② 他认为现代诗歌节奏是视觉节奏和听觉节奏的交响，两者的基础是“句的均齐和节的匀称”。而均齐与匀称的核心是“音尺的整齐”，闻一多认为音尺中的轻重相间可以形成诗歌的节奏和谐。而汉语重音的感知是建立在轻读词感知的基础上，轻读词便是“的”“地”“着”“了”“吗”“吧”“些”等虚词，因此为了造就诗歌的抑扬顿挫，闻一多有意识地在诗句中通过虚词与实词的间隔使用，形成现代诗歌音乐感。③ 闻一多在诗形上强调“整齐中的变化”，他同样也注意到虚词的使用可以形成视觉节奏，如《忘掉她》:“忘掉她，像一朵忘掉的花！/ 像春风里一出梦，/ 像梦里的一声钟，/ 忘掉她，像一朵忘掉的花！”

虚词“像”在文中反复出现，第一句和第四句出现的位置相同，第二句和第四句出现的位置相同，既带来听觉上的协调，也带来视觉上的匀称和均齐。如果说，闻一多的诗歌节奏因为过于强调“均齐”，像戴着镣铐跳舞，在虚词入诗的运用上有点束手束脚，那么，20 世纪三四十年代的诗歌，散文化的自由体诗歌越来越被各流派诗人认可，现代派、七月派以及九叶诗派在诗歌散文化的道路上越走越深入，通过虚词入诗营造现代诗意和乐感的技巧日益纯熟④，穆旦可谓其中最杰出的代表之一。在穆旦的诗里几乎完全看不到传统格律诗的影子，而大量采用现代汉语虚词入诗。他利用现代汉语虚词的衔接功能和轻读特征，创造出了别具一格的视觉与听觉交响的现代诗歌节奏，推动了现代汉语诗歌节奏诗学的发展。其诗歌节奏主要特征如下:

① 参见郭沫若:《文艺论集》，光华书局 1925 年版。

②《诗歌节奏的研究》，载《闻一多全集》2，湖北人民出版社 1993 年版，第 54 页。

③ 王雪松:《闻一多的诗歌节奏理论和实践》，《人文杂志》2010 年第 2 期。

④ 许霆:《中国自由诗体的特征、韵律规范及百年流变》，《江汉学术》2015 年第 1 期。

其一，利用结构助词和连词形成句子自然语气的音节节奏，表达间歇停顿。比如《赞美》前两句：

走不尽的山峦和起伏，河流和草原，
数不尽的密密的村庄，鸡鸣和狗吠。

结构助词“的”、连词“和”以及逗号等自然地形成了停顿，通过自然的语气间歇形成了自然音节节奏。第一句和第二句的长度、句子结构几乎相同，停顿次数、每一顿所包含语言单位字数完全一样。这两句诗在视觉和听觉上是均齐、匀称的。穆旦通过现代汉语虚词的语法制约功能在诗歌中形成整齐的音节，通过音尺的整齐形成听觉和视觉的节奏。因此，这两个句子虽然长，但是犹如破空而来的号角，悠长的乐声中夹杂着密集的有节奏的鼓点，具有既绵长又紧凑有力的节奏感。

其二，利用介词、副词、关联词的对应作为语义的停顿标示，形成句子间有规律的对应节奏。《赞美》第四、五、六行是以介词“在”引导的三个结构大致相同的介宾短语：

在野草的茫茫中呼啸着干燥的风，
在低压的暗云下唱着单调的东流的水，
在忧郁的森林里有无数埋藏的年代。

这里“在”反复出现，使三个句子之间形成鲜明的整齐的听觉节奏和视觉节奏。

其三，利用介词和关联词，形成结构大致相同的诗节。介词或是关联词在每个诗节大致相同的地方重复出现，让每个诗节既有自己内在的节奏，诗节与诗节之间的均齐与匀称又形成整个诗篇的节奏。以《暴力》为例：每一段结构都相同，每一段主句出现之前都有两个用“从……到……”引导的介宾短语：

“从一个民族的勃起 / 到一片土地的灰烬 / 从历史的不公平的开始，到它反覆无终的终极”“从真理的赤裸的生命 / 到人们憎恨它是欺骗”，形成了诗歌特别的节奏。

其四，在诗篇的每一句或者每个段落相同的地方出现不同的虚词，通过虚词的反复出现，形成变化中的节奏。如《春的降临》：

> 现在野花从心的荒原里生长，/ 坟墓里再不是牢固的梦乡，/ 因为沉默和恐惧底季节已经过去，/ 所有凝固的岁月已经飘扬，/ 虽然这里，它留下了无边的空壳，/ 无边的天空和无尽的旋转；/ 过去底回忆已是悲哀底遗忘，而金盅里装满了燕子底呢喃

在这一段里，“从”“再不”“因为”“所有”“虽然”“而”等虚词推动着诗歌或递进，或阐释因果，或语意转折，虚词虽然不同，但是大致相同的位置和相同的语法功能形成了说理和论述性句子中内在的对应节奏。穆旦的诗歌实绩充分证明，散文化、口语化诗句也可以形成自己独特的诗歌节奏，这个节奏是建立在现代汉语语法的基础上的。当然，必须承认的是，绵长的散文化诗句虽然有其内在的节奏和乐感，但是不如短句子朗朗上口，不如短句子容易传诵。这也是为什么穆旦的诗虽然好，但传诵并不广、很大程度上仅局限于诗歌研究者范围的原因之一。

大量现代汉语虚词入诗，使穆旦诗歌呈现出典型的散文化形态。因为现代汉语虚词的艺术使用，使其又不同于纯粹的口语或书面语。穆旦诗歌语言介于口语与书面语之间，有口语化特点，但因为虚词尤其是关联词强大的破坏诗句独立性的功能，使其比口语凝练，有书面语的精密；但因为“地”“的”“得”“啊”“呀”“吗”“着”“了”等口语虚词在诗句和诗篇中的巧妙布局，又使其比书面语流畅平易。穆旦充分运用西方文法，大量使用现代汉语虚词，完全摆脱了传统诗歌意象和语言，巧妙运用看似非诗的现代汉语虚词，写出了意蕴

深厚而又诗意盎然的中国现代诗。

四、虚词与穆旦诗歌的现代表现功能

穆旦大量使用虚词，较完美实现了他所追求的“丰富”与“明确”的统一。中国传统诗歌因为篇幅短小，叙事容量和描写力度受到限制，追求的是模糊朦胧的意境，细节要靠读者自己去想象、去补充。如“银烛秋光冷画屏，轻罗小扇扑流萤”，只提供了六样事物和两个动作，至于具体场景，全凭读者自己通过想象来补充。这种实词连缀的诗歌形式含蓄精炼，长于抒情，言有尽而意无穷，但短于叙事、说理，不能就事物及情态进行层层深入的描摹。现代汉语虚词大量入诗带来诗歌形式功能的嬗变，它首先表现在大大增强了诗歌的叙事容量和描写力度。诗句通过助词、介词、连词等形成定语、状语、补语，精细详尽地描述事物，它们或是增加描述对象，或是修饰、限制主语、谓语、宾语，描形摹态，或是交代时间、表现频率或程度，或是标明句子间的层次，营构出一个清晰、立体的诗歌结构。以《合唱二章》之二为例，“当我呼吸，在山河的交铸里，/ 无数个晨曦、黄昏、彩色的光，/ 从昆仑、喜马、天山的傲视，/ 流下了干燥的、卑湿的草原，/ 当黄河，扬子，珠江终于憩息，/ 多少欢欣、忧郁、澎湃的乐声，/ 随着红的、绿的、天蓝色的水，/ 向远方的山谷、森林、荒漠里消溶”。九句诗中一共有七个结构助词“的”，从不同的角度精细、逼真、深刻、周全地去形容一个名词。只要需要，名词前可以尽其所能地使用形容词或是名词对一个词进行精雕细刻的描绘。结构助词“的”的使用充分体现了现代汉语诗歌“精细”“复杂”的特点。传统诗歌因为字数的限制，不可能在名词前无限制地添加形容词，一般说来，只能在名词前加一个形容词，比如“紫烟”“明月”“孤烟”“长河”等。正如胡适所说：“五七言八句的律诗决不能容丰富的材料，二十八字的绝句决不能写精密的观察，长短一定的七言五言决不能委婉达出高深的理想与复杂的感情。”①

① 《逼上梁山——文学革命的开始》，载杨黎编：《胡适文萃》，作家出版社 1991 年版，第 603 页。

从读者阅读的角度看，虚词使读者有固定的视角和焦点，大量表示时间、方位、地点的虚词使现代诗歌能够清晰地"定时""定位""定向"，形成一个时间明确、方位清晰、地点固定的时空。如穆旦《旗》："我们都在你下面，你在高空飘扬"，两个"在"清楚地点明了"我们"和"旗"各自的方位。在《合唱二章》中，表时间的"当"出现了四次："当夜神扑打古国的魂灵"，"当我呼吸，在山河的浇铸里"，"当黄河，扬子，珠江终于憩息"，"当人们痛苦，死难，睡进你们的胸怀"，四个"当"精确地注明了事件发生的时间。如果说在古典诗歌中，"作者仿佛站在一边，任读者直观事物之间，进出和参与完成该一瞬间的印象"①，那么在现代新诗中，作者则是导演，规定读者从什么时间开始，从什么地点进入，从什么角度去欣赏，但这"清楚明白"并不等同于肤浅，而是与穆旦诗歌特有的"丰富"结合在一起的。他说："现在我们要求诗要明白无误地表现较深的思想，而且还得要用形象和感觉表现出来，使其不是论文，而是简短的诗。"②古代诗歌的丰富是借助"留白"激起读者的想象来完成，而穆旦是"明白无误地表现"深刻的思想，这无疑是对传统诗歌和同时期现代诗歌的一次超越。

穆旦诗歌的"丰富"与"清晰"也是时代与个体思维特色使然。郑敏总结40年代新诗"现代性"规则中提到：为了反映40年代层次复杂而多冲突的生活，新诗形成了在语言上不追求清顺、在审美上不追求和谐委婉而走向句法复杂语意多重等现代汉语的特点。③形式是内容的延伸，现代生活繁杂多变、动荡不安，穆旦经历坎坷，又天生内敛多思，情感体验丰富，他力求突进到生活的最深处，巨细靡遗地表现生活的复杂多变，展示自我深刻的生命体验。穆旦诗歌是他的思想、灵魂与情感物化后的结晶体。郑敏曾说："没有理由要求一个为痛苦痉挛了的心灵，一个包容着火山顶震的思维和心态，在语言中却化为欢唱、流畅的小溪，穆旦的语言只能是诗人界临疯狂边缘的强烈的痛苦、热情的化身。它扭曲、多节，

① 叶维廉：《中国古典诗中的传释活动》，载《中国诗学》，生活·读书·新知三联书店1992年版，第17页。

② 穆旦：《〈慰劳信集〉——从〈鱼目集〉说起》，《大公报·文艺综合》（香港版）1940年4月28日。

③ 郑敏：《诗的内在结构》，载《诗歌与哲学是近邻》，北京大学出版社1999年版，第23页。

内涵几乎要突破文字，满载到几乎超载。然而，这正是艺术的协调。”①

穆旦诗歌中虚词的大量入诗，起到了层层深入地推进诗思、表达复杂深厚的情感、营造开阔深邃的诗意空间的作用。刘淇说：“构文之道，不外虚实两字，实字其体骨，虚字其神情也。”②意思是，实词反映外在世界的物象，而虚词则能体现人的情态、神韵。要把客观世界呈现在读者眼前，不用虚词也许可以做到，但是虚词在表达作者的意趣，在抒情的深度、广度、精细度上具有实词难以企及的功能。如这样的句子：“在群山的包围里，/ 在蔚蓝的天空下，/ 在春天和秋天经过他家园的时候，/ 在幽深的谷里隐着最含蓄的悲哀：/ 一个老妇期待着孩子，/ 许多孩子期待着饥饿，/ 而又在饥饿里忍耐”(《赞美》)。“在”“而又”等虚词的反复使用诱导读者跳出单一时空的限制，思接千载，视通万里，在历史、现在、未来之间自由穿越。这种时空流动的走向既是纵向的、线形的，又是横向的、跳跃的，反复出现的虚词犹如纵横交织的经纬线，编织出一个浩瀚、深重、开阔、无垠的多维度空间。

不同虚词的使用会使诗歌呈现不同的审美情趣，从而使诗歌呈现不同的审美风格。郭沫若诗中大量的叹词与语气助词“啊”“哟”“了”等淋漓地抒发了“五四”新人站在广袤的大地上纵情狂歌号叫、欣喜若狂的激情。穆旦偏爱使用的关联词则长于逻辑思辨，重于分析性、指示性和推理性，使诗歌呈现出知性抒情的风格，所谓“知性抒情”，是指让理性介入到情感中，让感性抒情含有思辨色彩，这正是穆旦诗歌最鲜明的现代性特征之一。大量使用关联词是穆诗实现知性抒情的重要途径。如果说“在”“从”“当”等介词的大量使用使穆旦诗歌穿越时空，容纳丰富的信息，那么“如果”“因为”“虽然”“然而”等关联词的密集出现则使穆旦诗歌呈现出深沉凝重的知性美。正如唐湜所说，“他的诗常常有一个辩证的发展过程，一个由外向内，由广而深，由泛而实的过程；而他的思想与诗的意象

① 郑敏：《回顾中国现代主义新诗的发展并谈当代先锋派新诗创作》，《国际诗坛》1989 年第 8 期。

② 参见刘淇：《助字辨略》自序，中华书局 2008 年版。

也最多生命的辩证的对立、冲击与跃动”①。《听说我老了》几乎每一节都出现了虚词。诗人通过“因为”“但”“只不过”“或者”等关联词由表入里，层层深入地将诗歌推向高潮，展示诗人内心那辽阔、壮美、永恒的诗之世界。

“现代汉语虚词大量入诗，带来了中国古代诗歌中一直缺少的理性精神。许多现代诗人不再把情景交融视为基本的思维方式，开始追求一种具有理性体验特征的诗歌表达方式，自觉不自觉地改变了古代诗歌的主情或感性的表达范式，起到了‘以理正情’的作用。”② 穆旦一方面认可中国传统诗歌的抒情功能，另一方面他又认为这个抒情应该是一种全新的基于理性基础上的抒情。他在《他死在第二次》中指出：“在我们今日的诗坛上，有过多的热情的诗行，在理智深处没有任何基点，似乎只出于作者一时的歇斯底里，不但不能够在读者中间引起共鸣来，反而会使一般人觉得，诗人对事物的反应毕竟是和他们相左的。”③ 穆旦在书评《〈慰劳信集〉——从〈鱼目集〉说起》中明确提出“新的抒情”主张：“这‘新的抒情’应该是，有理性地鼓舞着人们去争取那个光明的一种东西”；“让我们像平日说话一样吟出他的诗来吧”④。他认为诗坛应该追求一种理性的“深度抒情”，以叙事来消解滥情，增加诗歌的表现视域和生活容量。

穆旦以自己的诗歌践行了“理性抒情”的主张：他大量借助关联词，形成定语、状语、补语以及逻辑关系分明的各种从句或是多重复句进行叙事和说理，从而抒发知性情感。他利用句子间的逻辑层层深入、精雕细刻地表达内心深处最细微的矛盾纠结和辩证丰富的生活体验。他的感情浓烈程度不下于郭沫若，但他不主张无所顾忌地释放，而是进行理性思索，严厉自审，让“自我”在痛苦中保持清醒。他的感情是地底缓缓奔流的暗红色岩浆，张同道将之形容为“滚沸的激流暗涌的青铜”，“这种热的情感和冷的表达之间的张力构成了穆旦诗的基本特征，

① 唐湜：《九叶诗人：“中国新诗”的中兴》，上海教育出版社 2003 年版，第 79—80 页。

② 王泽龙、钱韧韧：《现代汉语虚词与新诗形式变革》，《中国社会科学》2014 年第 9 期。

③ 《穆旦诗文集》（二），人民文学出版社 2007 年版，第 54 页。

④ 张同道：《带电的肉体与搏斗的灵魂：穆旦》，载杜运燮等编：《丰富与丰富的痛苦》，北京师范大学出版社 1997 年版，第 87 页。

《拉奥孔》雕塑准确地象征了穆旦诗的艺术风格”[①]。如《野外演习》:“事实上已承认了大地的母亲，/ 又把几码外的大地当做了敌人，/ 用烟幕掩蔽，用枪炮射击，/ 不过招来损伤：永恒的敌人从未在这里 / 人和人的距离却因而拉长，/ 人和人的距离才忍而缩短，/ 危险这样靠近，眼泪和微笑 / 合而为人生：这里是单穿的缩形。”这里“又”“不过”“却”“才”形成的双重否定让句子跌宕起伏，展示人与大地、人与人相互依存而又相互伤害的辩证关系。“穆旦诗中不再是单纯的热情，而是几种力量的冲突，平面架构转化为立体架构，实现了矛盾的综合与平衡……甚至并不平衡，和谐不再是至高无上的诗美标准，而是在个体与实现世界之间裸露矛盾，展示冲突，让灵魂和肉体以各自的原始面目自我呈现，甚至自我也发生裂变，生成第一自我、第二自我、第三自我等……”[②]这种多股力量矛盾和冲突正是借助多个关联词之间的递进、转折、假设、退让等多重逻辑关系实现的。虽然之前的卞之琳为代表的后期现代派诗人或多或少地展现了理性抒情的倾向，但只有真正到了穆旦这里，才形成特色鲜明的风格。[③]

穆旦诗歌大量虚词的入诗，有力促成了诗歌现代形式的创新，当然，也带来了他较多诗句结构繁琐，不少诗歌知性表达晦涩等缺陷；在节奏上，因为句子过长，始终不如简短诗句朗朗上口，乐感大大削弱。这些缺陷在一定程度上影响了穆旦诗歌的理解与传播，使穆旦诗歌主要读者局限在专业研究人士范围内。这是我们需要在虚词入诗问题上继续探究的新话题。

原刊《学术月刊》2016 年第 3 期

① 张同道:《带电的肉体与搏斗的灵魂：穆旦》，载杜运燮等编:《丰富与丰富的痛苦》，北京师范大学出版社 1997 年版，第 86 页。

② 同上书，第 87 页。

③ 周峰:《“新的抒情”与穆旦晚年诗作》,《江汉大学学报（人文科学版）》2010 年第 1 期。

香港文学语言的“四合语”特色

黄维樑*

中国的汉语，数千年来一直在演化。《文心雕龙·通变》说的“参伍因革，通变之数”，说的是文学的错综变化；文学是语言的艺术，语言的变化，也是如此错综变化的。

这里只略说一百年来的事。启其端，我们要说的是梁启超。19 与 20 世纪之交，他在报章撰文，议论适时，感情饱满，动辄千万言，唤起民众改革时弊之心，感染力和鼓动性强劲，号称“新民体”（又称新文体或报章体）。新民体的一个特色是半文半白、又雅又俗，外来语纷然呈现。梁启超在《清代学术概论》中谓其文章“时杂以俚语韵语及外国语法，纵笔所至，不检束，学者竞效之，号‘新文体’”，正是夫子自道。梁启超之后，胡适提倡白话文，语文观较为“纯粹”。数十年后，余光中对其文章所用语言的交杂现象，也可说是合璧现象，有与梁启超类似的说明。余光中以“白以为常，文以应变，俚以见真，西以求新”的四元素形容自己语言风格，独对“西化”或“欧化”有戒心。他是公认的文体家，写的是另一种“新文体”。季羡林谈文学语言时说：“我个人觉得，文学最忌单调平板，必须有波涛起伏，曲折幽隐，才能有味。有时可以采用点文言辞藻，外国句法；也可以适当地加入一些俚语俗语，增添那么一点苦涩之味，以避免平淡无味。”梁

* 作者为香港中文大学中文系教授。

季余三位，可谓同声同气。此外，还有一种俗称“三及第”的文体，指的是由文言文、白话文、广州话所组合而成的文体，晚清时开始流行于广州、香港、澳门。跟随三及第而兴起的还有“新三及第”，即由白话文、广州话和外语混合而成的文体。不同语言交集糅合而成的作品，其风味自有不同。

香港散文家黄国彬，就是这样一位在语言上白、文、俚、西四个元素糅合得宜的杰出作家，如果加上他也用的“潮语”，那是“五行无阻”了。这里的五行指白、文、俚、西、潮五者。白指白话，宽松而言，即现代汉语，或者说普通话；文指文言，宽松而言，即古代汉语；俚指俚语，宽松而言，包括俗语，我们早就有“俚俗”一词，在香港，俚语俗语通常指粤语方言的俚语俗语；潮语指社会当下所尚的新造词语，通常是先流行于网络的；西指西方语言。语言有常有变，不同语种不同方言的语言，经常互相影响渗透；汉语中的古代汉语与现代汉语难以“划清界限”，白话与俚语俗语的分野也往往不清晰。潮语如果影响力持久，则会成为新的俚语俗语以至现代汉语。黄国彬的特色在“五行”中，又以文言和西诗最具特色。

黄国彬笔耕五十年不变不辍，作品丰厚繁富，是博大型作家。他的散文，篇幅长短极具变化，有短的千字文，也有长的万言书和超万言书。其长篇散文，可称之为大块文章或是大品散文，下面以其散文《伏在你肩上的女子》(简称《女子》) 和《缩脚岁月》(简称《缩脚》) 为对象，说明其语言的四合甚至五行风格，兼对其精彩的行文，略加评点。

二文极具香港特色，内容和语言风格皆然。先略析《女子》。它描写东方之珠香港维多利亚港及其周遭的风景，是一篇现代的“赋”。香港海景之美，举世知名，黄国彬写道：“维多利亚港，与香港的关系，有如明眸之于美女。”“如明眸之于美女”的比喻，不算新颖，不过，作者心理隐藏的意象，却具普遍性。正如殷国明所说，“女性是美的化身”，女性的诱惑力大不可挡。他的文章中有很多粤语俚语，如“镬气”；“镬”形如大盆，乃烹饪器具，也即注意加强香港本土色彩。

在维港边的高楼就餐，主菜却是周遭的海景，注意力是在气氛、在文化：

在维也纳郊外的一家餐厅的露天茶座喝茶，望着多瑙河的轻雾，想起了约翰·斯特劳斯，蓝色的旋律就漾起蓝漪，把你的每一瓣思念都浴得蓝蓝的，叫你不由自主，反复吟诵斯特劳斯乐曲的名字：“An der schönen blauen Donau...An der schönen blauen Donau...”诵着诵着，你飞离了座位，凌波于河面上，与多瑙河最美的水仙跳着华尔兹。《蓝色的多瑙河》，一八六七年在维也纳奏起，流波至今不减当年的柔蓝。Donau 多瑙。

怎样“吃”呢？他神思翩跹，化身为海鸥，“扇着南风用鸥目吸饮港中的碧凉”。对海港的壮丽，他引《阿弥陀经》中的一段描写：

极乐国土，有七宝池、八公德水充满其中。池底纯以金沙布地。四边阶道，金银、琉璃、玻璃合成。上有楼阁，亦以金银、琉璃、玻璃、砗磲、赤珠、玛瑙而严饰之。

为什么又把本文的题目定为《伏在你肩上的女子》，这与香港或者维港看起来完全无关的人物呢？有原因的。本文的最后一段是：

披头士的名曲“Hey Jude”有这样的一句：“The movement you need is on your shoulder.”念大学的时候，见宿舍的男孩子有温柔漂亮的女朋友，却不懂珍惜，就会尽谏友之责，篡改披头士的名句提醒他们：“The woman you need is on your shoulder.”（“你所需要的女子，就伏在你肩上。”）今日，看见主宰维港命运的人士，正千方百计把聚福、聚美的海港填成维多利亚河、维多利亚溪、维多利亚大笪地，比我当年的同窗更不懂珍惜，我也要坦白地提醒他们：“The woman you need is on your shoulder.”

末段点题。首段与末段，我们或可仿照古代小说叙述模式的“得胜头回”，加上一词“得胜末回”，来显示作者的“外语胜利”。

跟着析论更能表现四合甚至五行风格的《缩脚岁月》。黄国彬认为香港的茶餐厅，有三大特色：港式奶茶，茶餐厅阿婶和港式相声。首先是港式奶茶之香，“奶茶”的“奶”，不是一个英文字 cream 可以形容；如用 cream，就完全辱没了法语“la creme de la crème”（“精英中的精英”）。讲到口感，则征引杜甫杰作来说明食物有弹性有韧性有一定硬度才能像“《秋兴》八首”那样“全方位向你的心灵挑战”，过软则成了“吃软饭”，是道地的俚语。然后由俚俗之言，转到大“雅”之语：

> 尹吉甫《诗经·大雅·生民》写周宣王祭上帝时有以下两句：“其香始升，上帝居歆。”

其次说到茶餐厅阿婶，又特写其叫人“缩脚”一事。“缩脚”是粤语俚语，意为双脚从地面向上抬高；这里是腾出空间、以便女工清洁地面之意。黄国彬又一次引经据典，用文言和成语征引历史人物，来与茶餐厅阿婶并列，来增强声势，营造“诙谐史诗”（mock epic）的效果：

> 到扫帚远去，你的双脚还悬垂于空中，在现实世界中定格。因为，不管你是曹沫专诸豫让聂政荆轲还是罕见的大勇韩信张良，有泰山崩于前而色不变的镇定，发自阿婶口中的霹雳，一定会叫你震栗色变，乖乖遵命，放弃脚下小得可怜的顾客领土，让扫帚挟迅雷烈风和漂白水的气味扫过来。

上引中，曹沫等七人是古代勇士，“震栗”是古代汉语，“泰山崩于前”有典故，“定格”是现代外来语的汉译，这是古今中外糅集的又一例子。接下来，“文革”词汇也来了：

> 进了港式茶餐厅，千万别以为顾客至上，顾客为尊，有不缩脚的权利；

在阿婶眼中，你早已被定性为“牛鬼蛇神”；而阿婶是聂元梓姐妹，正积极响应“炮打司令部”的最高指示：“消灭一切害人虫，全无敌！”

香港茶餐厅的第三个特色是港式相声。雾霭弥漫中，相声登场：向“伙计”点的食物还没到——

你已经开始“耳食”，因为邻桌或背后的卡位，早已鞭炮般响起以下对话（女读者请多多包涵）：

“××××，昨日喺街见到你，去边×度啊？”

“××××，落雨湿湿，有边×度好去啊？咪去买马啰！”

“××××，我上个礼拜买马，输到仆街！”

“××××，点解会咁黑架？”

“××××，我都唔知点×解，就系咁×黑啰！”

……

这，就是港式相声。

以上每一个×都是一个粗口字眼。作者回忆起大学时代的“爆粗英雄”竟然是一个到香港读书的印度大学生。文中有一段描写中英文夹杂的现象，可说是香港大学生语言的一种“旧常态”，如他们常用的“U拉”，即University Library是也。香港人这种中英夹杂的说法，何止五十年不变！

爆粗，或者说港式相声，黄国彬指出，“不管从民族学、文化学、武侠小说学、语言学、文学、生理学角度，都有研究价值”；而他接下去就发表“研究”成果。从港式相声的粗口，谈到“句首重复”语法：

在文学作品里，把某一音、某一词或某一短语连续在行首或句首重复，语言学家和修辞学家称为首语重复法（anaphora）。在西方，《圣经》就经常连续重复“And”字。譬如《旧约圣经》Numbers（天主教译《户籍纪》，新教译《民数记》）第六章第九至二十节，每节都以英语“And”字开始。爱尔兰诗人叶慈，写《茵尼丝翡丽湖心岛》（The Lake Isle of Innifree）时，也采用这一修辞法：“I will arise and go now, and go to Innisfree, /And a small cabin build there...”（我要动身了，动身去茵尼丝翡丽，/在那里盖一间泥笆屋……）

黄国彬的散文具有丰厚的语言资源，每每呈现四合甚至五行风格，有时兼具三及第和新三及第的特色，因此也可用“鸡尾酒语言”和“混血语言”来形容他写的一种“什锦式”散文。由于黄国彬的四个元素中，文言和西文的分量甚重，所以，他的“鸡尾”“混血”“什锦”之作，显得相当高雅化。中国古代固然没有黄国彬这样的“什锦”散文，20世纪自梁启超、鲁迅、冰心、梁实秋、钱锺书以至两岸当前的散文家的书写，也没有。香港中西交汇的历史极长，很多知识分子不薄今文爱古文。香港的散文家，语言多姿的为数甚众，如梁锡华、陈耀南、林山木、董桥、潘铭燊、陶杰等等，但其写作中文言和西文元素如黄国彬“什锦”散文般浓重的，而且篇幅如此绵长的，如此“大品”的，气象如此高华的，笔者还没有发现到。这种散文，可能是黄国彬这位“积学储宝”贯通中西的学者型散文家，得心应手自然而然的写作，也可能是他刻意求工、铸造个人风格的篇章。创新是文学家艺术家永恒的追求；在纷繁媒体争霸的时代，在马大康所说“注意力争夺战白热化”的时代，有创新，才比较容易吸引到受众的眼球。余光中要把散文写得“有声有色有光”，并有其夫子自道的四元素说；王蒙用了“集束重磅炸弹”（何西来语）的汪洋恣肆的行文手法，写出复杂的“语言潮流”（郜元宝语），这些都代表了个人风格的追求和建立。黄国彬则建立了四合五行、文（言）西（文）浓重的“什锦”散文文体风格；他的书写，如果再用一些形容词，是一种“语言交响”，一种“纸上交响”（借用陈子善语），是一种语言嘉年华。

《文心雕龙·体性》析论作家风格的形成，归纳为才、气、学、习四个因素。黄国彬风格的形成，固然与其才、其气相关；其学与习，则基因于香港中西交汇的教育与文化环境。他自小博览群书，中学教育在著名英文中学皇仁书院完成；后来进入香港大学文学院，修读中文系和英文系的课程，又修读法语课程；又在校外的法国文化协会、意大利文化协会、歌德学院、西班牙学会修读法语、意大利语、德语、西班牙语。他还自修拉丁文和古希腊文。香港如果没有像皇仁书院这样高水平的英文中学，没有像香港大学的极重视英语的大学，没有西方各国在香港设立的法国文化协会、意大利文化协会、歌德学院、西班牙学会等文化教育机构，而只靠自学，黄国彬大概没有这样高强的外语能力。香港社会通行“两文三语”，两文指中文与英文，三语指粤语、普通话（现代汉语）和英语。粤语和普通话（现代汉语）不但发音不同，词汇也有不少分别。学生在学校所学，是现代汉语的书面语；但媒体上的文字，为了让读者觉得亲切真实，也会夹杂粤语的俗语俚语（大概就是余光中说的“俚以见真”）。香港的人口，操粤语的占压倒性多数。文贵良认为“言语、语言、话语的最终意义要落实到其使用者的生存状态上”；诚然，黄国彬的语言、话语风格的形成，除了他本身的才华与努力，与他在中西交汇、“动感之都”的香港的“生存状态”大有关系。1997 年之前，香港是英国的殖民地，黄国彬的语言风格，也大可用后殖民主义的混杂说（hybridity）加以分析。

什锦且交响，四合更五行，这样的书写，是太夹杂了，太混杂了，太炫耀了。的确可说是夹杂，而夹杂一词属贬义；《罗密欧与朱丽叶》中年轻人讲话时英语法语夹杂，又好用新名词，罗密欧的好友墨枯修即对此大加讽刺。说到混杂，因为既“混”且“杂”，也不是褒扬的话。炫耀呢？经济学家有炫耀性消费的概念，指的是一种消费现象，没有褒贬之意；生活简朴论者则会反对。客观地说，文学作品中不同的语言元素，其存在状态究竟是夹杂、混杂还是什锦、合璧、交响、交融的呢，大概有仁智之见，甚至评论起来会“褒贬任声”（《文心雕龙·辩骚》语）。说到炫耀，炫耀性消费指购买价昂名牌奢侈品，消费者崇金钱，崇豪华，可能因此导致利欲熏心，不择手段夺取财富，以过奢华挥霍的生活，贪污腐败由此而滋生，这自然不是个人与社会之福。至于炫耀性书写，或可称为 conspicious composition 的，作者积学储宝，发挥才华，而成《文心雕龙·风骨》所称誉的

“藻耀而高翔”风格；喜欢这类作品的读者，阅读时欣赏到衔华佩实、引经据典、文采飞扬的什锦合璧交响交融的诗文，又能增加种种知识，则实际生活即使箪食瓢饮也不应减其乐。

话说回来，读者口味不同，《文心雕龙·知音》篇说：“慷慨者逆声而击节，酝藉者见密而高蹈，浮慧者观绮而跃心，爱奇者闻诡而惊听。”黄国彬的《女子》和《缩脚》这类大品散文，有其“慷慨”“浮慧”“爱奇”的诸多元素，却不一定赢得普遍读者的青睐：《女子》如参加由胡适作评判的“选秀”，一定难以进入三甲；胡适喜欢“平淡而近自然”的文风，小葱拌豆腐式的作品，大概是其最爱。请他捧读《缩脚》，他的眼目可能未入文本深处就已“缩手”。《女子》和《缩脚》这类篇章，有布洛牧（Harold Bloom）所欣赏的丰厚语言资源，和“审美能量”；如用蓝汉穆（Richard Lanham）的散文分类，则这类篇章属“高阶风格”。这类散文，也正是所谓“学者散文”，而如梁锡华说的，“学者散文”不一定能吸引到很多普罗读者。欣赏这类散文的人，我认为需要相当的“腹有诗书”的想象力。此外，心爱仁孝悲悯作品的读者，读了《女子》和《缩脚》，大概不会被感动，因为这二文是要被佩服的：佩服黄国彬之精准把握香港风物的特色，佩服其“炫耀”，佩服其“语域”之广，像男高音巴笩诺提的音域之宽一样。

上面说过，黄国彬是博大型的作家，其风格因不同题材、不同主题而变化调整，既有高华的铺陈，也有深刻的感怀；他有风趣幽默之篇，也有悲天悯人之作。笔者析论、推许其篇章，主要因为其文衔华佩实、情信辞巧，有钱锺书说的“行文之美，立言之妙”。其长篇诗文，想象力超迈，有《庄子》大鹏的“恣肆”之姿；这种想象力，包括了不同语调、语汇、语言的联结调度。写香港的《女子》和《缩脚》，题材既极具香港本土色彩，所用语言更能表现他的深厚功力，在语言的四合甚至五行方面，把香港文学的这种语言特色淋漓尽致地发挥出来。

原刊《学术月刊》2016 年第 7 期

东北沦陷时期伪满洲国的日语殖民问题

文贵良[*]

日本从明治维新时代开始，采取脱亚入欧的现代化策略，学习和化用西方的现代技术、西方的现代制度与现代思想；同时也自觉地抵抗一个被日本意识化的西方，但它最终还是想象自己能成为西方国家一样的国家。通俗地说，日本对西方“既爱又恨”，或许准确地说是不得不既恨又爱。那么一个后发的亚洲国家何以可能抵抗那强大的西方呢？日本的重要方式之一是在建立一个强大的现代民族国家的基础上重新确立自己在亚洲的位置，其中核心问题在于如何改变中国与日本在亚洲格局中的关系。直到 19 世纪末，中国还是亚洲的“老大帝国”。1894 年中日甲午战争中清政府的失败让日本看到了重新布局亚洲的希望。1895 年《辛丑条约》规定清政府割让台湾给日本，这极大地刺激了日本在亚洲殖民的野心。从 1895 年到 1945 年这半个世纪，是日本现代化最为疯狂的年代，也是日本军国主义侵略扩张最为猛烈的年代。

如果说日本对西方既爱又恨，那么对中国就是既恨又爱。同样是爱恨交织，趋向却不相同。日本脱亚入欧的道路是在被西方国家逼迫之下的主动选择，但其最终目标是成为西方式国家。日本迫切要求摆脱中国文化的种种要素，特别是日语中的汉字，但明治维新以来日本学者翻译西方著作过程中，大量采用汉字以铸

---

* 作者为华东师范大学中文系教授。

造新词对译西方学语的行为，又无疑强化了中国文化的元素。

借用柄谷行人的“内面”说法，不妨把“国语—日语”的想象与建设视为日本现代化以及殖民侵略史的内面的重要因素。子安宣邦、小森阳一、李妍素等日本学者对日本的近代国语进行过深入的批判。日本近代“国语—日语”的想象与建设与日本殖民侵略的进程具有共同的步伐和节奏，成为日本殖民意识形态的主要内容。“国语的概念在明治早期是没有的。它的概念和构成是随着日本建立一个现代国家的步伐而逐渐建立起来的。”① 日本“国语—日语”殖民意识形态性质并没有随着日本在“二战”中的失败而结束，警惕并清理这种意识形态的道路还很漫长。“战争的失败并不意味着国语意识形态的终结。国语，曾经作为殖民意识形态基础的一部分，即使在日本失去殖民地之后也不会死亡。”② 近年仍有日本学者认为，日语从古以来从文字到发音都受到汉语汉字很大的影响，“只有通过排除掉这一切，才能描绘出本来的日语面貌”③。

萨特对欧洲殖民主义有过猛烈的批判：“扫除他们的传统，用我们的语言替换他们的语言，破坏他们的文明，却不给予我们的文化。”④ 罗伯特·扬把这概括为是殖民者对被殖民者的“非人类化”。日本对于伪满洲国竭尽全力用八纮一宇的思想钳制中国人，竭力把日本语作为伪满洲国的国语而实行殖民统治，只不过是达到快速殖民的效果。殖民者永远不可能给予被殖民者平等和权利。

一、日语：殖民工具与殖民意识形态

东北沦陷时期，日本通过控制伪满洲国这一中间机关而实施殖民行为，这一情形与日本在台湾地区和朝鲜的殖民形态不一样。1936 年随着伪满洲国新学制的推行，日语被作为伪满洲国的国语之一而得到推行，日语和满语（即汉语）成为

---

①② Lee Yeounsuk, *The Ideology of Kokugo*, Translated by Maki Hirano Hubbard, Honolulu: University of Hawaii Press, 2009, p.4.

③［日］白藤峰幸、杉浦克己：《国语学概论》(1998)，转引自［日］子安宣邦：《东亚论：日本现代思想批判》，赵京华编译，吉林人民出版社 2004 年版，第 280 页。

④［英］罗伯特·扬：《白色神话：书写历史与西方》，赵稀方译，北京大学出版社 2014 年版，第 173 页。

伪满洲国的国语。“日语”“日本语”和日本的“国语”这几个词语的意思如果不做细致的区分，大致也指同一个对象，但是，从19世纪中期到20世纪，“日本语”与日本的“国语”之间却存在着错综复杂的关系。本文在此不能对这段历史做细致的梳理，只关注东北沦陷时期日本语和日本的国语如何被作为殖民工具的。

山田孝雄曾在《何谓国语》中写道：

> 我们所认识的国语乃是作为日本帝国核心的大和民族发表思想和理解的工具，古往今来人们一直在使用这个国语，未来也将以此向前迈进的。这个国语发源于大和民族之间，是大日本帝国国民的通用语言，简而言之，即大日本帝国的标准语。这里所谓的标准语意味着它是作为国家统治上之正式语言，并且是作为教育上之正式的标准语言。①

同样在1941年，安藤正次在《日本语的输出和日本语教育》中写道：

> 日本语对东亚诸国的输出，……恐怕只是作为一种外国语而存在的吧。不管我国在东亚的盟主地位怎样得到巩固，我们脑子里仍要清楚，日本语的输出是作为东亚共同语而输出于诸国的。……必须注意到，东亚共荣圈作为共同语之日本语的输出，对于我国之外的东亚诸国来说，只是在吸收一种外国语。②

综合起来看，“国家内部”之“国语”（kokugo）以其对外的帝国主义扩张而强调其作为“东亚共同语”之“日本语”（nihongo）。③日本内部的“国语”与输出的

---

① ［日］山田孝雄：《何谓国语》，载《国语概论篇》（国语文化讲座第2卷），朝日新闻社1941年版。转引自［日］子安宣邦：《东亚论：日本现代思想批判》，吉林人民出版社2004年版，第209—210页。

② ［日］安藤正次：《日本语的输出和日本语教育》（1941），《日本语》1941年第1卷第2号。转引自［日］子安宣邦：《东亚论：日本现代思想批判》，吉林人民出版社2004年版，第207页。

③ 子安宣邦：《东亚论：日本现代思想批判》，吉林人民出版社2004年版，第207页。

“日本语”达到了一致。

第一，在伪满洲国，日本语被赋予无上的优先性。东北沦陷后，日语作为殖民意识形态的基础之一部分，被不断强化。《满日议定书》的最后一条为：“本议定书、缮成汉文日本文各二份、汉文原文与日本文原文之间、如遇解释不同之处、应以日本文原文为准。”① 在法律条文的阐释上，日本文的优先地位明白无误地确保日本殖民意识的贯彻，同时也确立了日本语的优先性。

日本语的优先性不仅在法律条文上得到保证，在现实生活中也有着鲜明的症候。刊于《同轨》第 1 卷第 9 期的《学习日语的急务》一文表示：“由满人的立场说，学习日语实比任何一切都切要，无论在根本问题或业务的现实问题，又我等将来的生活现实，若忽略了此事，便是一切皆失其根本而背驰于现实状势及根本精神。”② 日语对满人的重要，一则表现在现实的或将来的工作和生活上，更重要的是日本殖民的那个“根本精神”。这里三次出现“根本”一词，都指向所谓日满亲善的王道乐土、日满一德一心的殖民观念。

与之对照的情形是，日本人对汉语极不重视。根据日本学者安藤彦太郎的考察，明治维新以后，日本人把中国语当作“胡同里的外语”，外交官员中也只是低级官员才懂中国语。③ 他的根据之一是仓石武四郎写于 1941 年的《中国语教育的理论与实践》，驻在北京或南京的官员，中国话说得好的大多是低级官员。在官员的提拔以及影响力上，欧洲语的修养受到极大的重视，而中国语则无足轻重。安藤彦太郎还指出，仓石武四郎（1897—1975）、藤堂明保（1915—1985）、竹内好（1910—1977）这些以研究中国学术著称的日本学者在大学里都没有学过中国语。④ 日本的中国语教师让学生背诵《急就篇》，学生询问文法时，教师大喝一声“中国语还有文法吗！”⑤ 因此，可以推测蔑视中国语（汉语）的情形在日本人中极为普

① 《空前未有世界史上之新纪录　皇帝陛下亲访友邦　诚东亚和平之先驱也》（原文无作者），载满洲文化协会：《大同文化》第 253 号，1935 年 5 月 1 日。

② 《学习日语的急务》，《同轨》第 1 卷第 9 期，1934 年 10 月 1 日。

③④⑤ ［日］安藤彦太郎：《中国语与近代日本》，卞立强译，北京大学出版社 1991 年版，第 1、4、6 页。

遍。山田孝雄在《国语中的汉语研究》中把汉语当作日语的入侵者。① 其实，汉字是日语内在部分，没有汉字就没有日语。子安宣邦反对本居宣长阐释《古事记》时对汉字作出的排斥性做法，即仅仅把汉字当做表音记号的异质性存在。子安宣邦认为正是汉字的存入，日语的书面语才得以成立。日语中存入汉字，不仅仅是一种表音记号的存在，还是一种认知意识的存在。比如《古事记》开头“天地初发之时”中“天地”怎么读其实并不太重要，重要的是，正是因为有了汉字“天地”，“其神话式的起始记述才成为可能”，意味着一种表达方式的可能，一种认知方式的可能。日语书面语的成立是日本生活的一大飞跃，继而可以说，“随着日本书写语言的成立，日本国家乃至国家内部的语言・日语也成立了”②。因此，在这个意义上，对汉语汉字的轻蔑同时也意味着对日语的轻蔑，这就显示出山田孝雄等人轻视汉语汉字的荒唐可笑。

第二，日本语被规定为伪满洲国的国语。1936 年伪满洲国推行“新学制”，“新学制”的教育方针显示了它完全是为殖民侵略服务的。《学制要纲》第一款“教育方针”“基于建国精神及访日宣诏趣旨、除体认满日一德一心不可分关系及民族协和精神、深明东方道德——尤其是忠孝大义、涵养旺盛之国民精神陶冶德性外、并以安定国民生活必要之实学为基调、授以知识技能、以谋增进身体健康之保护、以养成忠良国民、为教育方针”。③《学制要纲》第三款“学制立案上之要点”中第六条为“日本语基于满日一德一心之精神、重视为国语之一”。④ 这里有两层意思，第一，日本语“重视为国语之一”，即日本语为伪满洲国国语之一种。这样，日本语与满语（满语即汉语，是日本侵略者与伪满洲国故意把汉语说成是满语）都成为伪满洲国的国语。第二，日本语的目的在于传播“满日一德一心之精神”，因此，日本语就不只是一种表达交流的自然性质的工具，而是成为日本殖民意识形态的载体与基础。“一德一心”来自八紘一宇的思想，把全世界当作一家而加以统

①② [日] 子安宣邦：《东亚论：日本现代思想批判》，吉林大学出版社 2004 年版，第 279、295 页。

③④ 《学制要纲》，原刊《奉天教育》1937 年第 5 期，载刘慧娟主编：《东北沦陷时期文学作品与史料编年集成》（总第 28 卷），线装书局 2015 年版，第 4 页。

治。八紘一宇即日本神话中的天照大神，太阳女神。溥仪在东京审判会上说“日本是一德一心要把满洲作为日本的殖民地”①，他对“一德一心”的使用表明他对日本殖民者的愤懑与讽刺。

新学制的特点在于，“重视作为国语之一”的日语。日本在1937年3月10日文教部训令第26号就命令各学校讲授日语，把日语作为“国语”讲授是从“新学制”开始的。在《国民高等学校规定》第四条中，明确规定国语学科为“日语及满语（即中国语）”或“日语及蒙古语”，每周授课时间为日语6小时，“满语”3小时。对女子国民高等学校也作了同样的规定。对于国民学校和国民优级学校，在综合学科的“国民科”中讲授“国语”，规定日语周授课时间为6—8小时。②李昌毓（1924—2002）积极参加星火读书会，主编《大地》油印刊物，回忆1940年在盖县国民高等学校读书的情景：

> 星期一在大礼堂举行朝会，全体师生参加，礼堂正面是日本和伪满洲国的国旗，先唱日本国歌，后唱伪满洲国国歌，由校长用日语宣读《回銮训民诏书》，再由教导主任用“满语”（即汉语）宣读。③

为了实现日本语作为伪满洲国“国语”的目的，伪满文教部刊出《关于在学校教育上彻底普及日本语之件》，援引数条即可见其精神，如：“日语教师在教授日本语时不仅练习语学须使学生体认日本精神及风俗习惯以努力发扬日满一德一心之真义为要”；“使教职员及学生理解日本语普及之重要性”；“学校教职员必须励行学习日语”；“日人教师在教授他学科时亦应斟酌使用日本语满系教员如略

① 章伯锋、庄建平主编：《中国近代史资料丛刊　抗日战争》第6卷，四川人民出版社1991年版，第206页。

② 日本殖民地文化研究会、东北沦陷十四年史总编室编：《伪满洲国的真相——中日学者共同研究》，社会科学文献出版社2010年版，第169页。

③ 齐红深编：《黑暗下的星火——伪满洲国文学青年及日本当事人口述》，大象出版社2011年版，第113页。

解日语者亦于可能范围内勉励使用之”；“须利用各种机会以引起日本语学习之兴趣”。同时还主张“举办学生日本语演说、演艺等会”“以学校为中心举行一般民众日语讲习会”，[①] 等等。

二、“同文同种”：魅惑与虚幻

在中日关系的叙说中，“同文同种”是一个极具有魅惑性的词语。以“同文同种”为关键词形成的话语都必须重置于历史语境中接受话语分析的检视，方可确定其意义。在自然状态中，中国人与日本人同属于黄种人，因此说“同种”是毫无问题的。日语借用许多汉字，日语的字母平假名和片假名也从汉字的偏旁和书体中化出，在这个意义上说“同文”大致也可行。但就谱系学观点看，汉语属于汉藏语系，而日语属于阿尔泰语系，并不“同语”。“同文同种”这一观念并非东北沦陷后才有，也并非只有中国人才有。比如日本人宫崎安藤的《日清英语学堂记》就曾经提出“日清两国，同文同种，同处于亚洲，辅车相依，自古兄弟之国”[②] 的看法。然而东北沦陷时期日本殖民者和某些中国人所宣扬的“同文同种”观被烙上日本军国主义鲜明的殖民印记，同时也画出了伪满洲国时期某些中国人的奴性色彩。

署名“桂林”的作者在《新满洲》第 1 卷第 4 期至第 6 期所发表的小说《协和之花》是一篇典型的宣扬“同文同种”的作品，露骨地表现了奴化之心与谄媚之意。故事的梗概是：中国人吴羡云和日本姑娘中村芳子在伪满洲国相恋，后芳子回国，吴羡云考到日本留学，毕业后吴羡云与芳子姑娘回到伪满洲国，两人结婚。小说是这样描写吴羡云考上日本留学生、第一次到日本的情形与心理的：

他经过工商要府的大阪。历史名地的京都。赏玩过代表友邦的樱花。瞻

---

① 《关于在学校教育上彻底普及日本语之件》，原刊《奉天教育》1937 年第 5 期，载刘慧娟主编：《东北沦陷时期文学作品与史料编年集成》（总第 28 卷），线装书局 2015 年版，第 2 页。

② [日] 宫崎安藤：《日清英语学堂记》，《译书公会报》第 15 册，光绪二十四年二月二十九日。

望过高耸云表的富士山。这样一来，如此长途旅行，并未感到寂寞，四月二十七日早七时，车抵东京驿，这时吴羡云心里，真是兴奋到极高峰上去。忙提着手荷物，随着人群往外走。“吴さん！吴羡云さん！”的呼声传到他的耳鼓……[①]

日本风景的展示、协和语的运用（如“东京驿”“手荷物”等）与吴羡云“兴奋到极高峰上去”的心情融为一体。“大阪”“京都”“樱花”和“富士山”，这些风景成为被殖民地人来到宗主国的发现，意味着宗主国的美丽，而那以“吴さん！吴羡云さん！”的日本语再次出场的日本姑娘则成为风景中的风景，美丽中的美丽。叙事者的赞美同时也是作者的赞美，因为整篇小说的叙事意向表现为叙事者与作者的高度一致。小说以大团圆结局收束，吴羡云与中村芳子结成夫妻。小说借用他人之笔对此婚姻进行赞美：

康德六年一月十日，羡云原籍某汉文报纸登出了一段，如左的协和佳话。略云，东京特派员函，日满两国，同文同种，乃唇齿相连之邦。共存共荣，成不可分离之势。然为两国之百年亲善计，彼此通婚，正为不可少之事。今将日满两国。所乐道之一段协和佳话记之如左。并祝协和之花畅开乐土之果早结。……吴君言，此为其素日宿愿，一旦得偿，不胜喜悦并谓将来，必为日满两国协和上，尽以全力，且归国后，从事于教育事业云云。[②]

“康德六年一月十日”的纪年符号具有鲜明确定的伪满色彩。“汉文报纸”登载着“协和佳话”的配置具有某种暗示性，因为这段“协和佳话”为“东京特派员”所写。暗示性由此得到明示：“日满两国，同文同种，乃唇齿相连之邦。共存共荣，成不可分离之势。”“同文同种”所结成的“唇齿相连之邦”无疑是被当作“共存共

①② 桂林：《协和之花》（三续），《新满洲》第1卷第6期。

荣”这一“不可分离之势”的基础看待的。

“同文同种”成为伪满洲国时期日本殖民话语与伪满洲国被殖民话语的一部分。有自称“新民”的人在《建国弹词　日满亲善》中写道：“同种同文同帝国　提携永固天地长。”[①] 伪奉天省省长金荣桂1939年给《同轨》的新年题词为“同文同轨，促进亲善”[②]；赵鹏第题词为“同文同轨，一德一心”[③]。大东文化协会编《标准支那语教科书》的第十四课《善邻提携》：

> 在日本西方，隔着一条大海，和我们兄弟相称，患难相共的好朋友，那就是中满两国。他们本来和我们同一民族，皮肤是黄的，眼睛和头发也是黑的，性情习惯以及文字文物，也有许多相同的地方儿，彼此同样的尊孔拜佛，那国，原来是地大物博，人口的八成都是种地的，可是他们的生活，一年比一年苦起来，这是什么缘故呢？就是他们几个军阀和党人们，不知东亚大局的实情，暗招私兵，滥征重税，抗争势力，内乱不绝，这是他们农民，受苦的大原因哪。可不是么！事变以后，那两国的内外情形，都更新面目，百姓们的享福，也就快实现了。就是就是。[④]

上述几个例子，分别为个人抒怀、官僚题词、教科书课文，都表达同一个意思：“同文同种”是“日满亲善”的基础，能促进“日满亲善”，能结成“一德一心”，因为同文同种所以日满亲善有了根基。这样的后果是把日本帝国主义的殖民意识转化为自殖的意识。伪满洲国的中国人宣扬“同文同种”显然不过是奴化的表现。

同文方面，其中最典型的例子是“满语カナ（即满语假名）”的出台。满语假名的方案，最早由伪满洲国大同学校的中国籍教师曾恪于1934年提出，1937年“伪满洲国”协和会组织座谈会认可，1940年伪满洲国国语调查委员会公布了满洲

① 新民：《建国弹词　日满亲善》，《新青年》第4卷第1、2期。

②③《同轨》第6卷第1期，1939年1月1日。

④ 大东文化协会编：《标准支那语教科书》3，东京三一书房1941年版，第27—28页。

假名的实施方案。①

1934 年曾恪的《满洲国语音标》提出了满语假名的设想。他在中华民国注音字母与日本假名之间，选择后者作为伪满洲国国语（即汉语）的音标。其所制满洲国语音标方案，计字母 81 个（因ィエゥ三个假名重复，实则 78 个），韵符 13 个，声符 61 个，两用符 4 个。②“满语カナ”“就是用日本的カタカナ表出满语（汉语与汉字）的声韵。”满语调查委员会制定了一个《满语カナ拼音表》，分满语语音 21 个声母，36 个韵母，408 个基本音。满语カナ拼的都是北京音，但是拼音符号采用日语假名。③

曾恪提出采用日本假名的四点理由：

> 一、日本假名。本由汉文改造。在东洋已有极大势力。尽可利用。何必标新立异。另创新符号。
>
> 二、日本假名。若改为国语音标。读法百分之九十。一仍其旧。只声符特加一行。韵符改定数字而已。日满二国。均可通用。益见同文之美。更昭协和之庥。
>
> 三、与中华民国之注音符号较字母虽多。但介音可省。两拼者多。三拼者少。似繁实简。
>
> 四、满洲人以此为阶梯。易习日文日语。日本人以此为阶梯。易习汉文汉语。语言同化。逐渐可期。④

晚清以降，中国人主动借用日语假名、罗马拉丁字母以创制汉语拼音符号的尝试并非不可，但曾恪所为，放弃 20 世纪 30 年代已经通用的中华民国注音符号不用，同时也不采用国语罗马字和拉丁化新文字，而坚决采用日语假名作为汉字

① 洪仁善：《“满洲假名”的缘起与终结》，《日本学论坛》2008 年第 2 期。

②④ 曾恪：《满洲国语音标》，《文教月刊》1934 年 7 月。

③ 何云祥：《满语カナ及其创制之意义》，《新满洲》1941 年第 3 卷第 8 期。

拼音方案，其目的落实在“益见同文之美。更昭协和之庥”[①]。曾恪的观点也得到个别人的呼应，比如何云祥的《满语カナ及其创制之意义》一文先花了大量的笔墨论述文字的重要，无非是为满语假名的出现做铺垫，最后把满语假名的效果落实在伪满洲国和大东亚上：对于伪满洲国，对于大东亚的前进，满语假名的功绩不亚于“几百万启罗瓦特的电气”“几千万吨的石炭”。[②] 满语假名的出台，是日本帝国主义殖民的方式，也是伪满洲国时期具有奴性的中国人自我殖民化的写照。

日本如何看待同文同种，我这里举一个例子。早稻田大学教授青柳笃恒的《同文的日“满”华三国国民精神的团结论》：

> 汉字之所以能为中华民族所易于理解者，于过去时代，乃象形文字，即所谓意字是也。其后意字的及音字的两成分合成文字之发展，此乃汉字之特征，亦即易于理解之处也。汉字因有此普遍性，故国民共同相互结合，不得不谓此也。申言之，日“满”华三国关系之契机，亦于是也。于汉字意字的成分，至今日本所使用之汉字中，尚多存留，于中国所使用者，亦多残在。更于“满洲国”人之大多数，亦使用同一文字，故日“满”华三国间传达思想最适当方法，乃此共同之汉字，东亚民族中之日“满”华三国国民，有此共同之精神文化，与共同之传统的信念，人情风俗又皆相通，此皆文字互通之所产，依此今后当得而发扬之也。于过去时代，亘三千余年之久，统合四亿中华民族，救政治的分裂危机之伟大文字之力，今后依此当可继续结合日“满”华三国之国民也。此种精神的结合之契机，亦即巩固三国关系之契机也。
>
> 日“满”华三国共有此锐利之武器，集此惟一大纲之下，而行精神的团结，当有十分之可能性也，此乃确保东亚和平之本道及本流也。[③]

① 曾恪：《满洲国语音标》，《文教月刊》1934 年 7 月。

② 何云祥：《满语カナ及其创制之意义》，《新满洲》1941 年第 3 卷第 8 期。

③ 青柳笃恒：《同文的日“满”华三国国民精神的团结论》，《新青年》第 2 卷第 11 期，题目及引文中的“”为引者所加。

使日“满”华三国精神的结合之力，乃亘三千余年结合四亿中国民众之结合契机，即汉字是也。[①]

由上可见，日本殖民者的“同文”是一种殖民方式，作为殖民话语具有强大的魅惑性，因为它抓住了汉字这一共同符号。而日本殖民者的“同文”话语的分裂性在于，对伪满洲国人高呼“同文”乃是日满亲善的基础；但是在内部却非常轻视所谓同文的汉语汉字。伪满洲国人的“同文”乃是一种自殖的方式，作为殖民话语的呼应话语具有强烈的趋魅性，成为自我殖民的符码标志。

再来看同种方面。《协和之花》结尾处赞美吴羡云与中村芳子的婚姻，“并祝协和之花畅开乐土之果早结”。“乐土之果早结”不过是中国人“早生贵子”祝贺语的另一种说法。在此是对“同种”的诠释。当然更重要的是，“乐土之果早结”的目的在于“日满两国协和”，吴羡云与中岛芳子的恋爱、婚姻和生育都打上了鲜明的殖民印记，成为殖民的意识。

小说对中岛芳子的刻画值得关注。小说结尾部分引用中村芳子的日记两则。中村芳子的这本日记被她作为爱的纪念品题名《别痕愁迹》。所选两则日记的第一则记于“七月七日　月曜日”，以中国传说牛郎织女的故事表达思念吴羡云之情。其中提及学习满语的情况，她因无心学习满语而放弃一段时间，决心从第二天开始继续学习满语。第二则记于“九月十五日　火曜日”：

九月十五日　火曜日　今天是我国承认友邦“满洲国”的庆祝日。在学校举行完毕庆祝典礼，大家叫我讲演关于“满洲国”的情况。我把我所知道的风俗人情。讲了一些。末后并把“满洲国”男子的优点，讲了不少。她们都说我讲的太详细了，其实我是单为着我的云哥。可笑的是山田梅子。竟来求我给她介绍一个满洲男子。我先假装推辞不行，后来她诚恳求我。加上我

① 青柳笃恒:《同文的日“满”华三国国民精神的团结论》,《新青年》第2卷第11期，题目及引文中的“”为引者所加。

俩感情很好，所以答应她了。[①]

中岛芳子介绍“满洲国男子的优点”与日本国家“承认友邦满洲国”同位于殖民的链条上，其方式和功能是同构的。但又从帝国主义国家的层面下降和延伸到日常生活的生育上，让殖民变得平常普通和富有人情意味。但实际上，作者“桂林”对日本姑娘中岛芳子的想象只是殖民地自我奴化的人的一厢情愿。日本帝国主义为了达到长久殖民东北的目的，曾经搞了个“拓殖”计划，即把日本人移民到东北来。那些被鼓动为了“拓殖”任务而到东北来的日本未婚姑娘被称为“大陆新娘”。有学者已经指出，大陆新娘的任务是成为使移民定居的工具，增产农产品，提高人口出生率，增加在满洲的大和民族的人口；以女性的温柔压制当地中国人的抗日情绪，使民族融合政策获得成功，等等。[②] 日本的《女子拓殖指导者纲要》对“大陆新娘”有明确的要求：

第一，为确保民族资源，首先须增强开拓民的定居性；第二，数量上确保民族资源的同时，须保持大和民族的纯血统；第三，将日本妇道移植到大陆，创建满洲新文化；第四，在实现民族协和方面，有许多地方需要女性的配合。[③]

由这四点看来，日本殖民者是反对日本的“大陆新娘”与中国人通婚的。中岛芳子对伪满洲国男人优点的介绍，她与中国人吴羡云的结合，不妨看作是作者“桂林”对日本女性的虚幻的想象，虚幻的基础是被殖民的人们对于殖民国家异性的渴望。

满语假名方案的制定以达到“文”的融合，《协和之花》中吴羡云与中岛芳子

① 桂林：《协和之花》（三续），《新满洲》1939 年第 1 卷第 6 期，引文中的“”为引者所加。

②③ 日本殖民地文化研究会、东北沦陷十四年史总编室编：《伪满洲国的真相——中日学者共同研究》，社会科学文献出版社 2010 年版，第 146、153—154 页。

的结婚以实现“种”的融合，这些都不过是“同文同种”这一殖民魅惑性话语的演绎。对于伪满洲国的人来说，这只是殖民压迫下自我殖民化的症候。对于日本殖民者而言，这只是所有殖民国家对待殖民者人们所采用的话语策略。日本殖民者在自己内部根本不认同“同文同种”。他们歧视中国语，歧视中国人。他们之所以会对伪满洲国的人宣扬日满两国“同文同种”，不过是殖民国家对殖民地人惯用的一种话语策略，正如萨特对西方殖民国家的人道主义所批判的那样：“这只是一种谎言的意识形态，对于劫掠的完美辩护；其中的甜言蜜语及爱心都不过只是我们侵略的借口。”①

三、“协和语”与自我殖民

从语言类型的归属上看，“协和语”属于洋泾浜语（pidgin），而不是克里奥尔语（creole）。洋泾浜语和克里奥尔语大多是因为战争与殖民使得生活在被殖民地使用不同语言的人们在交往中形成的语言形式。洋泾浜语不同于克里奥尔语。美国学者维多利亚·弗罗姆金和罗伯特·罗德曼在《语言导论》给出了区分两者的标准：

> 第一，洋泾浜语言的区别特征之一是没有一个人把它作为本族语来学习。当洋泾浜语被某个社群采用作为他们的母语，儿童们学习它是作为第一语言学习时，这种语言被称为克里奥语。
>
> 第二，洋泾浜语发育不完备，而克里奥语是发育完备的语言。②

“协和语”没有被任何人当作母语来学习，它也不是体系完备的语言，所以它属于洋泾浜语而不是克里奥尔语。协和语“绝不是有体系的语言，可以说是语言

① 转引自［英］罗伯特·扬：《白色神话：书写历史与西方》，北京大学出版社2014年版，第174页。

②［美］维多利亚·弗罗姆金、罗伯特·罗德曼：《语言导论》(1974)，沈家煊等译，北京语言学院出版社1994年版，第288页。

迥异的日本人和中国人迫于日常意识的沟通的必要而诞生的一种洋泾浜（pidgin）语”①。“迫于日常意识”暗指“协和语”的诞生以及历史与中日甲午战争之后日本殖民的历史有着密切关联。“协和语”的出现并非始于东北沦陷和伪满洲国的出现，在之前有它的形态。但相比之前以及抗战时期中国其他沦陷区而言，它最活跃的地方无疑是“伪满洲国”。“协和语”这一名称也许得之于“五族协和”的提法。

为了把问题说得更透彻，必须引入一篇小说——张毅的《咖啡女》。故事的大致内容是：小说的叙事者和主人公——“我”（署名大卫），是“满映会社”剧本员、作家、绅士青年，是中国人。他所读的书刊有《新女大学》《日本文化与支那文化》《满洲电影的方向问题》等，在帝都大新京（长春）爱上亚拉拉茶店一位咖啡女——哈尔滨来的混血姑娘娜娜。

在很多文学作品中，协和语往往作为人物语言出现，不作为叙述语言出现。但《咖啡女》的叙述语言却喜好用协和语：

> 在受付处，我为她报告名，在受付簿上，我替她写上一个假的名字……“西村淑子”，二十一岁……②
>
> 亚拉拉的服务规则是那样的，每一个姑娘都是轮流在二阶勤务一星期，现在是娜娜在二阶勤务的一周间。这一周间的二阶勤务，却给我一个很大的方便，双方都因为拘束较少，所以说什么来也比较自由。③
>
> 第二天，我带着会社的案内书与演员写真帖到宝山去。④

小说的叙事者使用协和语来叙事很自觉，似乎在享受使用协和语叙事的快乐与满足。表面看，协和语叙事只是一种叙事方式，但内面却蕴藏着叙事者“我”幻想

① [日] 冈田英树：《伪满洲国文学》，靳丛林译，吉林大学出版社 2001 年版，第 177 页。

②③④ 张毅：《咖啡女》，载刘慧娟主编：《东北沦陷时期文学作品与史料编年集成》(总第 44 卷)，线装书局 2015 年版，第 299、297、298 页。

女主人的独特方式，即协和语叙事不断把女主人公娜娜日本化、协和化。“我”对女主人公有两次命名。娜娜不是女主人公的原名，是“我”给女主人公第一次命名的名字：

> 我起初不相信她是满洲女性。
>
> 陈云裳一样的华丽，陈燕燕一样的温婉——我不能不注意她了。
>
> “娜娜”是我后来给她起的名字，她本身就像这个名字一样热情而富有魅力……①

娜娜，更容易让人想到法国作家左拉的长篇小说《娜娜》中的女主人公娜娜。《咖啡女》中并没有明说这一点。男主人公兼叙事者的“我”是一个小资情调很浓的青年。他喜欢看电影，喜欢文艺作品。左拉笔下的娜娜是卢贡-马卡尔家族的成员，出身低微，但长得性感，成为红极一时的交际花。她热情似火，情欲旺盛，挥霍无度，过着奢侈荒淫的生活，但又善良坦诚。“她本身就像这个名字一样热情而富有魅力”这句话不妨看作是左拉笔下的娜娜的写照，同样也是《咖啡女》里娜娜的写照。娜娜虽然是咖啡店侍女，但并不是卖淫女。“我”看中的是她的热情而富有魅力。“我”退掉与大连姑娘的婚约，准备过一种孤独的寂寞的单身生活，相信“孤独与寂寞是灵魂上的一种寂寞与美”②，但爱上亚拉拉茶店的娜娜。娜娜是一位混血姑娘，父亲中国人，母亲俄罗斯人。这种民族身份和职业身份都被看作是低等的。那么“我”爱上娜娜这件事情本身似乎有着政治的抵抗意味，但是整个叙事语调显示，叙事者并没有把这种意味给予更多注意，相反，“她以为我是日本男子，正像我以为她是日本女性一样，她起初之对我，也等于普通的日本客人是一样”③。他们把对方想象为日本人的意识彻底消解了上述抵抗的意味。

①②③ 张毅：《咖啡女》，载刘慧娟主编：《东北沦陷时期文学作品与史料编年集成》（总第44卷），线装书局2015年版，第293、292、293页。

“我”第二次给娜娜命名，是把“娜娜”改为日本名字——“西村淑子”。给一个中国人强行安上一个日本名字，这是否可以看作协和语的一种变体？不管怎么说，小说给娜娜日本名字，无疑是在把娜娜日本化和符号化，同时以协和语为中介把娜娜虚幻化。也许有人以为小说给咖啡店的侍女一个日本名字无疑是一种反讽，但是从小说的叙事语调来看，完全看不出反讽的意味。叙事者在以协和语把娜娜日本化的过程中似乎还得到一种享受。其实，“我”第一次见到娜娜时就以为她是日本女性，而在约会中把娜娜想象为日本贵族小姐。“我”在宝山吃茶店见到娜娜的情景是这样的：

> 谁还敢轻蔑的以为娜娜是吃茶店亚拉拉的姑娘呢？她在这天，穿着红呢的秋大衣，戴着俄国式姑娘们的红呢毡帽，黑色的遮光眼镜，白纱的呼吸囊。……如果我事前不曾约定了她，则在这即便是遇到了，那我也不敢冒然的，便以为她便是在吃茶店亚拉拉认识的姑娘，而以为她是一位纯粹洋化了的日本贵族小姐。①

“纯粹洋化了的日本贵族小姐”，意味着日本女性的传统性与现代性的完美结合，时尚性与贵族性的完美结合，这正是“我”内心深层次的渴望。

《咖啡女》中协和语叙事把娜娜日本化、符号化的过程，足以彰显小说中“我”这类伪满洲国人自我殖民与自我奴化的无限膨胀，协和语成为自我殖民与自我奴化的深渊。通过协和语叙事完成的对日本女性的完美性的程度越高，则伪满洲国中国男人的自我殖民与自我奴化的意识就越深。

原刊《学术月刊》2017 年第 1 期

---

① 张毅：《咖啡女》，载刘慧娟主编：《东北沦陷时期文学作品与史料编年集成》（总第 44 卷），线装书局 2015 年版，第 298 页。

附录

回顾与展望：百年文学语言变革

——“文学语言问题”学术研讨会综述

文贵良*

2014 年 12 月 26—28 日，浙江师范大学人文学院举办了“文学语言问题”学术研讨会。虽名为“文学语言问题”学术研讨会，其实也可以看作中国现当代文学语言问题学术研讨会。因为它关注的问题主要还是中国现当代文学中的语言问题。我在这次研讨会的总结发言中说：“这是一次真正意义上的学术研讨会，学术性非常鲜明突出，论题非常集中，探讨很深入，讨论很热烈。这是一次空前的会议，当然，这不是一次绝后的会议，不是终结性的大会。因为我们肯定还会举办类似的会议。2015 年 6 月，华东师范大学中文系与《学术月刊》编辑部将联合举办一次会议，题目是‘中国新文学：语言与话语’。”同时，我也指出，最合适做这次会议总结的人选是浙江师范大学文学院的高玉教授，不过因为他是代表主办单位，不好自己站出来总结。他早在 2003 年就出版的《现代汉语与中国现代文学》，是非常重要的著作，产生了很重要的影响。这次会议高玉提交的论文《文学研究中的语言问题及其思考》，既是对之前研究成果的总结，又提出了以后研究的思路。文章不是孤立地看文学语言的发展，而是在汉语文学理论与批评的发展、翻译文学翻译文论与中国现代汉语文学的整体而同步发展这三种面向中思考汉语文学的发展。接着他梳理了文学与语言关系问题的四种理论资源，包括现代

* 作者为华东师范大学中文系教授。

语言学理论、语言哲学、文学理论和翻译理论。同时指出1990年代以来取得的重要成果有三个方面：文学理论的话语研究文学问题的关键词研究、从语言思想的层面研究中国现当代文学和文学问题和从语言的角度研究翻译文学及其与中国现当代文学的关系。最后他提出了以后研究的四大思路：文学语言问题的史实梳理与理论问题，文学问题思想层面的语言研究，翻译文学的影响及语言诗性问题研究。

这次会议提供的论文共38篇，但是有好几位学者在大会上的发言是另一篇文章。加上发言算有四十多篇了。当然也可以文类的形式来总结，比如关于诗歌的就有好多篇。但是这样的话还不能很有力地穿透会议的主题文学——语言问题。因此我最终还是以“文学与语言的关系问题”为核心围绕几个大的问题来总结。

一

第一个问题是如何理解文学与语言的关系问题，我把它概括为文学与语言关系的本体论问题，即中国现代文学是否可以说是中国现代汉语的艺术。本次会议大名称是“文学语言问题”，我不把它理解为文学中的语言问题，而是理解为文学与语言的关系问题，这种并置的关系具有更广阔的理解空间。张法的《“文学”一词在现代汉语中如此定型是错的!？——兼谈中西文学的体系差异》、梁生灵的《语言思维与诗歌语言的思考》、张卫东的《自我指涉与中国文学》、李点的《诗歌的语言、言语、信息与诗意》四篇论文围绕着这个问题展开。张法的论文采用关键词考古的方式，把现代汉语词汇中对译literature的“文学”一词，放置在英语literature、日语汉词“文学”、汉语词汇“文学”的多维网络以及现代汉语词汇“文学”的横向转义与古代汉语“文学”一词的纵向嬗变相结合的这种十字形变化中，揭示了现代汉语“文学”一词的特质。他认为：“中国之‘文’与西方的literature都有一个从文字到文字所成的著作，到由文字而形成的知识精华（人文学科），到文字为了美而产生的作品（文学）这一基本共同的演进历程。”[1]但问题是，西方的 literature 最后定型在没有“学”的含义而仅仅是由文字形成的艺术作品这一点上，而中国现代汉语的“文学”却最后定型在带着“学”的美的艺术作品上。之所以造成这样的结果，张法认为西方基于“区分-划界型思维”，而中国基于“交汇-关联型思维”。其结果是，现代汉语“文学”一词的“学”指涉着善、情、意等内涵。这样造成的混乱结果之一是，如果用现代汉语的“文学”一词来理解现代文学是可行的，但理解中国古代文学就有很多麻烦。但是对于我们来说，张法对于现代汉语“文学”的考古比较，强调了文字作为文学的基础，所谓文字在这里当然可以理解为语言。但又因为现代汉语的文学一词还包含了“善”等因素，仅仅以语言来理解文学也许又不够，不能理解中国现代文学。

诗人梁生灵的《语言思维与诗歌语言的思考》一文，提出了很多新概念词语，如“内在语言形态”“外在语言形态”“直感事实语言”“直感逻辑形式”“语言体”“子语言体”等，尽管还不是很清晰，但具有新鲜的冲击力。他认为内在语言形态决定外在语言形态，外在语言形态反作用于内在语言形态，其实在我看来，内在语言形态与外在语言形态是索绪尔能指与所指、美国学者塞尔等语言行为理论学家说的语言与行动的结合体。梁生灵强调是内在语言形态一致才能实践语言的有效交流，把对语言的理解放在语言与认知的框架中思考语言的逻辑性：他认为直感事实语言、客观事实语言、主观事实语言就分别具有直感逻辑形式、客观逻辑形式和主观逻辑形式。他从这样的观点出发，回到诗歌语言本身。诗歌语言是主观事实语言，采用的是主观逻辑形式。他接着认为，对于白话自由体诗歌，是不是诗由作者说了算，但他并不仅止于此，而是提出一个非常有意思的问题：是诗歌，但是语言吗？我们一般提问的是：一个人写下来的，是语言，但是诗歌吗？我觉得作者在这里强调的是诗歌语言的陌生化。不管怎样，如果从文学与语言关系的角度看，梁先生基本认同语言与诗歌的一致性关系。

---

① 本文的所有引文均出自《“文学语言问题”学术研讨会论文集》，浙江师范大学人文学院 2014 年印。

对于这个问题，李点给予了不同的答案。李点概括自己《诗歌的语言、言语、信息与诗意》一文的观点是讲诗歌语言不如讲言语，讲言语不如讲信息，讲信息不如讲诗意。他以解构的方式剖析不同概念。最后试图弄清楚什么是诗歌什么是诗歌语言。他认为俄国形式主义语言陌生化理论有自身的局限性。李点从诗歌来谈诗意，并没有说诗意就是决定是否为诗歌的因素。我认为李点教授的观点里有一种客观的而且“险恶的”倾向：消解语言作为诗歌存在的基础。幸亏他发言最后说：有语言在就有诗歌在。

与之近似的还有张卫东的《自我指涉与中国文学》，这是一篇理论性很强的文章。张卫东认为“在古代汉语写作中，自我指涉既是潜在的诱惑，也是潜在的规范”。在古代文本中，叙事可以没有事，抒情没有个人的情感，说理文没有论证。这种形态被曹顺庆先生概括为“三无”状态，是由于古代汉语写作过分强调语言的自我指涉造成的。自我指涉的后果有所谓具有魔力的汉语语言的歧义丛生，从韵律而来的过分追求对称结构，以文字游戏的方式造成精致的牢笼。如果把他的看法挪移到现代汉语的写作中，则会产生如下问题：当我们反复强调现代汉语对现代文学存在的基础性时，是否也存在关于现代汉语的自我指涉问题？如果没有，汉语在现代转型过程中，现代汉语如何摆脱了古代汉语写作中的自我指涉的问题就成了值得探讨的问题。

第二个问题是文学与语言关系问题的发展论。它关涉的是晚清以降文言与白话的交锋以及国语建设的发展过程。郜元宝的《现代中国语言文学论争的五个阶段》一文，把“五四”至 20 世纪 40 年代末的文学语言和一般应用文体的争论分为五个阶段：第一阶段是白话文运动时期，主题是以白话代替文言；第二阶段以 1928 年革命文学论争为中心，这个阶段关注的是思想，恰恰忽略了语言形式的变革；第三阶段大致是 20 世纪 30 年代初，以瞿秋白对五四白话的批判为中心；第四阶段为 1934 年开始的大众语讨论的阶段；第五阶段是 1940 年代关于民族形式的讨论和毛泽东《在延安文艺座谈会上的讲话》的传播，以学习工农兵语言为中心。郜元宝的“五阶段”论是想给短短几十年中文学语言内在变化给出一条清晰的轨道。其中，1928—1936年之间的这三个阶段从语言变化的角度看，是瞿秋白对五四白话的批判、汪懋祖等人因对五四白话不满提倡文言，从而推动出大众语以及大众语文学的提倡，其实也可不必分开，合为一个阶段也有其合理性。刘进才的《文章，应如何“通俗”？——论三十年代的语文通俗化运动》以1930年代上海创刊的《语文》月刊为个案，围绕着《语文》月刊的创刊宗旨、通俗化运动的讨论、通俗化问题讨论征文以及众声喧哗的语言讨论等问题，呈现了许多学者关于语言、内容、文体等多方面问题的观点，认为语文通俗化运动是大众语运动到民族形式问题讨论的过渡。与大众语运动相比，语文通俗化运动既有理论讨论的一面，更有语文实践的一面。如果说，大众语与大众语文学侧重探索文学语言的阶级性表达，民族形式中的语言问题侧重探讨文学语言的本土性问题，则语言的通俗化侧重文学语言的干净准确性问题。陈志华《从对抗到融合：五四文白之争的一种审读视角》重新审视五四时期的文白之争，其出发点很具有挑战性。就文章的内容看，作者更强调的是五四文白之争内部中文言与白话的融合性。如果真是这样，则标题中“从对抗到融合”就有点偏，因为这会给人一种错觉，五四文白之争中有一种从对抗到融合的过程。实际上，主张白话而不必废弃文言的观点，尤其是白话应当吸收文言的优点美质的观点，在提倡者内部从开始提倡白话文学时就有。周作人《改造国语的意见》中虽然主张采纳古语、方言、外来词语，但这并不表明文白达到一个融合的姿态。文白之争至少有两个层面很关键：在文体的价值体系中，白话文、白话文学取代文言文和文言文学成为整个表达系统中的正宗者；在语言内部的层级中，以口语为根本的白话成为最为基础最为核心的部分，文言、方言和外来词语等只是配料。

第三个问题是文学与语言关系的构成论。构成论涉及的维度比较多，既有内部也有外部的。文学与语言关系构成论的第一个维度是文学语言与文体形式的关系。朱晓进的《文学语言的变迁与中国现代文学形式的发展》一文高屋建瓴地提出了很多问题。他认为文学语言的变革是中国现代文学发展的决定因素，并对它进行了辩证性的展示。一方面揭示了文学语言变革给文学带来的变化，另一方面也揭示了文学给语言体式带来的变化，如新诗的散文化、白话的精确化等。王泽龙、钱韧韧《现代汉语虚词与新诗形式变革》一文以及王泽龙的发言，主要从汉语构成的角度深挖汉语虚词与中国现代汉语诗歌的关系。诗歌最根本的本体是语言。中国旧体诗词与中国新诗在语言组织上区别之一就是旧体诗词很少用虚词，而现代新诗常用虚词。虚词的使用，使得思维更理性，句子更复杂。在这个意义上，他也不主张把旧体诗词写入中国现当代文学史。他们认为，中国现代汉语虚词的大量入诗对诗歌形式的现代转换、对新诗形式的形成产生了直接而重要的影响。在语言结构的层面上，它影响了诗歌语言观念、词汇以及语法体系的更新，促成了从古代以“字”为中心的诗歌形式向现代以“句”为中心的诗歌形式的转变；在诗歌功能层面上，虚词的运用推动了中国传统诗歌以抒情为主的功能向现代诗歌以抒情、叙事、说理等种样式并存的发展。丁晓原的《“过渡语言”与晚清散文文体的新变》把晚清时期的语言概括为“过渡语言”，是文与言的分离走向文与言的一致的过渡。新文体是考察过渡语言与晚清散文文体关联的重要视窗，具体表现在三个方面：话题由论经讲史转为时务关注，新词语的批量使用和语言的平易。文章最后提及晚清域外旅行散文是考察过渡语言的另一重要途径，可惜未及展开。王本朝《白话文的说理优势——以朱自清的论说文体为中心》认为，朱自清的论说文分析阐述批判社会道德学术多方面的问题，以其行文“平实而亲切，论说严谨而透彻”，显示了白话文说理的优势，拓展了白话文的社会影响和话语空间。并且把论说文体的发展放在新文化运动的大背景下来揭示。曹顺庆在点评中说如果把古代的白话说理文与现代白话说理文做个比较，打破古代与现代的二元对立，揭示两者的差异，可能很有意思。文贵良的《自成为一种白话——吴稚晖与五四新文学》认为，如果放在五四新文学的场域，吴稚晖的白话文“自成为一种白话”，有其独特的文学色彩。在文学观念上，他因《何典》影响而形成的“放屁文章观”，突出自由言说的精神，与新文学提倡者的文学观非常相似。在语言形态上，其丛林语言造型、万花筒式的语言形态在新文学场域独树一帜。在文学创作上，他的《上下古今谈》以白话形式叙写西方的文明，凸显科学精神；而《风水先生》却表现出一种准荒诞性的色彩。吴稚晖的白话文书写是晚清至五四前后文学场域的奇葩，呈现出与五四新文学既有交叉又分离的状态，文学史叙述与文学研究对他忽视了太长时间。王雪松发言时谈了标点符号与新诗的关系。对于是否采用新式标点，晚清到五四时期新旧文人以及新文学内部都存在着不同的看法。他从这种复杂的情形出发，认为标点符号标明节奏，是沟通诗人与读者的桥梁，与人的生理节奏、诗歌的语义节奏相关。不仅新诗领域，而且在整个现代文学中，标点符号的采用都使得汉语的结构发生了很大的变化。王雪松论文《白话新诗派的“自然音节”理论与实践》展开了对胡适、周作人、俞平伯、康白情等人的新诗音节自然和自由的深入细致的分析，提出了语意节奏、语音节奏、停延节奏等概念。实践自然音节有两种方式：从诗歌内部突破，依靠传统；从诗歌外部突破，借助散文化与欧化的力量。李玮的论文《论文学语言变革与中国现代童话文体的发生》，从理论上揭示了文学语言变革催生现代童话文体的深层原因，即语言的口语化特色，使得童话从“民俗学的童话”提升到“文学的童话”，从语言的角度突出了童话的现代意义。不过，这里论述的“发生”主要还是在观念上，没有落实在童话创作层面。

文学与语言关系构成论第二个维度是文学语言自身的研究。刘玉凯论文《中国现代文学经典作品的阐释空间》，提出了经典作品阐释的三条路径和多样性的空间：回归学理，拓展空间；回归现象，进入文学；回归传统，实现整合。他发言的时候并不就论文来谈，而是着重谈了文学语言的特征，他认为文学语言的特征在于语言的极限性、歧义性、象征性。何锡章在《“五四”文学语言革命思想的现代性阐释》中，从语言与民族精神同构的内在关系出发，把语言变革与思想变革统一起来，提出对五四文学语言的现代性内涵的阐释：进步与发展的观念是文学语言革命提倡者们极力宣传的思想与价值基础；创造与理性精神是文学语言革命提倡者追求的另一主要现代价值；平民化与人化是文学语言革命提倡者追求的直接现实目标。段从学的《“白话”：从黄遵宪的口语到胡适的国语》以书面白话为线索，探索黄遵宪的口语到胡适的国语背后的深意。黄遵宪从“我手写吾口”的诗学主张出发，肯定“今之诗”与“今之人”的合理性，其中“今之诗”所采用的“流俗语”的目的主要在于获得官方书面语言中“古人语”的同样地位。而到了胡适的白话文学理论与白话新诗中，“白话”不仅在于打倒当时的文言文学，而且是要争取未来文学的正宗地位，成为未来“国语”的形式。不过胡适在论证的时候，把“白话”与“国语”分别作为对方合理性的前提。但是该文过分拘囿于黄遵宪白话的当下性而斩断了黄遵宪“白话”的未来性，同时，把胡适的白话完全交给未来的国语而忽略了胡适白话的现时性。李生滨的《古典小说的文言传统和传统文人的杂学情怀——浅论鲁迅在传统与现代之间的文化超越》认为，鲁迅所以能化腐朽为神奇，在于他一方面抛弃难以适应现代小说叙事的文言方式，一方面借鉴文言简练的遣词造句的语言锤炼，消除五四白话的欧化和过于口语化的肤浅，形成自己个性化的小说语言和叙述特色。张元珂的《新生代小说语言形象论纲》提出了“语言形象”的说法，并把新生代小说的语言形象概括为“感官化”“杂糅化”“自主化”“方言化”和“粗鄙化”五种类型，对每种类型的意义、形态、缺陷作了全面分析。赵黎明的《汉字革命与激进之从态度到主义的转变——五四前后激进主义思潮演进的语文学观察》，从晚清提倡万国新语到 20 世纪 30 年代瞿秋白对白话的批判，其中的汉字革命的观念，实践从“态度”到“主义”的变化。其意思大致是指因汉字革命而来的激进观上升到一种普观万物的价值观。刘玉凯点评时指出汉字不能废除，汉语与西方语言不是一个体系，不是因为亡国，而是表音文字与表意文字的区别。汉字革命是一种大胆的设想。他也不同意余英时的观点，汉字有一个长时期的不断简化的过程。陈爱中《现代视野下的古典面影——重述汉语新诗格律的困境》认为造成近百年汉语新诗格律困境的重要原因之一在于以古典诗歌的诗学原则为策略，从以闻一多为代表的“新格律诗”，到田间的“新七言体”、何其芳的“顿诗体”、郭小川的“新辞赋体”，无不如此。即使被认为新诗形式中最为成功的形式——十四行体，“一方面迎合了汉语新诗创制格律的内在要求，另一方面也取悦了汉语新诗潜意识内的古典情结”。其重要原因之二是汉语传承方式已经发生了变化，但汉语新诗格律的提倡者并没有适应这一变化。中国传统的汉语传承方式以背诵和注经为主，其思维方式以类推思维为表征。而随着晚清以来西方文化思潮的撞击，汉语正在改变自身，比如标点符号的采用，句法结构的变化，表达的精确化等。这篇文章的特点在于问题的尖锐性，新诗格律并没有植根在现代汉语之中。但是要注意的是，现代汉语毕竟是汉语，汉语从古代汉语向现代汉语转型，很多特质还是留下的。以墨家的学说论汉语思维的资源，以乔姆斯基的论说为西方语言思维的归宿，也值得商榷。当然，我觉得进一步做的是现代汉语的哪些特质适合构造新诗格律。张玲的《〈小说月报〉：翻译语言文体现代性的确立》以《小说月报》的翻译文学为个案，探讨翻译文学语言在现代汉语与现代文学同步转型中带来的现代性内涵。翻译文学的直译语体与欧化白话文的提倡是革新后《小说月报》的语言策略。但可惜还只是提出了问题，没有深入展开讨论。李国华《音乐性与文学语言——略论老舍的小说语言问题》从音乐性的角度探索老舍小说的语言成因，落实在老舍的小说观上，即老舍认为小说是“诗与史的合体”，重视语言中每个字的灵魂，特别提出文字的“裸体美”。宋喜坤《风雅颂中的QQ对话模式——文学语言对话错格现象研究》捕捉了文学语言变化的最新的信息，以网络QQ对话模式的方式解读文学作品的语言形式，其中对《风雅颂》语言的“对话错格”的形式和形式作了较为全面的分析。

文学与语言关系构成论第三个维度是文学语言中的方言问题。刘琴《被普通话讲述的方言：汉语写作的另一种维度》，以韩少功《马桥词典》为个案，意在探讨在普通话作为现代汉语书面语系统的权威状态下，南方语系的方言一旦进入书面语，实际上被剥夺了自我经验表现的有效性。而《马桥词典》用普通话讲述方言的内在神韵，听过词语的生命流转过程及语言变量的过程展示，使得对普通话这一语言常量的信任成为一个问题。周新民《近二十年长篇小说乡村现代性叙事规范的拆解》指出方言问题在现代文学中受到重视，但到了20世纪50年代，方言写作受到压制，方言写作被迫退出文学。80年代以来长篇小说如《马桥词典》《圣天门口》《笨花》《受活》等运用方言，呈现出文化与生命的体验。

第四个问题是文学与语言关系问题的关联论。跳出文学与语言关系这个问题的圈子，与其他类型的问题的关联，这是一种跨界研究。刘琴的发言对网络文学语言与媒体生态空间之间的关系进行了探讨。邓伟的《试析海外留学时期胡适语言文字变革空间的开拓》认为变革空间由许多小空间构成的，而海外空间是很重要的一个空间。与同时期中国内部的《甲寅》和早期《新青年》的对话，从而催生了胡适的新文学观念。其中从中国古代格局的雅俗结构来看胡适的海外空间，很容易把现代性消解掉。

第五个问题是文学与语言关系问题的话语论，属于对文学与语言关系的提升延展性研究。论文有施旭和陈钰的《文化话语研究与少数民族文学的新视野》，马大康的《话语行为、文学虚构、文学行动》洋洋洒洒五十页，主要从奥斯丁、塞尔等人的语言哲学理论出发从话语行为的角度探讨文学虚构性问题。施旭认为话语不仅仅是语言形式，包括交流方式。他提出的中国文化话语研究强调中国话语的主体性及其变化发展性。西方话语强调个人，中国话语强调建构社会和谐的关系。在方法上，西方话语重视语言形式作为重要的依据探索话语的意义功能，而多元的多视角才是中国话语的最重要的条件，不仅听其言还要察其行，中国话语关注中国社会自己所面临的问题，就是发展问题，我们需要创建具有中国性的话语范式，如中国的人权问题、中国的城市发展问题，乃至中国少数民族的文学问题。中国民族文学的问题表现在少数民族文学如何失语的问题，对其读者、传播渠道、交流方式的研究，也许可以提供解决民族矛盾的一些智慧。话语研究是一种视角方法，跨学科的方式，真正关心的是文化问题和社会问题。

另外，李怡的《作家关键词与中国现代文学研究——以郭沫若〈创造十年〉的三个关键词为例》通过研究“发端”“纯粹的文学”和“歇斯迭里”三个关键词的内涵与意义，试图用“作家关键词”的方式研究中国现当代文学史。张曦的《〈圣经〉的文学性浅析》提出的让人敬畏的神谕性语言与日常闲谈语言的区分给人有益的启示。李生滨《古典小说的文言传统和传统文人的杂学情怀——浅论鲁迅在传统与现代之间的文化超越》涉及鲁迅语言的多种特征。李蓉的《“无词的言语”：论〈野草〉的身体言说》揭示鲁迅言说焦虑的方式：在语言沉默之处，让身体出场。付建舟的《中国古代文学观的古代演进》以及他的发言，视野宏阔，贯通古今，提出的问题在会上引起了热烈的讨论。刘子凌《表演的生机与危机——以袁牧之的演出与创作为中心》对袁牧之的研究、牟利锋的《鲁迅杂文的“晚期风格”》描述鲁迅晚期杂文“非总体性”“复调”等特色，也都可圈可点。

二

何锡章提出中国现代文学语言问题的可能研究领域有哪些？这是一个很有启发性的提问。郜元宝的发言就整个语言论争的框架和文学史的论争提出了富有深度而且是多样性的思考。他提出了七大问题一大希望。这七大问题，一是现代文学史与现代汉语史的关系如何处理？他认为现代汉语界没有完整的现代汉语史，没有史的意思，不懂文学，无法做。从1980年代中期开始产生的对语言的反省，设想把两部史结合起来做一部史，但问题很多。比如说，研究观念史，有道理，牵涉面很广，对现代汉语发表自己的看法，相反不是语言学家来发表对语言观念的看法。二是语言研究与话语研究的关系很难处理。很多研究话语的人觉得不严密。我们的研究一方面深入到，但是话语研究还是要落实到语言层面上。三是共同书面语与方言土语的关系。四是接踵而至的南北语言差异问题，刘师培提出南北语言不同论。南北语言有差异，南方作家要有一个从方言到普通话的转变过程。五是汉语普通话与少数民族语言之间的关系。六是书面语与口语之间的关系。文学是借助语言把文的奥秘加以发挥的文学。文言文与白话文的问题中，文言好像是打补丁的问题。白话霸权导致语言资源的匮乏。这个问题表示中国的语言环境与语言生活环境非常成问题。作家用字和学者语言的准确度，惨不忍睹。最后是新诗与内部的音节问题。他提出的希望是能够围绕中国现代文学中的语言问题形成多方多层的对话关系。张卫中在《20世纪中国文学语言建设的回顾与反思》一文中认为20世纪中国文学语言演变具有阶段性、整体性和发展性等特征。中国文学建设在“五四”到新中国成立的30年、新中国成立后的30年以及新时期各个阶段有各自不同的任务。他指出，在我们的学术研究中，对于作家个体的语言研究较多，整体性的研究太少。这点非常中肯。我结合本次研讨会各位提出的问题以及自己多年的思考，提出一些想法，供各位同仁思考。我觉得中国现当代文学的语言问题研究有个很现实的处境，它的状况是：在社会政治文化思潮上回归传统；在传播媒介上网络的普及使得语言的生成多样化；在学科内部，中国文学古今演变研究的冲击，海外华文文学研究的冲击，现代汉语研究与现代文学研究之间的断裂……归纳起来可有如下几个问题：

1. 如何重新认识文言白话问题是我们面临的迫切的现实问题。如果说中国新文学与林纾的争论为第一次文白之争，与《学衡》派争论为第二次文白之争，与《甲寅》周刊的论争为第三次文白论争，与汪懋祖等人的论争为第四次文白论争，那么今天我们面临的论争不妨称之为第五次文白之争。20 世纪 90 年代以来，海外对新儒家的研究开启了回归传统的文化思潮，又随着国家向国外输出中国传统文化以建立大国形象的重大举措（如孔子学院的发展）以及政治领袖的有意或者无意的提倡，文白问题再一次凸显出来。具体表现为两个方面的问题。第一，在学科领域内，中国现代文学史如何处理同时代的旧体诗词、赋、文言文成为近年来的学术争论点。对于这个问题，中国现当代文学不能坐视不理，因为它已经向我们撞击而来。在本次会议上曹顺庆继续“炮轰”所有已出版的中国现当代代文学史教材：不收古体诗词赋的现当代文学史都是不完整的中国现当代文学史。王泽龙则同样以澎湃的激情反对古体诗词入史。在这次会议上，对于这个问题并没有展开论述，但是我们都必须思考。它涉及的是中国现当代文学的法理性问题，属于前面我提到的本体论问题。2014 年 11 月隶属于国家文史馆的中华诗词研究院就举办了一次小型的关于旧体诗词写入中国现当代文学史的研究会，古体诗词的创作者以及研究者呈现了昂扬的气势与态度，大有不把现当代同仁放在眼中的意思。会上武汉大学教授陈国恩提出要采取谨慎的态度、我提出的 20 世纪以来旧体诗词成就不高的观点等受到了猛烈批判，或被强烈质疑。第二，随着古体诗词要多进入中小学语文教材的浪潮而来，是否会有进一步的举措，包括诸如：中小学语文写作中是否会加入文言文的写作训练、古体诗词的写作训练，甚至高考中会不会出现写作文言文与白话文并置的局面？中国新文学常常以为自豪的是1920年教育部下令把小学一二年级的国文教材改为国语教材。如果出现我担心的局面，那我们如何来讲述我们的新文学的发展史？如此，重新回到历史现场，利用丰富的原始资料，回归语言本身与文学本身，重新思考文白之争的利弊得失，便是我们将要做的事情。

2. 如何把对语言的研究落实在对中国现当代文学的理解中？朱晓进提出要建设作为语言艺术的中国现代文学史，郜元宝提出要把现代汉语研究与现代文学研究打通的方案，都已经准确深入地捕捉到了我们这个领域研究的要害。朱晓进提出关于声音、构词、语义为基点的现代汉语的诗学建构很有启发性。古体诗词的写作有一整套的基于语言文字声音上的语言诗学规范，那么中国现代文学，尤其是新诗是否可以建立一套以现代汉语为基础的诗学规范呢？如何在中西碰撞、古今流变过程中建立现代中国汉语文学的独立的、本土的诗学价值规范？所谓独立的，保持文学本位，不同于历史哲学文化电影等方面的研究。所谓本土的，保持汉语文学的自身价值，比如如何面对海外华文文学的发展与研究。

3. 如何在翻译语言、文言、方言与现实口语的融合中整体性地去研究中国现代汉语以及中国现代文学，还是一个很艰难的课题。就每个单一方面看，已经有很多成果，但是整体性的研究成果还不多。

4. 如何把民国时期的国语运动、新中国的普通话推广的国家语言规划与中小学国语语文教育、大学国文教育结合起来探讨新文学的传播与生产。

5. 如何以当下文学语言状况的复杂性反思文学语言的关系问题。网络文学语言问题，跨界方言问题，汉民族共同语与少数民族语言的融合问题，跨国民族语言问题，因交通的发达与媒体的发达而变得频繁多样复杂，我们怎样面对，如何阐释值得思考。

6. 如何做到细部精确、重点突破、整体构建的多样化研究。细部精确，对于文学史上的史实梳理。重点突破的问题，如关于白话新诗的诗学的研究与建设。

因为中国新文学的发生中，以古体诗词为正宗转入以白话新诗为正宗是中国新文学的重要特征。同时我们应该有一些整体构建的大成果出现。

总而言之，如何融合新旧理论，跨越新旧领域，突破已有的研究方法，取得新的成果，新的突破，是我们大家共同期待的。

原刊《学术月刊》2015 年第 4 期

结局或开始

——“中国现当代文学语言问题”国际学术研讨会结束语

郜元宝*

想不出题目，现成借用一下。

这次会议是雅集，也是盛事，但到此也就将告结束。两天密集的会议，有来自韩国、日本、中国香港地区、美国、澳大利亚及中国内地32位学者参加，各位都提供了自己关于语言方面最新或最重要的研究成果，相信大家也都和我一样感觉获益匪浅。这里不敢说总结，只谈几点肤浅的感想。

本次会议第一个特点是涉及面广，研究方法多元。

比如，陈建华（以下一律直呼其名）将现代“香艳（私密）”小说与民国初年的共和主体及文化转型联系起来，细致考察现代汉语书面语在报刊（尤其是小报）文体上的呈现。张卫中系统梳理了晚清科幻小说大量出现的“新词语”并将之归属于作家的科幻想象——对一个美丽新世界的想象与设计。

关于五四文白之争和周氏兄弟、胡适白话文理论与实践之重审，仍然是学者们不约而同属意的对象。王风从周氏兄弟的杂感与小品出发，关注现代文体建构与语体的养成；朱晓进研究鲁迅的文体意识及其文体选择，虽为旧文，仍有新意；寇志明梳理了鲁迅早期文言文在海外流播并对其重要性进行新的探讨；张业松从“祥林嫂的声音”来探讨鲁迅语言世界的一个或许长期被忽略的方面，即鲁迅小说

* 作者为复旦大学中文系教授。

的语言如何随人物的身份与命运而展开；范钦林以《沉沦》中大量使用西方人名、地名为例，探讨了西方语汇与中国现代小说创生的关系；张宝明重审百年“文白之争”，尤其关心语言作为最深层的超稳定文化结构坍塌之后所带来的现代性偏至以及今人所面对的大量工作；段怀清则将胡适白话文学思想的发生、发展和评价与白话文学的实绩联系起来进行考察；曹清华对五四“全盘性反传统主义”进行了反思，提出这到底是意识的危机还是语言的危机这样或许很难有结论的问题。

与此同时，现代新诗格律化的物质基础和当代诗歌个体言说的可能性也为与会者所注意。王雪松认为现代诗歌的语音、词汇、语法等“物质基础”造就了现代格律诗独特的命名和构型；何言宏把个体语言与个体经验相联系，指出正是它们与公共经验、公共语言之间的对抗造就了个体语言可能的表达策略。

更深层次的挖掘，如中国现当代小说、散文、戏剧和日记等各体文学语言问题的历史脉络，也令研究者倾入了更多心力。小川利康从周作人的《小河》到《老虎桥杂诗》梳理了一条作者从欧化白话诗到文白夹杂的打油诗的发展历程。千野拓政则从现代文学伊始的“三篇日记”来探讨以鲁迅为代表的现代白话文与本土固有的白话文之间的差异，力图寻找现代文学诞生时的关键性变化，以及这种变化在今天的遭际。祝克懿对“文革”“样板戏”文本的异域收藏与认知范式进行了研究，视野十分开阔。

与现代汉语联系紧密的日语问题也受到关注。林敏洁从鲁迅的日语学习考察了日语汉语教育与中国作家的语言习得之关系，藤井省三则研究了在此相关背景下日本读者对现代中国作家的接受。除此以外，文贵良谈论中国现代文学语言观念的西学与中国传统的资源，高玉涉及当代文学的整体语言品格和语言优势，吴俊着力于现代中国语言转向与文化权利运作的关系，郑亚捷追问当代文学“边疆叙事”对文学语言可能存在的影响……所有这些课题的论述都十分精彩。

文学语言本来是多学科交叉研究的对象，如何选择课题，如何确立相应的方法论，都很难定于一尊，今后恐怕还会保持这个势头。

第二个特点，是尽管涉及面广，方法多元，但也凝聚了一些相对集中的话题。

比如，这次许多专家都谈到方言，但角度各有不同。有小说家的方言，如罗鹏谈阎连科最新几部小说里的方言；有散文家的方言，如黄维樑谈香港作家黄国彬的“四合语”特色；还有诗歌的方言，刘进才就从《歌谣周刊》到《新诗歌》的梳理中，看出方言的“发现”与诗歌体式的探索之间的关系。这里有单独讨论方言问题，更多则将方言和其他语言要素联系起来加以研究，比如与方言有关的“声音”和“听”的问题。前述张业松描述了声音中的“祥林嫂”，贺昌盛谈论了“声音”在现代性进程中的隐性作用。应该说，方言是现代汉语研究界的一个核心问题，涉及整个现代国家的语言政策和语言计划，而方言在现当代文学和海外华文写作各个不同时空更有异常复杂的呈现，今后研究空间还会很大。这次许多专家在梳理“五四”和整个现代时期提出（刘进才教授称之为“发现”）方言或“方言文学”的脉络，较之以往，更加深入而清晰。

方言问题确实非常重要，但本次会议对于现当代中国文学的其他语言要素也有出色的研究。比如，不断成型而又变动不居的占主流的普通话书面语（黄维樑引余光中所谓“白以为常”），欧化和其他方面的外来语（坂井洋史所谈“新感觉派”与陶晶孙的语言突破、张卫中列举晚清小说中的新语词），文言的采用，还有黄维樑谈到的网络“潮语”，以及这四者的混搭与和合现象（“三及第”“新三及第”“四合语”“五行无阻”）……从五四白话文理论和实践展开之初以迄于今，始终就是贯穿性和结构性的主题，与文学界之外的语言政策、语言计划以及来自教育和文化部门的权力运作，息息相关，牵一发而动全身。说到方言，不能不经常触及上述诸多语言要素。

尽管如此，作家个体存乎一心的选择和创造，更需慎思明辨。这就不得不提到本次会议第三个显著特点，就是在会议收到的 29 篇论文中，竟有 15 篇专论一个作家一部或多部作品的语言问题。这是很值得注意的趋势。

这或许跟去年华师大会议闭幕式上一些专家的倡议以及本次会议通知的某些建议性问题设计有关，但大家提交的论文绝非应景之作，都是各自学术研究计划长期积累苦心孤诣的结果，因此作家语言问题的凸显就更能反映当下一种学术兴趣的转移与深化。

除了鲁迅仍然是现当代文学语言研究中的重中之重（千野拓政、朱晓进、张业松、林敏洁、金河林、寇志明、藤井省三都将鲁迅作为自己的研究对象），小川利康所谈周作人，千野拓政所谈周瘦鹃，范钦林所谈郁达夫，坂井洋史所谈陶晶孙，洪昔杓所谈张爱玲，王彬彬所谈高晓声，黄维樑所谈黄国彬，罗鹏所谈阎连科——这些作家的语言问题，包括与语言有关的诸如王风所谈周氏兄弟文集编纂方式和“杂文”概念的流变——都在 15 篇论文中有极富启发性的论述。

当我们说“语言是活的”，这还只是一个抽象、宏观、甚至停留在常识层面的描述。语言之所以是活的，乃因为有无数活人的生命投入其中，其中最重要的就是各个时代的作家们的语言实践与语言创造。作家的语言实践与创造无疑受制于给定的语言环境，但反过来又深浅不同地在语言环境中留下各自的印痕。究竟是语言在说（写）人，还是人在说（写）语言，久已是困扰哲学家们的难题，而对研究文学语言的学者，却正是最有诱惑力的生生不息的过程。前两天在罗鹏教授主持的“昆山杜克大学”一次别开生面的工作坊中，一位学者说，你们又要召开语言文学的会了，那可是个高深的问题啊。我想这言下之意，该是说语言问题容易流于玄虚，也许早就很玄虚了吧。

毋庸讳言，研究文学语言，如果不落实到具体的作家作品，是很容易流于玄虚的。但文学语言问题无论如何容易流于玄虚，只要和作家具体的语言实践和语言创造结合起来加以考察，顿时就会滋味无穷，绝非“触不可及”。当然，作家作品的语言研究，也只有不断拓展文学语言历史与理论研究的学术视野，才能更上层楼。这个局面今后恐怕也会继续保持下去。

五四新文学初期所谓“语言工具的革命”，主要还是宏观历史与理论层面的文白之争，当时尚来不及深入考察个别作家的语言实践。这个局面一直要到现代文学语言本身日益成熟、壮大起来，同时越来越多的新文学作家逐渐形成了鲜明的个性化语言风格之后，才引起批评家和研究者们的关注。

从 20 世纪 40 到 80 年代，个别作家或某一流派作家的语言风格问题一度成为文学批评和文学研究者最感兴趣的话题之一，但这种研究取向不知不觉慢慢脱离了现当代中国文学语言转型的大背景而被孤立起来，收缩为文学研究内部的一个领域，而失去了应有的历史感。

80 年代中期以后，随着对五四新文化及其内涵的白话文运动的再反思，作为文化选择和文学创造过程的语言现象再次被强调地提出。在此学术背景下，文学语言问题不得不冲破单纯的文学研究、作家研究尤其是作家语言风格研究的狭隘范围，重新回到语言、社会和文化转型的巨大历史现场，焕发出了新的生机和无限可能。

但物极必反，到了新世纪又趋向另一个极端，就是研究文学语言，历史和宏观的视野固然不断被拓展，然而对于在“国语的文学–文学的国语”的历史变迁中作家个体语言实践的细部考察，又经常被忽略；而缺乏对作家个体语言实践与创造的深入细致的研究，所谓宏观历史的语言问题的考察就会脱离文学这个须臾不可相离的活的语言本体，就不能在活生生的作家语言的实践过程中触摸到语言历史的深度奥秘。

作家语言观念、语言探索和由此形成的语言风格，在将近一百年的文学语言研究中似乎走了一个“之”字形载浮载沉的曲折道路。因此可以说，今天作家作品的语言研究不是简单的返顾，而是带着以往宏观历史与理论问题考察所获得的全部认识成果而在更高水平上完成的回归。

第四个值得注意的特点或者说问题，是关乎文学语言的学术课题实在太多，许多研究者一开始专门研究文学语言，后来逐渐伸展开去，花了更多功夫去探究造成某种文学语言现象的更深的社会文化尤其是文化制度的问题。推其用心，大概就是知其然，也欲知其所以然吧。唯其如此，他们的研究成果才每每令单纯研究文学语言的人惊叹不已。但也要看到，文学语言毕竟是文学的，倘若这些远行者们愿意时时返顾“旧乡”，则他们的探索对于文学语言研究水平的提高，一定功莫大焉。

此外，还有一篇论文和一个临时增加的学术报告，专门对近三十年文学语言研究的历史、方法和存在的问题做出深入思考，这就是夏莹、王泽龙和范钦林的两个报告。当然，许多精彩的评议和报告、评议之后热烈的讨论，也包含了许多反思以及未来研究的可能。

必须承认，迄今为止这方面的工作还很不够，期待今后有更多更好的论著出来，更加深入而切实地反思与梳理“五四”以来文学语言研究本身所存在的问题，以进一步促进我们在研究方法与研究范式上的自觉。

一次学术会议不可能解决所有问题，但深入触及哪怕一两个小问题，就非常不易。而如上所述，本次会议同时摊开了偌多的问题，又将这些问题彼此联络为紧密的方法论和知识论系统，极大地提升了学术对话的有效性，无疑是令人高兴的事。

现在已经有好几所大学表示愿意承办明年的语言研究会议，我们也期待着，能在下次会议上再如此美好地“谈语论文”。

原刊《学术月刊》2016 年第 7 期

图书在版编目(CIP)数据

“文学的国语”怎样炼成:中国现代文学语言研究/
张曦选编.—上海:上海人民出版社,2023
(学术月刊丛书/金福林主编)
ISBN 978-7-208-18548-7

Ⅰ.①文… Ⅱ.①张… Ⅲ.①文学语言-研究-中国
-现代 Ⅳ.①I206.6

中国国家版本馆 CIP 数据核字(2023)第 182277 号

责任编辑 郭敬文
封面设计 零创意文化

学术月刊丛书
金福林 主编
“文学的国语”怎样炼成
——中国现代文学语言研究
张 曦 选编

出 版 上海人民出版社
(201101 上海市闵行区号景路 159 弄 C 座)
发 行 上海人民出版社发行中心
印 刷 苏州市古得堡数码印刷有限公司
开 本 720×1000 1/16
印 张 19.75
插 页 2
字 数 290,000
版 次 2023 年 11 月第 1 版
印 次 2023 年 11 月第 1 次印刷
ISBN 978-7-208-18548-7/I·2111
定 价 88.00 元